SOPHIE PAGE

Wie man einen Prinzen heiratet

GOLDMANN
Lesen erleben

Buch

Bella Greenwood ist eigentlich ein ganz normales Mädchen: hübsch, klug und behütet aufgewachsen – aber eben bürgerlich. Als sie nach einem turbulenten Auslandsaufenthalt ohne Geld, dafür mit umso mehr Liebeskummer im Gepäck in die englische Heimat zurückkommt, hat sie von Männern vorerst die Nase voll. Jedenfalls bis zu jener Nacht, die ihr Leben für immer verändert: Auf einer angesagten Party, zu der ihre beste Freundin Lotti sie mitschleppt, lernt sie den äußerst attraktiven Richard kennen. Dumm nur, dass Bella später aus der Boulevardpresse erfahren muss, in wen sie sich da Hals über Kopf verliebt hat: Richard ist nämlich kein Geringerer als der zukünftige Thronfolger. Eine Romanze mit Hindernissen nimmt ihren Anfang, und Bella muss sich nicht nur mit dreisten Paparazzi, sondern auch mit den strengen Hütern britischer Palastetikette herumschlagen. Und sie muss sich fragen, ob sie jemals in Richards Welt zuhause sein könnte …

Autorin

Sophie Page hat bereits mehrere romantische Komödien veröffentlicht. Sie lebt und schreibt in London.

Sophie Page

Wie man einen Prinzen heiratet

Roman

Aus dem Englischen
von Christine Heinzius, Barbara Müller
und Annette Wetzel

GOLDMANN

Die Originalausgabe erschien 2011
unter dem Titel »To Marry a Prince« bei Arrow Books, London.

FSC
www.fsc.org
MIX
Papier aus verantwortungsvollen Quellen
FSC® C014496

Verlagsgruppe Random House FSC-DEU-0100
Das FSC®-zertifizierte Papier *Holmen Book Cream* für dieses Buch
liefert Holmen Paper, Hallstavik, Schweden.

1. Auflage
Deutsche Erstveröffentlichung Mai 2011

Umschlaggestaltung: UNO Werbeagentur, München
Umschlagfoto: Susan Fox/Trevillion Images
Redaktion: Kerstin von Dobschütz
LT · Herstellung: Str.
Druck und Bindung: GGP Media GmbH, Pößneck
Printed in Germany
ISBN 978-3-422-47688-6

www.goldmann-verlag.de

Für meine Lieblingsautoren,
danke für all den prickelnden Spaß
und die Freundschaft –
ein besonderes Dankeschön an KF und EMR,
Ihr wisst, warum.

Britannien –

wie es sich zugetragen haben könnte …

1

Thronerbe wieder solo

Royal Watchers Magazine

Bella Greenwood kehrte zwei Monate früher als geplant nach London zurück. Es war Ende September, ein kalter Freitag, und ihre Kreditkarte war noch immer gesperrt, was sie allerdings auch erwartet hatte. Und sie konnte die Bank nicht anrufen, um sie wieder aktivieren zu lassen, weil ihr Handy mausetot war, was sie nicht erwartet hatte.

Mit einem Mal kam ihr der Rucksack schrecklich schwer vor. Sie streifte ihn ab und setzte sich darauf, während sie ihre Möglichkeiten durchdachte. Sie wusste, was Granny Georgia sagen würde: »Es gibt immer einen Ausweg. Eine vernünftige Frau findet ihn.«

»Okay, wo ist hier der Ausweg?«, fragte sich Bella und straffte ihre müden Schultern.

Letztendlich fand sie ein öffentliches Münztelefon, und nachdem sie ihre Mutter nicht an den Apparat bekam, gelang es ihr wenigstens, ihren Stiefvater im Büro zu erreichen, während der Automat ihre Münzen mit alarmierender Geschwindigkeit schluckte.

»Costa Coffee, Waterloo Station, fünf Uhr«, brüllte er, als das Piepen einsetzte.

Also durchquerte Bella halb London, saß an einem der glänzend silbernen Tischchen, wärmte sich die Hände an einem Becher Kaffee und ließ auf der Suche nach Kevin Brays hochgewachsener Gestalt den Blick über die Pendlermassen schweifen. Aber am Ende stolperte er fast schon über sie, bevor sie ihn entdeckte.

»Sieh mal, Bella«, sagte er und ließ sich auf den Stuhl ihr gegenüber fallen, »es ist natürlich super, dich wiederzusehen, aber dieses Wochenende passt es überhaupt nicht. Deine Mutter hat Gäste eingeladen. Dein Zimmer ist belegt. Tut mir leid.«

Bella war seit vier Tagen unterwegs. Also wollte sie wirklich nichts weiter von Kevin, als dass er ihren Rucksack nahm, sie in den Zug setzte und mit in die behagliche Villa in Hampshire nahm, wo sie ein heißes Bad nehmen, in ihr Bett klettern und ungefähr hundert Jahre lang schlafen konnte.

Eine Umarmung wäre auch nett gewesen. Aber da blieb sie gelassen. Kevin war kein geborener Berührungsfetischist, und Bella war zu spät in sein Leben getreten, als dass er seine Gewohnheiten noch verändert hätte. Kevin hatte viele gute Eigenschaften, die ihrem biologischen Vater, dem Entdecker H.T. Greenwood, fehlten, insbesondere etwa die Tatsache, dass er nicht die ganze Zeit außer Landes war. Also hatte sich Bella damit abgefunden, dass es keine Umarmungen gab.

Aber kein Bad, kein Bett und auch keinen Monsterschlaf? Das konnte nicht sein.

»Es passt nicht?«, wiederholte sie verstört. Der Jetlag bremste sie immer aus.

Kevin konnte ihr nicht direkt in die Augen sehen. »Morgen Abend ist dieser Wohltätigkeitsball. Deine Mutter sitzt im Ausschuss. Hat seit Monaten dran gearbeitet. Wir nehmen natürlich Gäste auf. Das Haus ist voll. Du kennst ja deine Mutter.«

Ja, Bella kannte ihre Mutter. Sie kämpfte sich durch den Nebel in ihrem Gehirn, um Kevins Worte auf den Punkt zu bringen. »Du meinst, sie will mich nicht zuhause haben, weil sie lieber mit schönen und reichen Hinterwäldlern feiert.«

Kevin war schockiert. Er war ein netter Mann. »Natürlich nicht. Sie möchte dich gern zuhause haben. Das wollen wir beide. Sie kann es kaum erwarten, dich wiederzusehen. Bloß ...«

Bella sackte in sich zusammen. »Bloß nicht an diesem Wochenende.«

»Es ist so viel zu tun, und das Haus, also es ist …«

»Voll. Sagtest du bereits.«

Er zuckte zusammen. »Tut mir wirklich leid. Wenn wir das vorher gewusst hätten. Aber wir haben gedacht, du würdest bis nach Weihnachten auf deiner Insel da bleiben.«

»Das dachte ich auch«, sagte Bella niedergeschlagen. Aber ihre Worte gingen in den widerhallenden Bahnhofsdurchsagen und dem Ansturm der Pendler unter.

»Du hättest uns eher Bescheid geben müssen«, sagte ihr Stiefvater bestimmt. »Ruf deine Mutter am Sonntag nach dem Ball an, dann sagt sie dir, wann du am besten zu uns kommen kannst. Findest du erst einmal woanders Unterschlupf?« Und bevor sie eine Chance hatte zu antworten: »Du brauchst bestimmt ein bisschen Bargeld. Hattest wahrscheinlich noch keine Zeit, solche Dinge zu regeln, wenn du erst heute Nachmittag zurückgekommen bist.«

Anscheinend hatte er sich auf das Wiedersehen vorbereitet. Er stopfte Bella einen Packen Geldscheine in die Hand und warf einen gehetzten Blick auf die Abfahrtstafel. Die Zeilen darauf veränderten sich ständig. Listen bereits abgefahrener Züge wurden durch jene ersetzt, die sich jede Minute in Bewegung setzen würden.

»Also, ich muss jetzt los, oder ich verpasse meinen Zug. Deine Mutter lässt dich grüßen. Auf bald.«

Er gab Bella einen unbeholfenen Kuss auf die Wange und trat dann zurück, wobei er fast über ihren Rucksack stolperte. Er fing sich gerade noch rechtzeitig, dann marschierte er davon, bevor Bella protestieren konnte.

Bella hätte ihm hinterhergerufen, aber ein plötzliches Gähnen riss ihr fast den Kopf ab. Und dann war er in der Menge verschwunden.

Ihre Augen brannten vor Müdigkeit. Sie schaute hinab auf die Geldscheine in ihrer Hand. Es waren Fünfziger, bemerkte sie, ein dickes Bündel von Fünfzigpfundscheinen. Er musste ihr genug Geld gegeben haben, um das ganze Wochenende in einem Hotel in London abzusteigen.

Allein der Gedanke daran, ein Hotel zu finden, einzuchecken, zu reden, erweckte in ihr den Wunsch, sich auf den glänzenden Boden der Bahnhofshalle sinken zu lassen und sich an Ort und Stelle zum Schlafen zu legen.

Aber sie war jetzt eine erprobte Reisende, und sie wusste aus Erfahrung – und nicht nur wegen Granny Georgias guten Ratschlägen –, dass man sich nicht schlafen legte, bevor man sich irgendwo drinnen und in Sicherheit befand. Wenn ihr Handy funktioniert hätte, hätte sie ihrer besten Freundin Charlotte Hendred eine SMS geschickt. Aber wie die Dinge lagen, musste sie es wieder mit einem öffentlichen Telefon aufnehmen.

»Der Mensch ist ein Tier, das Probleme bewältigt«, presste Bella zwischen zusammengebissenen Zähnen hervor.

Sie pflückte eine der Fünfzigpfundnoten ihres Stiefvaters aus dem Bündel, stopfte den Rest in ihren BH und hievte sich ihren Rucksack auf den Rücken. Sie kaufte Schokolade und ein teures Hochglanzmagazin, damit der Mann an der Kasse kein Problem hatte, ihr auf fünfzig Pfund rauszugeben, und machte sich daran, Lottie aufzustöbern.

Es dauerte nicht lange. Bella erinnerte sich nicht an ihre Handynummer, aber sie kannte den Namen der großen PR-Agentur, wo ihre Freundin arbeitete. Sie fand die Nummer, und die Zentrale fand Lottie innerhalb von Sekunden.

»Bella!«, schrie sie. »Wo steckst du?«

»Waterloo.«

»In Belgien?«, fragte Lottie verwirrt. »Du hast die Insel verlassen?«

Bella erstickte fast vor Lachen. »Waterloo Station. Ich bin hier.«

Charlotte schrie daraufhin noch ein bisschen schriller auf. Wahrscheinlich hüpft sie gerade auf ihrem Stuhl herum, dachte Bella froh.

»Lottie, es ist alles auf den letzten Drücker gelaufen, und ich hatte keine Zeit, mir eine Übernachtungsmöglichkeit zu suchen …«

Und Lottie, die Bella schon ewig kannte, sagte nicht: »Wie wär's bei deiner Mutter? Wo ist dein Vater? Kannst du nicht bei deinem Bruder und dessen Frau unterkommen?« Sie sagte: »Klasse. Schlaf *chez moi*. Kann's kaum erwarten, alles zu hören. Ich klappe übrigens gerade meinen Laptop zu. Bin in einer halben Stunde zuhause. Wer zuerst da ist, okay?«

Also verschwendete Bella noch ein bisschen Bargeld für ein Taxi zur Wohnung in Pimlico, bekam von Lottie ihre Umarmung, gefolgt von der Ankündigung von mehreren Flaschen Wein und einer verheißungsvollen Dusche.

»Ich hab dein Bett schon gemacht. Und jetzt schieß los«, sagte Lottie, als Bella, eingewickelt in ein großes Handtuch, die blonden Haare tropfnass, aus dem Badezimmer getappt kam.

Die Weinflasche stand bereits geöffnet auf dem niedrigen Couchtisch. Lottie schenkte ihnen zwei großzügige Gläser ein, während Bella sich, wonnig aufseufzend, in das weiche Sofa fallen ließ.

»Das tut sooo gut. Ich fühle mich zum ersten Mal seit Tagen richtig sauber. Zum Teufel, nein, zum ersten Mal seit Monaten. Tut mir leid, dass ich dich so überfalle …«

Lottie winkte ab. »Red keinen Blödsinn«, sagte sie energisch. »Könnte nicht besser sein. Die Zicke, mit der ich mir die Wohnung geteilt habe, ist letzten Monat ausgezogen, um mit ihrem Traummann zusammenzuleben. Der arme Kerl! Ich hatte überlegt, ob ich das Zimmer wieder untervermieten sollte. Aber irgendwie mag ich im Moment keinen Fremden hier in der Wohnung haben … nicht nach der Zicke. Und jetzt bist du ja da.« Sie hob das Glas und prostete ihr stumm zu. »Manchmal sorgt eben doch der HERR für uns.«

Bella lachte und hob ebenfalls ihr Glas. »Lottie Hendred, du bist ein Schatz.«

»Bleib, solange du magst.« Lottie machte es sich in dem Sessel bequem und zog die nackten Zehen unter den Rock ihres exotischen Kleides.

»Netter Vorschlag, aber ich bin mir nicht sicher, ob ich mir das leisten kann.«

Lottie hob ihre perfekt gezupften Augenbrauen. »Wie das?«

»Also, um ehrlich zu sein, Lottie, ich brauche einen Job. Und zwar schnell.«

Lotties braune Augen musterten sie scharfsinnig. »Dann ist also aus dem Inseljob nichts geworden?«

Bella schüttelte den Kopf. »Na, komm, sag's schon. Jeder wird es tun. Sag: ›Ich hab's dir doch gesagt.‹«

Lottie war beleidigt. »Ich sag *nie*, ich hab's dir doch gesagt. Außerdem, was weiß ich schon?«

»Aber du hast Francis nie über den Weg getraut.«

»Ich fand nur«, sagte Lottie vorsichtig, »dass Arbeite-ein-Jahr-lang-unentgeltlich-als-meine-Assistentin-dann-hab-ich-einen-Job-für-dich nicht wirklich nach einem guten Deal klang. Oder, na ja, besonders verlässlich.«

»Du hattest Recht«, sagte Bella düster.

»Willst du darüber reden?«

Bella zuckte die Achseln. Sie ließ den Wein in ihrem Glas kreiseln und starrte in seine rubinrote Oberfläche, als sähe sie dort etwas anderes als den Widerschein des Kaminfeuers.

»Es gab keinen Job?«, wagte Lottie schließlich zu fragen.

Bella kehrte ins Hier und Jetzt zurück. »O doch, es gab schon einen Job. *Einen* Job. Und ungefähr zwanzig Frauen, denen Francis ihn angeboten hatte.«

Lottie richtete sich ruckartig auf und verschüttete dabei ihren Wein. »Meine Güte! Der Mann ist wirklich ganz schön gerissen«, sagte sie respektvoll. »*Zwanzig*?«

Bella zwang sich zu einem Lächeln. »Nicht alle gleichzeitig. Sie kamen und gingen – üblicherweise wenn sie herausgefunden hatten, dass der Job darin bestand, Fische zu zählen. Ich hab's länger ausgehalten als so ziemlich alle anderen.«

»Hm – warum?«

»Du kennst mich doch, Lottie. Ich weiß nie, wann ich verloren habe.« Bellas Stimme klang gereizt. »Außerdem habe ich den Kindern ein bisschen Unterricht gegeben, und das hat mir das Gefühl gegeben, etwas Reelles zu tun.«

»Jedenfalls besser, als beschissene Fische zu zählen«, sagte Lottie mitfühlend.

Bella leerte ihr Glas und griff nach der Flasche. »Das kannst du laut sagen. Hat außerdem Francis ganz schön sauer gemacht«, fügte sie zufrieden hinzu. »Ich sollte ja da sein und den Handlanger für ihn spielen und nicht bei den Dorfbewohnern arbeiten.« Sie schenkte auch Lottie nach. »Auf die Furunkel am Hintern von Francis Don - kriegen und behalten soll er sie!«

Lotties Augen glänzten. »Darauf trinke ich.«

Feierlich hoben beide die Gläser.

»Was hast du also als Nächstes vor?«

Bella schüttelte den Kopf. »Ich habe ehrlich keine Ahnung. Versteh mich bitte nicht falsch. Ich bin froh, dass ich dorthin gefahren bin. Ich habe eine Menge gelernt. Aber ... also, ich glaube nicht, dass ich wirklich die geborene Naturschützerin bin. Ich mag Menschen mehr als Fische.«

»Na endlich, Gott sei Dank.«

»Ich hab mir überlegt, ich könnte eine Ausbildung machen. Englisch als Fremdsprache. Wie man das lehrt. Es kam mir so vor, als wäre ich darin ganz gut. Aber ich habe einen Haufen Schulden, und mein Vater wird mich enterben, wenn ich nicht bald anfange, Geld zu verdienen. Also werde ich morgen zur Zeitarbeitsagentur gehen.«

Lottie betrachtete sie besorgt. »Hast du nicht mal gesagt, du hättest deine letzte Rechnung beglichen, als wir vom College gegangen sind?«

Bella zog eine Grimasse. »Ich weiß. Aber ich muss wohl oder übel. Außerdem habe ich den gefühlsduseligen Wunsch, einmal wieder einen Lohnzettel zu erhalten.«

»Das ist Grund genug. Aber warte bis Montag. Ich habe eine Einladung zu einer fan-tas-tischen Party am Samstagabend. Da musst du einfach mitkommen.«

»Klasse«, sagte Bella und gähnte plötzlich heftig. »Oh, tut mir leid.«

»Ich gebe dir eine Wärmflasche«, sagte Lottie. »Die Heizung in dem Zimmer war seit Wochen nicht mehr an. Und jetzt komm. Zeit fürs Bett.«

Bella stand schwankend auf, putzte sich die Zähne, bevor sie ins Bett fiel, wo sie vierzehn Stunden am Stück schlief.

Als sie aufwachte, war Lottie nicht da. Sie hatte ihr zwei Nachrichten auf dem Tisch in der winzigen Küche hinterlassen.

Die erste war typisch Lottie Hendred. *Sehr vornehme Party heute Abend, such dir ein Kleid aus, kannst jedes haben.*

Die andere war eine Telefonnotiz. *Robopop hat angerufen, wollte wissen, ob du hier bist. Er sagt, du sollst deine Mutter am Sonntag nicht zu früh anrufen. Schwachkopf.*

Das letzte Wort hätte sie sich wirklich sparen können, dachte Bella bitter. Lottie hatte Kevin noch nie gemocht. Bella erzählte ihr immer, dass nicht er die Schuld an der Besessenheit ihrer Mutter trug, die gesellschaftliche Leiter innerhalb der Gesellschaft für Heimatgeschichte oder des Damengolfclubs zu erklimmen. Aber Lottie hatte ihr das nie geglaubt. Als sie über Kevins Nachricht brütete, konnte sie fast die Stimme ihrer Mutter hören, wie sie es sagte:

Ruf mich nicht zu früh an. Ruf mich nicht *zu früh* an? Hey, vielen Dank, Ma.

Mit einem Mal war Bella so wütend, dass sie genau wusste, was sie tun würde. Sie würde nicht Lotties Kleiderschrank durchwühlen, auch wenn sie sich an der Uni drei Jahre lang mit Freuden gegenseitig Klamotten geliehen hatten, und sogar schon früher. Heute würde Bella Kevins Geld, das er ihr nur gegeben hatte, um sein schlechtes Gewissen zu beruhigen, für ein Kleid und hübsche, verrückte Schuhe verprassen, und sie würde zu dieser In-Party gehen und bis zum Morgen tanzen oder vielleicht bis übermorgen.

Ruf mich nicht zu früh an? Sie würde so ausgelassen feiern, dass sie eine Woche lang nicht in der Lage wäre, ihre Mutter anzurufen.

Aber natürlich kam alles ganz anders. Einerseits brauchte sie viel mehr als nur Partyklamotten, wie Lottie ihr barsch erklärte, als sie von ihrem Samstagseinkauf aus dem Supermarkt zurückkam. Zehn Monate lang hatte Bella nur Shorts, T-Shirt oder einen Taucheranzug getragen. Sie hatte nichts, um sich gegen die eisigen Londoner Herbstwinde zu wappnen; und sie erkannte bald, dass ihre viel gewaschene Unterwäsche dabei war, sich aufzulösen.

»Außerdem«, sagte Lottie, die auf Bellas Bett saß und mit ihr den Inhalt des Rucksacks kritisch durchging, »sieht dein Haar aus wie Stroh. Ich muss es bloß ansehen und rieche Seetang.«

»Kein Sterbenswörtchen über Seetang. Den haben wir zweimal pro Woche zu Abend gegessen.«

Lottie war entsetzt. »Das soll ein Witz sein, oder?«

Bella schüttelte den Kopf.

Lottie stöhnte.

»Es war eine sehr gesunde Art zu leben. Draußen an der frischen Luft, jede Menge Bewegung, gesunde Ernährung ...«

»*Seetang?*«

Bella grinste. »Ich habe ›gesund‹ gesagt, nicht ›lecker‹. Seetang ist voller Mineralien.«

Lottie erschauderte. »Und wonach schmeckt's?«

»Nach alten Hosen«, stellte Bella trocken fest. »Aber wenn du Hunger hast, isst du alles. Und es ist von den Nährwerten her wirklich hervorragend.«

»Du hattest Hunger?«

»Äh ... ja.«

»Na, dann ist es ja kein Wunder, dass du so schrecklich aussiehst.«

»Tu ich das?« Erschreckt musterte sich Bella in dem riesigen Spiegel ihrer Vorgängerin.

Was sie sah, war gar nicht *so* schlecht. Okay, ihr blondes Haar sah wirklich aus wie Stroh, und ihre Hände waren gemessen an Lotties städtischen Standards ein bisschen rau. Aber ihre Haut war leicht gebräunt von der Arbeit unter tropischer Sonne, und ihre Augen funkelten. Und sie war dieses aufgedunsene, aschfahle Gesicht losgeworden, das sie vor ihrer Reise im Spiegel angestarrt hatte.

Sie beschloss, Stellung zu beziehen. »Also, eigentlich finde ich, dass ich ganz gut aussehe. Ich habe sichtbare Wangenknochen – zum ersten Mal in meinem Leben.«

»Hm. Das ist aber nicht alles, was du hast. An deinen Schulterblättern könnte man sich schneiden.«

»Was?«

»Sieh dich doch an«, bat Lottie sie. Sie drehte Bella herum, sodass sie über ihre eigene Schulter in den Spiegel schaute. »Du bist dünn wie ein Hering. Gottverdammter Francis!«, zischte sie. Ihre Augen funkelten. »Er hat dich manipuliert, dich fertiggemacht. Aber das hat ihm nicht gereicht, nein, er musste dich auch noch halb verhungern lassen.«

Bella legte ihrer Freundin einen Arm um die Schulter und drückte sie an sich.

»Mach dir keine Sorgen, Lotts. Gib mir eine Woche in derselben Stadt wie Maison Paul's Schoko-Donuts, und ich bin wieder das Teiggesicht, das du kennst und liebst.«

Lottie angelte nach einem Taschentuch und sagte schroff: »Das will ich auch hoffen! Und ich besorg dir auch einen Termin bei Carlos. Er wird einen Herzinfarkt kriegen, wenn er deine Haare sieht.«

»Okay«, sagte Bella friedfertig.

»Und du musst dein Handy wieder freischalten lassen. Musst erreichbar sein.«

Friedfertig zu sein, war das eine, aber den Fußabtreter zu geben etwas ganz anderes. »Weißt du, du bist ganz schön herrisch geworden.«

»Herrisch? Quatsch! Ich bin eine entscheidungsfreudige Managerin«, korrigierte Lottie sie von oben herab. Sie floh, als Bella ein Kissen nach ihr warf. »Und lass dir die Nägel machen«, erklang es aus dem Wohnzimmer.

Also zog Bella los und kaufte alles von der Haut aufwärts, einschließlich eines Partykleides für den Abend und Wollmütze, Schal und Handschuhe zur sofortigen Nutzung. Ein netter Typ im Telefonladen gab sich große Mühe, ihr Handy wieder in Gang zu setzen, aber letztendlich musste er aufgeben. Er wollte ihr dann das neueste Gerät verkaufen, aber ihre Kreditkarte war noch vorübergehend gesperrt, bis sie die Telefongesellschaft anrief und mitteilte, dass sie wieder im Lande war, und den Mädchennamen ihrer Mutter verriet. Deshalb schüttelte sie widerstrebend den Kopf, als er ihr ein Spitzenhandy mit dem neuesten Schnickschnack zeigte, und beschränkte sich auf ein einfaches Gerät. Der Mann im Laden zeigte Mitgefühl wegen ihrer gesperrten Kreditkarte und gab ihr als Entschädigung eine pink glitzernde Schutzhülle für das neue Handy. Er tauschte sogar die SIM-Karte für sie aus und reichte es ihr mit theatralischer Geste zurück.

Bella ging triumphierend zurück zur Wohnung.

Sie fand Lottie in eine Küchenecke gezwängt, wo sie darauf wartete, dass die Mikrowelle Pling machte, und dabei ein dickes Hochglanzmagazin durchblätterte. Sie schaute auf, als Bella hereinkam.

»Hallo! Hast du diese Ausgabe von *Mondaine* mitgebracht?«

Bella stellte ihre Einkaufstüten ab und wickelte sich den neuen Wollschal vom Hals. »Ja. Ich musste letzte Nacht an der Waterloo Station einen Fünfziger klein machen. Es war die teuerste Zeitschrift, die ich finden konnte.«

Lottie nickte begeistert. »Das glaube ich sofort. Wir kriegen sie ins Büro geschickt, aber ich bekomme sie nie zu sehen. Die Leute stürzen sich drauf, sobald eine Ausgabe reinkommt. Hast du dir hier den Artikel über die Top-Ten-Junggesellen angesehen? Einfach göttlich!«

»Die Männer oder der Artikel?«

»Beides.« Die Mikrowelle plingte, und Lottie holte einen schaumigen Becher Trinkschokolade heraus. »Magst du auch einen?«

Eigentlich wollte sie keinen, aber Bella sagte trotzdem Ja, um der Geselligkeit willen. Aus demselben Grund schaute sie sich auch die Galerie der göttlichen Typen in der *Mondaine* an. Sie zog ihren kirschroten Hut und die passenden Handschuhe aus, schüttelte sich das Haar aus und linste über Lotties Schulter.

»Wer ist das?«

»Milo Crane. Aus *Si Fy - the Movie*.

Bella blickte verständnislos drein.

»Du musst von ihm gehört haben. Seit der Film angelaufen ist, ist er der neueste heiße Typ in der Stadt.«

»Hab ihn nicht gesehen. Vergiss nicht, ich war fünfzig Meilen vom nächsten Internetzugang entfernt, Lottie. Fernsehen und Kinofilme kamen überhaupt nicht infrage.«

Lottie erschauderte. »Unglaublich. Also, wen von denen hier kennst du dann überhaupt?«

Die Fotos waren kleine Kunstwerke: ein durchtrainierter Kricketspieler, der sich bis in den wolkenlosen Himmel erstreckte; der neueste Software-Milliardär, auf liebenswerte Art schmuddelig, der mit leerem Blick auf einen Bildschirm starrt, auf dem der Aktienkurs seines Unternehmens in die Höhe schießt; Prinz Richard, der Thronfolger, bei irgendeiner Zeremonie, erstaunlich gut aussehend in einer scharlachroten Uniform, die jeder seiner Vorfahren in den letzten dreihundert Jahren hätte tragen können, mit glänzendem, golden verziertem Schwert und allem Drum und Dran.

»Alle außer Milo«, sagte Bella und war irgendwie erleichtert.

Lottie neigte den Kopf. »Ein fantastisches Foto von Prinz Richard, findest du nicht auch?«

Bella dachte nach. Er sah ehrgeizig aus und entschlossen. »Hat schon was«, gab sie zu. »Aber man möchte diesem Schwert lieber nicht zu nahe kommen.«

Lottie verschluckte sich an ihrem Kakao. »Wahrscheinlich nicht. Aber er ist trotzdem megafantastisch.«

»Wenn du meinst.« Die Mikrowelle plingte erneut, und Bella nahm ihre eigene heiße Trinkschokolade heraus.

»Findest du nicht?«

Bella zuckte die Achseln. »Adelige in Paradeuniformen geben

mir nichts. Als Kind habe ich mal eine Überdosis von *Der Gefangene von Zenda* abbekommen. Und vergiss nicht, ich bin die Tochter eines hundertprozentigen Antimonarchisten.«

»Oh, aber …«, begann Lottie, änderte dann jedoch offenbar ihre Meinung.

»Was?«

»Ach, nichts.«

»Ich kenne diesen Blick. Es ist nicht nichts. Spuck's aus.«

»Du wärst Prinz Richard gegenüber doch nicht wirklich fies, oder, Bella? Ich meine, wenn du ihn zufällig irgendwo treffen würdest?«

Sie klang so besorgt, dass Bella gerührt war. »Mach dir keine Sorgen, Lotts. So tief bin ich nicht gesunken. Ich war nicht einmal Francis gegenüber fies, dabei hat er mich – wie du richtig bemerkt hast – fast verhungern lassen. Ganz zu schweigen davon, dass er sein Versprechen gebrochen hat, dieser Mistkerl. Himmel, ich würde nicht mal Carlos beschimpfen, wenn er meine Haare noch mal grün färbt.«

Bei diesen Worten sah Lottie wirklich beunruhigt aus. »Solltest du auch nicht. Du hast ja keine Ahnung, welchen Gefallen er dir tut, indem er dich reinschiebt. Er hat gesagt, er macht's um der alten Zeiten willen, aber du kannst dir sicher sein, dass Carlos dieser Tage seine Kunden auswählen kann. Sei also bitte nett, Bella. Mir zuliebe.«

Und so kam es, dass Bella eine Stunde später in einem sehr schicken grau-lavendelfarbenen Friseursalon saß und nicht einmal protestierend murmelte, während Carlos, Lotties langjähriger Freund und inzwischen hipper Hairstylist, ihr einen Vortrag darüber hielt, wie sie ihre Haare »gehen lassen« solle und über die »besondere Bedeutung von Conditioner«. Er schmierte ihre Haare mit etwas ein, das nach Aprikose roch, wickelte ihr ein Handtuch um den Kopf und versorgte sie mit einem Stapel Klatschblätter, die sie gelangweilt durchsah. Anders als *Mondaine* waren diese Zeitschriften voll von Leuten, die sie nicht kannte. Mit ihrem gebräunten Teint und Zähnen, die aus einer Zahnpastawerbung stammen konnten, waren die unterschiedlichsten Promis auf angesagten Partys und Premierenfeiern in London, Hollywood oder Südfrankreich fotografiert worden. Bella kannte weder ihre Namen noch ihre Gesichter noch wusste sie, weshalb sie eigentlich berühmt waren.

»Ich kenne nicht einmal mehr die Namen der Modedesigner«, seufzte sie. »War ich denn wirklich so lange weg?«

»Viel zu lange, Schätzchen«, sagte Carlos und wuschelte durch ihr Haar. »Das hier wird monatelange Arbeit kosten.«

»Hm, versuch für heute erst mal das Beste draus zu machen. Lottie nimmt mich heute Abend zu einer Party mit.«

»Ah-ha. Eine Party.« Seine Augen funkelten bei der Herausforderung, und er fing an, vor sich hin zu murmeln.

Bella erkannte, dass ihre Mitwirkung nicht mehr notwendig war, und widmete sich *Sherlock*, dem Satiremagazin mit den ätzenden Cartoons und beißenden Kommentaren über Politiker und Medienleute, das ihr Vater immer kaufte. Doch selbst hier waren ihr viele Namen fremd. Sie war fast erleichtert, als sie auf einen Beitrag über die königliche Familie stieß. Wenigstens die waren noch dieselben, auch wenn man bei *Sherlock* nicht viel von ihnen hielt. Die Zeitschrift hatte als Parodie eine Anzeige für *Das königliche Märchenspiel – Schneewittchens Flucht* abgedruckt, bei dem eine Dunkelhaarige mit blitzenden Augen namens Deborah als Schneewittchen auftrat und der König und seine Familie die sieben Zwerge gaben. Bella hatte auch noch nie von der brünetten Deborah gehört.

»Ich glaube, ich habe ein Jahr meines Lebens verloren«, sagte sie trübselig zu Carlos.

Er blickte über ihre Schulter auf den Cartoon, in dem die drei jüngsten Zwerge einen Stepptanz aufführten. Ihre Gesichter waren deutlich als die von Prinz George, Prinzessin Eleanor und Prinz Richard, dem Thronerben, zu erkennen. *Dumm, Dämlich und Dröge freuten sich sehr,* lautete die Überschrift. Carlos grinste.

»Armer Kerl. Jedes Mal wenn ihn wieder eine sitzenlässt, steht es in den Schlagzeilen. Und jetzt nennt ihn *Sherlock* auch noch dröge. Das tut bestimmt weh. Und bleibt hängen.«

»Wahrscheinlich«, sagte Bella, die nicht sonderlich an den PR-Problemen des ältesten Sohns des Königs interessiert war.

Allerdings waren die restlichen Kunden im Salon anderer Meinung.

»Wer sagt denn, sie hätte ihn sitzengelassen?«, empörte sich die grauhaarige Frau zu Bellas Rechten.

»Sie geht mit einem anderen aus«, meinte Carlos.

»So? Aber vielleicht hat Prinz Richard ja *sie* verlassen.«

»Warum sollte er das tun? Die Frau ist so heiß, heißer geht es nicht.«

»Und jetzt trifft sie sich mit einem anderen. Hm, ganz schön schnell. Könnte doch sein, dass der Prinz herausgefunden hat, dass sie ein Flittchen ist, und ihr den Laufpass gegeben hat.«

Carlos war nicht überzeugt. »Aber warum sagt er das dann nicht? Ich würde es tun.«

Die grauhaarige Dame rümpfte die Nase. »Weil *er* ein Gentleman ist.«

Carlos schnaubte.

»Ich finde, er sieht wirklich gut aus«, sagte eine der jüngeren Friseurgehilfinnen verträumt. »Dunkel und nachdenklich, als hätte er eine geheime Sorge.«

Sie legte eine Zeitschrift auf Bellas Knie. Auf der aufgeschlagenen Seite war ein Schwarz-Weiß-Foto eines ernst dreinblickenden Prinzen Richard.

»Sehr nett«, sagte Bella desinteressiert. »Was ist jetzt mit meinem Haar?«

»Aber findest du nicht, dass er irgendwie traurig aussieht ... unterschwellig?«

Bella schaute noch einmal auf das Foto. Es war nicht wie die anderen bei einer Party aufgenommen, sondern eine Studioaufnahme, bei der der Porträtierte direkt in die Kamera blickte. Leicht zusammengekniffene Augen, ein Mund wie eine Stahlfalle und Wangenknochen, die einen Renaissancemaler zu Begeisterungsstürmen hingerissen hätten.

»Ein Geheimnis? Möglich. Traurig? Nee, niemals. Er hat eine scharlachrote Uniform zuhause und ein hübsches, glänzendes Schwert zum Spielen.«

Die grauhaarige Dame sagte: »Aber diese Sachen sind doch nur zur Show, Schätzchen. Er könnte trotzdem traurig sein.«

»Warum sollte er traurig sein? Er ist reich, sieht gut aus, und er weiß, was er mit seinem Leben anfangen wird.« Nichts davon traf im Augenblick auf Bella zu, aber das behielt sie lieber für sich.

»Nun, er hat gerade erst die herrliche Deborah verloren«, sagte Carlos nachdenklich. »Egal, wer Schluss gemacht hat oder wie ernst es tatsächlich war – so was zieht einen immer runter.«

Vom Schlussmachen wollte Bella nun wirklich nichts hören. Na ja, zwischen ihr und Francis, das war keine richtige Beziehung gewesen. Bei weitem nicht. Von Anfang an hatten sie vereinbart – beziehungsweise, er hatte es verkündet, und sie war einverstanden gewesen, was sonst? –, dass sie nichts hinsichtlich ihrer gegenseitigen Zuneigung tun konnten, solange sie so eng zusammenarbeiteten. Es würde das Team destabilisieren. Es wäre *niemandem* gegenüber fair, hatte Francis gesagt und dabei edel und attraktiv und schrecklich verantwortungsbewusst ausgesehen. Jetzt dachte sie: Zu wie vielen der anderen hatte er das wohl auch gesagt?

Der Hälfte? Allen zwanzig? Sie zuckte zusammen. Wie konnte sie nur so naiv sein? Wie konnte sie nur? In Gedanken stöhnte sie auf.

Sie sah sich um und bemerkte, dass alle sie überrascht anstarrten – und da wurde ihr bewusst, dass sie laut gestöhnt haben musste.

»Was ist denn jetzt mit meinem *Haar*?«, schrie sie. »Kommt schon, ihr faulen Lockenmacher. Steht nicht nur rum und tratscht. Fangt an zu zaubern.«

Da wandten sich alle wieder den wichtigen Dingen zu. Und Carlos türmte ihr blondes, schulterlanges Haar auf und ließ nur ein paar federweiche Strähnen ihren langen Nacken hinunterfallen.

Hoffentlich ist der sauber, dachte Bella voller Unbehagen. Sie war sich nämlich durchaus der Tatsache bewusst, dass ein paar lange Duschen nicht unbedingt den Dreck von zehn wasserarmen Monaten abzuwaschen vermochten.

Aber alle um sie herum sagten ihr, sie sähe hübsch aus. Und Bella musste zugeben, dass der weiche, künstlich verwuschelte Look sie sehr feminin wirken ließ. Und feminin hatte sie sich schon sehr, sehr lange nicht mehr gefühlt.

Beim Abschied küsste sie Carlos. »Danke! Du bist ein echter Zauberer.«

»Was sonst? Habe ich das nicht immer gesagt?« Aber sie konnte sehen, dass er sich über ihr Lob freute.

Auch Lottie freute sich, als sie in Bellas Zimmer kam, um zu sehen, ob ihre Anweisungen ausgeführt worden waren.

»Schön, jetzt wird dich wenigstens keiner mehr für ein Shetlandpony halten.«

»Was?«

Lottie grinste. »Ich hab's dir doch gesagt, die Party ist megachic! Topleute, viele aus der Pferde-Szene. So wie du heute Morgen ausgesehen hast, hätten die dich mit Karotten gefüttert und in den Stall gebracht.«

Da musste auch Bella lachen. Ja, sie lachte so heftig, dass sie sich mit dem Mascara-Bürstchen ins Auge stach und mit dem Schminken von vorne anfangen musste.

»Ach, Lotts, ich liebe dich«, sagte sie, als sie wieder sprechen konnte. »Meine Güte, es ist gut, wieder hier zu sein.«

2

Kübelpflanzen bringen Ihre Party in Schwung

Mondaine Magazine

Lottie bestellte ein Minicab für den Weg zur Party. Sich ihres eigenen joblosen Status bewusst, protestierte Bella wegen dieser Extravaganz, aber ihre Freundin ließ sich nicht umstimmen.

»Diese Schuhe sind zum Tanzen gedacht und nicht dazu, durch die Londoner U-Bahn zu stapfen«, sagte sie bestimmt. »Du wirst mir später dankbar sein. Außerdem ist es kalt draußen.«

Das stimmte zweifellos. Bella hatte gezögert, ihr verbliebenes Bargeld für ein echtes Abendkleid auszugeben, und war letztendlich in einem Oxfam-Laden fündig geworden, der Designerklamotten verkaufte statt der üblichen oversized T-Shirts von George. Es war ein hübsches Kleid, erinnerte ein wenig an Ossie Clarke, aus schwerem, mitternachtsblauem Crêpe. Der V-Ausschnitt war tief, ein bisschen zu tief für ihren Geschmack, aber es hatte lange Ärmel, die am Handgelenk von einer Reihe kleiner Knöpfe gehalten wurden, und der Rock schwang nett bei ihren Schritten. Doch es war mit ziemlicher Sicherheit ein Überbleibsel aus dem Sommer. Und es war nicht warm.

»Merkwürdig, aber es hat Stil. Du siehst aus wie Greta Garbo«, sagte Lottie und entschied damit, dass es in Ordnung war.

Sie bestand darauf, Bellas Haut mit Goldstaub zu pudern.

»Du hast die perfekte Bräune. Leicht, echt und streifenfrei. Setz sie richtig in Szene«, trug sie ihr auf.

Außerdem lieh sie Bella einen langen Wildledermantel mit einem großen Kunstpelzkragen und eine golden glänzende

Handtasche. Sie überprüften gemeinsam den Inhalt ihrer Taschen, so wie sie es immer getan hatten, seit sie achtzehn waren.

»Lippenstift, Parfum, Taschentücher.«

»Check.«

»Handy.«

»Check.«

»Schlüssel.«

»Check. Nein, warte, die sind noch in der Küche.« Bella ging los, um sie zu holen.

Lottie war nachsichtig. »Okay, das wär's. Außer dem Fluchtgeld natürlich.«

Ihre Blicke trafen sich. Es war Bellas Granny Georgia gewesen, eine Schönheit der alten Schule, die ihnen beigebracht hatte, niemals ohne Fluchtgeld in der Unterwäsche auf eine Party zu gehen. Eine Dame machte keinen Aufstand, aber sie war immer vorbereitet. Falls ihr Begleiter etwas zu lange auf einer Party bleiben wollte oder ein bisschen zu viel getrunken hatte, dann fädelte eine Dame still und leise ein anderes Arrangement ein – das Bargeld, das sie dafür brauchte, trug sie jederzeit am Körper. Männern, sagte Granny Georgia und zeigte sich in ihrer Zufriedenheit für einen kurzen Augenblick weniger damenhaft, fiel so etwas im Traum nicht ein.

Bella gluckste. »Ich habe genug Bargeld, um es nach Hause zu schaffen.«

Lottie schnippste mit den Fingern. »Ah, das erinnert mich daran, dass du die Visitenkarte von der Minicab-Zentrale brauchst.« Sie kramte in der Garderobenschublade und präsentierte stolz ein eselsohriges Stück laminierte Pappe. »Gib die Nummer am besten jetzt gleich in dein Handy ein.«

Bella gehorchte. Und da sie schon mal dabei war, überprüfte sie ihre Mailbox. Nein, nichts von ihrer Mutter, also keine Überraschung. Auch ihr Vater hatte sich nicht zurückgemeldet, aber er war wahrscheinlich gerade auf irgendeinem Berg oder so. Und sie wusste, dass Granny Georgia noch bis Weihnachten den brasilianischen Regenwald rettete. Trotzdem verletzte es sie schon ein wenig, dass ihr Bruder Neill sich nicht einmal die Mühe gemacht hatte, ihr eine Nachricht zu hinterlassen.

Lottie bekam von all dem nichts mit. »Ich hab da ein Konto. Du musst nicht bar bezahlen. Sag einfach, sie sollen's auf Hendred Associates buchen.«

»Hendred *Associates*?«

»Na, ich will schließlich nicht mein ganzes Leben lang für jemand anders arbeiten. Man muss eine Marke früh etablieren und dann am Laufen halten«, sagte Lottie vergnügt.

Als sie später auf der Rückbank des Minicab saßen, sagte sie etwas ernsthafter: »Ich bin heute Nacht mehr oder weniger im Dienst, Bella. Beziehungen knüpfen. Ich muss vielleicht danach noch irgendwo anders hin. Tut mir leid, ausgerechnet an deinem ersten Wochenende zuhause. Aber ich komme da nicht raus. Ist das okay?«

»Klar«, entgegnete Bella, die anfing, die Folgen eines Tages ungewohnten Shoppens zu spüren. »Ich werde wahrscheinlich sowieso nicht allzu lange bleiben. Was wollen wir tun? Soll ich dir eine SMS schicken, wenn ich nach Hause will?«

»Gute Idee. Und morgen können wir den ganzen Tag miteinander verbringen.«

»Prima. Und jetzt sag mal, wer gibt eigentlich die Party?«

»Mein Boss. Der Big Boss, meine ich. Nicht mein Teamleiter.«

»Cool«, sagte Bella beeindruckt und ein kleines bisschen versonnen. »Mit deiner Karriere muss es ja wirklich abgehen.«

Lottie schnaubte. »Karriere? Quatsch. Das hier ist Bezahlung für persönliche Dienste.«

»*Was?*«

»Oh, das klingt übel, stimmt's? Muss ich mir merken: Nicht

meiner Mutter sagen. Eigentlich war's so: Sein bescheuerter Sohn Nummer drei ist im Sommer in die Agentur gekommen, um ein Praktikum zu machen. Und ich habe den kürzesten Strohhalm gezogen und musste mich um den kleinen Hosenscheißer kümmern. Glaub mir, die Familie schuldet mir was.«

»Ah.«

»Aber die Party wird cool werden. Big Boss hat im derzeitigen PR-Geschäft so ziemlich das Sagen. Er selbst arbeitet die ganze Zeit, seine Frau macht viel in Kunst und bei Wohltätigkeitsgeschichten mit und all so was. Und die Kids sind auch nicht alle blöd. Ihre Partys sind berühmt. Es sind bestimmt eine Menge interessanter Leute da. Du wirst dich amüsieren, versprochen.«

Sie hatte Recht.

Die Party kam ihr nicht übertrieben vornehm vor, egal, was Lottie gesagt hatte. Sie fand zwar in einem sehr eleganten Haus in einer sehr eleganten Gegend statt, und an den Wänden hingen erstaunliche Kunstwerke, aber es kam ihr trotzdem alles freundlich vor und ziemlich zwanglos. Getanzt wurde in einem großen Zimmer im Keller, und die Leute unterhielten sich in sämtlichen Räumen außer der Küche. Ein paar saßen sogar auf der Treppe.

Bella kannte niemanden, doch das machte nichts. Sie tanzte ab und zu, unterhielt sich ein wenig und trank mehr, als sie zuletzt in fast einem Jahr getrunken hatte. Das Oxfam-Kleid fügte sich gut ein, weder zu aufgemotzt noch zu leger, und die neuen Schuhe, eigentlich kaum mehr als glitzernde Goldriemchen über Zehnzentimeterabsätzen, erregten genug Neid, um Bella in gute Laune zu versetzen. Sie amüsierte sich prächtig, bis sie nach etwa drei Stunden plötzlich bemerkte, dass ihr der Kopf brummte und sie ihre Füße nicht mehr spürte.

»Luft«, keuchte sie und bahnte sich einen Weg die Kellertreppe ins Erdgeschoss hoch, wo sich bodentiefe Fenster zu einer hübschen Terrasse öffneten.

Aber da draußen schien jemand eine Rede zu halten, sodass Bella zögerte. Einer der Kellner bemerkte das, nahm sie am Ellenbogen und führte sie zu einer schmalen Tür. Sie nahm an, er glaube, sie wolle hinaus, um eine zu rauchen, und schüttelte den Kopf. Doch dann sah sie, dass die Tür auf einen kleinen Innenhof führte, einen kleinen, *leeren* Innenhof, um genau zu sein, und sie dachte: Lottie hat Recht. Manchmal sorgt der HERR für uns.

Sie schlüpfte hinaus.

Es war absolut still. Das war das Erste, was ihr auffiel. In jedem Raum des Hauses hatte Musik gespielt – tanzbare Rhythmen im Keller, diskrete Streicherquartette zur Untermalung der Gespräche in den Empfangsräumen, jazzige Klarinettenklänge auf der Treppe. Aber hier herrschte Stille. Nicht einmal das Rumpeln des Verkehrs in der Ferne störte die mitternächtliche Stunde.

Bella ging in der stillen Dunkelheit umher. Ihre Absätze klapperten auf dem Steinboden. Der Innenhof war nicht überdacht, trotzdem war es nicht kalt. Der Mond hing als blasse Scheibe an einem eisengrauen Himmel, spielte Verstecken mit ein paar wie Watte aufgebauschten Wolken, aber nicht der leiseste Windhauch bewegte die Äste eines großen, dekorativen Feigenbaums in der Mitte des Hofes. Jemand hatte eine Lichterkette zwischen die Zweige gewunden. Die Birnen hatten die Form kleiner chinesischer Laternen, und das Licht und die Schatten, die sie warfen, waren wie ein Gemälde so still.

Ein schmiedeeiserner Tisch stand in einer Ecke, umgeben von duftenden Bäumchen in steinernen Kübeln – ein Zitronenbäumchen und ein Orangenbäumchen mit fast reifen Früchten, die eine flüchtige Süße in der Luft verbreiteten, und große Holzwannen mit goldblättrigen Orangenblumen, die nach Basilikum dufteten. Ein halb leergetrunkenes Champagnerglas stand auf dem Tisch und die tropfenden Überreste eines Windlichts.

Terrassenstühle waren zurückgeschoben, als wären die Leute, die darin gesessen hatten, rasch aufgestanden.

Bella sah sich um. Aber nein, der Innenhof schien vollkommen leer. Sie ließ sich auf einen der Stühle sinken und entdeckte den Grund für die erstaunliche Wärme in dem kleinen Hof: Ein hoher Terrassenofen versteckte sich hinter den Kübelpflanzen wie ein kleinlauter Butlerroboter. Sie lachte kurz auf und tätschelte seine konisch zulaufende Stahlbasis. Sie fühlte sich angenehm warm an. Sie spürte, wie sie sich entspannte wie schon, tja, wie lange schon nicht mehr? – Tage, Wochen, vielleicht?

Sie kramte in ihrer geliehenen Tasche herum und zog das neue Handy heraus. Als sie sich in den Kreis flackernden Lichts vorbeugte, konnte sie die Tasten gut genug sehen, um Lottie eine SMS zu schicken: *Bin müde, ruf mir ein Cab. Und du?*

Die Antwort kam sofort. *BBZ.*

Bella legte die Hände an die Schläfen. BBZ? Was bedeutete das? O Mann, vor einem Jahr hatte sie diese Abkürzungen andauernd benutzt. Wie konnte sie es nur vergessen haben?

Die Kerzenflamme flackerte kurz auf, und sie zuckte zusammen, als sie sich erinnerte. Ach ja. Bin bald zurück. Lottie wollte ihr damit sagen, sie solle heimfahren und nicht auf sie warten.

Bella rief die Minicab-Zentrale an, wo man ihr unter vielen Entschuldigungen mitteilte, dass es vierzig Minuten dauern würde, und ja, man wüsste, wohin. Sie hatten die Anschrift von Ms. Hendreds früherer Reservierung.

»Gott sei Dank«, sagte Bella aus vollem Herzen. »Daran hatte ich gar nicht gedacht. Jetzt hätte ich jemanden nach der Postleitzahl fragen müssen. Sie sind ein Schatz.«

Der Angestellte der Minicab-Zentrale freute sich anscheinend über das Kompliment, denn er erwiderte, es wäre ihm ein Vergnügen.

»Danke. Vierzig Minuten also. Ich stelle mich darauf ein.«

Sie beendete das Gespräch und überprüfte noch einmal ihre Nachrichten. Nein, es gab nichts Neues. Na ja, es war ja auch Samstagabend. Die Leute fingen an einem Samstagabend nicht an, ihrer überraschend zurückgekehrten Schwester eine SMS zu schicken, oder? Die sind unterwegs und amüsieren sich.

Bella streckte sich ein bisschen. Und da sie allein war, streckte sie die Beine vor sich aus und zappelte mit den Füßen. Ihre Riemchenschuhe waren der Inbegriff von Sex, aber eine ziemliche Plage für Füße, die zehn Monate in Flipflops gesteckt hatten. Bella ließ die Füße kreisen und seufzte genüsslich.

Und dann passierten drei Dinge mehr oder weniger gleichzeitig.

Die Kerzenflamme schoss plötzlich hoch wie eine Rakete und erstarb.

Bella sprang ähnlich wie ein Delfin hoch in die Luft und landete wieder auf der Kante des kleinen Gartenstuhls.

Der Stuhl kippte nach hinten weg. Selbst der stabile schmiedeeiserne Tisch wackelte ein wenig, als Bella instinktiv die Hand ausstreckte, um sich daran festzuhalten. Es gelang ihr jedoch nur, ihre Finger in den Efeu zu krallen, der an einer Steinmauer zu ihrer Rechten wuchs. Der Efeu löste sich von der Wand und fiel genauso schnell wie sie selbst zu Boden.

»*Schei-ße*«, keuchte Bella noch im freien Fall.

Große und kleine Pflanzenkübel um sie herum kippten um – mindestens einer zerbrach unüberhörbar –, und ein Hagel aus Blättern und Zweigen ging auf sie nieder. Sie selbst landete in einem Haufen Efeu. Einen Arm hatte sie um den Stamm eines Lorbeerbaums geschlungen.

Stille senkte sich herab. Bella lag da, schreckensstarr und mit geschlossenen Lidern.

Irgendwann bekam sie wieder Luft und schlug die Augen auf.

»O nein!«, stieß sie voller Entsetzen laut aus.

Es war wie die Schneise eines Tornados, dachte sie. Die reinste Verwüstung! Einmal abgesehen von dem abgerissenen Efeu stand jeder einzelne Busch, den sie im Dunkeln erkennen konnte, wie betrunken da, oder Zweige waren abgebrochen. Sie versuchte sich aufzusetzen, war aber zwischen verschobenen Kübeln eingeklemmt. Sie konnte nicht sehen, wo die Schatten endeten und die Pflanzen anfingen, trotzdem ließ sich nicht bestreiten, dass irgendetwas Festes ihr in den Rücken, die Knie, die Füße, sogar in ihren Bauch drückte. Und nirgendwo konnte sie sich mit den Händen abstützen oder Halt finden. Und als sie sich schließlich etwas aufgerappelt hatte, sodass ihr Rücken jetzt an der entblößten Mauer lehnte, musste sie feststellen, dass die hohen und dünnen Absätze ihrer Schuhe es ihr einfach unmöglich machten, die Füße nebeneinanderzustellen und sich aufzurichten.

»Ich sitze in der Falle«, sagte sie ungläubig. »Komm, denk nach! Denk nach!«

Sie versuchte, das Riemchen ihres rechten Schuhs zu lösen. Wegen der Dunkelheit konnte sie nicht wirklich sehen, was passiert war, aber Efeutriebe schienen sich um ihren Fuß gewickelt zu haben und fesselten den Schuh jetzt fester an ihren Fuß, als es ein Riemchen je gekonnt hätte.

»Ein Schweizer Taschenmesser wäre jetzt nicht schlecht. O Mann, ich stecke ganz schön in Schwierigkeiten.«

Wie es schien, blieb ihr keine andere Wahl. Sie musste das, was von ihrer Würde noch übrig war, aufgeben und auf allen vieren aus dem Gestrüpp kriechen und hoffen, dass ihr Körpergewicht und der Zug nach vorn den verdammten Efeu sprengte. Gott sei Dank war wenigstens niemand da und hatte das Unglück beobachtet.

Plötzlich schob ein in Seide, so blass und perfekt wie der Mond, gekleideter Arm die umgestürzten Pflanzen auseinander.

»Leider kein Schweizer Taschenmesser. Und ich weiß auch nicht, wo die hier die Gartengeräte aufbewahren. Aber darf ich Ihnen meine Hand anbieten?«, fragte eine Stimme, die mit aller Macht versuchte, ein Lachen zu unterdrücken.

Bella zuckte erneut zusammen und trat reflexartig gegen den Lorbeerbaum. Ein Fehler in Riemchenschuhen. Der Schmerz war ungeheuerlich.

»Autsch!« Instinktiv wollte sie sich ihren angestoßenen Zeh reiben. Doch wegen all der Pflanzen gelang es ihr immer noch nicht, an ihn heranzukommen.

Was ihr jedoch damit gelang, war, alle Pflanzen wieder in Bewegung zu setzen. Vor allem den Lorbeerbaum. Er fing an, sich langsam zur Seite zu neigen wie ein betrunkener Seemann.

Bella schob sich so weit wie möglich weg, was nicht gerade sehr weit war. »O nein!«

Seidenhemd war jedoch zuerst da. Er fing den Lorbeerbaum auf, bevor er auf sie stürzen konnte, und stellte ihn wieder gerade hin. Dann trat er vorsichtig um sie herum, hob das Ding mitsamt Kübel hoch und brachte es außer Reichweite.

Danach wandte er sich wieder ihr zu. »Ich denke, Sie kommen da jetzt besser raus.«

»Das versuche ich ja«, zischte Bella zwischen zusammengepressten Zähnen. Sie riss an dem Efeu herum, der sich um ihren Knöchel geschlungen hatte. Aber je fester sie daran zerrte, umso fester schien sich die Schlinge zuzuziehen. »Dieses verdammte Ding lässt mich nicht los.«

»Lassen Sie mich mal sehen.«

Er hockte sich hin und betrachtete ihren Fuß. Von ihrer halb sitzenden, halb liegenden Position konnte sie erkennen, dass er lockiges, dunkles Haar hatte. Und sie hatte Recht: Das Hemd war definitiv aus Seide. Nichts sonst schimmerte auf diese Art. Perlweiße Seide, so rein wie Schnee, und hier war sie und sah aus wie ein Komposthaufen. Das war mehr als genug, um ein Mädchen zum Heulen zu bringen.

»Habe ich Zweige im Haar?«, fragte sie.

Doch er konzentrierte sich auf ihre Füße. »Hm. Sie sind ganz schön fest eingewickelt. Ob der Efeu wohl eine Fleisch fressende Pflanze ist?«

»Vielen Dank für Ihr Mitgefühl.«

»Keine Ursache.«

Er ließ einen Finger unter eine der Ranken gleiten, und Bella japste wegen der plötzlichen Enge um ihren Knöchel auf, aber auch aus Überraschung. Er sah auf, und sie erkannte lachende, dunkle Augen und eine entschlossene Miene.

»Wir kommen nicht drum herum. Da wir kein Messer haben, werde ich es durchbeißen.«

War das sein *Ernst*?

Es war sein Ernst. Er senkte den Kopf.

Bella fühlte seinen Atem an ihrem Knöchel und zuckte vor Verlegenheit zurück. Ohne den Lorbeerbaum, der sie zuvor behindert hatte, trat ihr Fuß nun frei in die Luft und traf zuerst ihren Retter am Kinn, sodass er sich abrupt hinsetzte, und dann das nationale Stromversorgungsnetz. So sah es zumindest aus. Mit einem Geräusch irgendwo zwischen Zischen und Knallen gingen sämtliche chinesischen Laternen im Feigenbaum aus, gefolgt von jeglicher diskreter Beleuchtung entlang der Mauern, die sie vorher nicht einmal bemerkt hatte. Es hätte völlige Dunkelheit geherrscht, wenn der Mond nicht geschienen hätte.

»Großer Gott«, sagte Seidenhemd verblüfft. Und dann fing er an zu lachen, als könnte er nie mehr damit aufhören.

»Was hab ich bloß getan?«, flüsterte Bella entsetzt.

»Nichts passiert. Mir geht's gut«, sagte er, als er endlich wieder sprechen konnte.

»Sie vielleicht. Aber sehen Sie sich den Innenhof an. Ich hab ihn zerstört. Und jetzt habe ich dafür gesorgt, dass die Lampen alle durchgebrannt sind.« Ihre Stimme erhob sich zu einem schuldbewussten Jammern.

Das ließ ihn erneut zu lachen anfangen. Sie konnte hören, wie er laut nach Luft schnappte, um sich wieder zusammenzureißen, aber seine Schultern zuckten und mit ihnen die Pflanzen um ihn herum.

»Das ist nicht lustig!«, brüllte sie ihn an. Sie hasste ihn.

Endlich hatte er sich einigermaßen gefangen. »Doch, ist es. Obwohl Sie mir ans Kinn getreten haben und meine Rippen vor lauter Lachen schmerzen.« Er gluckste schon wieder. »O Gott, als der Lorbeerbaum umzukippen drohte …«

»Schon gut, schon gut«, unterbrach Bella ihn. »Für Sie sah es wahrscheinlich wirklich ziemlich lustig aus. Aber ich bin es schließlich, die hier Tod und Verderben verbreitet. Ich fühle mich schrecklich.«

»Nichts, was sich nicht reparieren ließe«, sagte er tröstend. »Machen Sie sich keine Sorgen.«

»Sie haben leicht reden. Sie waren das ja nicht. Und es ist auch nicht Ihre Pflanzensammlung. Zumindest …« Er hatte gesagt, er wisse nicht, wo die Gartengeräte aufbewahrt wurden. Aber gärtnerten sehr reiche Männer und ihre Familienangehörigen überhaupt selbst? Wahrscheinlich gab es sogar noch einen Hilfsgärtner, der sich nur um diesen Innenhof kümmerte. Er war zu jung, um Lotties Big Boss zu sein und zu alt für Sohn Nummer drei. Aber er konnte immer noch Sohn Nummer zwei oder Nummer eins sein. »O Gott! Wohnen Sie hier?«, fragte sie jammernd.

Wenigstens sorgte das dafür, dass er aufhörte zu lachen. »Was?«

Sie sagte eilig: »Es tut mir leid, wirklich … ich habe mich nicht auf die Party gemogelt. Ich bin mit Charlotte Hendred hier. Sie sagte, es wäre in Ordnung.«

Sie konnte spüren, wie er sie in der Dunkelheit anstarrte. Er sagte jedoch nichts.

»Charlotte Hendred? Groß, rote Haare? Geht, als hätte sie Sprungfedern unter den Füßen?«

»Ach, *die* Charlotte«, sagte er schließlich nachdenklich. Es hörte sich an, als würde er mit sich selbst irgendeinen Kampf ausfechten. »Keine Sorge. Ich bin bloß ein Gast wie Sie. Sie müssen sich nicht bei mir entschuldigen.«

»Puh, das ist eine echte Erleichterung.« Bella war es gar nicht bewusst gewesen, aber sie hatte die Luft angehalten. »Hm, eigentlich haben Sie Unrecht. Ich bin mir ziemlich sicher, dass ich mich bei Ihnen entschuldigen muss.«

»Warum?« Seine Stimme klang fast argwöhnisch.

»Äh, ich habe Ihnen gegen den Kopf getreten, oder etwa nicht?«

Er stieß ein überraschtes Lachen aus. »Allerdings. Das hatte ich schon ganz vergessen.«

»Sehr ritterlich.« Langsam fühlte sie sich besser. »Danke.«

»Unverdient. Ein wirklich ritterlicher Mann hätte Sie nicht so lange auf dem Boden liegen gelassen. Warten Sie. Wollen doch mal sehen, ob dieses Teufelszeug nicht mit einem Schlüssel durchzutrennen ist.«

Er kniete sich hin und legte eine starke Hand auf ihren Fuß und hielt ihn fest. Sie wusste, dass er nichts anderes tun konnte, aber die Wärme seiner Hand auf ihrem bloßen Knöchel fühlte sich erstaunlich intim an. Und *richtig* irgendwie, als würde sie ihn bereits ihr Leben lang kennen.

Bella starrte in die Dunkelheit, doch soweit sie es erkennen konnte, erging es ihm nicht so. Er war einfach ein entschlossener Mann, der tat, was notwendig war. Sie spürte die Kälte des Schlüssels auf ihrer nackten Haut, gefolgt von einer sanften sägenden Bewegung. Eine nach der anderen fielen ihre Efeufesseln ab. Sie konnte es zwar nicht sehen, aber sie spürte, wie sie sich lösten. Sie kreiste mit dem Fuß und wollte aufstehen. Doch ...

»Warten Sie. Halten Sie noch einen Moment still. Ich kann es in der Dunkelheit nicht richtig erkennen, aber möglicherweise habe ich noch nicht alle erwischt. Wenn Sie versuchen aufzustehen, bevor alle weg sind, könnten Sie sich den Knöchel brechen.«

»Oder noch ein paar Kübel«, erwiderte Bella trocken.

Er legte seine Hand erneut auf ihren Fuß, als beruhigte er ein nervöses Tier, und seine Berührung schoss durch ihren ganzen Körper bis in ihren Kopf.

»Machen Sie sich deshalb keine Sorgen. Ich passe auf, dass Sie nichts mehr kaputt machen. Vertrauen Sie mir.«

Er hielt Wort. Sobald er sie zu seiner Zufriedenheit von dem Efeu befreit hatte, sagte er: »Versuchen Sie es jetzt mal«, und hielt einen Arm so fest wie einen Schraubstock um sie, während sie sich unsicher aufrappelte.

Doch sobald sie stand, bemerkte sie, dass ihr rechtes Bein nur noch aus Watte bestand, und sie wäre hingefallen, wenn sie nicht seinen Arm gepackt und sich festgehalten hätte.

»Entschuldigung. Zu dumm, mein Bein ist eingeschlafen.«

»Das überrascht mich nicht. Lassen Sie sich Zeit.«

Er behielt den Arm um sie. Bella war dankbar. Sie fühlte sich erstaunlich zittrig.

Er schien es zu merken. »Also, ich glaube, Sie sollten sich besser hinsetzen. Und wahrscheinlich würde Ihnen etwas zu trinken auch guttun.«

Sie schüttelte halb lachend den Kopf. »Ich habe meinen Champagner schon vor einer ganzen Weile verloren.«

»Ich nicht. Sie können meinen haben.«

Er führte sie zwischen hohen Bananenstauden und buschigen, süßblättrigen Zitrusbäumen hindurch. Er muss Augen wie eine

Katze haben, dachte Bella, die zwischen Dankbarkeit und Verärgerung über sich selbst hin- und hergerissen war.

Er wusste eindeutig, wohin er ging, auch wenn er nicht hier wohnte. Er führte sie um eine halbrunde Steinmauer, sagte knapp: »Brunnen auf drei Uhr«, bevor sie ein mit riesigen Kissen ausgestattetes Rattansofa erreichten.

»Bitte sehr.«

Bella ließ sich in die Kissen fallen, als hätte sie keinen einzigen Knochen mehr im Leib. »Ich verstehe gar nicht, was mit mir los ist. Ich habe mich fast ein Jahr lang mit allen möglichen gruseligen Krabbeltieren und Tropenstürmen herumgeschlagen.«

»Ich bin beeindruckt«, sagte er freundlich.

»Nein, sind Sie nicht. Warum auch? Es ist nur so ... ich meine ... normalerweise haut mich so leicht nichts um.«

»Vielleicht zerstören Sie auch nicht so oft die Gartenanlage Ihres Gastgebers?«

»Jetzt machen Sie sich über mich lustig.«

»Ja. Macht es Ihnen etwas aus?«

Bella schüttelte den Kopf. Dann bemerkte sie, dass er es wahrscheinlich gar nicht sehen konnte, und sagte: »Nein, nicht wirklich. Außerdem haben Sie wahrscheinlich jedes Recht dazu. Nachdem ich Sie getreten habe, meine ich.«

»Das ist sehr fair von Ihnen.« In seiner Stimme lag ein Lächeln. »Wie fühlen Sie sich jetzt?«

Bella dachte einen Moment nach. »Ein bisschen komisch, um ehrlich zu sein.«

»Ich hole Ihnen einen Champagner.«

Er fand seinen Weg leichtfüßig durch den finsteren Innenhof. Sie lauschte angestrengt, doch er schien weder einen Kübel zu streifen noch einen Ast abzuknicken. Als er zurückkehrte, nahm sie dankbar die Sektflöte entgegen, die er ihr hinhielt, seufzte jedoch dabei.

»Ich wünschte, ich könnte das.«

Er war amüsiert. »Was? Sich beeilen?«

»Diese Pflanzen umsteuern, ohne dabei wie eine ganze Büffelherde zu klingen. Ich fürchte, ich bin eine der Rammbohlen dieser Welt.«

»Rammbohle?«, fragte er verblüfft.

»So hat mein Vater mich immer genannt. ›Wollen wir hoffen, dass Bella nicht Schauspielerin werden will‹, sagte er ständig. ›Sie würde andauernd die Möbel rammen und das Geschirr zerschlagen.‹«

»Wollten Sie denn einmal Schauspielerin werden?« Er klang fasziniert.

Bella nahm noch einen Schluck von ihrem Champagner. Er war gut. Die Bläschen schienen bei ihr denselben Effekt zu haben wie Wasser bei einem Gänseblümchen, das schon den Kopf hängen lässt. Sie richtete sich auf, fühlte sich von Minute zu Minute vergnügter.

»Gütiger Himmel, nein. Ich hasse es, wenn mich jemand anstarrt. Da dreht sich mir der Magen um. Aber ich wünschte, ich wäre nicht so tollpatschig.«

»Würde es Ihnen bei den Krabbeltieren und den Tropenstürmen helfen?«

Sie nahm einen weiteren Schluck Champagner, dann noch einen und noch einen. Ja, Bläschen gaben einem definitiv neuen Schwung. »Sie machen sich schon wieder über mich lustig.«

»Stört es Sie?«

»Nein. Ich glaube, es gefällt mir sogar.«

»Danke«, sagte er ernst.

Er setzte sich neben sie auf das Sofa. Bella erschauderte.

»Ist Ihnen kalt?«

»Nein.« Sie schaute zum Himmel auf. Wolken zogen noch immer über den Mond, aber ihr war eindeutig warm. »Wissen

Sie, vor drei ... nein, vier Nächten bin ich nachts einen Strand entlanggelaufen, und da waren so viele Sterne am Himmel, dass man seine Hand nicht hätte dazwischenlegen können. Und hier ist kein einziger zu sehen.«

»Warum sind Sie dann hier und nicht dort?«

»Ach, das ist eine lange Geschichte.«

Er machte es sich in den Kissen bequem. »Also, ich habe nicht vor, noch irgendwo hinzugehen.«

Sie lehnte sich ebenfalls zurück und hielt die Sektflöte fest in der Hand. »Nichts ist jemals so gut oder so schlecht, wie man es erwartet, nicht wahr?«

»Das ist sehr verallgemeinernd. Manchmal braucht man eine Weile, um herauszufinden, wie gut oder wie schlecht etwas ist.«

Er hat eine wundervolle Stimme, dachte sie, tief und dunkel und nachdenklich. Merlin mochte so eine Stimme gehabt haben. Schade nur, dass er nicht wusste, worüber er sprach.

»Sie irren sich. Man weiß es sofort, wenn etwas nicht richtig ist. Ich wusste es. Ich habe nur nicht ...«

»Nur nicht?«, ermunterte er sie.

»Ach, na gut«, sagte Bella verärgert. In der Dunkelheit kam es ihr nicht so schlimm vor, es endlich einmal laut auszusprechen. »Ich wollte es nicht zugeben, okay? Ich bin zu dieser Insel gereist und war davon überzeugt, dass ich zurück zur Natur gehen, den Planeten retten und meinen Platz im Universum finden würde.«

»Und das haben Sie nicht?«

»Nicht einmal annähernd.«

»Hart«, war alles, was er sagte.

Aber sie hatte das Gefühl, dass er sie verstand.

»Reine Zeitverschwendung, sich selbst leidzutun.«

»Da haben Sie Recht. Aber war es auf Ihrer Insel denn nur schlecht?«

Sie dachte darüber nach. »Ich glaube nicht«, gab sie schließlich zu. »Ich habe einiges gelernt.«

»Zum Beispiel?«

»Erstens …« Sie zählte an den Fingern ab. Oder zumindest fing sie an, an den Fingern abzuzählen, aber dadurch neigte sich ihr Glas erschreckend, und sie verschüttete etwas Champagner. Also hörte sie mit dem Fingerabzählen auf. »Verstehen Sie jetzt, was ich meine?«, fragte sie stattdessen. »Tollpatschig.« Champagner war auf ihren Handrücken gelaufen, und sie leckte ihn auf. »Spare in der Zeit, dann hast du in der Not.«

»Hm.« Er klang ein wenig abgelenkt. »Sie wollten mir erzählen, was Sie gelernt haben.«

»Ach ja, richtig. Also, eine Menge eigentlich. Den Nährwert von Rotalgen. Dass der Wind in den Palmwipfeln sich anhört wie Regen auf einem Wellblechdach und dass es einem das Herz bricht, wenn es kein Regen ist. Dass Fische zu zählen richtig langweilig ist, wenn man es Tag für Tag macht. Dass Leute einem erzählen, etwas wäre ein großes Abenteuer, wenn es eigentlich nur heiß und schmutzig ist.«

»Aha.«

»Und dann noch«, sagte Bella laut, »dass ich nicht besonders mutig bin. Also, auf die Sterne und die äquatorialen Fischbestände. Ich hoffe, sie sind glücklich, aber ich gehe nicht wieder zurück.«

Und dann fing sie, zu ihrer eigenen Überraschung, an zu weinen.

Seidenhemd hielt sich erstaunlich gut. Er sagte nicht wie Lottie, alles würde am nächsten Morgen schon viel besser aussehen oder dass sie ihre Meinung ändern würde, wenn sie über die Wichtigkeit ihrer Arbeit nachgedacht hätte, wie Francis Don es in ihrem letzten, entwürdigenden Wortwechsel getan hatte. Er nahm ihr das Glas ab – Bella sträubte sich, aber er wies sie darauf hin, dass es leer war, sodass sie schließlich doch losließ –, legte einen Arm um sie, zog sie an seine Schulter und ließ sie sich ausweinen. Er hätte ihr wahrscheinlich sogar ein Taschentuch gereicht, aber sie hatte eins unter das Band ihrer Armbanduhr unter ihrem langen Ärmel gesteckt, sodass ihr wenigstens diese Demütigung erspart blieb.

»Ich dachte, es wäre alles wieder in Ordnung, wenn ich nach Hause käme, aber das ist es nicht. Ich friere. Die Zeitschriften sind voller Leute, die ich nicht kenne. Meine Mutter ist viel zu beschäftigt damit, einen Wohltätigkeitsball zu organisieren, als dass sie mich zuhause haben wollte …« Ihre Stimme versagte, und sie putzte sich lautstark die Nase.

»Oje.« Mehr sagte er nicht.

Aber sie hatte das Gefühl, er wüsste, wovon sie sprach. Das gab ihr Kraft.

Sie seufzte tief. »Ja. Aber ich habe auch nicht auf die Insel gepasst. Die Kinder aus dem Dorf werden mir fehlen. Ein paar von den Leuten. Doch diese furchtbare Erkenntnis, dass ich eine einfältige Idiotin war … und alle anderen das auch wussten … das war das Schlimmste.«

Er saß regungslos da. Sie schniefte und glättete das Taschentuch, faltete es gedankenverloren zusammen, Ecke auf Ecke. Sie hatte das unbändige Verlangen, *irgendjemandem* die ganze traurige Geschichte zu erzählen.

»Das Problem war, dass ein Mann, den ich respektierte, mich im Grunde verarscht hat. Ich habe viel zu lange gebraucht, um es zu durchschauen, und noch viel länger, um es mir einzugestehen. Aber es ist die Wahrheit. Und das tut weh, wissen Sie?«

Er zog sie ein wenig näher an sich. »Ja, ich weiß. Ist mir auch schon passiert.«

»Ich meine, wenn er gesagt hätte, ›Komm und mach mit, wir haben kein Geld, deshalb leben wir davon, dass reiche Kids bei uns ein Praktikum machen‹ – das wäre fair gewesen. Aber er hat mir was vorgemacht, hat mir erzählt, was für eine tolle Forscherin ich sei und dass ich etwas bewegen könne, und er meinte, er würde sich darum kümmern, dass ich am Ende einen richtigen Job bekäme. Dabei hat er die ganze Zeit nur jemanden gewollt, der seine verdammten Fische für ihn zählt.« Ihre Stimme wurde laut. »Dabei mag ich Fische nicht mal.«

»Ich kann verstehen, dass man vor ihnen davonrennt.«

Bellas Kopf fuhr herum. »Machen Sie sich schon wieder über mich lustig?«, fragte sie argwöhnisch.

»Vielleicht ein wenig.« Er strich ihr eine blonde Strähne hinters Ohr.

Sie ließ sich erneut an seine Schulter sinken. »Wissen Sie, ich komme mir irgendwie so unwirklich vor. Nicht im Hier und Jetzt. Nicht dort. Als wäre ich eine Figur in den Träumen anderer Leute. Wenn sie aufwachen, bin ich verschwunden. Pffft!« Sie schnippte mit den Fingern. Sie musste es dreimal versuchen, aber am Ende schaffte sie es. »Pffft!«, wiederholte sie zufrieden. Sie schaute in der Dunkelheit zu ihm auf. »Hört sich das merkwürdig an?«

»Es hört sich an, als wäre es an der Zeit, dass ich Sie nach Hause bringe.«

Aber Bella schien tatsächlich nicht im Hier und Jetzt zu sein. »Sind Sie Schauspieler?«

»Gütiger Himmel, wie kommen Sie denn darauf?«

»Die Stimme … diese tolle, warme Stimme.«

»Wissen Sie, ich wäre wirklich geschmeichelt, wenn Sie nicht lallen würden«, sagte er und schob sie ein wenig von sich. »Kommen Sie mit, Dream Girl.«

»Ich weiß jetzt. Sie sind Psychiater.«

»Warum, zum Teufel …?«

»Sie stellen richtig gute Fragen, und dann hören Sie zu.«

»O ja. Ich kann gut zuhören«, sagte er. »Das ist so ungefähr das Einzige, was ich tue.«

»Sie können das wirklich gut«, sagte Bella. »Sehr, sehr gut.« Sie kuschelte sich an seine Schulter.

»O nein! Sie können jetzt hier nicht einschlafen. Los, auf die Beine, Dream Girl. Sie haben ein Zuhause, und es ist Zeit, dass ich Sie da hinbringe.«

Er wollte sie schon hochziehen, als Bella die Handtasche von Lottie einfiel.

»Meine Handtasche! Es ist ja nicht mal meine. Gott, sie muss irgendwo zwischen den Efeuranken stecken!«

»Warten Sie einen Moment, ich werde sie für Sie suchen.«

Abermals huschte er geräuschlos durch den dunklen Innenhof und kam kurze Zeit später grinsend zurück: »Gefunden!«

Er überreichte ihr die Handtasche und führte sie zurück ins Haus.

In dem Moment, in dem er die Tür öffnete, fiel ihr auch das Minicab wieder ein.

»Das Minicab! Es wird jede Minute hier sein und nach Hendred Associates fragen. Ich habe gesagt, ich würde darauf warten. Wo habe ich bloß meinen Mantel gelassen?«

»Ah, der Wagen ist für Sie?«, fragte einer der vorübergehenden Kellner. »Er wartet draußen. Ihr Mantel hängt im Frühstückszimmer. Ich zeige es Ihnen.«

Bella eilte sofort los, um ihn zu holen, und als sie zurückkam, war Seidenhemd weit und breit nicht mehr zu sehen. Sie blickte sich suchend um, doch das Minicab wartete, und sie konnte niemanden erkennen, der die richtige Größe gehabt oder ein perlweißes Seidenhemd getragen hätte. Dann musste sie wohl gehen, ohne sich von ihm verabschieden zu können.

Auch gut, dachte sie grimmig. Panik minderte die Wirkung des Champagners. Jetzt erinnerte sich Bella ein bisschen zu lebhaft daran, wie sie sich an seine Schulter gekuschelt und ihm die Geschichte ihres Lebens erzählt hatte.

Sie verabschiedete sich ein wenig verwirrt von ihrer Gastgeberin und ließ sich dankbar auf die Rückbank des Minicabs fallen. Sie sagte sich, sie sei nur müde. Sie sagte sich, sie würde überreagieren.

Aber da war eine kalte Stimme in ihrem Hinterkopf, wie eine Schuldirektorin, die das Zeugnis zum Schuljahresende vorträgt. Tausche alle Menschen aus, die sie umgeben ... verändere die Zeitzonen ... wechsle den Kontinent ... aber Isabella Greenwood macht sich immer noch zum Narren.

Es war zum Heulen!

3

Wann ist ein Date kein Date?

Tube Talk

Bella erwachte am nächsten Morgen mit einem Gefühl im Mund, als hätte sie einen Sandkasten verschluckt. Sie stöhnte und wälzte sich murmelnd hin und her, aber der Geschmack wollte nicht verschwinden.

Irgendwann stützte sie sich auf einen Ellenbogen und stierte auf den Wecker neben dem Bett. Doch selbst wenn sie ein Auge zukniff, verschwammen die Zahlen immer wieder. Sie ließ sich zurückplumpsen – und etwas kratzte an ihrem Ohr.

»Iiiihhh!«, schrie sie sofort auf.

Sie sprang aus dem Bett und schaute sich wild nach etwas um, womit sie den Käfer erschlagen konnte. Wenn es denn ein Käfer war und nicht einer von diesen schrecklichen Skorpionen oder giftigen Tausendfüßlern ...

Erst als sie sich über das Kopfkissen beugte, mit einem Exemplar des dicksten Harry-Potter-Bandes, den sie aus dem Bücherregal gerissen hatte, hoch über ihrem Kopf, funktionierte ihr Gehirn wieder. *Natürlich*. Sie war nicht mehr auf der Insel: kein Zelt, keine Kochtöpfe, kein klappriger Tisch mit hohen Papierstapeln darauf, ergo keine Krabbeltiere. Sie war in Lotties Gästezimmer, und das tödlichste Ding darin war die wackelige Trockenhaube.

Bella ließ Harry sinken und kam sich schrecklich dumm vor.

Doch selbst wenn Pimlico skorpionfreie Zone war, etwas hatte sie gebissen. Mit geübter Vorsicht zog sie die Decke weg.

Und hielt angewidert inne.

Es sah aus, als hätte jemand den Inhalt eines Potpourri-Glases von Granny Georgia darauf ausgeleert, genau dort, wo Bella geschlafen hatte. Da lagen Stückchen von staubtrockenen Blättern, kleine Zweige und sogar Erde. Ein grüner Fleck auf dem Laken endete in einem halb zerdrückten Lorbeerblatt. Wo ihr Kopf gelegen hatte, war das Kissen mit braungrünem Staub überzogen. Und das Ganze wurde noch schlimmer durch die unverwechselbaren Schmierflecken vom Lippenstift von letzter Nacht und einem traurigen Rest Goldglimmer.

»Pfui Teufel«, sagte Bella laut.

Die Schlafzimmertür ging auf, und Lottie kam gähnend herein. Sie trug ein übergroßes T-Shirt mit einem Teddybären drauf, das ihr bis an die Knie reichte, und pinkfarbene Socken. »Ihr habt geschrien, Miss«, sagte sie liebenswürdig.

Bella druckste ein wenig herum. »Äh ... ich dachte ... ein Skorpion wäre in meinem Bett. Ich war noch im Halbschlaf.«

Lottie kniff die Augen zusammen. »Hast du wieder irgendwelche Gruselschocker gelesen?«

Bella schüttelte den Kopf. »Nein. Viel schlimmer.« Sie kam nicht umhin, sie musste reinen Tisch machen. »Ich ... äh ... ich bin letzte Nacht wohl ins Bett gefallen, ohne mich vorher abzuschminken ... und ...« Sie trat beiseite und ließ den Zustand des Bettlakens für sie sprechen.

Lottie starrte es mit offenem Mund an. »Das war nicht alles, so wie es aussieht ... Ist das Erde?«

»Nein. Oder, äh, ja, ich glaub schon.«

Lottie schloss den Mund, öffnete ihn wieder, schüttelte den Kopf, schloss den Mund und ließ sich ziemlich heftig auf das Bettende plumpsen.

»Warum?«

»Äh ... man könnte sagen, ich hatte eine Art Unfall.«

»Das sehe ich. Wenn Carlos jetzt dein Haar sehen könnte, würde er sich die Kehle aufschlitzen. Oder eher dir.«

Von schlechtem Gewissen geplagt, betastete Bella ihr Haar. Ein paar Haarnadeln fielen heraus. Und auch ein vertrocknetes Efeublatt und eine Menge Staub. Sie drehte sich um, um in den Spiegel ihrer Vorgängerin zu schauen und erstarrte. Sie war in ihrer Unterwäsche zu Bett gegangen. Sie hatte einen breiten Dreckstreifen auf ihrer rechten Wange. Von Carlos' Kunstwerk hatte nichts überlebt. Wo eine kunstvolle Kaskade federweicher Locken gewesen war, war jetzt nur noch ein schiefes Durcheinander von Haarnadeln, Gartenabfällen und, höchstwahrscheinlich, Insekten.

Sie befühlte es vorsichtig. »Meinst du, da könnte ein Hundertfüßler drin sein?«

Lottie stöhnte auf.

»Ich weiß, ich weiß. Ich gehe total aufgestylt zur Party, und wenn ich zurückkomme, sehe ich aus wie Fungus der Nachtschreck. Ich habe das nicht absichtlich getan. Diese Dinge passieren mir einfach.«

Lottie schloss die Augen. »Es ist viel zu früh für so was«, sagte sie schwach. »Ich brauche einen Kaffee. Und Wasser. Jede Menge Wasser. Du kannst mir erzählen, was passiert ist, aber erst nachdem ich meine Wasserreserven wieder aufgefüllt habe.«

Sie tapste zur Tür.

»Dreck«, hörte Bella sie schimpfen, während sie in Richtung Küche stampfte. »Ich nehm sie auf die vornehmste Party aller Zeiten mit, und sie findet Dreck.«

Bella duschte und wusch sich die Haare. Und als sie den Schlick auf dem Boden der Duschwanne sah, stieg sie gleich wieder hinein und wusch sie sich noch einmal. Mit rosafarbener Haut und Shampoo in den Augen schlüpfte sie danach in ihre neue Unterwäsche, eine Röhrenjeans und einen Kaschmirpullover, den sie gestern bei Oxfam erstanden hatte. Dann ging sie in die Küche, wobei sie immer noch ihr Haar trocken rubbelte.

Lottie lümmelte über einem Tetrapack mit Orangensaft an der Frühstückstheke und checkte ihre SMS.

Bella dachte: Das habe ich früher auch jeden Morgen gemacht. Und beim Einkaufen, und wenn ich auf Lottie wartete, wenn wir uns im Club verabredet hatten. Warum fühlt es sich jetzt so komisch an? Laut sagte sie: »Irgendwas Interessantes?«

Lottie schnaubte. »Nein, verdammt.«

Bella goss sich einen Saft ein, verzog aber das Gesicht, sobald sie den ersten Schluck genommen hatte.

»Wasser«, sagte Lottie, die die Zeichen erkannte. »Deine Geschmacksknospen sind völlig durch den Wind, solange du deinen Wasserhaushalt nicht stabilisiert hast.«

»Das hört sich an, als wäre ich ein Acker.«

»Und das überrascht dich? Nach allem, was du dir letzte Nacht geleistet hast? *Dreck*? Ich bitte dich!«

Bella hob abwehrend die Hände. »Okay, okay. Tut mir leid. Ich bezieh das Bett neu.«

Lottie zuckte die Achseln. »Das überlass ich dir. Du schläfst schließlich drin.«

Normalerweise war Lottie kein Morgenmuffel, nicht einmal nach einer langen Nacht. Bella holte sich ein Glas vom Regal über der Arbeitsplatte und füllte es am Wasserhahn. Dann zog sie sich einen der Barhocker raus und setzte sich neben Lottie an die Theke.

»Was ist los, Lotts?«

Lottie strich sich die Haare aus dem Gesicht und schniefte. »Ich hatte gedacht, ich hätte letzte Nacht einen Vertrag unter Dach und Fach gebracht. Aber der Bastard gibt heute Morgen keinen Pieps von sich.« Sie schaute auf ihre Armbanduhr. »Oder vielmehr heute Nachmittag. Dabei habe ich wirklich hart daran gearbeitet.«

»Vielleicht wartet er damit bis zu den üblichen Geschäftszeiten«, vermutete Bella. »Er ruft bestimmt am Montag an.«

Lottie warf ihr einen mitleidigen Blick zu. »Milliardäre arbeiten vierundzwanzig Stunden am Tag, und zwar sieben Tage die Woche. Die warten nicht bis Montag. Wenn er wirklich interessiert wäre, hätte er schon angerufen. Nein, ich hab's verbockt.«

Sie stand auf, öffnete den Kühlschrank und starrte mürrisch hinein. »Keine Milch. Kein frischer Kaffee. Tja, dann wird es wohl das Prickelwasser.«

Sie zog eine Flasche Cava heraus und fummelte vergebens an der schwarzen Folie über dem Korken.

»Gib her.«

Bella nahm ihr die Flasche ab und löste die Folie und den Draht vom Korken. Simsen mochte sich noch merkwürdig anfühlen, aber eine Sektflasche zu öffnen, kam ihr inzwischen wieder so natürlich vor wie zu atmen. Sie neigte die Flasche um fünfundvierzig Grad, hielt den Korken fest und drehte die Flasche, bis der Korken ein wenig nachgab. Schließlich öffnete sie die Flasche ganz, ohne dass der Sekt mehr als ein damenhaftes Zischen von sich gegeben hätte.

Lottie streckte ihr schweigend zwei Gläser entgegen. »Das hast du schon immer richtig gut gekonnt. Kein Knallen, kein Sprudeln. Ich nehme an, Georgia hat dir beigebracht, wie man das macht?«

»Nein. Meine Großmutter findet nicht, dass eine Dame ihre Sektflasche selbst aufmachen sollte. Eine Dame sollte hübsch dabeisitzen, während ein großer, starker Mann sich zum Affen macht und den Champagner überall verspritzt.«

»Deine Großmutter hat eine ziemlich fiese Seite«, sagte Lottie bewundernd. »Kommt mir allerdings vor wie reine Verschwendung.«

Bella dachte eine Weile nach. »Hm, als sie mal richtig sauer war, hat Georgia zu mir gesagt, Männer wären sowieso nur für zwei Dinge gut: Weinflaschen zu öffnen und Mausefallen zu leeren. Und dann sagte sie noch, von Katzen hätte man aber mehr, und Alkohol würde überbewertet.«

Lottie lachte schnaubend. »Da hat sie sich geirrt.« Sie winkte mit ihrem Glas. »Komm schon, gieß ein.«

Das tat Bella auch, schüttelte jedoch den Kopf, als Lottie ihr das zweite Glas hinhielt.

»Danke, für mich nicht. Du hast Recht, ich muss mich erst mal wieder eingewöhnen. Ich habe letzte Nacht nur ein paar Gläser getrunken, aber die haben voll reingehauen.«

Lottie setzte sich wieder auf ihren Barhocker. »Ah-ha! Erzählst du mir jetzt endlich von dem Dreck? Na, dann schieß mal los.«

Bella lehnte sich an die Tür und erzählte ihr eine redigierte Fassung der Großen Efeukatastrophe, wobei sie sich über die unvernünftig große Zahl von Kübelpflanzen in dem Innenhof ausließ und die Rettungsaktivitäten von Seidenhemd klar umschiffte.

Doch Lottie war nicht dumm. »Du siehst so aus, als würdest du mir etwas verheimlichen. Bei dem Ganzen spielte auch ein Mann mit, stimmt's?«

Bella schüttelte den Kopf. »Nein. Ich bin ganz allein in den Efeu gefallen.« Das war die Wahrheit, sagte sie sich. Seidenhemd war erst aufgetaucht, als sie schon auf dem Boden lag.

Lottie starrte sie einen Moment lang an wie ein Untersuchungsbeamter, der einen Verdächtigen verhört. Dann schien sie sich zu langweilen. »Wenn du es sagst. Abgesehen von deinem Angriff auf die Kübelpflanzen, hat es dir gefallen?«

»Ja, es war toll. Gute Musik, tolle Tanzfläche. Fantastische Kunstwerke. Es war super, mal wieder zu tanzen. Ich habe mich auch mit ein paar netten Leuten unterhalten.«

»Aber?«

Bella zuckte unbehaglich mit den Schultern. »Ach, ich weiß nicht. Irgendwann hatte ich wohl eine Überdosis an Menschen abbekommen. Plötzlich hatte ich das Gefühl, als könnte ich bei dem ganzen Gerede nichts mehr hören und bekäme kaum noch Luft in der Enge. Dann bin ich raus auf den Innenhof.«

Lottie pulte an einem »3 für 2«-Aufkleber an dem Orangensaft herum. Sie sah Bella nicht an. »Und das hat dir nicht gefallen?«

»Abgesehen davon, dass ich mich lächerlich gemacht habe, meinst du?«

Da schaute Lottie auf. Ihre Augen glänzten triumphierend. »Siehst du? Ich *wusste* doch, dass ein Mann im Spiel war. Vor mir kannst du nichts verbergen.«

»O Mist!«

Lottie wartete.

Irgendwann seufzte Bella. »Okay. Jemand kam raus und hat mich aus dem Efeugewirr befreit. Er war sehr nett, und ich war – also, ein bisschen angeheitert und ziemlich rührselig, um die Wahrheit zu sagen.«

»Hast du ihn angemacht?«

»Nein, habe ich nicht«, entgegnete Bella entrüstet.

»Dann hast du dich auch nicht lächerlich gemacht«, sagte Lottie fröhlich.

Bella schüttelte ungläubig den Kopf. »Weißt du, du siehst die Welt wirklich nur schwarz-weiß.«

»Ich bin nur praktisch veranlagt.«

»Hä?«

»Ich kenne dich. Wenn du ihn angemacht hättest, würdest du es vermeiden wollen, ihn je wieder zu sehen. Je nachdem, wen er sonst noch so kennt, könnte das sehr einschränkend sein. Du hast schließlich ein geselliges Leben geführt, das du so schnell wie möglich wieder aufnehmen solltest. Die Wintersaison steht vor der Tür. Wie heißt er?«

Bella starrte sie an. »Wir haben keine Visitenkarten ausgetauscht.«

Lottie spitzte ihre Lippen. »Er hat dir nicht verraten, wie er heißt? Kein gutes Zeichen. Hat er dich nach deinem Namen gefragt?«

»Hör zu«, sagte Bella resolut. »Er hat mir auf die Beine geholfen, mir den Dreck abgeklopft und sich verabschiedet. Keine große Sache.«

»Wenn du es sagst.«

»Ja, das sage ich. Und – willst du dich jetzt in das Prickelwasser stürzen, bis es über deinem Kopf zusammenschlägt, oder kann ich dich auf einen Burger einladen?«

Lottie sagte, sie würde keinen Burger überstehen und wolle auch nicht wirklich die Wohnung verlassen. Sie wollte in Jogginghosen rumgammeln und Zeitung lesen. Aber wenn Bella anbieten würde, ihre berühmten Eggs Benedict zu machen, dann würde sie, Lottie, dazu nicht Nein sagen.

Bella erkannte einen Olivenzweig, wenn sie ihn sah. »Dann geh ich mal einkaufen.«

Lottie verschwand unter die Dusche, während Bella den Griff eines Löffels in den Hals der Sektflasche steckte und sie in den Kühlschrank zurückstellte. Dann schrieb sie genau auf, was sie für Eggs Benedict brauchte, plus der anderen Sachen, wie Milch und Kaffee, die Lottie irgendwie vergessen hatte einzukaufen, schnappte sich wieder den Mantel ihrer Freundin und ging hinaus.

Es war ein strahlend heller Tag, und die tief stehende Sonne traf Bella genau zwischen die Augen. Geblendet eilte sie zum Laden an der Ecke und nahm sich vor, ihre Sonnenbrille hervorzukramen, ehe sie wieder in dieses Licht hinausgehen würde. Sie kehrte mit einer Plastiktüte voller Lebensmittel und einem Exemplar jeder Zeitung, die der Laden verkaufte, in die Wohnung zurück. Inzwischen war Lottie angezogen und viel vergnügter.

Bella kochte, und sie hatten einen netten Nachmittagsbrunch in der Küche, bevor sie es sich vor dem Kamin bequem machten und die Zeitungen untereinander aufteilten. Die guten Sachen lasen sie sich gegenseitig vor. Hin und wieder las Lottie auch einen Schnipsel über die aktuelle Szene vor, von der sie meinte, dass Bella möglichst schnell wieder informiert sein sollte. Irgendwann verabschiedete sich das Tageslicht, und das Zimmer wurde nur noch vom Kaminfeuer und einer Tischleuchte in der Ecke erhellt.

Lottie ließ die letzte Zeitung zu Boden gleiten, gähnte und sagte: »Es gibt nichts Besseres als einen faulen Sonntag mit einer alten Freundin. Was möchtest du heute Abend gern tun? Fernsehen, Kino oder eine DVD?«

Bella sah von der letzten Werbebeilage auf, die sie gerade durchblätterte. »Egal. Bitte mich bloß nicht, irgendeine Entscheidung zu treffen.«

»Dann eine DVD. Etwas mit Happy End.«

»Klingt gut. Ich denke, ich sollte jetzt mal meine Mutter anrufen. Inzwischen sollte es spät genug für sie sein.«

Lottie lachte auf. »Stimmt. Sogar wenn sie bis zum Morgengrauen getanzt hat.«

»Sie wird jedoch früh ins Bett gehen. Ich sollte mich also beeilen, bevor das Zeitfenster wieder zuschnappt.«

Bella ging in ihr Schlafzimmer, um ihr neues Handy vom Nachttisch zu holen. Dann erinnerte sie sich daran, dass sie es in die Tasche gesteckt hatte, die Lottie ihr gestern Abend geliehen hatte. Nachdem sie die verschiedenen Kleiderhaufen in ihrem Zimmer durchsucht hatte, entdeckte sie die Tasche unterm Bett.

Sie nahm sie mit zurück ins Wohnzimmer. »Tut mir leid, Lotts, ich hab's vergessen. Die hätte ich dir heute Früh schon wieder zurückgeben sollen.« Sie kippte sie aus und fand ihren Lippenstift, die Karte der Minicab-Zentrale, ihr Fluchtgeld, sogar ein zerknäueltes Taschentuch.

Aber kein Handy.

»Mist. Ich muss es verloren haben.«

Lottie blieb ruhig. »Das ist das Problem, wenn man in einer neuen Wohnung ist«, sagte sie verständnisvoll. »Komm, wir gehen zusammen durch, was du alles getan hast, als du letzte Nacht heimgekommen bist.«

Sie gingen zur Wohnungstür und zogen das ganze Zurückspulen-Ding durch. Es half nichts. Bella hatte das Handy nicht mit ihrem Schlüssel auf dem Dielentischchen abgelegt. Sie hatte es nicht in der Tasche von Lotties Mantel gelassen. Sie hatte es noch nicht einmal mit ins Bad genommen und in den Badezimmerschrank gelegt, was Lottie schon einige Male passiert war, wie diese freimütig bekannte.

»Verdammt, ich habe all meine Nummern da gespeichert«, fluchte Bella wütend auf sich.

»Okay. Wann hast du es das letzte Mal benutzt? Ich meine, du hast dir das Minicab gerufen, stimmt's? Was hast du danach getan?«

Bella zermarterte sich das Gehirn. Ihre Erinnerung war verworren, aber sie war sich fast sicher, dass sie das Taxi bestellt hatte, bevor Seidenhemd aufgetaucht war. »Ich glaube, ich könnte es in dem Innenhof liegen gelassen haben«, sagte sie zweifelnd.

»Dann ist es leicht. Ich rufe dort an.«

»Hm, das könnte ein Problem sein, denn ich habe ein kleines Durcheinander in dem Hof hinterlassen«, erwiderte Bella voller Unbehagen.

»Ich glaube nicht, dass sie dort nach Fingerabdrücken gesucht haben. Sollten sie mich darauf ansprechen, ich weiß von nichts. Ich rufe an, und du schaust noch einmal in deinem Zimmer nach.«

Aber ihre Gastgeber vom letzten Abend hatten kein Handy gefunden. Und obwohl Bella das Bett komplett abzog, war es auch dort nicht zu finden. Dann rief Lottie bei der Minicab-Zentrale an, während Bella das Bett neu bezog und die Zweige und das Laub aufsaugte.

Die Minicab-Zentrale wusste von nichts, aber der Wagen, mit dem Bella heimgefahren war, war gerade unterwegs. Man versprach, nachzufragen und zurückzurufen, falls das Handy gefunden wurde.

»Es bleibt uns nur noch eins übrig«, sagte Lottie. »Wir wählen deine Nummer und warten ab, ob jemand rangeht.«

Das tat sie.

Und jemand ging ran.

»Hallo? Wer spricht da? Ich glaube ... was?« Pause. »Äh, nein, ich nicht. Das Handy gehört meiner Freundin. Vielleicht sollten Sie mit ihr sprechen.«

Lottie reichte Bella das Handy mit einem sehr merkwürdigen Ausdruck im Gesicht. Sie ging in die Küche und zog die Tür demonstrativ hinter sich ins Schloss.

»Hallo?«, sagte Bella verwirrt.

»Wer spricht da?«

Selbst durch den schlechten Empfang ihres billigen Handys erkannte Bella diese dunkle, tiefe Stimme. Sie sah auf ihre Zehen hinab und stellte fest, dass sie sich erwartungsvoll in den Teppich gruben.

»Äh – ich.« Nichts als ein Krächzen. Sie räusperte sich, stellte sich vor zu gurgeln, stellte sich vor, sie würde langsam und deutlich mit jemandem sprechen, der nicht besonders gut Englisch verstand, und versuchte es erneut. »Also, Bella Greenwood.

Wir haben uns letzte Nacht kennen gelernt, und Sie haben mein Handy. Hallo.«

»Ich dachte mir schon, dass es wahrscheinlich Ihres ist.« O ja, er war es ganz bestimmt, dieser Anflug von Lachen in dieser rauchigen Stimme. Ihre Zehen zappelten.

»Äh … echt? Warum?«

»Leuchtend pink, mit Efeu dran und leicht angeschlagen.«

»Oh.«

»Das war ein Kompliment«, versicherte er ihr. »Wie viele Leute kennen Sie, deren Handy absolut unverwechselbar ist?«

Bellas Stimmung hellte sich auf. »Tja, wenn Sie das so sehen …«

»Ja, ich sehe das so«, unterbrach er sie abrupt. »Also, wie schaffen wir es, dass Sie es wiederbekommen?«

»Sind Sie in London? Könnte ich es vielleicht abholen?«

Es entstand eine Stille. Sie dachte: Mist, das hätte ich nicht sagen sollen. Er muss denken, dass ich auf ein Date aus bin. Und jetzt überlegt er, wie er höflich ablehnen soll. Autsch!

Sie tat so, als wäre nichts. »Von Ihrem Büro, vielleicht? Ich meine, wir müssen uns ja nicht persönlich treffen, wenn Sie's am Empfang deponieren, meine ich. Oder Sie könnten es mir per Boten hierherschicken. Das würde ich dann natürlich bezahlen. Können Sie denen sagen, dass sie das Geld von mir bekommen.« Mein Gott, was plapperte sie da nur?

Er unterbrach sie erneut. »Joggen Sie?«

»Was?«

»Joggen. Laufen. Trainieren.«

»Ach, *joggen*. Nein.«

»Oh.« Er schien nachzudenken. »Kennen Sie den Battersea Park?«

»Ja, klar«, sagte sie verwirrt.

»Ich jogge dort morgen Früh. Wir treffen uns an der Brücke, die über den See führt, um … sagen wir, zehn vor acht.«

»Brücke am See, okay.« Bella konnte sich an keine Brücke erinnern und hatte nur eine nebelhafte Vorstellung von einem See. Aber es musste irgendwo eine Karte geben, wo sie nachsehen konnte.

»Ich habe morgen einen ziemlich vollen Terminkalender. Möglicherweise kann ich nicht warten, wenn Sie sich verspäten.«

Bella erstarrte. »Wäre es nicht leichter, das Handy einfach in die Post zu stecken?«, fragte sie eisig.

»Aber dann würde ich Sie nicht noch einmal sehen«, sagte er und machte damit seinen Fehler zumindest zum Teil wieder gut. »Nein, versuchen wir doch, uns morgen zu treffen. Wenn wir es nicht schaffen, muss ich es Ihnen wohl schicken. Geben Sie mir die Adresse.«

Sie tat es, und dann legte er auf. Bella trug das Telefon zu Lottie zurück.

»Danke.«

»Er hat dich diesmal nach deiner Adresse gefragt, oder?«

»Ich dachte, du würdest nicht lauschen.«

Lottie bedachte sie mit einem frechen Grinsen. »Musste ich gar nicht. Dream Girl.«

»*Was?*«

»So hat er mich genannt, als er dachte, ich wäre du.«

Bella fühlte, wie sie rot wurde, und starrte ihre Freundin böse an. Aber Lottie zeigte keinerlei Reue, sondern starrte wissend zurück. »Und, wohin führt er dich aus?«

»Nirgendwohin«, fauchte Bella und warf die Tür hinter sich zu, um ihre Mutter anzurufen, ohne Lottie auch nur noch ein Wort zu verraten.

Lottie war noch nicht aufgestanden, als Bella sich am nächsten Morgen aus der Wohnung stahl. So musste sie wenigstens nicht irgendein Märchen erfinden, wohin sie unterwegs war. Sie war sich nicht sicher, ob sie *wirklich* gelogen hätte, wenn Lottie wach gewesen wäre und neugierig nachgefragt hätte. Aber sie war froh, dass sie sich nicht entscheiden musste.

Es war kühl, und Tau glitzerte auf dem Rasen in den Vorgärten. Als die Sonne höher stieg, wurde Bella wieder geblendet, doch nach der gestrigen Erfahrung war sie vorbereitet. Sie fischte eine Sonnenbrille aus der Tasche ihres geliehenen Mantels und marschierte energisch über Chelsea Bridge.

Sie brauchte länger für den Weg zum Park, als sie vermutet hatte, und die Brücke war nicht leicht zu finden, nachdem sie endlich dort war. Wie sich herausstellte, kam man nur über einen schmalen Pfad dorthin, der von Immergrün überwuchert wurde. Als sie ihn gefunden hatte, war es auf ihrer Armbanduhr bereits nach acht. Vielleicht war er also gar nicht mehr da, dachte sie, als sie sich an seine Warnung erinnerte. Ihr erster Instinkt war es, loszurennen.

Dann erinnerte sie sich an einen anderen Grundsatz von ihrer Großmutter: Eine Dame mag sich zwar verspäten, aber sie ist nie abgehetzt. Bella lachte laut und verlangsamte ihren Schritt. Und wenn schon! Wahrscheinlich ist er längst weg. Und falls er noch da sein sollte – tja, bedenkt man die Katastrophen bei unserem ersten Treffen, werde ich auf keinen Fall knallrot im Gesicht und keuchend vor ihm stehen wollen, wenn er mich zum zweiten Mal sieht. Granny Georgia würde stolz auf sie sein.

Trotzdem marschierte sie stramm voran. Und als sie bei der Brücke ankam, war er noch da.

Oder zumindest glaubte sie, dass er es war. Bella konnte sich nicht ganz sicher sein. Ein großer Mann rannte dort auf der Stelle, in dunkelblauer Jogginghose und Kapuzensweater, mit einer Sonnenbrille, die mit einem Gummiband an ihrem Platz gehalten wurde. Sie runzelte die Stirn, als sie versuchte, sich die athletische Figur in der frühen Morgensonne mit einem Seidenhemd und einem frechen Lachen vorzustellen. War er's? Oder war er's nicht?

Und dann entdeckte er sie, und sie hatte ihre Antwort. Er grinste über das ganze Gesicht und joggte ihr entgegen.

»Sie haben es geschafft!«

»Hi«, sagte Bella und fühlte sich plötzlich unbeholfen. Gaben sie einander die Hand? Küsschen auf die Wange? High Five?

Er zögerte nicht einen Moment und umarmte sie.

»Aaahh«, entfuhr es Bella außer Atem. Obschon es nicht nur die Umarmung war, die ihr den Atem nahm.

Er stützte sie – wofür sie ihm denkbar war; ihr war tatsächlich ziemlich schwummrig -, und ließ sie los.

Es machte keinen Unterschied. Selbst durch Lotties Mantel und die Wollhandschuhe brachte seine Berührung ihren ganzen Körper zum Kribbeln. Bella erschauderte ungewollt.

»Ihnen ist kalt. Kommen Sie, lassen Sie uns ein Stück gehen.«

Sie ging neben ihm her. Na ja, eigentlich war das eine Übertreibung. Er lief los, und sie hielt Schritt, indem sie alle paar Meter einen kleinen Zwischenhopser hinlegte. Sie war nicht klein für eine Frau, aber er war so viel größer als sie, dass er ihr naturgemäß davoneilte. Es war nicht gerade angenehm.

»Wann haben Sie denn entdeckt, dass Ihr Handy weg war?«

Sie erzählte ihm von Lottie und davon, wie sie ihre Schritte durch die Wohnung nachgestellt hatten. Sie erzählte ihm nicht, dass ihre Freundin nie vergessen würde, dass er sie »Dream Girl« genannt hatte. Schließlich war das hier möglicherweise das letzte Mal, dass sie sich trafen, vielleicht nannte er sie nie wieder so, deshalb war es wohl egal, oder nicht?

»Und wie geht es Ihnen? Keine Nachwirkungen?«

»Vom Champagner oder den tief fliegenden Kübelpflanzen?« Und Bella erzählte ihm von ihrer Skorpionpanik am Morgen danach.

Er lachte so heftig, dass er sogar für einen Moment stehen blieb.

Dankbar tat sie es auch, denn sie spürte die ersten Anzeichen von Seitenstechen.

»Sie sind witzig«, sagte er, als er wieder sprechen konnte. »Absolut witzig. Mir ist noch nie jemand wie Sie begegnet.«

»Nur anfällig für Unfälle.«

»Aber kreativ. Sie müssen ein sehr reiches Innenleben haben. Skorpione!« Und schon wieder musste er heftig lachen.

»Nun, bis vor fünf Tagen waren Skorpione eine sehr reelle Gefahr für mich«, wies Bella ihn zurecht.

»Das hatte ich vergessen. Fällt es Ihnen schwer – sich einzugewöhnen, meine ich?«

Sie gingen wieder weiter.

»Nicht wirklich schwer. Aber – also, ich habe oft das Gefühl, als wäre ich irgendwie aus dem Tritt gekommen, verstehen Sie? Ich habe mir beim Friseur eine Zeitschrift angesehen und kannte die Hälfte der Prominenten darin nicht. Ich meine, ich habe sie einfach nicht erkannt.«

»Sie interessieren sich für Promi-Geschichten?« Er klang ungläubig.

»Nein, nicht wirklich. Aber sie sind überall. Zumindest wenn man fernsieht oder Zeitung liest. Und das habe ich fast ein Jahr lang nicht getan.«

»Ach so. Kulturschock.«

»Und was für einer! Ich bin es nicht mehr gewohnt, mit vielen Menschen zusammen zu sein. Als ich am Samstag einkaufen ging, bin ich fast verrückt geworden. Und dann bei der Party – aus diesem Grund habe ich mich in den Innenhof zurückgezogen. Diese ganzen Leute waren einfach zu viel für mich.«

»Klingt für mich vollkommen nachvollziehbar.«

»Ja, hm …« Bella wurde plötzlich verlegen. Sie hatte ihm alles darüber erzählt, wie sie sich von Francis hatte hereinlegen lassen. Als wäre er irgendeine Kummerkastentante, kein sexy Typ auf einer Party. »Sie waren sehr freundlich.«

Er blieb stehen. »Freundlich? Nein. Nennen Sie es Mitgefühl.«

Sie schaute ihm fragend ins Gesicht. Er schien es ernst zu meinen, aber ... »Warum?«, fragte sie zweifelnd. »Haben Sie sich auch mal ein Jahr Auszeit genommen?«

»Nein. Na ja, wie man's nimmt. Ich mache das ständig. Ich reise viel, wissen Sie. Meistens ins Ausland. Wenn ich dann zurückkomme, erwarten alle von mir, dass ich aus dem Flieger steige und gleich wieder funktioniere, als wäre nichts passiert. Denn das ist es ja auch nicht – zumindest für die anderen.«

Er reiste viel? Banker? Internationaler Anwalt?

Bevor sie fragen konnte, fuhr er fort. »Es bringt einen durcheinander. Also, mich auf jeden Fall. Und es sorgt dafür, dass man sich ziemlich einsam fühlt.«

»Einsam«, wiederholte sie. »Ja. Ja, das stimmt.«

»Man ist dann nicht mehr die Person, die die anderen kennen, das ist das Problem.«

»Ja, das ist wahr. Vor einem Jahr konnte ich shoppen bis zum Umfallen. Und die Nächte durchtanzen.«

Er grinste und ging wieder los. »Es wird zurückkehren. Leute ändern sich nicht grundlegend.«

»Meinen Sie?« Sie war sich da nicht so sicher. »Niemals?«

»Nicht nach meinen Erfahrungen.«

Es klang nicht so, als wären es gute Erfahrungen gewesen. Bella musterte ihn, aber seine riesige Sonnenbrille verbarg seinen Gesichtsausdruck, und er sagte nichts mehr.

»Na, hoffentlich stellen sich wenigstens meine alten Telefongewohnheiten wieder ein«, sagte sie heiter. »Lottie macht keinen Schritt ohne ihr Handy.«

»Oh. Ja.« Er kramte in der Tasche seines Kapuzensweaters herum. »Hier, bitte.«

In der Morgensonne glänzte das Handy sehr pink.

»Danke«, sagte Bella. »Danach habe ich gestern wirklich überall gesucht.«

»Ich hatte schon gedacht, Sie hätten es vielleicht abgeschrieben.«

»Nie und nimmer.« Sie war entsetzt. »Mein ganzes Leben steckt in diesem Handy. Oder zumindest mein Leben bis vor zehn Monaten.«

»Und warum haben Sie dann so lange gezögert, anzurufen?«, fragte er neugierig.

Fast hätte sie geantwortet: Weil ich meine Mutter anrufen musste und nicht daran erinnert werden wollte. Aber solche Gespräche führte man nicht um halb neun Uhr morgens in einer öffentlichen Parkanlage. Deshalb sagte sie vage: »Ach, mein wahres Leben hat wieder an meine Tür geklopft.«

Durch die Herbstbäume konnte sie sehen, dass eine scharfe Brise die Oberfläche des Sees kräuselte. Sie gingen durch einen halb verwilderten Teil des Parks. Ein Mann mit einer Tweedkappe, Handschuhen und Barbourjacke betrachtete durch die Büsche die Enten auf dem See und stampfte dabei mit den Füßen auf und klatschte in die Hände. Sein Atem stand wie eine Rauchwolke in der kalten Luft. So wie der von Bella, wie ihr auffiel, als sie darauf achtete.

»Gibt es hier am See nicht ein Café? Wir könnten einen Kaffee trinken«, schlug sie vor.

»Das hat noch nicht auf«, sagte er bestimmt, aber sie hatte das Gefühl, dass er ohnehin abgelehnt hätte. »Wir müssen einfach nur ein wenig schneller gehen. Dann wird Ihnen wieder warm.«

Abermals musste sie sich entscheiden, ob sie neben ihm herjoggte oder alle paar Meter einen Zwischenhopser einlegte, um mit ihm mitzuhalten. Weder das eine noch das andere war für ein Gespräch sonderlich förderlich. Und das Seitenstechen machte sich wieder bemerkbar. Sie blieb stehen.

»Hören Sie«, sagte sie zu seinem Rücken. »Ich habe Ihnen gesagt, dass ich nicht jogge. Was für einen Sinn hat es, dermaßen um den See herumzurennen? Können wir nicht irgendwohin gehen und einfach ... ein bisschen reden?«

Für einen nachdenklichen Augenblick drehte er diese maskenartige Sonnenbrille zu ihr um. Dann sagte er: »Reden? Okay. Hier entlang.«

Kaffee, dachte Bella. Vielleicht sogar eine Scheibe gebutterten Toast. Sie musste sich sehr zusammenreißen, bei diesem Gedanken nicht zu sabbern.

Er verließ den Pfad, ging an einem Hain vorbei, wo etwas wuchs, das wie riesige Bananenstauden aussah, zu einem breiten Reitweg, an dessen Biegung eine Dickens'sche Straßenlampe stand. Hier waren mehr Leute unterwegs. Mütter, die ihre Kinder zur Schule brachten und gleichzeitig ihre Hunde ausführten; zielstrebige Jogger und noch zielstrebigere Leute auf dem Weg zur Arbeit. Man konnte sie an ihren Aktentaschen, den Headphones und den zusammengebissenen Zähnen erkennen. Ein paar Inlineskater zischten vorbei, zu schnell, als dass Bella hätte erkennen können, ob sie Aktentaschen dabeihatten oder, noch schlimmer, Schuluniform trugen.

»Hier«, sagte er.

Und er nahm ihre Hand und rannte mit ihr zwischen den Kinderwagen und Gassigehern den Reitweg hinunter mitten auf einen zentralen Platz und die Treppen eines großen, verlassenen Musikpavillons hinauf.

Der Musikpavillon?

Er ließ ihre Hand los und ging strahlend hinüber zu dem

schmiedeeisernen Geländer. Bella nahm ihre Sonnenbrille ab und starrte ihn ungläubig an.

Er drehte sich um. »Was ist?«, fragte er, offensichtlich überrascht. »Sie wollten doch reden. Das haben Sie gesagt.«

»Aber nicht zu einer versammelten Menge«, erwiderte Bella, ihre Gefühle mühsam unterdrückend. »Sie sehen aus, als wollten Sie gleich eine Rede halten.«

»Wovon sprechen Sie da?«

Sie deutete hilflos um sich. Einige Frauen mit Kinderwagen unterhielten sich am Rand des Platzes. Der Mann mit der Tweedkappe studierte einen Übersichtsplan des Parks. Ein halbes Dutzend Inlineskater umkreiste den Musikpavillon und feuerte sich dabei gegenseitig an. Ein Spaniel sprang bellend und mit fliegenden Ohren hinter ihnen her. Bella drehte sich um die eigene Achse und betrachtete das alles, bis ihr davon schwindelig wurde, und lehnte sich dann neben ihn an das schmiedeeiserne Geländer. Wenn er mit einer Handglocke klingeln würde, dachte sie, dann würden diese Leute sich alle um ihn scharen und zuhören.

»Ich hatte mir eher einen Tisch in irgendeiner ruhigen Ecke vorgestellt und etwas Warmes zum Trinken.«

Er schien sie nicht zu hören. Er trommelte mit den Fingern auf dem Geländer herum und starrte auf den Park, als wollte er ihn sich ganz genau einprägen.

»Ich liebe diesen Ort. Er ist so voller Leben. Die Leute kümmern sich um ihre Angelegenheiten wie auch schon vor hundert Jahren. Erinnert mich an die Bilder in unseren alten Kinderbüchern in unserem Kindertrakt.«

Kindertrakt?, dachte Bella. Das klang ein bisschen großspurig. Oder vielleicht auch nach vergangenem Reichtum und aktuellen harten Zeiten, wie bei Granny Georgia. Obschon Seidenhemd nicht so aussah, als hätte er Probleme damit, seine Kleiderrechnungen zu bezahlen. Andererseits war sie selbst auch auf die Party gegangen und hatte schwerreich ausgesehen, dabei war es alles geliehen gewesen oder Secondhand von Oxfam.

Plötzlich platzte es aus ihr heraus: »Wer *sind* Sie?«

Erschrocken blickte er sie an.

Sofort ruderte sie zurück. »Ich meine, wohin schicke ich meine Dankeskarte dafür, dass ich mein Handy wiederhabe?«

»Ach, das. Machen Sie sich deshalb mal keine Sorgen. Ich bin froh, dass ich es Ihnen wiedergeben konnte.« Er fügte verschmitzt hinzu: »Sogar sehr froh. Meine Freunde fingen schon an, mich damit aufzuziehen, dass ich ein pinkfarbenes Handy hatte, das ich immer wieder überprüfte.«

Hieß das, er hatte sich gewünscht, dass sie ihn anrief? Dass er sie wiedersehen *wollte*? Bella sah ihn unsicher an. Wegen der Sonne musste sie die Augen zusammenkneifen. Er nahm seine Sonnenbrille nicht ab. Es war hoffnungslos. Sie konnte seinen Gesichtsausdruck nicht erkennen.

Und er hatte ihr immer noch nicht seinen Namen gesagt. Lottie hatte wahrscheinlich Recht. Der Mann wollte offenbar einen kleinen Flirt, ein heimliches Treffen, nichts Festes. Na, schön. Macht ja nichts. Wenigstens hatte sie ihr Handy zurück.

»Also, ich muss dann los«, sagte Bella. Sie streckte ihm die Hand hin. »Danke für die Rettungsaktion. Meine Telefonfreunde und ich sind Ihnen sehr dankbar. Ganz zu schweigen von meiner Mutter.«

Er ignorierte ihre Hand. »Sie wollen gehen?« Er klang erstaunt.

Also, wirklich, was erwartete er denn, wenn er ihr nichts erzählte und ihr nicht einmal etwas Heißes zu trinken gönnte?

»Muss leider«, sagte Bella und lächelte entschlossen. »Ich muss mich um einen Job kümmern, und dann muss ich mein wahres Leben wieder aufnehmen.«

»Ich …«

»Ja?«

»Ja, natürlich, Sie müssen gehen. Ihr wahres Leben.« Mit einem Mal war es gar nicht mehr so schwer, ihn zu durchschauen. Er klang niedergeschlagen und enttäuscht.

»Es war nett, Sie kennen zu lernen«, sagte Bella, die gleich wieder etwas freundlicher gestimmt war.

Er schüttelte den Kopf.

»Also dann, auf Wiedersehen.«

Und dann rannte sie die Stufen des Pavillons hinunter und in Richtung des östlichen Haupteingangs, so schnell sie konnte, ohne sich lächerlich zu machen.

Er lief ihr nicht hinterher.

4

Einsamer Prinz feiert mit den Jungs

Daily Despatch

Anthea von Jodie's Jobs freute sich, Bella zu sehen.

»Weihnachtsvertretung, oder?«, fragte sie, nachdem sie sie umarmt, ihre Akte aufgerufen und sie mit einem warmen, dampfenden Kaffee versorgt hatte.

Bella hielt die Hände dankbar um die Tasse gelegt. »Eigentlich suche ich etwas für ein bisschen länger.«

Sie zählte auf, was sie alles gemacht hatte, seit Anthea zum letzten Mal ihre Berufserfahrungen aufgenommen hatte.

Anthea lutschte an ihrem Stift. »Ich will offen mit dir sein. Wir bekommen nicht viele Anfragen nach Leuten, die Fische zählen. Wie dringend brauchst du den Job?«

Bella hatte am Morgen ihren Kontostand überprüft. »Heute wäre gut.«

»Oh, ich verstehe.« Antheas Finger flogen über die Tastatur. »Also, die Weihnachtsvertretungen haben noch nicht angefangen. Aber ich könnte dir einen Aushilfsjob am Empfang einer Zahnarztpraxis anbieten. Der Arzt ist leider ein ziemliches Arschloch, weshalb viele der Mädchen kein zweites Mal hingehen. Aber wenn du dringend etwas brauchst ...«

»Was für eine Sorte Arschloch?«

Anthea las laut vom Bildschirm vor: »Arschkriecherisch gegenüber den reichen Patienten, tyrannisch gegenüber der Belegschaft. Wirft mit Sachen um sich.« Sie schaute zu Bella auf. »Du könntest heute hingehen, um es dir anzusehen, und morgen anfangen, wenn du magst.«

Bella verzog das Gesicht. Aber es war bezahlte Arbeit, und außerdem konnte sie schneller anfangen, als sie gehofft hatte. »Wie viel?«

Anthea sagte es ihr.

Bella war überrascht. »Das ist nicht schlecht.«

»Schmerzensgeld«, sagte Anthea, und beide lachten.

»Ich mach's. Gib mir die Adresse.«

Die Zahnarztpraxis befand sich in einem geschmackvollen Haus in Belgravia, und es herrschte heilloses Durcheinander. Eine gehetzt wirkende Frau versuchte, gleichzeitig zu telefonieren, einen neuen Termin mit einem schlecht gelaunten Patienten auszumachen und eine Kreditkartenrechnung abzuschließen. Bella sah ihr dabei zu, bis sie schließlich mit allem fertig war.

Dann trat sie an den Tresen und stellte sich vor. Die Frau weinte fast vor Erleichterung. Wie sich herausstellte, war sie die Ehefrau eines der Partner, die aushalf, weil Dieser Mann, wie sie ihn nannte, am Freitag die Aushilfskraft angeschrien hatte und das Mädchen ihm gesagt hatte, er könne sich seinen Job sonst wohin stecken.

»Sie sind ein Geschenk Gottes«, erklärte sie Bella. »Ich hatte nicht zu hoffen gewagt, dass sie uns so schnell einen Ersatz schicken würden. Natürlich müssen Sie erst noch mit Diesem Mann sprechen. Darauf besteht er. Aber ich bin mir sicher, dass es reine Formsache ist. Lassen Sie mich Ihnen das Wartezimmer zeigen.«

In diesem Moment klingelte das Telefon bereits wieder, sodass Bella allein ihren Weg zu einem luxuriösen Raum voller bequemer Sofas und Tischchen fand, auf denen Hochglanzmagazine lagen. Es könnte der Aufenthaltsraum in einem Landhotel sein, dachte sie und lächelte einem nervösen Jungen in Schuluniform zu, während sie sich eine der Tageszeitungen schnappte.

Dieser Mann ließ sie stundenlang warten. Andernfalls hätte

sie nie die Klatschspalte im *Daily Despatch* gelesen. Und als sie es tat, richtete sie sich kerzengerade auf, denn ihr wurde speiübel. Es war nur eine kurze Meldung:

> *Was macht ein echter Kerl, wenn ein Mädchen den großen Bruder abserviert? Ein echter Kerl zieht mit ihm um die Häuser, damit er sie vergisst.*
>
> *Prinz George ist ein oft gesehener Gast in Mayfairs sensationellem Funky Bôite. Aber zum ersten Mal haben die Stammgäste nun auch den Prince of Wales dort gesehen. Offenbar hat er sich gut amüsiert.*

Es war das verwackelte Foto neben der Klatschspalte, das Bella das Gefühl gab, als wäre die Erde eine Scheibe und sie würde gerade über den Rand in den Abgrund fallen. Das Foto zeigte ein halbes Dutzend tanzender Leute. Einer schwenkte eine Champagnerflasche über dem Kopf. Im Vordergrund schaute eine blonde Frau in einem schwarzen, rückenfreien Kleid über die Schulter in die Kamera, während die Augen ihres Tanzpartners glänzten.

Bella kannte diese Augen, wusste, wie sie aussahen, wenn sie lachten, selbst wenn der Rest seines Gesichtes unberührt blieb. Und sie kannte auch den seidenen Schimmer dieses Hemdenärmels.

Das war *er*.

Der Prince of Wales? Und sie hatte ihm ihre Probleme vorgejammert! Hatte bei ihm ihr bescheuertes pinkfarbenes Handy vergessen! Hatte ihn nicht *erkannt*!

Er musste sie für eine Idiotin halten. Eine blinde, dumme Idiotin. Und dabei hatte er so freundlich gewirkt. Verdammt, sie hatte ihm sogar *gesagt*, dass er freundlich sei, heute Morgen! Hatte sich bei ihm dafür *bedankt*, dass sie sich bei ihm hatte ausheulen dürfen. Dabei hatte er sie die ganze Zeit hinters Licht geführt, hatte so getan, als wäre er jemand anders. Und war auf direktem Weg von dieser Party zu der rückenfreien Blondine im Funky Bôite gegangen. Es gab keinen Zweifel, dass Blondchen wusste, wer er war.

Hatte er ihr von der Verrückten erzählt, die er auf der Party getroffen hatte? Gott, möglicherweise hatte er sogar mit ihr oder den anderen im Club gewettet. »Ich habe heute Nacht dieses Blondchen bei einer Party kennen gelernt. Sie konnte nicht mal geradeaus genug gucken, um mich zu erkennen. Wie viel darauf, dass ich es schaffe, sie noch ein bisschen hinzuhalten, wenn ich meine Sonnenbrille trage und dafür sorge, dass sie immer in Bewegung bleibt?«

Bella wand sich vor Verlegenheit. Aber es war noch schlimmer als das. Es tat *weh*. Auf seine Art hatte er sie genauso hintergangen wie Francis. Nur hatte Francis es aus Eitelkeit getan und damit ihm jemand die Arbeit abnahm. Bei Richard – dem verdammten Prinz Richard – war es eine bewusste Täuschung gewesen.

Und dabei war er ihr so ... aufrichtig vorgekommen. Sie hatte gedacht, dass zwischen ihnen etwas war, das sie zueinanderzog. Als er heute Morgen von Mitgefühl gesprochen hatte, hatte sie geglaubt, es wäre eine Erfahrung, die sie miteinander teilten.

Tja, das würde sie lehren, nicht zu viel in ein paar bedeutungslose Worte hineinzuinterpretieren. Sie würde niemals irgendwem davon erzählen, nicht einmal Lottie. Und sie würde es vergessen. Jawohl.

Ihrem möglichen Arbeitgeber gegenüber war sie höflich, aber kühl. Das schüchterte ihn derart ein, dass er sie sofort unter Vertrag nahm, ohne sie auch nur andeutungsweise zu schikanieren. Bella bemerkte es kaum.

Als Lottie anrief, ging sie nicht dran. Tatsächlich nahm sie keinen Anruf entgegen außer dem von ihrer Mutter. Sie verabredete kurz mit ihr, am nächsten Wochenende zu Besuch zu kommen. Aber als ihre Mutter besorgt fragte: »Liebling, ist alles in Ordnung? Du klingst nicht gerade danach«, da antwortete sie bloß: »Bin gerade ziemlich im Stress. Muss los.«

Sie wollte nicht zurück in die Wohnung. Stattdessen lief sie stundenlang herum: Harrods, warm, gut duftend und wunderbar anonym; Hyde Park, hell und kalt, mit einem Wind, der die Wellen auf dem Serpentine-See tanzen ließ; Oxford Street; die luxuriösen Geschäfte in Mayfair; Piccadilly, Haymarket. Als sie schließlich am Trafalgar Square ankam, war sie bis auf die Knochen durchgefroren und erschöpft. Sie floh in die National Gallery und lief durch drei Abteilungen, ohne auch nur ein einziges Bild wirklich wahrzunehmen.

Das ist lächerlich, dachte sie. Ich habe den Mann nur einmal getroffen. Na ja, zweimal, wenn man heute Morgen mitzählt. Er *kann* mir das nicht antun. Reiß dich zusammen, Bella. Geh an dein Handy. Gib Anthea Bescheid, dass du den Job annimmst. Mach mit deinem wahren Leben weiter. Alles kein Beinbruch, wie ihre Großmutter sagen würde.

Sie fand ein kleines Café und nahm sich einen Milchkaffee mit an einen Tisch in der Ecke. Dann zog sie ihr Handy heraus – sie fing wirklich langsam an, das pinkfarbene Ding zu hassen – und arbeitete sich durch ihre Anrufliste. Eine der Nummern kannte sie nicht. Sie erschien mehrmals auf dem Display.

Konnte er das sein?

Nein, keine Chance.

Sie wollte gerade Anthea eine SMS schicken, als das Handy klingelte. Die unbekannte Nummer. Bellas Herz machte einen Satz.

»Hallo?«

»Können wir reden?«, fragte eine Stimme, die sie sofort erkannte.

Zu ihrem Entsetzen füllten sich ihre Augen mit plötzlichen Tränen. Was passierte da mit ihr?

»Nein, können wir nicht«, sagte sie übellaunig. Und legte auf.

Sie ließ das Handy auf das Tischchen fallen und suchte nach einem Taschentuch. Sie konnte keins finden, weshalb sie sich mit einer der Papierservietten des Cafés heftig die Nase putzte. Granny Georgia hätte das als ekelhaft bezeichnet, und sie hatte Recht.

Das Handy klingelte erneut. Sie starrte es an, doch schließlich ging sie ran.

»Was ist?«

»Sie wissen es also.« Er klang ernüchtert.

»Wissen? Was soll ich wissen? Ich habe Ihr Foto im *Despatch* gesehen und weiß jetzt, wer Sie sind, falls Sie das meinen.«

Er stöhnte. »Scheiße!«

»Aber ich weiß nicht, warum Sie solche Spielchen spielen. Es ist nicht ehrenhaft und nicht *nett*!« Ihre Stimme zitterte. Sie würde nicht zulassen, dass er hörte, wie sie weinte. Nein, sie würde überhaupt nicht weinen. Rasch legte sie auf.

Und holte sich einen größeren Stapel an Papierservietten.

Es gelang ihr sogar, ein paar Schlucke von ihrem Milchkaffee zu trinken, bevor es wieder klingelte.

»Bella, legen Sie nicht auf!«, sagte er, sobald sie dranging.

»Woher wissen Sie, wie ich heiße?«

»Sie haben es mir gestern gesagt, als wir telefonierten.«

»Oh.« Das nahm ihr den Wind aus den Segeln.

»Hören Sie, ich habe mich schlecht verhalten, das gebe ich zu.«

»Ach, ich weiß nicht.« Sie klang kalt und vornehm, glaubte sie. Und sehr, sehr wütend. »Ich finde, Sie haben sich ganz gut verhalten. Haben die Frau abgelenkt, vermieden, Ihren Namen zu nennen, selbst als sie danach fragte. Und sie hat trotzdem nicht kapiert, was für ein Lügner Sie sind!«

Das traf ihn. »Ich habe nicht gelogen!«

»Doch, verdammt, haben Sie wohl!«, schrie sie. »Und das wissen Sie auch.«

Dieses Mal legte sie nicht nur auf, sondern schleuderte das Telefon an die Wand des Cafés, wo es in Stücke zerbrach.

Na ja, wenigstens hatte sie nun etwas zu tun. Sie ging los, um sich einen Ersatz zu kaufen. Dieses Mal ein Smartphone. Sie hatte schließlich einen neuen Job.

Es klingelte, sobald der Chip eingesetzt war.

»Ignorieren Sie das einfach«, erklärte sie dem erschrockenen Verkäufer. »Telefonterror.«

Während sie nach Hause stapfte, klingelte das Telefon alle paar Minuten. Sie biss die Zähne zusammen und nahm sich vor, am nächsten Tag die Telefongesellschaft zu wechseln. Doch sie schaltete es nicht aus, und als es irgendwann aufhörte zu klingeln, fühlte sie sich irgendwie noch schlechter. Sie überprüfte sogar das neu erstandene Teil, um sicherzugehen, dass sie nicht versehentlich die Stummschalttaste auf der ungewohnten Tastatur gedrückt hatte. Aber das hatte sie nicht. Er hatte einfach aufgegeben.

Das war ja gut so, oder?

Lottie arbeitete noch, als Bella zurückkehrte. Die Wohnung fühlte sich leer an und fremd, und sie bemerkte, dass die Heizung noch nicht angesprungen war. Es war eine ziemliche Sucherei, doch dann fand sie den Schalter und stellte sie an. Kurz darauf fühlte sich die Wohnung wieder wie ein Zuhause an, vor allem nachdem sie das Radio angestellt hatte. Sie schlüpfte aus ihren Arbeitsklamotten und hochhackigen Schuhen und tapste in Jeans und einem Sweater in der Wohnung herum. Sie hatte sich gerade einen großen Becher Tee gemacht, als die Türklingel summte.

»Hallo?«

»Bella?«

Sie ließ ihren Teebecher fallen. Er knallte auf den glänzenden Parkettboden und zerbrach in tausend Stücke. Heißer Tee saugte sich in ihre Socken und ließ sie hochspringen.

»Autsch!«

»Bella? Kann ich reinkommen?«

Sie tanzte auf der Stelle und versuchte, die siedend heiße Flüssigkeit und die Scherben zu meiden, während sie an ihrer nassen Socke zog.

»Verdammt!«

Seine Stimme wurde eindringlich. »Bella, was ist los?«

Außer sich drückte sie auf den Einlassknopf und hörte das lange Summen, als die Haustür sich öffnete.

Sie streifte eine Socke ab und warf sie in die Ecke, aber sie hüpfte noch immer auf einem Bein und zerrte an der andern, als sie laute Schritte hörte, als würde jemand die Treppe hochstürmen, gefolgt von einem Hämmern an der Wohnungstür.

»Bella! Was ist los? Lassen Sie mich rein!«

Sie hüpfte zur Tür und riss sie auf. Oder zumindest versuchte sie das, denn eigentlich zerrte sie vornübergebeugt nach wie vor an ihrer linken Socke. Sie prallte zurück und setzte sich unsanft hin. Mitten in die Porzellanscherben.

»Aaaaauuuu!«, entfuhr es ihr.

»Bella!« Er zwängte sich durch den Türspalt und schaute sich mit wilden Blicken um. Als er sie auf dem Boden sitzen sah, wo sie sich den Fuß hielt, eine nasse und inzwischen blutverschmierte Socke über ihrer Schulter wie die Serviette eines Kellners, erstarrte er. »Was, zum Teufel …?«

»Ich habe mir am Fuß wehgetan«, sagte Bella kleinlaut.

»Was? Wie?«

»Ich habe meinen Becher fallen lassen. Hab den Tee verschüttet und bin reingetreten, habe den Becher zerbrochen und mich in die Scherben gesetzt. Ich glaube …«, ihre Stimme wurde schrill, »… ich blute.«

Er benötigte keine weiteren Erklärungen. Er nahm sie auf den Arm, stieß die Tür hinter sich mit dem Fuß zu und trug sie ins Wohnzimmer, wo er sie auf dem ältesten, schäbigsten Sofa ablegte.

»Zeigen Sie her.«

Vorsichtig löste Bella die Finger von der Seite ihres Fußes. Ein sichelförmiger Schnitt kam zum Vorschein, der in einen langen, oberflächlichen Kratzer auslief. Er begutachtete die Wunde wie ein Profi.

»Das muss gesäubert werden. Es könnte Glas in der Wunde sein.«

Sie schniefte. »Porzellan. Mit Vergissmeinnicht drauf.«

Lächelnd sah er zu ihr auf. Es war dieses Lächeln, das ihr Herz still stehen ließ und das sie bereits kannte. Wie konnte er so lächeln, wenn er ein verlogener Scheißkerl war? Das war nicht fair.

»Okay. Vergissmeinnichtporzellan. Aber auch das muss rausgeholt werden. Heißes Wasser? Erste-Hilfe-Kasten?«

Bella wurde schwindelig. Sie schickte ihn ins Badezimmer, erklärte jedoch, keine Ahnung von irgendwelchen Erste-Hilfe-Utensilien zu haben. Dann ließ sie sich zurück in die Kissen fallen. Sie wollte ihren Fuß nicht noch einmal ansehen. Da war ein purpurrot-weißes Stückchen Fleisch, dessen Anblick dafür sorgte, dass ihr richtiggehend schlecht geworden war.

Glücklicherweise war er nicht so zartbesaitet. Er kam mit einem Suppenteller voll warmem Wasser zurück, einer Hand voll Wattepads und einer Tube entzündungshemmender Salbe.

»Wollen mal sehen, ob es bereits zu einer Blutvergiftung gekommen ist«, sagte er vergnügt.

Bella beugte sich vor und riskierte einen Blick.

»Es sieht eklig aus.«

»Dann schauen Sie nicht hin.«

Sie lehnte sich hastig wieder zurück und wandte den Blick ab, während er in einer knappen, sehr geschäftsmäßigen Art an ihrem Fuß herumtupfte, was längst nicht so wehtat, wie es eigentlich tun sollte. Als er fertig war, presste er einen Wattepad auf ihren Fuß und sagte: »Halten Sie mal. Sie müssen nicht hinsehen. Drücken Sie einfach weiter fest drauf, damit es nicht wieder zu bluten anfängt.«

Er verschwand erneut ins Badezimmer und tauchte mit ein paar Päckchen und einer Rolle Verbandszeug auf.

»Ich würde sagen, dass Ihre Mitbewohnerin entweder hypochondrisch veranlagt ist oder mit Rugbyspielern ausgeht. Halten Sie das hier.«

Sie nahm die Rolle Verbandszeug, während er eines der kleineren Päckchen aufriss.

»So, eine sterile Wundauflage. Brillant. Sie können die Hand jetzt wegnehmen.«

Sie tat es und machte sich darauf gefasst, dass eine Blutfontäne aufspritzen würde. Aber nur ein paar Blutstropfen sickerten aus der Wunde.

Er drückte die Wundauflage darauf, wickelte die elastische Binde um ihren Fuß wie ein Profi und trat zurück.

»An Ihrer Stelle würde ich noch eine Weile dort sitzen bleiben und keinen Druck auf den Fuß ausüben. Wenn Sie aufstehen, fängt es wieder an zu bluten.«

»Danke«, sagte Bella.

Sie konnte sehen, dass er mit sich sehr zufrieden war, und sie war ehrlich dankbar. Trotzdem war er nach wie vor ein verlogenes Arschloch, das keinerlei Skrupel gehabt hatte, sie zum Narren zu halten. Er hatte kein Recht dazu, ihr zu sagen, was sie tun sollte, selbst wenn es zu ihrem eigenen Besten war.

Er zog eine Augenbraue hoch. »Immer noch sauer auf mich?«

Sie setzte sich auf. Zorn flammte in ihr auf. »Sauer? *Sauer*? Sauer trifft es nicht einmal annähernd. Was Sie getan haben, ist unverzeihlich.«

Er wich blinzelnd zurück. »Sie würden das wirklich unverzeihlich nennen?«, wandte er ein.

»Das habe ich gerade getan. Und mehr noch: Ich meine das auch so.«

»Das sehe ich. Aber ... geben Sie mir eine Chance, es zu erklären?«

Doch sie war gerade in Fahrt. Wut war besser als Tränen. Seine Falschheit schmerzte sie zu sehr, als dass sie darüber nachdenken wollte.

»Ich dachte, ich würde jeden lausigen Trick kennen, den ihr Typen bei uns Frauen anwendet. Aber das hier ist neu, selbst für mich und meine Freundinnen.«

Er sah ernst aus. »Sie haben Ihren Freundinnen davon erzählt?«

Die Frage brachte sie noch mehr gegen ihn auf. »Oh, ja. Das trifft Sie ganz schön hart, was? Was, wenn eine meiner Freundinnen es der *Daily Shag* erzählt? Sie ... Sie ... Teflongesicht.«

Er blinzelte. Für einen kurzen Moment glaubte Bella zu sehen, wie seine Mundwinkel sich nach oben zogen. Sie rappelte sich an die Sofalehne gestützt auf.

»Wagen Sie es bloß nicht, mich auszulachen. Wagen Sie es bloß nicht!«

Sofort wurde er wieder ernst. »Ich lache nicht. Gar nicht. Wenn Ihre Freunde es der *Daily Shag* erzählt haben, dann habe ich es wohl nicht anders verdient. Ich werde mein Büro auffordern, alles zuzugeben und mein tiefstes Bedauern auszudrücken.«

Sie beruhigte sich etwas. »Nun, sie haben es nicht getan. Aber es würde Ihnen ganz recht geschehen, wenn sie es täten.«

»Haben sie nicht? Woher wissen Sie das?«

»Weil ich es niemandem erzählt habe«, schnauzte sie ihn an. »Ich habe es selbst erst heute Nachmittag herausgefunden. Da habe ich Ihr Foto in der Zeitung im Wartezimmer beim Zahnarzt gesehen, und mir ist aufgegangen, dass Sie ein verdammter Prinz sind und ein totales …« Ihr fiel nichts ein.

»Teflongesicht?«, schlug er mit ernster Miene vor.

»Betrüger«, sagte sie kalt.

»Ich weiß.« Er setzte sich in den schäbigen Sessel auf der anderen Seite des Kamins und faltete die Hände zwischen den Knien. »Es tut mir ehrlich leid. Ich weiß nicht, was in mich gefahren war. Ich habe vorher noch nie etwas Derartiges gemacht.«

»Tatsächlich?«

»Das ist mein Ernst. Sie können jeden fragen. Das sieht mir gar nicht ähnlich. Mein Bruder George hingegen, das wäre genau sein Ding gewesen. Er macht so etwas andauernd. Er ist dafür bekannt, dass er sich in ein Gorillakostüm zwängt und bei Junggesellinnenabschieden Küsse verkauft. Aber ich … nein. Ich bin der langweilige, wohl erzogene Prinz.«

»Nicht aus meinem Blickwinkel«, erwiderte Bella.

Er seufzte. »Nein. Das kann ich verstehen. Es tut mir wirklich leid.«

»Das haben Sie bereits gesagt.«

»Darf ich's erklären?«

»Ich weiß nicht. Können Sie es denn?«

»Keine Ahnung, aber ich kann es versuchen.« Er starrte in die Asche vom Vortag. »Als Sie nicht wussten, wer ich war – es wirklich nicht wussten, meine ich, nicht nur irgendein Spielchen trieben, von dem Sie annahmen, es wäre nett –, da hatte ich das Gefühl, als hätte mir jemand ein Geschenk gemacht. Jeder weiß, wer ich bin. Also sind alle höflich und ein wenig vorsichtig. Oder manchmal auch herausfordernd. Oder kokett. Ich weiß, wie ich sie freundlich abweise. Oder Feindseligkeit abwehre. Oder den Plan eines räuberischen Vamps durchkreuze. O Mann, *das* kann ich wirklich gut.« Einen Moment lang klang er verbittert.

Bella beschlich Mitleid, aber sie unterdrückte es. Er verdiente es, noch viel mehr zu leiden, bevor sie ihm verzieh. *Falls* sie ihm verzieh.

»Ich habe nie versucht, Sie anzumachen«, sagte sie erzürnt.

Er sah auf. »Nein. Genau. Sie waren einfach nur nett und voll und ganz mit Ihren eigenen Problemen beschäftigt.«

Sie erstarrte. »Wollen Sie damit sagen, dass ich selbstsüchtig bin?«

Er lächelte. »Nein. Sie hatten einfach nur Ihre eigenen Prioritäten. Und ich war keine davon. Sie haben keine Ahnung, was das für mich bedeutete. Ich fühlte mich wie ein Pferd, das zum ersten Mal über eine Weide galoppiert, nachdem es sein Leben lang in einer Box herumgestanden hat.«

»Wirklich?« Sie war nicht ganz überzeugt.

Er fuhr sich mit den Händen durchs Haar. »Sehen Sie, alle Welt um mich herum hält mich für so wichtig, und es ist nicht gut, die Person zu sein, für die alles getan wird, um die herum alles geplant wird. Man behandelt mich wie ein nationales Denkmal. Und dann, am Samstag, war ich – soweit es Sie betraf – einfach nur ein Typ, der gerade vorbeikam. Es war eine völlig neue Erfahrung für mich.«

»Ich ... verstehe.« Auf eine merkwürdige Weise ergab das alles einen Sinn.

»Das wollte ich nicht aufgeben. Können Sie das verstehen?«

»Ich denke schon. Aber es erklärt immer noch nicht, warum Sie heute Morgen weiterhin Mr. Nobody gespielt haben. Das war gemein.«

Er wurde rot. »Ich weiß.«

»Ich habe Sie sogar gefragt, wie Sie heißen, um Gottes willen.«

»Ich weiß«, sagte er kläglich. »Aber normalerweise muss ich den Leuten nicht sagen, wer ich bin. Ich kam irgendwie nicht auf die richtigen Worte. Und während ich noch nachdachte, sind Sie weggerannt.«

»Hm.«

»Ich wusste, dass es falsch war, sobald Sie weggerannt sind. Sie sahen so ... verletzt aus.«

Bella zuckte innerlich zusammen, gab jedoch sofort wieder die Verstockte. »Warum sind Sie dann nicht hinter mir hergelaufen und haben das Missverständnis aufgeklärt? Oder haben mir wenigstens gesagt, wer Sie sind?«

»Das wollte ich ja. Aber, also, mein Sicherheitsbeamter hat uns zugesehen. Und Gott weiß, wer sonst noch. Sie haben mich vielleicht nicht erkannt, aber es gibt eine Menge Leute, die das tun – immer und überall.«

»Sie erkennen?« Sie lachte verächtlich. »Wie, zum Teufel, sollten sie Sie mit einem Kapuzensweater und dieser Sonnenbrille erkennen? Sie haben ausgesehen wie ein Attentäter.«

»Wirklich?« Er klang geschmeichelt.

»Kein besonders guter Attentäter.«

»O je, da hat sie mich wieder in meine Schranken gewiesen«, sagte er resignierend.

Bella konnte nicht anders, als leise zu kichern.

Hoffnungsvoll sah er sie an. »Bella, bitte. Ich weiß, dass ich mich wie ein Idiot benommen habe und dass Sie jedes Recht haben, mich rauszuwerfen und mich nie mehr sehen zu wollen. Aber – können wir noch mal von vorne anfangen? Bitte?«

»Von vorn anfangen?«

»Als wären wir uns gerade erst begegnet.«

»Samstag ist nie passiert?«

Seine Augen leuchteten mit diesem geheimen Lachen auf. »So weit möchte ich nicht gehen. Sie sahen zwischen den Blumenkübeln sehr reizend aus. Sagen wir, heute Morgen ist nie passiert.«

»Ah.« Sie dachte nach. »Mit angemessener Vorstellung?«

»Wenn Sie das wünschen. Die Hamiltons könnten uns beide zum Essen einladen ...«

Sie winkte ab. »Nein, das meine ich nicht. Nicht dass Leute, die Sie kennen, uns mithilfe von Leuten, die ich kenne, aufeinander ansetzen. Ich meine, dass Sie mir sagen, wer Sie sind, was Sie machen und was Sie wollen. Und dann geben Sie mir Ihre Telefonnummer, wie man das normalerweise so macht. Wenn Sie wollen.«

»Das will ich«, krächzte er erstickt.

»Okay. Wollen wir sehen, wie es läuft. Hallo, ich bin Bella Greenwood.« Sie streckte ihm die Hand hin.

Doch statt sie höflich zu schütteln, stand er auf und ging vor dem Sofa auf ein Knie, während er ihre Hand in seine beiden Hände nahm.

O mein Gott, dachte sie verblüfft.

»Ich bin Richard, Erbe des britischen Throns. Ich sah dich in einem mondbeschienenen Innenhof und konnte es nicht erwarten, dich kennen zu lernen.«

Wow!, dachte sie. Laut sagte sie: »Du bist verrückt. Weißt du das?«

»Du kannst so etwas nicht zu dem Thronerben sagen«, erwiderte er ruhig.

Und küsste ihre Hand. Sehr zärtlich, aber es war trotzdem ein richtiger Kuss. Sie fühlte ihn durch ihre Haut, bis in ihre Knochen, und er ließ beinahe ihr Herz zum Stillstand kommen.

»Jetzt übertreibst du aber wirklich«, sagte sie atemlos und in tadelndem Tonfall.

»Du hast gesagt, ich solle sagen, was ich will«, sagte er verletzt.

»Ich sagte mit angemessener Vorstellung«, zischte sie nervös.

»Na schön, wenn du darauf bestehst. Aber wenn du einen Hofknicks machen willst, musst du aufstehen.«

»Hofknicks? Nie im Leben.«

»Du hast natürlich Recht. Du solltest den Fuß noch nicht belasten. Noch ein paar Stunden nicht. Ich glaube sogar ...«

Abrupt erhob er sich und setzte sich neben sie aufs Sofa. »Rück mal.«

Sie tat es und betrachtete ihn dabei argwöhnisch. Er legte einen Arm auf die durchhängende Rückenlehne und beugte sich vor, um ihr tief in die Augen zu sehen. Seine, das bemerkte sie jetzt, waren braun und funkelten amüsiert.

»Ich glaube, du solltest dich hinlegen und ...«

»Wenn du mir jetzt sagst, ich soll mich hinlegen und an England denken, dann scheuer ich dir eine«, knurrte Bella, die sich tiefer in die Kissen gedrückt wiederfand, als sie vermutet hatte.

Er lächelte. »Nein, wirst du nicht.«

Und dann küsste er sie.

Im selben Augenblick ertönte ein Schrei, weil Lottie die Wohnungstür öffnete und auf dem verschütteten Tee und den Scherben ihres Vergissmeinnichtbechers ausrutschte.

Richard ließ Bella eher langsam los. »Siehst du?«

Sie schluckte. »Du hast meine Lage ausgenutzt.«

»Jep.«

»O Gott! Und jetzt ist Lottie da.«

»Charlotte Sowieso? Gut.« Er stand auf.

»Gut? *Gut?* Hast du überhaupt kein Gefühl fürs Timing?«

Aber er war bereits in dem kleinen Flur. Bella hörte ihn sagen: »Charlotte Hendred? Sie werden sich nicht an mich erinnern, aber wir sind uns vor einigen Monaten bei den Hamiltons begegnet. Hätten Sie bitte die außerordentliche Güte, mich Ihrer Freundin Miss Greenwood vorzustellen?«

Aus dem Flur erklangen erstickte Geräusche. Bella konnte Lottie verstehen. Der Mann war ein Schwein mit einem sehr fiesen Sinn für Humor.

Sie kämpfte sich vom Sofa hoch und humpelte hinüber zur Wohnzimmertür. Sie befürchtete sehr, dass ihr Haar durcheinander war und ihre Wangen dunkelrot. Lottie würde die Zeichen erkennen, die eine Frau verrieten, die innig geküsst worden war. Aber es gab nichts, was Bella dagegen tun konnte.

»Äh … hi, Lottie. Richard …«, sie starrte ihn böse an, »… zieht dich nur auf. Wir haben uns am Samstag kennen gelernt.«

»Aber wir wurden einander nicht angemessen vorgestellt«, sagte er unerschütterlich. »Miss Hendred?«

Lotties Blick wanderte von einem zum anderen, dann zuckte sie die Achseln.

»Königliche Hoheit, darf ich Ihnen Miss Isabella Greenwood vorstellen, eine Freundin aus Kindertagen und zurzeit meine Mitbewohnerin.«

Bella reckte das Kinn. »Ich habe es dir gesagt. Kein Hofknicks.«

Seine Augen lachten. »Okay. Wie wäre es dann mit einem Date? Einem richtigen Date, bei dem ich dich abhole, mit dir essen gehe und dich dann wieder nach Hause bringe?«

Bella war so perplex, dass sie nur wie ein Goldfisch den Mund öffnen konnte, jedoch kein Wort herausbrachte.

Er stand da, die personifizierte Höflichkeit, und wartete auf eine Antwort.

Irgendwann brachte sie ein wortloses Quietschen hervor, wie das eines Zahnarztbohrers, und er neigte den Kopf.

»Danke. Morgen Abend? Acht Uhr?«

Sie quietschte wieder.

Er schnippte mit den Fingern. »Telefonnummer. Du wolltest, dass ich dir meine gebe. Aber ich glaube, du hast sie ohnehin schon auf deinem Handy. Sehr, sehr oft sogar. Ruf mich an, wenn du den Plan ändern möchtest. Andernfalls hole ich dich dann morgen Abend um acht Uhr hier ab.«

Er trat auf sie zu und sah zu ihr herunter, halb lachend und sehr, sehr entschlossen. Bella schluckte. Doch er küsste sie nicht. Stattdessen legte er eine Hand auf ihre knallrote Wange. Was irgendwie schlimmer war; wunderbar, aber schlimmer.

»Pass auf deinen Fuß auf«, sagte er sanft. »Wir sehen uns morgen.«

»Äh, ja.«

Er nickte Lottie kurz zu. »Miss Hendred. Es hat mich sehr gefreut.« Und ging ohne ein weiteres Wort.

Die Wohnungstür schloss sich sanft hinter ihm. Die beiden Freundinnen starrten einander an, Bella erhitzt und verwirrt, und Lottie sah aus, als wäre sie mit einem Sandsack niedergeschlagen worden.

Trotzdem fand sie als Erste wieder die Fassung. Sie grinste übers ganze Gesicht und boxte in die Luft.

»Hu-hu! Du hast dir den Prinzen geangelt!«

5

Sind erste Dates immer schwierig?

Tube Talk

Es war gut, dachte Bella, dass sie gerade mit einem neuen Job anfing. Ansonsten hätte sie den Tag in einem Fieber aus »was wenn« und »hätte-ich-sagen-sollen-dass« verbracht. Doch wie die Dinge lagen, hatte sie ihr erstes Kräftemessen mit dem Ekel von Zahnarzt und vergaß für mindestens eine Stunde, dass sie am Abend ihr erstes Date mit dem unwahrscheinlichsten Mann der Welt hatte.

Als sie in der Praxis ankam, früh, wie sie es gewohnt war, wartete die gehetzte Frau vom Tag zuvor in der Besenkammer, die sie dort Büro nannten. Sie übergab Bella einen Stapel Notizen in vielen unterschiedlichen Handschriften und Graden der Leserlichkeit. Und floh.

Sie brauchte nicht lange, um herauszufinden, dass das Terminvergabesystem ein Chaos war, der Dienstplan noch schlimmer, und die unbeantworteten Anfragen nach Rechnungen, Bestellungen und selbst verlorenen Gegenständen Monate zurückreichte. Das Ablagesystem war lachhaft. Aber Bella hatte nicht umsonst den Großteil eines Jahres damit zugebracht, Fische zu zählen. Wenn es eins gab, worüber sie Bescheid wusste, dann war es die Organisation von Informationen. Sie erstellte eine Liste der zu erledigenden Aufgaben und befragte eine freundliche Zahnhygienikerin, womit sie anfangen sollte.

»Bring die Termine in Ordnung«, sagte Anya voller Mitgefühl. »Die beste Rezeptionistin, die wir je hatten, rief die Leute einen Tag vorher an, um sie an die Termine zu erinnern. Zurzeit habe ich mindestens einen ausgefallenen Termin pro Tag, manchmal auch mehr.«

»Gut«, sagte Bella und setzte die Termine ganz oben auf ihre Liste.

Anya lehnte sich über den Tresen und beobachtete sie. »Gute Idee, aber du wirst es nie durchziehen. Mulligan der Mächtige wird herausmarschiert kommen, und dann musst du alles stehen und liegen lassen, um etwas zu tun, was er von dir will.«

Sie hatte Recht. Bella nahm Patienten auf, zeigte ihnen den Weg zum Wartezimmer, stellte Rechnungen und kassierte, und nebenbei brachte sie die Termine für den nächsten Tag in Ordnung. Zwei Patienten gaben an, sie hätten einen anderen Termin; einer lag mit einem gebrochenen Bein im Krankenhaus, die anderen waren dankbar für die Erinnerung. Es standen noch zwei auf ihrer Liste, als Mulligan an der Theke erschien.

»Sie sind nicht zum Telefonieren hier«, meckerte er sie an.

»Ich rufe nur Patienten an.«

»Dann sollten Sie mich erst fragen.«

Bella sah ihn nur an.

Er fing an zu toben. Sie saß mit gefalteten Händen da und hörte zu.

Als er fertig war, sagte sie: »Ich habe festgestellt, dass Sie morgen drei Termine mit Patienten haben, die nicht kommen werden, Anya hat zwei Absagen und Mr. Page eine.«

»Was?«

Schweigend drehte sie den Bildschirm zu ihm herum, sodass er es selbst sehen konnte.

»Lächerlich! Patienten sind so etwas von verantwortungslos. Stellen Sie ihnen trotzdem eine Rechnung.«

»Schwierig, wenn es unser Fehler ist. Zwei haben bereits einen Ersatztermin vereinbart, aber irgendjemand hier hat vergessen die ursprünglichen Termine aus dem Kalender zu streichen.«

Unentschieden.

»Dann schieben Sie eben einen anderen dazwischen«, blaffte er sie an.

Bella lächelte ihn zuckersüß an. »Sie meinen, Sie erlauben mir, das eine oder andere Telefonat zu führen?«

Wenn er ein Pferd gewesen wäre, hätte er den Kopf zurückgeworfen und frustriert gewiehert.

»Bastard«, sagte Anya zufrieden, während sie aus ihrem Behandlungszimmer trat. »Hast du gut gemacht.«

Also ging Bella annährend zufrieden nach Hause, und als Lottie sie fragte, wie ihr Tag gewesen sei, antwortete sie: »Die erste Runde ging an mich.«

»Die erste Runde?«

»Es wird noch weitere geben. Ich habe schon für die Mulligans dieser Welt gearbeitet.«

»Du wirst damit zurechtkommen«, sagte Lottie. »Also, was wirst du heute Abend anziehen?«

Bella hatte sich darüber bereits Gedanken gemacht und eine Strategie entwickelt. »Nichts zu Ausgefallenes«, sagte sie bestimmt. »Jedes erste Date ist ein wahres Minenfeld. Ich möchte mich wohlfühlen. Aber ich habe mir in der Mittagspause ein Paar Schuhe gekauft.«

Lottie gefielen die ledernen Riemchenpumps, die Bella sich ausgesucht hatte, war jedoch enttäuscht von ihrer Weigerung, sich in volle Partyausstattung zu kleiden. Doch letztendlich seufzte sie und gab zu, dass Bella wahrscheinlich Recht hatte.

»Aber keine Jeans«, warnte sie. »Du weißt nicht, wohin er dich ausführt, und es gibt Restaurants und Clubs, die Leute in Jeans nicht reinlassen.«

Bella zog eine Augenbraue hoch.

»Okay, den Thronfolger lassen sie wahrscheinlich trotzdem rein. Aber dich würden sie alle anstarren wie in einem dieser schrecklichen Bateman-Cartoons. *Die Frau, die im Club Exklusiv Jeans trug.* Du würdest es hassen.«

Und deshalb trug Bella eine schmale Bleistifthose und ein altes Seidentop von Lottie. Außerdem hatte sie einen kurzen, taillierten Blazer auf ihrem Fischzug bei Oxfam erstanden. Er war mit kleinen, schwarzen Perlen besetzt und eines dieser klassischen, zeitlosen Teile, die es schafften, gleichzeitig chic und lässig auszusehen.

»Also, mir gefällt's«, sagte Lottie, während sie Bella kritisch musterte. »Und wenn er jetzt noch nicht aus einem Wohltätigkeitsladen stammte, wäre das wirklich von Vorteil. Aber das wird definitiv gehen.«

Sie ließ Bella sogar mit einem Minimum an Make-up gehen, da deren Indischer-Ozean-Bräune besser als alles war, was man in einer Dose kaufen konnte.

»Schmuck?«

Aber Bella hatte keinen. Sie hatte keinen mit auf die Insel genommen, und sie lebte noch immer aus ihrem Rucksack plus den wenigen Stücken, die sie eingekauft hatte. »Am Wochenende hole ich mir mein ganzes Zeug«, versprach sie.

Lottie wollte ihr unbedingt ein Paar Perlenohrringe ausleihen, doch Bella prustete vor Lachen laut los. »Ich bin keine Heldin aus einem Jane-Austen-Roman. Perlen sind etwas für historische Romane und Großmütter.«

»Du brauchst aber etwas. Andernfalls siehst du aus, als würdest du zu einem Geschäftsessen gehen oder so.«

»In dem Blazer?«

Lottie gab zu, dass er fürs Büro ein bisschen zu viel glitzerte, aber sie einigten sich auf ein Paar goldene Chandeliers aus Lotties umfangreicher Ohrhängersammlung, nur um noch einen Glanzpunkt zu setzen.

Bei der ersten Verabredung gab es immer peinliche Momente,

und Bella machte sich darauf gefasst. Aber Richard war von dem Moment an, da sie ihm die Tür öffnete, völlig entspannt. Er küsste sie auf beide Wangen, als wäre es das Natürlichste der Welt, klapste Lottie freundschaftlich auf die Schulter und sagte: »Macht es dir etwas aus, wenn wir gleich losziehen? Ich habe ein bisschen abenteuerlich geparkt.«

»Überhaupt nicht«, sagte Bella überrascht, aber höflich. »Ciao, Lotts.«

Er hielt ihr die Tür auf und grinste Lottie an. »Bis später.«

Was sehr geschickt verriet, dass er an diesem Abend noch einmal zurückkäme und somit auch Bella.

Sie sagte es ihm, als sie die Treppe hinuntergingen. »Gott, du bist wirklich mit allen Wassern gewaschen.«

Er zog eine Augenbraue in die Höhe. »Das klingt, als würde dir das nicht gefallen.«

Sie schüttelte den Kopf. »Ganz und gar nicht. Es ist nur eine neue Erfahrung.«

Er hatte Recht, was das Parken anging. Er blockierte fast eine Garageneinfahrt, und die Vorderräder standen definitiv im absoluten Halteverbot.

»Asozial«, sagte er reumütig. »Aber ich bin dreimal um den Block gefahren, und es gab einfach keine Parklücke. Und ich hatte nicht erwartet, dass es lange dauern würde. Danke, dass du bereits fertig warst.«

»Gern geschehen.«

Der Wagen war eine unauffällige Limousine. Kein königliches Banner, keine besonderen Nummernschilder, was Bella erleichterte. Richard hielt ihr die Tür auf, und sie stieg ein. Er glitt hinter das Lenkrad, und sie fuhren los.

Er fuhr Richtung Embankment und bog am Fluss nach Westen ab. Es ging also nicht in die Innenstadt.

»Wohin fahren wir?«

»Zu einem kleinen Restaurant, das von einem Bekannten geführt wird. Später musst du mir erzählen, was du alles gerne isst und wohin du gerne gehst und was dir Spaß macht. Aber für heute Abend musste ich raten.«

»Toll. Ich liebe Überraschungen.«

Sie war trotzdem verblüfft. Als er Mayfair links liegen ließ, machte sie sich auf irgendeinen michelinbesternten Genusstempel in einem schicken Dorf gefasst. Aber das Restaurant befand sich in einem Vorort, unter einer Eisenbahnbrücke. Im Barbereich standen Kerzen auf alten Sherryfässern, und auf den Tischen lagen rot-weiß karierte Tischdecken.

Der Einweiser an der Tür schien ihn zu kennen. »Mr. Clark. Ein Tisch für zwei. Hier entlang.«

»Mr. Clark?«, fragte Bella, nachdem sie Platz genommen hatten.

Er zog eine Grimasse. »Superman alias Kent Clark, eben nur umgekehrt. Mein Bruder George hielt es für einen guten Witz.«

»Bist du immer Mr. Clark, wenn du ausgehst?«

»Manchmal.«

Der Kellner brachte ihnen zwei Speisekarten, auf denen nur spanische Gerichte aufgelistet waren.

»Was möchtest du trinken? Sherry ist die Spezialität des Hauses, aber du kannst auch einen Cocktail haben oder Champagner, nicht bloß spanischen Sekt, wenn dir das lieber ist.«

»Meine Großmutter trinkt Sherry. Ich glaube nicht, dass ich je welchen probiert habe. Weih mich ein.«

Es war der Beginn eines wunderbaren Abends, sehr unaufgeregt und freundschaftlich. Vielleicht müssen erste Dates doch nicht so schrecklich sein, dachte sie. Teller um Teller exotischer Tapas wurden an ihren Tisch gebracht und dazu herrlich knuspriges Brot. Sie und Richard teilten alles und tauchten ihr Brot in dieselben Keramikschälchen voller Sardinen und Oliven mit Öl, wunderbar zwiebelige spanische Tortilla und, natürlich, Paella. Einmal tupfte ihr Richard Olivenöl vom Kinn, und es fühlte sich an wie eine Liebkosung. Das Essen war so lecker, dass Bella dem Küchenchef, als dieser aus der Küche auftauchte und die Tische ablief, aus vollem Herzen erklären konnte, die Paella sei das Beste gewesen, was sie jemals gegessen habe. Er strahlte.

Richard war ebenso zufrieden. »Okay. Das ist schon mal ein guter Anfang. Du magst spanisches Essen. Was noch? Thailändisch? Italienisch? Sag's mir.«

Bella dachte nach. »Ich bin ein ziemlicher Allesfresser. Ich mag keinen Tintenfisch, weil er so schleimig ist. Oh, und ich würde nicht gerne Hase essen, weil Hasen tanzen. Aber das ist auch schon alles, glaube ich.«

Er nickte ernst. »Das werde ich mir merken. Und wohin gehst du am liebsten?«

»Hängt davon ab. Ich mag die Downs am frühen Morgen, wenn die Sonne aufgeht und der Tau auf den Wiesen glitzert. Und ich mag Ruinen wie Minster Lovell und Warkworth Castle.«

Er starrte sie an.

»Was ist?«

»Ruinen.« Er schüttelte den Kopf.

»Was ist denn?«

Er lachte laut los. »Ich meinte, wohin du gern gehst, wenn du dich amüsieren willst. Ich hatte überlegt, wohin wir als Nächstes gehen könnten. Essen. Tanzen. Zur Not auch Bowling. Ruinen sind mir neu.«

»Ach, *jetzt* verstehe ich. Also, ich war noch nie ein guter Tänzer. Ich habe zwei linke Füße und tendiere zum Stolpern, wenn ich etwas getrunken habe.«

»Ich hatte nicht an Walzer oder so etwas gedacht«, versicherte er ihr.

»Oh, also in dem Fall«, sagte sie erleichtert. »Ich kann so gut wie alle anderen auf der Tanzfläche rumhüpfen. Vor der Zeit auf der Insel bin ich mit meinen Freundinnen fast jede Woche abends weggegangen.«

Er starrte sie fasziniert an. »Aber eigentlich ziehst du Ruinen vor?«

»Ich glaube schon«, sagte sie nachdenklich. »Ist das merkwürdig?«

»Du bist eine Romantikerin«, sagte er, als habe er eben eine Entdeckung gemacht. »Wer hätte das gedacht?«

»Nein«, sagte sie empört. »Eine praktisch veranlagte Frau des einundzwanzigsten Jahrhunderts, das bin ich.«

Und dann erzählte sie ihm von ihrem neuen Job. Er lachte, als er erfuhr, dass sie Schmerzensgeld bekam, weil ihr Boss so ekelhaft war.

Sie zuckte die Achseln. »Ach, ich komme schon mit ihm zurecht.«

»Das bezweifle ich nicht.«

»Ich bin schon mit Schlimmeren zurechtgekommen. Und wenn ich es zehn Monate auf der Insel ausgehalten habe, dann überlebe ich auch die Zahnarzthölle. Wenigstens habe ich irgendwann Feierabend und kann nach Hause gehen, Freunde treffen und Bücher lesen.«

»Die Insel war also wirklich die Hölle?«

»Nicht alles. Aber ich bin da hin, weil ich mich in den Typen, der das Ganze am Laufen hielt, verguckt hatte, und dann stellte sich heraus, dass er ...«

»Ein Schwein war?«

Sie dachte an Francis, den edlen, chaotischen und ein wenig zu selbstsicheren Francis.

»Nein, kein Schwein. Nur ... oberflächlich. Mit einem enormen Appetit darauf, bedient zu werden, und das möglichst noch voller atemloser Bewunderung. Ich war es einfach leid, immer sagen zu müssen: ›Francis, du bist ja so klug.‹«

Er zuckte zusammen. »Armer Kerl.«

»Ganz und gar nicht ›armer Kerl‹«, sagte Bella überzeugt. »Er simst mir andauernd, dass er verstehen könne, warum ich eine Krise gehabt hätte. Aber wenn ich wieder vernünftig geworden sei, könne ich jederzeit zurückkehren – er wäre immer für mich da.«

»Und was stimmt daran nicht?«, fragte Richard behutsam.

Bella war zornig. »Die Übersetzung dafür lautet: ›Komm zurück und bring meine Ablage in Ordnung.‹ Ich hab es dir ja gesagt, Francis erfordert viel Aufmerksamkeit. Hat seit dem Tag, an dem er herausgefunden hat, dass seine ihm ergebenen Studentinnen das tun können, keine einzige Zahl mehr selbst in seine Datenbank eingegeben.«

»Ah.«

»Was?«

»Du bist sehr scharfsichtig. Gar keine Romantikerin durch und durch, wie ich zuerst dachte.«

»Ich hab's dir ja gesagt: Ich bin nicht romantisch.«

»Wollen wir wetten?«

Aber darauf ließ Bella sich nicht ein. Das hier mochte zwar das entspannteste erste Date sein, das sie je gehabt hatte, doch in seinen Augen lag ein Blick, der ganz und gar nicht entspannt war. Und wenn es eine Sache gab, die eine unromantische, vernünftige Frau überhaupt nicht tun wollte, dann war das, ihr Leben durcheinanderzubringen, indem sie sich in einen unerreichbaren Mann verliebte. Und unerreichbarer als der Thronerbe war wohl kaum einer.

Leichthin sagte sie: »Du würdest dein Geld verlieren. Vergiss nicht, ich habe auf einer tropischen Insel gelebt – und Fische gezählt.«

»Schon möglich.« Er beugte sich vor. »Und was hast du als Nächstes vor? Ich nehme an, Frankenstein, der Zahnarzt, ist für dich nur ein ... Lückenfüller.«

Bella hatte gerade an ihrem Rioja genippt und verschluckte sich fast. »Das war ein sehr schlechter Witz«, keuchte sie, als sie endlich wieder bei Atem war.

Er sah verletzt aus. »Ich hielt ihn eigentlich für ganz gut – so spontan.«

»Na ja, vielleicht doch«, gestand sie ihm zu. »Und ja, ich suche nach einem richtigen Job. Aber das wird eine Weile dauern.«

»Was denn für einen Job? Etwas Abenteuerliches?«

Sie seufzte. »Ich glaube, ich habe erst einmal genug von Abenteuern. Dafür gefällt es mir zu sehr, sauber zu sein. Und mit Leuten in Kontakt zu bleiben. Mein Vater wird mich aus der Greenwood-Familie ausschließen.«

»Wirklich? Warum?«

»Er ist Naturforscher. Die Arktis, Wüsten, die Mongolische Steppe. Solange er irgendwo ist, wo es abgeschieden, unbequem und öde ist, ist er im siebten Himmel. Seine Mutter, meine Granny Georgia, ist Naturschützerin. Sie reist immer wieder zum Amazonas, um den Regenwald zu retten.«

Aber Richard interessierte sich nicht für Georgia. Er saß plötzlich kerzengerade da. »Greenwood? Du bist aber nicht H.T. Greenwoods Tochter?«

»Doch«, sagte Bella traurig.

Bis dahin war ihr Richard geradezu perfekt vorgekommen. Aber sie hatte diesen Blick schon zuvor bei den begeisterten Groupies gesehen, die die Vorträge ihres Vaters besuchten. Wer hätte gedacht, dass der Thronfolger ein Fan vom alten Finn war?

»Er ist eine wahre Inspiration«, sagte Richard ehrfürchtig.

Bella seufzte. Sie fühlte sich hin- und hergerissen zwischen Stolz, Loyalität und dem unumstößlichen Wunsch, diesen Mann nicht anzulügen. »Hector Toby Greenwood. Auch bekannt als Phineas, weil er ausriss und die Welt umrundete, als er eigentlich in der Schule sein sollte. Ja, das ist mein Daddy. Er hat auch seine guten Seiten.«

Richard musterte sie einen Augenblick lang. Und dann überraschte er sie. »Schwer, gegen ihn zu bestehen?«

Sie spürte, wie ihr Herz aufging. »Ja, das trifft es genau. Mein Bruder Neill hat es erst gar nicht versucht. Hat allen gleich erzählt, dass er ein Stubenhocker wäre und Lehrer werden wollte. Finn hat nie versucht, ihn umzustimmen, wie ich zugeben muss. Hat nie versucht, es ihm auszureden, nicht einmal als Neill sagte, dass er nach der Schule nicht auf Reisen gehen, sondern einfach nur mit seinem Leben weitermachen wollte.«

»Also bliebst nur du übrig, um das Greenwood-Banner zu tragen?«

Bella war überrascht. »So habe ich das noch nie gesehen. Du könntest Recht haben.«

»Ich weiß, dass ich Recht habe. Willkommen im Club.«

Aber Bella dachte noch immer über das Greenwood-Vermächtnis nach. »Weißt du, sie haben mich sogar nach einer Entdeckungsreisenden aus dem neunzehnten Jahrhundert genannt.«

Er schüttelte den Kopf. »Das glaube ich nicht. Es gab keine Entdeckerin namens Bella. Wie heißt du wirklich? Augustus?«

»Da täuschst du dich. Isabella Bird war die erste weibliche Angehörige der Royal Geographical Society.«

»Habe noch nie von ihr gehört.«

»Da ist dir was entgangen«, sagte Bella begeistert. »Sie war unglaublich. Die Hälfte der Zeit lag sie auf einer Couch rum oder blieb bei Mama zuhause und verrichtete gute Taten. Und die andere Hälfte packte sie ihre Taschen und ging auf Reisen. Nach dem Tod ihrer Mutter reiste sie einmal um die Welt. Sie hatte eine Leidenschaft für Pferde und ritt zu einer Zeit quer durch den Wilden Westen, als dieser wirklich noch wild war. Hatte wahrscheinlich eine Affäre mit einem Davy-Crockett-Typen und vielleicht noch eine in Japan mit ihrem Übersetzer, der weniger als halb so alt war wie sie. Sie war in Persien, in Ladakh, Tibet, Hawaii, überall in den Staaten. Hat ein paar wirklich gute Bücher darüber geschrieben. Mein Vater sagt immer, sie wäre gegen den Kolonialismus gewesen und hätte Gladstone deswegen die Ohren vollgequatscht.«

Bella hielt abrupt inne, als sie mit einem Mal bemerkte, wohin ihre Begeisterung sie geführt hatte.

»Äh ... ich sollte dir das wahrscheinlich sagen. Ich meine, es wird zwar keine Rolle spielen, da du ihm wahrscheinlich nie begegnen wirst, aber mein Vater ist überzeugter Republikaner. Er hält nichts von der Monarchie. Oder dem Empire. Aber hauptsächlich verabscheut er einfach nur Könige und Königinnen.«

Richard starrte sie eine zermürbende Minute lang an. Sie hatte den Eindruck, als würde sein Gehirn sehr schnell arbeiten, um eine Menge neuer Eindrücke zu verarbeiten. Dann sagte er langsam: »Du meinst, er würde mich nicht gutheißen?«

»Wahrscheinlich nicht. Nein.«

»Ich verstehe.«

»Es ist nichts Persönliches«, setzte sie eilig hinzu.

Er nickte, aber sie konnte nach wie vor spüren, wie seine Gedanken rasten. »Dann wirst du ihm also nicht erzählen, dass wir uns treffen?«

Das klang irgendwie hinterlistig. »Also, ich sehe ihn nicht so oft, und er ist kein besonders eifriger Briefeschreiber. Das Thema wird wahrscheinlich gar nicht aufkommen.«

»Du siehst ihn nicht oft? Wie kommt's?«

Sie erzählte von der Scheidung ihrer Eltern und dem Umzug nach Hampshire zu Stiefvater Kevin.

»Und trotzdem versuchst du, die Greenwood-Traditionen am Leben zu halten?«

»Wahrscheinlich schon. Ich war irgendwie immer schon Daddys Mädchen.«

»Ah. Bist du manchmal mit ihm unterwegs?«

Sie war schockiert. »Um Himmels willen, nein! Er würde mich nie mitnehmen. Man muss vorher ein Überlebenstraining gemacht haben, wenn man mit Finn irgendwohin will. Ganz zu schweigen von der Geduld eines Heiligen, einer methodischen Art und der Entschlossenheit, an der Planung festzuhalten. Finn tendiert zu Impulsivität.«

Mit einem Mal war Richard amüsiert. »*Sehr* scharfsichtig«, murmelte er.

Sie wurde vom schlechten Gewissen gepackt. »Klinge ich gemein?«

Er schüttelte den Kopf. »Wunderbar ehrlich.«

»Oh. Gut. Danke.«

»Ganz bestimmt gut.« Er machte eine Pause. »Du bist also Daddys Mädchen, aber du willst ihm nichts von mir erzählen?«

Bella starrte auf ihren Teller. Das war also der kritische Moment. Der Augenblick, bei dem man sich bei jedem ersten Date entscheiden musste, ob man ein zweites wollte.

Sie schluckte. »Weißt du, ich war lange weg und fühle mich immer noch ein bisschen neben der Spur. Ich muss erst mal wieder auf die Füße kommen. Mir einen Job beschaffen, sehen, wohin ich mit meinem Leben will. Ich will im Augenblick keine feste Beziehung …«

Er saß bewegungslos da. »Dann also: danke für den netten Abend und auf Wiedersehen?«

NEIN, schrie etwas in ihrem Innern.

»Musst du es denn so schwarz-weiß sehen? Können wir nicht

einfach unsere gegenseitige Gesellschaft genießen und sehen, wie es läuft?«

Er musterte sie abermals eine zermürbende Minute lang.

»Ich meine … rennst du jedes Mal, wenn du eine neue Freundin hast, zu deinen Eltern und erzählst ihnen davon?«

»Ich bin neunundzwanzig. Ich erzähle meinen Eltern überhaupt nicht viel. Ist auch egal. Es gibt so viele Leute, die es für mich tun. Angefangen mit der Presse.«

»Oh.« Das hatte sie nicht bedacht. »Natürlich. Wie der Artikel am Montag im *Despatch*. Da habe ich dich übrigens zum ersten Mal erkannt.«

Er zog eine Grimasse. »Na, wenigstens hatten wir zwei Tage, an denen ich einfach nur ich war.«

»Hm.« Sie erinnerte sich an die Blondine in dem rückenfreien Kleid. »Mit wem bist du eigentlich ausgegangen?«

»Chloe Lenane. Unsere Familien kennen sich seit Ewigkeiten. Ihre Tante ist eine von Mutters Hofdamen. Sie ist für mich so etwas wie eine zweite Schwester.«

Er hob eine Hand, und ein Kellner erschien wie aus dem Nichts neben ihnen. »Möchtest du noch etwas? Einen Brandy? Kaffee? Was Süßes?«

Es war ihr egal. Aber sie wusste, dass der Abend noch nicht zu Ende war. »Irgendwas.«

»Madeira für meine Begleitung«, sagte er zu dem Kellner. »Kaffee für mich. Schwarz.«

Nachdem der Mann gegangen war, lehnte Richard sich zurück. »Weißt du, was heute Abend wirklich anders ist?«

Sie schüttelte den Kopf.

»Du hast nicht ein einziges Mal gefragt, wie es denn so als Mitglied der Königsfamilie ist?«

»Ich habe die ganze Zeit nur über mich geredet«, bekannte Bella, vom schlechten Gewissen gepackt.

»Darum geht es mir gar nicht. Du hast meine Fragen beantwortet. Hast selbst welche gestellt. Als wäre das hier wie jedes andere Date, das du bisher hattest.«

Sie war verwirrt. »So? Wie sonst ...?«

»Versteh mich nicht falsch. Mir gefällt das. Ich glaube nur nicht, dass es mir je zuvor passiert ist. Aber da steht dieser verdammt große Elefant im Zimmer, und du weigerst dich einfach, ihn zu bemerken.«

»Was?«

Er beugte sich vor. Seine Stimme war leise und durchdringend, als er ihr antwortete. »Okay. Der heutige Abend ist wie ein gewöhnliches Date für dich. Hast du eine Ahnung, wie viel an Vorbereitung und verdammtem Einfallsreichtum ich hineinstecken musste, um es möglich zu machen?«

Sie schüttelte den Kopf. Ihr Mund stand offen.

Er zählte an den Fingern ab. »Mietwagen. Natürlich nicht von mir gemietet. Ein Freund meines Leibwächters steht im Vertrag. Ich habe mich in seiner Jacke und mit seiner Kappe rausgeschlichen.«

Plötzlich erinnerte sich Bella an den Mann in der Allwetterjacke und der Kappe im Park, der in der kalten Sonne gestanden hatte.

»Er war auch im Battersea Park dabei, stimmt's?«

»Genau genommen, war ich dabei. Hat mich hin- und wieder zurückgefahren. Hatte ein Auge auf mögliche Paparazzi, während wir dort waren.«

»Oh.«

»Du wolltest wissen, warum ich am Montag wie ein Attentäter aus einem Hollywoodfilm ausstaffiert war. Tja, das ist die Antwort. Damit es keine Beweismittel in Form von Fotos gab.«

Plötzlich hatte Bella das Gefühl, als würde sie den Boden unter den Füßen verlieren.

»Die Leute erkennen mich, Bella. Sie machen Fotos von mir mit ihren Handys. Ich habe kein Privatleben. Und wenn du und ich es mit Lass-uns-sehen-wie-es-läuft versuchen, dann wirst auch du keins mehr haben.«

Der Kellner kam mit ihren Getränken zurück.

Sofort lehnte sich Richard zurück, lächelte und redete über einen Film.

Aber im selben Moment, da der Kellner verschwunden war, sagte er leise: »Ich konnte heute Abend nur mit dir ausgehen, weil ich sonst keine Verpflichtungen hatte. Ich habe dem Personal frei gegeben. Ian sitzt in meiner Wohnung, sieht fern und tut so, als wäre er ich. Aber wenn irgendwas schiefgeht und jemand kommt, um mich zu sehen, ist er erledigt. Dann ist er seinen Job los. Und die Presse und möglicherweise auch die Sicherheitsleute werden anfangen, nach der Frau zu suchen, mit der ich den Abend verbracht habe. Verstehst du jetzt?«

»Ich – daran habe ich nie gedacht«, sagte sie kleinlaut.

»Dann denk jetzt daran.«

Bella starrte ihn an. Das ganze nette Lachen und die Nähe waren verschwunden. Sie wusste nicht, was sie sagen sollte.

Er lächelte müde. »Es ist okay. Du musst nichts sagen. Ich sehe, dass du keine Frau bist, die auf Paparazzi scharf ist. Das wusste ich eigentlich von Anfang an. Mach dir deshalb keine Sorgen. Alles kein Beinbruch.«

Sie hätte heulen können.

Schweigend fuhr er sie nach Hause.

Als sie dort ankamen, sagte sie: »Warum spring ich nicht einfach schnell raus? Du wirst ewig brauchen, bis du einen Parkplatz gefunden hast, und …«

»Ich habe dich abgeholt, und ich bringe dich wieder heim.«

Bella erkannte Entschlossenheit, wenn sie sie hörte. Sie fing nicht an, mit ihm zu streiten.

Es war eisig, und der Herbst hatte die Stadt fest im Griff. Sie zitterte so sehr, dass sie den Schlüssel nicht ins Schloss bekam. Eine Weile stand er neben ihr auf der Treppe, die Hände tief in den Jackentaschen. Doch irgendwann nahm er ihr behutsam den Schlüssel ab und schloss selbst die Tür auf.

Sie dachte, er würde sich jetzt von ihr verabschieden. Sie drehte sich sogar für einen Gutenachtkuss zu ihm um. Aber er behielt das Schlüsselbund fest in der Hand, und gemeinsam gingen sie die Treppe hoch.

Die Wohnung verströmte diese unmissverständliche Atmosphäre, die ihr verriet, dass sie leer war. Es war still und nicht ganz dunkel. Ein gedämpftes Licht fiel aus dem Wohnzimmer, und als sie hineingingen, fanden sie ein glühendes Feuer im Kamin und ein kleines Tablett mit nicht angezündeten Kerzen auf dem Kaminsims.

»Oh, Lottie«, sagte Bella.

Richard kniete sich hin, zündete die Kerzen an und stellte das Tablett dann auf das Tischchen neben dem Sessel. Er legte ein weiteres Holzscheit ins Feuer. Bella nahm ihm die Jacke ab und schlüpfte aus ihrer eigenen.

»Noch einen Drink? Oder Kaffee?«

Er schüttelte den Kopf. »Nein, danke.«

Dennoch ging er nicht. Und Bella wollte auch nicht, dass er ging. Sie legte die Arme um seine Taille, lehnte den Kopf an seine Schulter, und er umarmte sie.

Sie hatte keine Ahnung, wie lange sie so im Halbdunkeln dastanden und einander bloß festhielten. Wie konnte es so wehtun, sich zu verabschieden, wenn sie sich gerade erst kennen gelernt hatten? Das war lächerlich, trotzdem ließ Bella ihn nicht los.

Schließlich unterbrach er als Erster das Schweigen.

»Bella …«

»Geh nicht.« Ihre Stimme war nur ein Flüstern, aber er hörte ihre Worte trotzdem.

»Oh, Liebes.« Er klang erschüttert.

Sie küsste ihn leidenschaftlich. Für einen Moment, nur einen Moment, erwiderte er hemmungslos ihren Kuss. Dann ließ er sie los und machte einen Schritt zurück.

Sie konnte es nicht glauben. Streckte die Hände nach ihm aus. »Warum nicht? Welchen Unterschied macht es schon, eine Nacht nur ...«

»*Nicht*!«, erklang es wie ein Pistolenschuss.

Und sie erstarrte.

Er fuhr sich mit der Hand durchs Haar. Sie konnte sehen, dass er wie ein Marathonläufer keuchte.

»Du hast heute Nacht eine gute Entscheidung getroffen, Bella. Mach es nicht kompliziert.«

Er ging, griff auf dem Weg zur Tür blind nach seiner Jacke, sah sich nicht mehr um. Ungläubig rief sie seinen Namen. Aber sie hörte nur noch, wie die Wohnungstür sich öffnete und hinter ihm ins Schloss fiel.

6

Freunde, Eltern und die Kunst, Schluss zu machen

Girl about Town

Es war keine gute Woche. Ein Dutzend Mal am Tag stand Bella kurz davor, Richard anzurufen. Ein Dutzend Mal am Tag unterbrach sie die Verbindung, genau bevor es anfing zu klingeln. Eines Tages wäre sie zu spät, dachte sie. Und was würde ihr das bringen? Würde er überhaupt rangehen?

Währenddessen schien sie sein Bild überall zu sehen – in einem neuen Stoß Hochglanzmagazine, der für das Wartezimmer geliefert wurde, in der kostenlosen *Tube Talk*, die sie jeden Morgen auf dem Weg zur Arbeit mitnahm, im *Daily Despatch* und in anderen Tageszeitungen. Früher hatte sie die königliche Familie eigentlich kaum wahrgenommen – doch jetzt las sie ständig über sie.

Queen Jane bei einer Schiffstaufe, King Henry bei der Eröffnung einer Ausstellung von Maschinen in einem Wasserwerk aus den Zeiten der Industriellen Revolution; Prinz Richard bei einer Rede anlässlich der Zeugnisvergabe in einem College. Am Donnerstag gingen alle drei gemeinsam in die Oper. Wagner. Der König sah aus, als hätte man ihn gegen seinen Willen dorthin geschleppt, aber die Königin war die Freundlichkeit in Person, jedes Haar an seinem Platz, und ihr königliches Diadem glitzerte. Richard sah in seinem Smoking ein wenig müde aus. Bella ertappte sich dabei, wie sie sein Gesicht auf dem Zeitungsblatt streichelte. Rasch riss sie die Hand weg. Idiotin! *Idiotin!*

Von Richard selbst hörte sie kein Wort. Na ja, sie hatte es auch nicht erwartet.

Lottie war ein Engel. Sie musste sich an dem Abend von Bellas Date Wechselkleidung mitgenommen haben, denn sie kam nicht zum Frühstück zurück. Aber sie rief an.

»Wie geht es dir? Verkatert?«

»Ein bisschen.« Bella war es nicht, aber es war eine ebenso gute Erklärung wie alles andere. Sie hatte nicht viel geschlafen und dunkle Ringe unter den Augen. Das Schminken war an diesem Morgen eine große Herausforderung gewesen, und sie hatte unterwegs zur Arbeit ein neues Fläschchen Touche Éclat gekauft.

»Wohin seid ihr gegangen?«

»Oh, in ein kleines Restaurant, das er kennt. Dir wird es nichts sagen.«

»Ist er erkannt worden?«

»Ich habe jedenfalls nichts Derartiges bemerkt.«

»Bella, alles in Ordnung?«

Sie wollte schon sagen, dass es ihr gutginge, doch dann überlegte sie es sich anders. »Nein. Eigentlich nicht. Aber können wir später darüber reden?«

Lottie atmete zischend ein. »Was hat der Scheißkerl getan?«

Sie war immer bereit, für eine Freundin in den Kampf zu ziehen. Auf eine Art war das tröstend, aber sie musste sie aufhalten.

»Nichts. Er hat nichts getan. Hör mal, Lottie, ich kann nicht darüber reden. Nicht jetzt. Bitte.« Ihre Stimme versagte beim letzten Wort.

»Ah. Okay. Sehen wir uns heute Abend?«

»Ja.«

Lottie musste früher Schluss gemacht haben, denn sie wartete bereits, als Bella nach Hause kam. Im Kamin loderte ein Feuer, und aus der Küche drang ein köstlicher Duft, unterlegt von den gedämpften Klängen von Christian Tabouré.

»Marokkanischer Eintopf«, sagte Lottie. »Es dauert noch ewig. Nimm ein Bad. Wasch dir den Tag ab. Nimm dir was von dem römischen Badeöl. Und dann komm wieder und trinke etwas.«

Bella tat wie ihr geheißen. Nachdem sie aus der Wanne gestiegen war, bemerkte sie, dass Lottie ein in silbernes Papier gewickeltes Päckchen auf ihr Bett gelegt hatte. Sie packte es hastig aus und entdeckte einen bodenlangen Kimono aus weicher, saphirblauer Seide. Sie schlüpfte sofort hinein und ging ins Wohnzimmer. Sie war definitiv den Tränen nah.

»Oh, Lottie, das ist so lieb von dir. Er ist herrlich.«

Lottie hatte es sich auf dem Sofa bequem gemacht, die Füße unter sich gezogen, und las. Sie blickte auf und legte ihren Roman beiseite. »Ich wusste, dass das genau deine Farbe ist, als ich ihn gesehen habe. Gott, wär ich doch auch blond.«

Bella klimperte mit feuchten Wimpern. »Du könntest es sein, wenn du es wolltest. Ich bin mir sicher, Carlos würde die Herausforderung lieben.«

Lottie schüttelte traurig den Kopf. »Carlos will nichts davon hören. Sagt, ich hätte den falschen Teint. Manchmal erlaubt er mir goldene Strähnchen. Möchtest du einen Drink? Ich mixe immer noch eine saugute Margarita. Wein ist auch da.«

»Was ich wirklich gerne hätte, wäre ein Tee«, gestand Bella.

»Dann sollst du ihn auch bekommen.«

»Du bist ein Schatz.«

Lottie stand auf, klopfte das Kissen aus und winkte Bella zum Sofa. »Komm, mach's dir bequem. Ich setzte einen Tee auf und rühre ein bisschen im Topf herum. Bin gleich wieder da.«

Sie kehrte mit einem Glas Wein, einem Schälchen Oliven und Bellas Tee in einem Snoopy-Becher zurück. Als sie ihn entgegennahm, erinnerte sich Bella daran, dass sie die Sache mit dem Vergissmeinnichtbecher noch gestehen musste.

»Ich schulde dir einen Becher. Ich besorg dir gleich morgen einen neuen.«

Lottie zuckte die Achseln. »Ach, mach dir deswegen mal keine Sorgen. Becher kommen und gehen.«

Sie ließ sich in den Sessel fallen, legte die Füße auf einen eleganten Kaminvorsetzer aus Messing und beobachtete Bella, während diese an ihrem Tee nippte.

»Wie ist er?«

»Göttlich.«

»Wie war dein Tag?«

Bella verzog das Gesicht. »Hatte schon bessere.«

»Das kann ich mir vorstellen.« Lottie zögerte. »Willst du darüber reden?«

»Wir sind nur ein einziges Mal miteinander ausgegangen. Was gibt es da zu reden?«

»Na ja, zum Beispiel darüber, warum du aussiehst, als hättest du zehn Runden gegen Lord Voldemort gekämpft.«

Bella zuckte mit den Schultern. »Wahrscheinlich zu viele Veränderungen auf einmal. Oder, wie meine Mutter sagen würde: Ich mache aus einer Mücke einen Elefanten.«

Lottie schnaubte.

Bella schüttelte den Kopf. »Nein, sie hätte dieses Mal sogar Recht. Richard und ich ...« Sie schluckte. Es war das erste Mal, dass sie ihre beiden Namen so miteinander verband. »Richard und ich haben uns ja nicht einmal gekannt.«

Lottie saugte an ihrer Unterlippe. »Diesen Eindruck hatte ich gestern Abend aber überhaupt nicht.«

»Dann hat der Eindruck eben getäuscht.«

»Und er hat dich sein Dream Girl genannt.«

»Das war nur ein alberner Witz.«

»Leute, die Witze übereinander machen, kennen sich üblicherweise. Darauf schwöre ich, Euer Ehren.«

Bella lächelte unfreiwillig. »Du bist einfach zu clever für mich. Okay, da war was zwischen uns.«

»Nicht genug?«

Bella stellte den Becher ab und schlang beide Arme um ein Kissen. »Ich weiß nicht. Ich nehme an, ich war einfach nicht ganz auf der Rolle. Ich wusste ja lange Zeit nicht einmal, dass er ein verdammter Prinz ist. Ich hatte gedacht, wir könnten ein bisschen ausgehen, sehen, ob wir einander mögen, so was in der Art. Aber er hat gesagt, es würde nicht funktionieren. Er sagte, er wäre öffentliches Eigentum.«

»Ah. Ich hatte schon vermutet, dass es irgendwas in dieser Richtung sein musste.«

Bella nickte. »Wahrscheinlich hältst du mich jetzt für eine Idiotin.« Sie war an Lotties derbe Einschätzungen gewöhnt.

»Nein, tu ich nicht«, sagte ihre Freundin sehr zu ihrer Überraschung. Sie lachte, als sie Bellas Gesichtsausdruck sah. »Du darfst nicht vergessen, dass ich in der PR-Branche bin. Ich habe schon viele Leute gesehen, die von plötzlicher Berühmtheit getroffen wurden. Es ist in Ordnung für Leute, die eine besondere Fähigkeit oder ein Talent haben, oder die in der Öffentlichkeit eine gewisse Rolle spielen. Aber wenn du nur berühmt bist, weil du berühmt bist, kann das wie ein schrecklicher Fluch auf dir lasten. Vor allem wenn man es nicht genießt, wenn die Leute einen anstarren und einem aufdringliche Fragen stellen. Und du bist nicht gerade eine Frau fürs Rampenlicht, stimmt's? Du stößt doch ständig irgendwas um.«

Bella musste ihr beipflichten.

»Trotzdem schade. Er schien nett zu sein.«

»Ja«, sagte Bella traurig.

Lottie erwähnte ihn nicht wieder. Für den Rest der Woche erzählte sie von ihrer Arbeit, von dem Vertrag, den sie versäumt hatte festzumachen, und von dem nächsten, den sie bereits in Aussicht hatte, und darüber, Bella wieder ein geselliges Leben zu verschaffen. Bella tat ihr Bestes, mitzuspielen. Aber sie bat darum, mit dem geselligen Leben noch zu warten, bis sie ein paar ihrer Sachen aus ihrem alten Zimmer im Haus ihrer Mutter geholt hatte.

Freitagabend nach der Arbeit fuhr sie los. Vorher hatte sie sich eine kleine Reisetasche gekauft, denn sie wusste, dass ihre Mutter den Rucksack nicht gutheißen würde. Wie auch einen Großteil von Bellas Kleidung aus dem Wohltätigkeitsladen. Zum Glück würde sie der neue Seidenkimono ein wenig versöhnen.

Kevin holte sie am Bahnhof ab, was Bella überraschte, und als sie zuhause ankamen, riss ihre Mutter die Haustür auf und nahm sie in ihre Arme, was Bella sogar noch mehr überraschte.

»Lass mich dich ansehen. Du hast abgenommen. Aber deine Haut sieht gut aus, und dein Haar gefällt mir.«

Ich wünschte, sie würde nicht immer als Erstes eine Bestandsaufnahme meines Äußeren machen, wenn sie mich sieht, dachte Bella und seufzte innerlich.

Laut sagte sie: »Lottie hat mich zu ihrem Friseur geschickt. Carlos. Erinnerst du dich an ihn von der Uni? Lottie sagt, er wird sehr erfolgreich.«

Ihre Mutter hielt eine von Bellas blonden Locken gegen das Licht. »Also, deine Haare hat er jedenfalls gut geschnitten«, sagte sie anerkennend. »Komm rein, Schatz. Komm rein. Du kennst ja die Nevilles und die Jackson-Smythes ...«

Diese Ankündigung bestimmte den Ton für das Wochenende. Sie hatten bei jedem Essen Gäste und noch mehr zu einem kleinen Empfang vor dem Essen. Janet Bray war schon immer gastfreundlich gewesen, doch seit sie Kevin geheiratet hatte, schien sie davon regelrecht besessen zu sein, dachte Bella. Es war geradeso, als würde eine Mahlzeit nicht wirklich stattfinden, wenn es keinen Zeugen von außerhalb der Familie dafür gab, vorzugsweise einen Zeugen mit Adelstitel und einem wichtigen Job in London.

Trotzdem bestand kein Zweifel daran, dass ihre Mutter an diesem Wochenende versuchte, stolz auf sie zu sein. Sie stellte Bella allen als »meine kluge, umweltbewusste Tochter, sie kommt so sehr nach ihrer Großmutter« vor. Da Janet und Georgia auf eine gegenseitig verständnislose Weise immer gut miteinander ausgekommen waren, lag darin keine versteckte herablassende Bemerkung.

Nicht so jedoch Janets Bemerkungen über Finn. Sie erzählte immer, sie hätten sich einvernehmlich getrennt und sie hielte ihn gewiss niemals davon ab, die Kinder zu sehen. Aber Bella erinnerte sich an die Tränen und das leichenblasse Gesicht ihrer Mutter, als ihr Vater mitgeteilt hatte, dass er vorhabe zu gehen. Er müsse frei sein, hatte er gesagt. Er müsse gehen können, wohin der Wind ihn wehe, und könne sich nicht ständig ums Abbezahlen des Hauses und um Elternabende kümmern.

»Es gab nie eine andere Frau«, erklärte Janet leichthin, »er hat mich für ein Yak verlassen.«

Und tatsächlich hatte Finns erste Expedition, als die Scheidung noch nicht einmal rechtskräftig war, die Mongolei als Ziel. Also lachten die Leute und sagten, er sei einfach unverbesserlich. Doch Bella wusste, dass die Trennung Janet äußerst wehgetan hatte und dass es auch jetzt noch wehtat. Sie und ihre Mutter waren nicht auf einer Wellenlänge und würden es auch nie sein, aber es gibt einige Dinge, die man gar nicht übersehen kann, wenn man zur selben Familie gehört. Und worüber man natürlich niemals reden würde.

»Hast du mit deinem Vater gesprochen?«, fragte Janet am Samstagmorgen.

Sie waren in der Stadt und taten etwas für ihre Mutter-Tochter-Beziehung in Janets Lieblingsboutique.

»Nein. Ich habe ihm eine SMS geschickt, als ich zurückgekommen bin und es mit ein paar E-Mails versucht, aber er hat noch nicht darauf reagiert. Ich nehme an, er steckt irgendwo in einem Funkloch.«

»In Patagonien«, sagte Janet, die immer wusste, was ihr Ex gerade machte. »Georgia hat gesagt, sie treffen sich vielleicht irgendwo, bevor sie nach London zurückkehrt. Sie kommt übrigens an Weihnachten.«

»Oh, das ist aber schön. Werden Neill und Val auch da sein?«

Janets Gesicht verschloss sich. »Ich habe keine Ahnung. Neill ist im Moment sehr schwierig.«

»Wirklich? Dann geht er also nicht nur mir aus dem Weg«, sagte Bella erleichtert. Dass Neill sich gar nicht bei ihr meldete, hatte sie getroffen.

»Ich nehme an, er hat mit seinem Vater gesprochen. Finn hat sich wegen Weihnachten auch immer ewig nicht entscheiden können. Aber da du jetzt wieder da bist, kommst du doch, oder? Es sei denn, du gehst wieder auf die Insel?«

»Nein, Ma. Das ist vorbei.«

»Gut.« Janet tätschelte unbeholfen Bellas Schulter, als hätte sie Angst, sie zu beleidigen. »Du hattest ja gesagt, dass es zu nichts führen würde, nicht wahr? Möchtest du mit Kevin wegen eines Jobs reden? Ich weiß, dass er dir gerne behilflich wäre.«

»Nein, danke, Ma. Ich habe einen Job, um mich erst mal über Wasser zu halten, und die Suche nach einer langfristigen Arbeit ist angeleiert.«

»Du bist so ein tüchtiges Mädchen«, sagte ihre Mutter. »Ich wünschte, ich wäre in deinem Alter auch so gewesen.«

Bella starrte sie an. »Du bist eine der tüchtigsten Frauen, die ich kenne. Du organisierst doch ständig etwas.«

»Nicht, als ich so alt war wie du. Da habe ich mir überhaupt nichts zugetraut. Dein Vater hat immer gesagt –« Janet verstummte abrupt. »Ach, das ist lange her. Wie wäre es, wenn ich dir etwas Nettes für diese ganzen Vorstellungsgespräche kaufe?

Und eine gute, warme Hose, damit du morgen mit mir über den Golfplatz laufen kannst.«

Normalerweise hätte Bella abgelehnt. Sie kaufte sich ihre Kleidung selbst, seit sie vierzehn war, und sie hatten ohnehin nicht denselben Geschmack. Aber dieses Mal verursachte irgendetwas sie dazu zu sagen: »Ja, danke, Ma. Das wäre wirklich klasse.«

Janet wurde rot. »Ehrlich?«

Sie sah so überrascht aus, dass Bella gleich Gewissensbisse bekam. Sie umarmte ihre Mutter rasch.

Also schenkte Janet ihr ein Outfit für einen kalten, aber modischen Tag auf dem Land mit wohlhabenden Menschen mittleren Alters sowie ein teures Kostüm für ihre Vorstellungsgespräche. Und dann war da noch dieses eine Kleid. Für Weihnachtsfeiern und besondere Anlässe, sagte Janet. Bella fand jedoch, dass sie darin aussah wie eine reiche, vernachlässigte Ehefrau auf der Jagd nach einer Affäre. Alle Kleidungsstücke deprimierten Bella ein wenig. Janet jedoch war entzückt.

»Du hast eine Menge an Gewicht verloren. Ach, könnte ich das doch auch«, beglückwünschte sie ihre Tochter.

Bella war eigentlich ein wenig schockiert zu entdecken, wie viel dünner sie geworden war. Alle ihre Hosen saßen so locker, dass sie sich ein Kissen in den Bund stecken konnte, und einige blieben nicht einmal mehr auf ihren Hüften hängen. Ihre Pullis hingen sackartig an ihr herunter, und ihr bestes Cocktailkleid konnte sie nicht mehr anziehen, weil sie sich in dem miederartigen Oberteil hin- und herbewegen konnte.

»Bella trägt jetzt zwei Kleidergrößen kleiner«, erzählte Janet ihren Samstagabendgästen begeistert.

Bella erkannte bald warum. Sie gratulierten Janet alle, als wäre das die höchste Leistung, die eine Mutter erbringen konnte. Aber Kevin, der sonst nie das Erscheinungsbild seiner Frau oder seiner Stieftochter kommentierte, sagte, es stehe Bella nicht, sie sähe krank aus. Und als sie sich daranmachte, die Kleider zu packen, die sie mit nach London nehmen wollte, war sie bestürzt darüber, wie wenige ihr noch passten.

Sie wusste, dass sie auf der Insel abgenommen hatte. Jeder tat das. Sie rannten die ganze Zeit herum, und oft gab es einfach nicht genug Essen, um satt zu werden. Aber den E-Mails war zu entnehmen, dass die anderen schnell wieder ihr Ausgangsgewicht erreichten, wenn sie erst einmal wieder zuhause waren. Sie hingegen ... Sie betrachtete ihr Spiegelbild. Konnte sie während dieser letzten verrückten Woche sogar noch *mehr* Gewicht verloren haben? Sie hatte doch etwas gegessen, oder?

Während sie darüber nachdachte, wurde ihr bewusst, dass sie es nicht getan hatte, oder zumindest nicht viel, nicht seit dem marokkanischen Eintopf mit Lottie. Morgens hatte sie nie Hunger. Mittags machte sie einen Spaziergang, so froh war sie darüber, nach der Enge in ihrer Besenkammer an die Luft zu kommen. Sie konnte sich nicht daran erinnern, sich wenigstens ein Sandwich zu Mittag gekauft zu haben. Abends machte sie sich nur die Mühe, etwas zu essen, wenn Lottie da war.

Hatte ihr Stiefvater möglicherweise Recht? Bella verspürte einen Anflug von Besorgnis. Lotties ältere Schwester war in ihrer Teeniezeit an Magersucht erkrankt gewesen, und sie erzählte immer, dass sie langsam dort hineingeschlittert wäre. Sie hatte angefangen abzunehmen, alle hatten sie bewundert – und deshalb hatte sie beschlossen, noch mehr Gewicht zu verlieren. Und dann konnte sie nicht mehr damit aufhören.

Ich bin kein Teenie, dachte Bella. So etwas wird mir nicht passieren. Ich habe mein Leben im Griff. Aber vielleicht musste sie sich Mühe geben, sich daran zu erinnern, etwas zu essen. Zumindest eine Zeit lang.

Diese Möglichkeit kam ihrer Mutter jedoch gar nicht in den Sinn. »Man kann nie zu dünn sein«, lachte sie.

Sie waren in Janets Golfclub, wo ihre Freundinnen aus dem Damenteam offen ihren Neid zeigten. Vorher hatten sie nie viel für Bella übriggehabt. Es beruhte auf Gegenseitigkeit, auch wenn Bella versuchte, sich nichts anmerken zu lassen. Aber sie waren Diätexpertinnen.

»Ich wünschte, meine Tochter würde ein paar Pfund loswerden. Du siehst aus wie ein Model, Darling«, sagte die Geselligkeitswartin mit blitzenden Augen.

Wie konnte man »Darling« sagen und es so klingen lassen wie »Rattengesicht«? Die Frau sah auch noch aus wie eine Hexe, mit einem dünnen, scharlachrot geschminkten Mund und einem ausdruckslosen Botoxgesicht. Bella war nicht gerade erfreut. Aber ihre Mutter strahlte, weshalb sie sich eine scharfe Entgegnung verkniff. Der Ehemann der Botoxfrau war im letzten Jahr in den Ritterstand erhoben worden, und Janet versuchte mit allen Mitteln, dass sie auf ihrem nächsten Stehempfang erschien.

»Sie muss verliebt sein«, sagte die Spielführerin des Damenteams. Sie war wohlhabend und alleinstehend, hatte eine wilde Vergangenheit und ein Auge für fremde Ehemänner. Bella dachte oft, dass die anderen ihr nur wegen ihres Landhauses auf dem Hügel und ihres brandneuen Mercedes-Cabrios verziehen. »Das lässt die Pfunde schmelzen, stelle ich immer wieder fest.«

Alle lachten schrill, auch wenn keine der Anwesenden wirklich amüsiert war, dachte Bella. Die Dünnen mochten nicht daran erinnert werden, dass sie keine Liebhaber hatten, und die Dicken wollten sich nicht daran erinnern, dass sie nicht dünn waren.

Ich will hier weg.

Aber Bella gab sich Mühe und lachte mit, obschon sie langsam das Gefühl bekam, zu ersticken. Das passierte ihr sehr oft, wenn sie mit den Freundinnen ihrer Mutter zusammen war.

»Hast du denn einen Freund, Bella?«, fragte die Hexenkönigin.

»Nein«, sagte sie.

»Ja«, sagte ihre Mutter laut. Sie stieß dieses künstliche Lachen aus, bei dem Bella ihren Kopf immer unter ein Kissen stecken wollte, bis es aufhörte. »Aber natürlich wird ihr lieber Francis noch eine Weile außer Landes sein.«

Die Damen erkannten einen Vertuschungsversuch, wenn sie ihn sahen.

»Habt ihr Schluss gemacht?«

»Nein«, sagte Bella. Schließlich konnte man nicht Schluss machen, wenn man nie zusammen gewesen war.

Ihre Mutter entspannte sich merklich. Der Freund der Tochter war ein sehr wichtiges Statussymbol in dem Damenteam. Bella fing an, die Stunden zu zählen, bis sie anständigerweise gehen konnte.

Ihre Mutter versuchte sie zu überreden, bis Montagmorgen zu bleiben. »Du weißt doch, wie schrecklich die Züge am Sonntag immer sind, Bella. Du kannst genauso gut noch eine Nacht bleiben. Du kannst morgen mit Kevin den Zug nehmen und direkt zur Arbeit fahren.«

Bella jedoch hatte das Gefühl, schreien zu müssen, wenn sie noch länger blieb. »Ich habe doch das ganze Gepäck«, sagte sie. »Das möchte ich nicht durch die Rushhour schleppen. Außerdem will ich mich noch ein bisschen sortieren, bevor die Arbeitswoche wieder anfängt.«

Ihre Mutter argumentierte weiter, aber ihr Stiefvater kam ihr zu Hilfe.

»Lass das Mädchen doch machen, was ihr am angenehmsten ist. Wir sehen sie ja bald wieder.«

Und auf dem Weg zum Bahnhof sagte er: »Ich will nicht neugierig sein. Es geht mich ja nichts an. Aber du weißt, dass du immer nach Hause kommen kannst, ja? Wenn es mal nicht so läuft. Oder so.«

Und als er ihre Taschen aus dem Wagen hob, fragte er zögernd: »Brauchst du Geld?«

Obwohl er nicht der Typ Stiefvater zum Kuscheln und Knuddeln war, umarmte ihn Bella.

»Mir geht es gut, Kevin. Wirklich. Mach dir um mich keine Sorgen.«

»Wir machen uns aber Sorgen. Wir können nicht anders«, sagte er rau. Seine Wangen waren gerötet, aber er sah zufrieden aus. »Pass auf dich auf. Und vergiss nicht: Es gibt immer noch dein altes Zimmer, wenn du es brauchst.«

Doch als sie sich auf ihrem Platz im Zug niederließ, fühlte sie sich, als wäre sie aus einem Gefängnis entlassen. Es war ein langsamer Sonntagnachmittagszug, der sich durch die dunkler werdende Landschaft schlängelte. Irgendwann war es zu dunkel, um noch etwas sehen zu können, aber das Innere der Wagons spiegelte sich in den Fenstern. Bella zog ihr Handy heraus und überprüfte die Nachrichten. Einige stammten von Freunden von früher, die erfahren hatten, dass sie wieder im Lande war, und sie treffen wollten. Und endlich auch eine von Neill. Wenn auch merkwürdig zugeknöpft, dachte sie. Noch immer keine Einladung auf einen Besuch, aber wenigstens teilte er ihr mit, dass er in der kommenden Woche in London wäre und sie sich ja vielleicht auf einen Kaffee treffen könnten, wenn er es irgendwie einrichten konnte. Das klang so gar nicht nach ihm, dass Bella sich Sorgen machte.

Doch dann entdeckte sie eine SMS von einer Nummer, die sie nur zu gut kannte, und sie vergaß Neill, ihre Freunde und alles andere.

Melde dich.

Bella setzte sich kerzengerade hin. Sie war gestern Abend abgeschickt worden. Es gab noch mehr Anrufe in Abwesenheit, und dann noch eine Nachricht auf ihrer Voicebox.

»Bella, wo bist du? Können wir reden?«

Ohne eine Sekunde nachzudenken, drückte Bella die Anruftaste.

Er nahm sofort ab. »Bella.« Er klang erstaunlich erleichtert.

»Hi«, sagte sie vorsichtig.

»Wo steckst du?«

»In einem Zug.«

»Oh.« Das hatte er eindeutig nicht erwartet. »Warum? Und wohin? Was ist los? Verreist du wieder?« Er war ungewöhnlich aufgewühlt.

»Ich habe das Wochenende bei meiner Mutter verbracht. Ich bin jetzt auf dem Weg zurück nach London.«

»Oh. Gut. Äh ... ich weiß, was ich gesagt habe. Aber ich kann nicht aufhören, an dich zu denken. Meinst du, wir könnten, also, wir könnten es noch einmal versuchen? Auf deine Art? Niemandem davon erzählen und versuchen, kein Aufheben darum zu machen. Ich meine, einen Versuch wäre es doch wert.«

Sie brachte keinen Ton heraus.

»Ist es doch, oder? Bella ... Bella, bist du noch da?«

Sie schluckte schwer. »Ja. Ich bin hier. Und ja, es ist einen Versuch wert.«

»Gott sei Dank!«, sagte er leise.

Sie war erstaunt. »Was?«

»In welchem Zug sitzt du? An welchem Bahnhof kommst du an? Ich möchte dich sehen.«

Es klang himmlisch. Sie gab ihm ihre Ankunftszeit durch und machte sich sogar auf neugierige Blicke gefasst und darauf, dass vielleicht irgendjemand sie mit einem Handy fotografieren würde.

Aber sie hätte sich keine Sorgen machen müssen. Waterloo an einem späten Sonntagnachmittag war so leer, wie sie den Bahnhof nie zuvor erlebt hatte. Und der ungepflegte Mann, der in einer abgeschnittenen Jeans und einem schmuddeligen Batman-T-Shirt auf sie zuschlurfte, erregte keinerlei Aufsehen.

Bella zog ihren großen Koffer durch die Schranke und marschierte direkt in seine Arme. Er hielt sie, als wollte er sie nie wieder loslassen.

7

Unerwartete Freuden der Innenausstattung

Mondaine Magazine

Er nahm sie bei der Hand und ging mit ihr hinaus in Richtung South Bank. Auf der anderen Seite des Flusses waren Lichterketten aufgehängt worden. Sie traten an die Brüstung und standen, die Arme umeinandergelegt, da. Züge rumpelten über die Hungerford Bridge über ihnen, und das dunkle Wasser strudelte um die Brückenpfeiler herum.

»Das ist wie im Märchenland. Diese ganzen Lichter. Das habe ich noch nie gesehen. Oder noch nie bemerkt.«

»Ich auch nicht«, sagte Richard und rieb sein Kinn an ihrem Kopf.

»Du hast mir gefehlt.«

Er stöhnte. »Du mir auch.«

»Ich konnte es kaum erwarten, von meiner Mutter wieder wegzukommen, bloß weil irgendeine dumme Frau in ihrem Golfclub behauptet hat, ich müsste verliebt sein.«

Seine Arme umschlangen sie fester, und für eine Weile sagte er nichts.

»Ich habe die ganze Zeit Trübsal geblasen.«

»Ich keife jeden an. Der arme Ian meint, ich würde den Verstand verlieren.«

»Ian, der Sicherheitsbeamte?«

»Ian, der Beschaffer anonymer Autos und zahlreicher Alibis«, sagte er lachend. »Du musst ihn kennen lernen.«

Sie rieb ihr Gesicht an seiner Jacke. »Dann werden wir es also nicht gänzlich geheim halten?«

Er küsste sie. »Ich glaube, wir werden einige Mitverschwörer brauchen. Deine Lottie wird ohnehin Bescheid wissen müssen. Macht dir das etwas aus?«

»Ob es mir etwas ausmacht, dass Lottie Bescheid weiß? Natürlich nicht. Sie ist meine beste Freundin. Außerdem würde sie sofort Lunte riechen, wenn ich plötzlich herumlaufen und von einem Ohr zum andern grinsen würde, ohne ihr den Grund dafür zu verraten.«

»Machst du das denn? Von einem Ohr zum anderen grinsen?«

»Was glaubst du denn? Schau mich doch einfach an.«

Dieses Mal küssten sie sich sehr viel länger.

Irgendwann hob er den Kopf und sagte mit zittriger Stimme: »Wir sollten besser ein Stück gehen, oder das hier gerät außer Kontrolle.«

»Einverstanden.«

Sie marschierten los. Zumindest ein paar Schritte. Dann blieb er stehen, und sie küssten sich ein weiteres Mal. Trotz der Kälte war Bella warm. Sie war wirklich froh, dass Lottie ihr den saphirblauen Kimono geschenkt hatte. Was man im Bett anziehen sollte, war nie ein Problem, aber es war sehr schwer, den Zauber aufrechtzuerhalten, wenn man danach in rasch abgeworfener Kleidung herumschleichen musste.

Der saphirblaue Seidenkimono!

Sie riss sich keuchend von ihm los. »Ich hatte einen verdammten Koffer! Wo ist er? Was hab ich damit gemacht? Habe ich ihn im Bahnhof stehen lassen?«

Er ließ die Arme sinken und sah sich um. »Nein. Nein, ich hatte ihn. Ah, da ist er ja.«

Er sprintete zurück zu der Stelle, wo sie sich an die Mauer gelehnt und aufs Wasser geschaut hatten. Der Koffer stand noch immer mit hochgezogenem Griff da. Er sah aus wie ein kleiner, zurückgelassener Außerirdischer, tadelnd und mit hängenden Schultern.

Er zog ihn lachend hinter sich her zu ihr.

»Ich glaube, wir haben da ein wenig die Kontrolle über uns verloren. Wenn wir das Ding noch länger da hätten stehen lassen, hätte es jemand gemeldet und dann wäre die Polizei gekommen und hätte ihn in die Luft gejagt. Vielleicht sollten wir einen anderen Ort aufsuchen, bevor wir einen größeren Zwischenfall verursachen.«

»Klingt gut.«

Er stellte den Koffer vor ihnen ab und angelte sein Handy heraus. »Ian, wir sind in South Bank. Können Sie uns am Nationaltheater auflesen? Am üblichen Ort.« Eine Pause, in der Ian eindeutig eine Frage stellte. Und Richard sah sie an und antwortete: »Nein. Alles ist perfekt. Einfach nur perfekt.«

Sie fuhren zu einem Haus in einem Dorf irgendwo entlang der M40. Genauer gesagt, fuhr Ian, während Richard vorne neben ihm saß.

Er murmelte diesbezüglich eine Entschuldigung, aber Bella meinte nur: »Das ist schon gut so. Weiß nicht, wie lange ich noch meine Finger von dir lassen kann.«

Ian tat so, als hörte er nichts.

Schließlich drehte sich Richard um, um mit ihr zu reden. »Das ist ein Geheimnis, okay? Nicht nur deinet- und meinetwegen. Ians Job ist es, mich vor Attentätern und Leuten, die mit Farbbomben nach mir werfen, zu beschützen. Er ist nicht mein Fahrer, und es gehört auch nicht zu seinen Pflichten, mich mit Schlupfwinkeln zu versorgen.«

Ian grinste. »Gern geschehen.«

»Ja. Und ich bin auch sehr dankbar. Aber das ist das letzte Mal.«

Bella schickte einen Kuss durch die Luft und beobachtete mit tiefster Zufriedenheit, wie Richards Augen aufleuchteten.

»Dann werde ich mich ab jetzt um die Sache mit den Schlupfwinkeln kümmern, ja?«, sagte sie freundlich.

»Ist wahrscheinlich einfacher«, entgegnete Ian. »Seine Hoheit hat Kreditkarten mit mehreren ... äh ... Pseudonymen. Aber diese Sachen kommen immer raus. Und, wenn ich mir diese Bemerkung erlauben darf, es ist wahrscheinlich am besten, wenn Sie sich nicht angewöhnen, allzu oft auszugehen. Selbst wenn die Presse es nicht herauskriegt, kann man doch nicht vorsichtig genug sein, was die allgemeine Öffentlichkeit angeht.«

»Danke. Ich werde es mir merken.«

Richard sah verärgert aus. »Mir gefällt die Idee nicht, es dir zu überlassen.«

»Das wird dir mal guttun, dass ein anderer bestimmt. Ich wette, du kannst sonst immer tun, was du willst.«

Richard und Ian brachen beide in lautstarkes Gelächter aus.

Ian sagte: »Der Prinz ist ein Sklave seines Terminkalenders.«

»Das erinnert mich daran«, warf Richard ein, »dir eine Kopie davon auf einen USB-Stick zu ziehen. Es wird sich zumindest bis Weihnachten nicht mehr viel ändern.«

»Danke. Also, wohin fahren wir?«

Richard erklärte: »Das Haus gehört einem Freund von Ian, der gerade unterwegs ist. Wir müssen besonders vorsichtig sein. Es könnte zurückverfolgt werden.«

»Wie vorsichtig ist besonders vorsichtig? Kein Licht? Nach dem Klo nicht ziehen, damit die Nachbarn nichts mitbekommen?«

Richards Augen lachten. »Ich glaube nicht, dass wir uns so sehr selbst verleugnen müssen. Nur nicht an die Tür gehen, wenn's klingelt, sollte reichen.«

Aber Ian entgegnete: »Also, eigentlich wäre es eine gute Idee, im vorderen Teil des Hauses kein Licht zu machen.«

»Siehst du?«, meinte Bella. »Dieses Undercover-Zeug liegt mir im Blut.« Und streckte Richard frech die Zunge heraus, nur um zu beobachten, wie seine Augen wieder funkelten.

Richards Miene versprach Rache. Sie zappelte vor glücklicher Erwartung.

Das Haus war ein winziges, allein stehendes Cottage neben einer schmuddeligen Hofeinfahrt an einer einspurigen Straße mit hohen Hecken. Ian fuhr in die Einfahrt, parkte außer Sichtweite auf der Wiese vor einer Ligusterhecke, und alle stiegen aus.

»Könnte nicht besser sein«, sagte Richard.

Doch Ian war da anderer Meinung. »Das hier ist der feuchte Traum eines Kidnappers. Lassen Sie mich ein Zimmer im Pub für Sie besorgen.«

Aber Richard winkte ab. »Sie kennen den Typen. Ich kenne den Typen. Niemand ist uns gefolgt. Also entspannen Sie sich.«

»Aber ...«

»Ian?«

»Ja?«

»Gehen Sie rein, und sehen Sie überall nach. Tun Sie, was Sie tun müssen. Und dann ziehen Sie ab in den Pub und kommen erst morgen Früh wieder.«

Ian hob beschwichtigend die Hände. »Was auch immer Sie sagen, Boss.«

In dem Moment, in dem er im Haus verschwunden war, fielen sich Richard und Bella in die Arme und küssten sich leidenschaftlich.

»Du bist ein mieses, verdorbenes Früchtchen«, sagte er.

»Meinst du wirklich mies? Ich dachte, ich wäre ganz gut.«

»O Gott, ich will dich.«

»Schön zu hören.«

Ian kam zurück. Er näherte sich ihnen behutsam und mit viel Räuspern.

»Kein Problem. Die Hintertür ist ziemlich verfallen, die kann jeder eintreten. Ich schlage vor, dass Sie die Tür zwischen der Küche und dem Rest des Hauses abschließen. Alles andere sieht gut aus. Und behalten Sie Ihren Pager immer in Reichweite.«

»Yes, Sir.«

»Ich bringe das Essen rein, und dann fahre ich in den Pub eine Viertelmeile die Straße hinunter. Ich kann innerhalb von drei Minuten hier sein, wenn Sie Hilfe brauchen.«

»Werden wir nicht. Und wir tragen das Essen ins Haus«, sagte Richard bestimmt. »Sie sehen jetzt zu, dass Sie wegkommen. Viel Spaß.«

»Ebenso.« Dann wurde ihm offensichtlich bewusst, was er gesagt hatte, und es war deutlich zu sehen, dass er wünschte, er hätte es nicht gesagt. Er drückte Richard den Haustürschlüssel in die Hand und verließ sie hastig.

Wenn er in den Rückspiegel geschaut hätte, hätte er gesehen, wie seine pflichtvergessenen Schützlinge ausgelassen über die Wiese tanzten.

Richard ließ nicht zu, dass Bella ihm beim Tragen half.

»Das ist Männerarbeit«, sagte er, blähte den Brustkorb auf und klopfte sich nach King-Kong-Manier mit beiden Fäusten darauf. Für sie sehr überraschend, schaffte er ihren Koffer, einen Einkaufskorb mit Lebensmitteln von Marks and Spencer und seine eigene Reisetasche in Rekordzeit ins Haus.

Er zog die Tür hinter ihnen zu, schloss ab, zog den schäbigen Zugluftvorhang zu und sagte sanft: »Und jetzt komm her, du Plagegeist. Du hast mich über fünfundsiebzig Meilen lang verspottet. Das wirst du jetzt büßen.«

»Nichts als Versprechungen.«

Doch keiner von beiden konnte es noch länger erwarten.

Richard schaffte es gerade noch, aus seiner Jacke zu schlüpfen, bevor Bella ihn ansprang und an seinem Sweater und Hemd herumzerrte, um ihre Hände auf seine Haut zu bekommen. Sie küsste seinen Hals, sein Ohr, die harte Kante seines Kiefers und sein weiches Haar. Und dann gelangte sie zu seinem Mund.

Sie fand den Knopf an seinem Hosenbund.

»Herrgott!«

Sie lehnte sich in seinen Armen zurück. Sie war außer Atem, und jeder Nerv in ihrem Körper vibrierte. Aber sie war immer noch bereit, ihn aufzuziehen.

»Oh, tut mir leid. Willst du erst auspacken?«

»Aaaahhhh!«, brüllte er und verwandelte sich gänzlich in King Kong.

Er hob sie hoch und polterte die schmale Treppe hinauf, sodass sie bebte. Oben zögerte er kurz.

»Nicht nach vorne raus«, gelang es Bella zu sagen. »Hat Ian gesagt. Kein Licht vorne raus.«

Also stürmte Richard ins hintere Schlafzimmer, und gemeinsam fielen sie aufs Bett. Sie rissen sich gegenseitig die Kleider vom Leib und warfen sie im hohen Bogen von sich.

Eine lange, herrliche Zeit später lag Bella mit dem Kopf an seine Schulter geschmiegt, während er seinen Arm um sie geschlungen hatte und sie fest an sich hielt. Sie betrachtete die merkwürdigen Schatten in dem vom Mond beschienenen Raum.

»Ist das da dein Hemd auf dem Lampenschirm? Hm, ist das überhaupt ein Lampenschirm?«

»Soweit ich mich erinnere«, murmelte er schläfrig, »ist mein Hemd irgendwo auf der Treppe.«

»Hm … Da könntest du Recht haben. Und was ist dann das da?«

Er machte die Augen nicht auf. »Keine Ahnung.«

Sie stieß ihn in die Rippen. »Du könntest wenigstens mal hinsehen.«

Er schlug ein Auge auf. Dann das andere. »Keine Ahnung – hey, das ist nichts zum Anziehen. Das ist eine Katze.«

»Das kann keine Katze sein.«

»Ich kann aber Schnurrhaare erkennen«, sagte er. Inzwischen war sein Interesse geweckt.

Er stand vom Bett auf – wann waren sie eigentlich unter die Decke geschlüpft? –, und nachdem er sorgfältig die Vorhänge zugezogen hatte, schaltete er das Licht an.

»Iiih!«, schrie Bella auf und zog sich ein Kopfkissen übers Gesicht, um ihre Augen zu bedecken.

»Es ist eine Katze«, sagte Richard triumphierend.

Sie schob das Kissen weg und sah, wie er nach oben griff – er war so groß, dass er seine Handfläche an die niedrige Decke legen konnte – und vorsichtig etwas von der wild umherbaumelnden Lampenfassung pflückte.

»Hier«, sagte er und warf es aufs Bett.

Bella untersuchte es vorsichtig. Aber das Fell war definitiv nicht echt, und es fühlte sich eher an wie ein schlappes Kissen als wie irgendetwas, das jemals gelebt hatte.

»Ich denke, du wirst herausfinden«, sagte Richard mit Kennermiene, »dass es sich hierbei um eine Hülle für Schlafanzüge handelt. Wahrscheinlich selbst gemacht.«

»Du machst Witze!«

»Nein.«

Bella hob das Ding vorsichtig auf und schüttelte es aus. Er hatte Recht. Es war aus orangefarbenem Kunstpelz gefertigt, mit Wurstfingertatzen und Schnurrhaaren aus Pfeifenreinigern. Auf einer Seite waren sie außer Form geraten. Richard nahm es ihr ab und begradigte die Schnurrhaare eilig. Dann drehte er es auf den Rücken und teilte das Fell, sodass eine Tasche zum Vorschein kam, wo man seinen Schlafanzug oder sein Nachthemd verstauen konnte.

»Siehst du?«

Er drehte es wieder um und ließ es mit kleinen Hüpfern über die Decke auf sie zuspringen. Die Katze hatte einen verwegenen Piratenblick.

»Sie zwinkert mir zu«, sagte Bella beleidigt.

»Kannst du ihr deshalb einen Vorwurf machen?«, fragte er und legte sie oben auf den Schrank.

»Woher wusstest du, was es ist?«, fragte sie argwöhnisch.

»Das bringt der Job so mit sich. Wenn man so viele Schulbazare eröffnet hat wie ich, kennt man diese Dinger.«

Er küsste sie beiläufig. Es fühlte sich atemberaubend besitzergreifend an.

Er denkt, wir gehören zusammen, dachte Bella erschaudernd.

»Hunger?«

Sie gähnte und rekelte sich. »Hm. Glaub schon.«

»Ich habe einen Bärenhunger«, erklärte er fröhlich. »Ich gehe mal runter und sehe nach, was Ian für uns besorgt hat.«

Er donnerte die Treppe hinunter.

Bella stand etwas langsamer vom Bett auf und tätschelte die Bettdecke, als wäre es die Decke eines braven Pferdes. Es lag eine merkliche Kühle in der Luft, doch da sie nichts hatte, in das sie sich hätte wickeln können, rannte auch sie hinunter. Sie öffnete ihren Koffer, zog den saphirblauen Seidenkimono heraus und ging barfuß in die Küche.

An irgendeinem Punkt seines Weges hatte Richard seine Hose gefunden und stand nun, in Hose, aber mit bloßem Oberkörper, am Küchentisch und packte die Einkaufstasche aus.

Bella trat hinter ihn und schlang die Arme um ihn. »Was gibt's?«

Er nahm ihre Hand und küsste ihre Fingerknöchel. »Das ist

ein echter Männereinkauf, fürchte ich. Alles für die Mikrowelle. Wie wär's mit Pizza?«

Sie küsste seine Schulterblätter und beobachtete, wie seine Muskeln zuckten. »Meinetwegen.«

Die Küche umfasste die ganze Breite des Hauses. An einem Ende stand ein durchgesessenes Sofa mit einem gestrickten Überwurf neben einem offenen Kamin. Wie Bella bemerkte, lag schon Holz im Kamin.

»Meinst du, wir können ein Feuer machen?«

»Natürlich«, sagte Richard überrascht.

»Das bedeutet, dass wir den Kamin saubermachen und neues Holz auflegen müssen, bevor wir gehen«, gab sie zu Bedenken.

»Ja, sicher.«

»Hast du das schon mal gemacht?«

»Wie schwer kann das schon sein?«

»Es ist eine Kunst für sich«, sagte Bella, die in ihrem Leben schon oft mit offenem Feuer zu tun gehabt und es nie richtig verstanden hatte.

Er winkte ab und erklärte: »Wenn wir nicht herausfinden, wie man's macht, googeln wir einfach.«

Sie blieb skeptisch. »Wenn du meinst, Liebling.«

Er küsste sie rasch. »Vertrau mir. Ich bin nicht so nutzlos, wie ich aussehe.«

Sie erschauerte lüstern. »Du bist ganz und gar nicht nutzlos.«

Seine Pupillen weiteten sich. »Hör mal, willst du jetzt etwas essen oder doch lieber nicht?«

»Doch«, sagte sie eilig und zog sich hinter den Küchentisch zurück. »Du hast Hunger, und ich habe mir heute erst vorgenommen, dass ich daran denken muss, hin und wieder etwas zu essen. Also hol die Pizza raus.«

Doch Ian hatte auch Rotwein und Oliven und Knoblauchbrot und mehrere Sorten kalten Bratenaufschnitt besorgt.

Richard zündete das Feuer an, und Bella holte die Kissen vom Sofa und von allen Stühlen im Haus und baute ihnen ein kuscheliges Nest vor dem Kamin. Sie fand Gläser und Teller und sogar einen Korkenzieher – auch wenn Richard behauptete, er könne eine Weinflasche nur mit einem Schlüssel öffnen, das habe er während seines obligatorischen Einsatzes in der Marine gelernt –, und sie knabberten Pizza und kleine Häppchen vor einem wärmenden Feuer.

Sie stellte fest, dass er erstaunlich genau wusste, wann er ein Holzscheit nachlegen musste, damit das Feuer eifrig weiterknisterte.

»Die Familie hat ein Faible für normannische Schlösser«, sagte er leichthin. »Ich habe mal einen Veteranen aus dem Zweiten Weltkrieg getroffen, der mir erzählte, das Leben in seiner Kindheit sei so hart gewesen, dass sich im Winter innen an seinem Schlafzimmerfenster Eis gebildet hätte. Ich wollte ihm nicht sagen, dass auch heute noch Eis innen an meinem in Schottland ist.«

Bella war entsetzt. »Aber warum?«

»Tradition. Und weil wir in einem uralten, denkmalgeschützten Gebäude wohnen. Und angeblich soll es den Charakter bilden.«

Sie war auf merkwürdige Art berührt. »Nicht alles ist so schön daran, ein Prinz zu sein, oder?«

Er gab ihr einen Kuss auf die Nase. »Es ist auch nicht alles schön daran, Naturschützerin zu sein und Fische zu zählen. In keinem Leben scheint immer die Sonne. Soll ich uns noch eine Pizza machen? Mit Artischocken oder Diavola?«

»Diavola.«

Als er sie brachte, knabberte sie an einer Ecke, teils um ihm Gesellschaft zu leisten, und teils um den Wein aufzusaugen, der wirklich köstlich war.

»Ians Weingeschmack ist besser als der fürs Essen«, bemerkte sie. »Nächstes Mal koche ich uns was.«

»Daran werde ich dich erinnern.«

Sie hob ihr Glas, sodass der Schein des Feuers den Wein rubinrot färbte.

»Was ist deine schönste Erinnerung?«

»Was?«

»Du musst eine schöne Erinnerung haben. Einen Ort, an den du dich zurückziehst, wenn alles andere Scheiße ist.«

Er stützte sich auf einen Ellenbogen und schaute sie neugierig an. »Klingt so, als hättest du wenigstens eine. Magst du's erzählen?«

Bella lächelte, als sie sich erinnerte. »Der letzte Geburtstag meiner Großmutter Georgia. Du wirst« – sie korrigierte sich – »würdest Granny mögen. Sie hat uns alle zu einem ewig langen Spaziergang gezwungen, sodass meine Eltern nicht streiten konnten. Und dann mussten mein Bruder Neill und ich etwas vortragen, was sie uns beigebracht hatte. Neill *Lord Lundy*, und weil sie meinte, ich wäre noch zu klein für Politik, ein kurzes Stück aus *Puh der Bär*. Sie ist ziemlich tough, meine Großmutter.«

»Und?«

»Meine Mutter lachte und mein Vater auch, und beide sagten, wir wären wunderbar, und mein Vater hat Fotos gemacht. Und dann habe ich eine riesige chinesische Bodenvase samt einer gigantischen stacheligen Pflanze umgestoßen, und sie haben nur noch mehr gelacht.«

»War das der Moment, als dein Vater dir sagte, du solltest besser nicht Schauspielerin werden?«

Sie war für einen kurzen Augenblick abgelenkt. »Habe ich dir das erzählt? Das habe ich ganz vergessen.«

»Ich nicht«, sagte er mit vollem Mund.

»Und dann hat meine Großmutter gesagt, es wäre zu spät für uns, noch nach Hause zu fahren, und außerdem hätten sowieso alle zu viel getrunken, um sich noch ans Steuer zu setzen, und wir haben dann alle in diesem kleinen Pub übernachtet. In Wales war das, glaube ich. Es gab nur drei Zimmer, deshalb mussten mein Bruder und ich uns eins teilen. Und er meinte, ich wäre zu klein, um allein oben zu bleiben, während sie alle unten noch zu Abend aßen, deshalb ist er raufgekommen und hat mir eine Geschichte vorgelesen. Es war etwas, was er gerade in der Schule durchnahm. Könnte Dickens gewesen sein. Ich weiß es nicht mehr. Ich kann mich nur daran erinnern, dass ich während dieser aufregenden Geschichte eingeschlafen bin und die Erwachsenen sich unten unterhalten haben, als würden sie einander mögen. An der Decke waren Eichenbalken, und es gab knarrende Dielen, und überall roch es nach Möbelpolitur und Sommer ...«

Sie hielt inne.

»Ergibt das einen Sinn?«

Seine Augen leuchteten voller Wärme. »Sehr viel Sinn.«

»Dann bist du jetzt dran.«

Er stellte sein Weinglas ab, legte sich der Länge nach hin und blickte ins Feuer.

»Eine gute Erinnerung? Meine erste Klettertour, nehme ich an.«

Es kam so unerwartet, dass sie ihr Glas senkte und ihn erstaunt ansah.

»Ich habe schrecklichen Ärger bekommen. Zum allerersten Mal.«

Das verwirrte sie sogar noch mehr. »Deine beste Erinnerung ist, dass du Ärger bekommen hast?«

»Nein, natürlich nicht. Vor allem, da alle anderen, die darin verwickelt waren, auch zusammengestaucht wurden. Ich wollte nie, dass irgendjemand Ärger bekommt. Aber ich habe immer unter angeborenem gutem Betragen gelitten. Wahrscheinlich tue ich das nach wie vor. Und es war ein so tolles Gefühl.«

»Wie alt warst du da?«

»Oh, ich weiß nicht. Vielleicht elf oder zwölf. Jedenfalls weder alt noch stark genug. Aber ich bin immer gern irgendwo raufgeklettert. Und dann sagte der Vater eines Schulfreundes mal, dass ich es gleich richtig lernen sollte, wenn ich es ohnehin andauernd täte.«

»Du *kletterst*?«

»Auf alles, was einigermaßen hoch ist«, sagte er ernst. »Felsen. Berge. Mäste. Ich bin ein vernünftiger Segler, aber das ist für mich immer das Beste daran – bei einem schönen, kräftigen Wind in die Takelage zu klettern. Es gibt auch ein paar gute Schlossmauern. Und die meisten davon bin ich bereits hochgeklettert. Aber diese erste Tour, die vergisst man nie; wenn man es zum ersten Mal nach ganz oben geschafft hat, weil man nicht aufgegeben hat. Ich bin dieses Geröllstück auf Skye hochgekrabbelt, und ich erinnere mich daran, wie ich oben stand und mein Kopf die Wolken berührte. Da hatte ich das Gefühl, als könne ich *alles* schaffen.«

»Gütiger Himmel!«

Er nahm sein Weinglas und trank es aus und starrte ins Feuer.

»Weißt du, was wirklich traurig ist? Wenn sie sich so fühlen, sagen die meisten Leute, sie fühlten sich wie ein König.«

»Und?«

Ein Muskel an seinem Kieferknochen zuckte. Bella wollte die Hand ausstrecken und ihn beruhigen, aber irgendwie glaubte sie, dass das etwas war, was er in erster Linie sich selbst erzählen musste, nicht ihr.

»Und?«, wiederholte sie sanft.

»Mein Vater ist den Großteil seines Lebens König. Ich glaube nicht, dass er sich je so gefühlt hat. Und ich werde es auch nicht, wenn –« Er brach mitten im Satz ab. »Herrje. Wieso unterhalten wir uns hier eigentlich über unsere Familien? Ich will alles über *dich* erfahren.«

Bella knuffte ein paar Kissen zurecht, streckte die Hand aus und nahm ihm das Weinglas ab. Sie stellte es behutsam auf dem Kaminsims ab.

»Mit Vergnügen. Hiermit möchte ich dir meinen sehr eleganten, neuen Kimono vorstellen. Ein Geschenk meiner Freundin Lottie. Aus irgendeinem Grund haben die eine süße, kleine Quaste am Gürtelende befestigt.« Sie legte seine Finger um die Quaste. »Hast du sie?«

»Hab sie«, sagte er ernst, beugte sich über sie und fing an, sehr, sehr langsam an dem Seidengürtel zu ziehen.

»Gut gemacht«, sagte sie anerkennend und ein klein wenig außer Atem.

»Hm?«

Sie fühlte sich heiß und kalt, zwischen den Flammen und dem Schatten, schwach wie Wasser unter seinen Händen – und gleichzeitig wie die stärkste Macht der Welt.

Sie roch den Rauch des Feuers und den Wein und als Beilage ein wenig Knoblauchbrot. Die alten Kissen fühlten sich himmlisch an. Die Intensität in seinen Augen war Schwindel erregend. Es fühlte sich so richtig an, hier zu sein – an diesem Ort, in diesem Moment.

Sie hörten auf zu reden.

8

Kannst du ein Geheimnis für dich behalten?

Girl About Town

Damit begannen die zwei merkwürdigsten Wochen ihres Lebens. Sie hatte das Gefühl, eigentlich zwei Leben zu führen. Es gab die Bella, die die Fäden ihres alten Lebens wieder aufnahm, Freunde besuchte, in der Zahnarztpraxis arbeitete und sich mit ihrem Bruder auf einen Drink verabredete. Und die Bella, die Richards Anrufe entgegennahm und ein Treffen vereinbarte, das in letzter Minute wieder abgesagt wurde.

Lottie, die Einzige, die davon wusste, schüttelte missbilligend den Kopf. »Der lässt dich ganz schön zappeln.«

»Er kann nichts dafür«, wehrte Bella ab. »Seinem Vater geht's nicht gut, Richard muss ihm unter die Arme greifen. Ich kann ihn nicht anrufen, er hat ständig irgendwelche Termine oder ist unterwegs, und er kann mich nur anrufen, wenn er mal alleine ist. Da wir die Sache geheim halten wollen, hält er sich daran.«

Lottie schnaubte verächtlich: »Was ihn dazu berechtigt, zu sagen, wo's lang geht.«

»Klar, aber das war nicht seine Idee«, gestand Bella. »Er hätte in Kauf genommen, dass die Öffentlichkeit davon erfährt. Ich war diejenige, die wollte, dass die Sache, na ja, eine Privatangelegenheit bleibt.«

Lottie schüttelte den Kopf: »So ein Schwachsinn! Warum denn das?«

»Ich dachte, ich könnte einfacher den Rückzug antreten, falls die Sache schiefgeht. Du weißt schon – je unverbindlicher, umso geringer die Blessuren.«

»Unverbindlich also?«

Bella richtete sich auf. »Es ist keine feste Beziehung oder so.«

»Was du nicht sagst!«, murmelte Lottie an den Kühlschrank gewandt.

»Keiner hat sich zu irgendwas verpflichtet«, bekräftigte Bella lautstark aus dem Hintergrund.

Lottie holte ihren Orangensaft fürs Frühstück hervor. »Ist ja gut. Reg dich ab. Ihr beide seid frei und ungebunden, und jeder kann ausgehen, mit wem er will.«

Bella starrte sie wütend an.

»Siehst du? So nun auch wieder nicht, wusste ich's doch.« Lottie war zufrieden. »Komm, geh arbeiten, und mach jemand anders die Hölle heiß. Ich muss gute Laune ausstrahlen.«

Auch wenn ihre Mitbewohnerin nicht einverstanden war, konnte Bella mit ihr immerhin über Richard *sprechen*. Bei allen anderen musste sie aufpassen, dass sie ihn nicht erwähnte. Noch schwieriger war, dass sie auch nicht über die Orte reden durfte, an denen sie sich getroffen hatten, um keine verfänglichen Nachfragen zu provozieren. Was manche schweigsame Kaffeepause zur Folge hatte.

»Das passt überhaupt nicht zu mir«, gestand sie Richard, als einmal eine halbe Stunde in einer Cafeteria am Piccadilly herausgesprungen war.

»Zu mir auch nicht«, lachte er. »Bevor ich dich kannte, bin ich nie verkleidet aus dem Haus gegangen«. Heute trug er Jeans und eine windschiefe Baseballkappe zu einer Clark-Kent-Brille ohne Gläser.

Sie beugte sich vor und rückte die Baseballkappe zurecht. »Nicht mal deine eigene Mutter würde dich erkennen.«

»Ich weiß. Ich mache Fortschritte. Das Geheimnis ist, dass du dich wie ein Nerd anziehen musst, dann dreht sich keiner nach dir um.«

Sie grinste. »Niemand hat größere Liebe als derjenige, der sich wie ein Nerd für die Dame seines Herzens anzieht.«

Er verzog das Gesicht. »Wenn es nur ums Verkleiden ginge. Ich spiele auch mit meinen Sicherheitsleuten Versteck, und die sind gewieft.«

Daran hatte Bella noch nicht gedacht. Erschrocken fragte sie: »Du bringst dich doch nicht in Gefahr?«

»Ach was. Ich bin nur nicht so brav wie sonst. Das verschafft uns diese halbe Stunde hier, wenn sie sich mal ein bisschen tummeln müssen, um mich im Auge zu behalten.«

Bella war trotzdem besorgt.

Er tätschelte ihr beschwichtigend die Wange. »Das tut denen ganz gut. Die Kerle halten mich manchmal schon für ein Schoßhündchen. Ich zeig ihnen eben, dass ich auch anders kann.«

»Aber ...«

»Hey, die Herausforderung war fällig.«

Sie musterte ihn einen Augenblick, dann fragte sie: »Das macht dir Spaß, was?«

»Richtig.« Er stockte. »Obwohl ich das natürlich alles nur dir zuliebe mache.«

»Ich fühle mich geschmeichelt«, sagte Bella spöttisch.

»Das will ich meinen.« Sein liebevoller Blick hinter seinem Scherz war wie eine Liebkosung.

Sie lachte und ließ die Sache auf sich beruhen. Und nachdem er sich davongestohlen hatte, um zu seinen Alltagsgeschäften zurückzukehren, hütete sie diesen Blick den ganzen Tag wie einen Schatz.

Ihre Treffen gestalteten sich schwieriger, als Bella gedacht hatte. »Das liegt an der Jahreszeit«, erklärte Richard. »Alle sind ganz versessen darauf, vor Weihnachten noch eine Veranstaltung reinzuquetschen, auf der jemand von uns Royals auftaucht. Morgens in London, zum Lunch in Cornwall, zum Dinner abends in Manchester. Wahnsinn. Nach Neujahr wird's besser.«

»Du wolltest mir deinen Terminkalender zeigen«, erinnerte Bella ihn. Sie kuschelten auf Lotties Sofa, tranken heiße Schokolade und verfolgten halbherzig einen alten Film mit Audrey Hepburn.

Er war überrascht. »Ich dachte, den hat Ian dir längst geschickt? Ich kümmere mich morgen darum.«

Lottie kam von der Arbeit nach Hause, erschöpft, aber zufrieden mit ihrer gelungenen PR-Veranstaltung. Richard stand höflich auf, Bella schaltete den Fernseher aus.

»Lasst doch, das ist nicht nötig«, sagte Lottie, schleuderte die Schuhe von den Füßen und tappte zum Kamin. »Seht euern Film zu Ende. Ich bin todmüde und falle gleich ins Bett.«

Aber sie wirkte so verfroren und überdreht, dass Bella darauf bestand, ihr auch eine heiße Schokolade zu bringen, während Richard Kaminholz nachlegte, damit Lottie ihre Zehen rösten konnte.

»Ich muss sowieso gleich los«, entschuldigte er sich. »Morgen geht's früh los. Ich muss schon zum Frühstück auf dem Schiff sein.«

Lottie schauderte und hielt ihre Hände ans Feuer. »Da beneide ich dich nicht.«

»Das macht mir nichts aus. Das Problem ist eher, wo ich die Zeit hernehmen soll, um mit Bella zusammen zu sein.«

»Er ist sehr erfinderisch«, warf Bella ein, als sie Lotties Schokolade brachte. »Er entwischt seinen Aufpassern, indem er sich wie ein Nerd kostümiert. Auf diese Weise konnten wir uns in einer Bank, in einem Buchladen und im Gewühl in St. Pancras Station treffen. Kein Mensch hat sich um uns gekümmert.«

»Die Leute sehen eben nur das, was sie sehen wollen«, bestätigte Lottie.

Aber nachdem Richard gegangen war, sagte sie: »Hör mal, ich hab eine Idee. Weißt du, bei welchen Empfängen er auftaucht? Sagen wir, in der weiteren Umgebung von London.«

Bella hatte keine Ahnung. Aber Ian würde ja demnächst Richards Terminkalender herausrücken.

»Der arme Kerl, erst muss er tausendmal mit allen anstoßen, und dann die Abendessen, bei denen immer eine Rede von ihm erwartet wird«, sagte Bella.

»Hm. Kannst du noch kellnern?«

Als Studentinnen hatten sie nebenbei für ein bisschen Extrakohle als Kellnerinnen bei Hochzeiten und Firmenessen gejobbt. »Ich glaube schon. Warum?«, wollte Bella wissen.

»Weil du Anthea mitteilen solltest, dass du am Abend noch Kapazitäten frei hast ...«

»Wieso? Warum? Ich bin nicht knapp bei Kasse ...«

Lottie seufzte geduldig. »Warum sollte nur Richard erfinderisch sein? Du sorgst dafür, dass du beim Partyservice auf der Liste der Kellnerinnen stehst und überraschst ihn. Ta da!«

Bella überlegte. »Eigentlich keine schlechte Idee, Lotts.«

»Allerdings müsstest du eine Genehmigung bekommen, auf königlichen Festivitäten arbeiten zu dürfen, denke ich.«

»Ich kann Ian fragen«, meinte Bella. Die Idee schien ihr zunehmend verlockend.

Für den Sicherheitsbeamten war die Sache nicht der Rede wert, und er verwies sie an eine Furcht einflößende Dame, die bei großen Veranstaltungen im königlichen Palast für zusätzliche Lakaien und Butler sorgte. So kurz vor Weihnachten hatte der Partyservice »Ellen« Bedarf an Zusatzpersonal, meinte sie, und mit der Referenz eines Sicherheitsbeamten kam Bella ihr wie gerufen – wenn sie bitte noch drei weitere Referenzen vorlegen würde, unter anderem vom Kirchenamt und vom Gericht. Was Bella tat. Nichts geschah.

Die Zeit verging, und Bella hatte die clevere Idee schon fast vergessen. Da klingelte an einem Spätnachmittag im November überraschend das Telefon. Ob sie am Abend Zeit hätte, während eines Empfangs in der Landscape Gallery zu bedienen? Das Personal sei durch die Grippewelle dezimiert, und Lottie hätte erwähnt, dass Miss Greenwood möglicherweise zur Verfügung stünde.

Bella überflog die verschlüsselten Termine, die sie in ihren eigenen Terminkalender übertragen hatte, und sah, dass Richard vor dem Abendessen mit dem Direktor der Galerie am Empfang teilnehmen würde. Es bestand, um ehrlich zu sein, wenig Aussicht, ihn zu Gesicht zu bekommen, geschweige denn, mit ihm zu sprechen, das war ihr klar. Aber immerhin wären sie im gleichen Raum, und wenn sie Glück hatte, konnte sie ihm von ferne zuwinken. Sie hatten mittlerweile eine ganze Reihe geheimer Gesten erfunden, die sich bewährt hatten.

»Geht klar«, sagte sie. »Wann und wo?«

Sie erhielt die gewünschte Auskunft. Wäre es außerdem möglich, dass sie eine schwarze Hose und möglichst flache Schuhe mitbrachte? Die firmeneigene Livree würde gestellt, aber darunter müsste sie schwarze Kleidung tragen.

Bella tauschte Dienststunden mit einer Kollegin und verließ zeitig die Praxis, um nach Hause zu stürzen und ihre Ausrüstung zusammenzuraffen. Sie hatte keine Zeit mehr, zur Zentrale des Partyservices nach West London zu fahren, sondern kreuzte, wie besprochen, am Liefereingang der Galerie auf. Die Küche befand sich in einem Zustand kontrollierten Aufruhrs, den Bella noch aus Studentenzeiten kannte. Überraschend war allerdings ihre Kellnerinnenlivree, die sich als ausgesprochen sexy erwies, weiß mit schwarzen Paspeln, tailliert und erstaunlich tief ausgeschnitten.

»Sehr unpraktisch. Auf Weiß sieht man jeden Fleck, und hier wird ziemlich gekleckert«, beeilte sich der Chef zu bemerken. »Aber unsere schwarzen Livreen sind nicht rechtzeitig aus der Reinigung gekommen. Wir mussten auf unsere maritime Sommerausstattung zurückgreifen. Na ja, in Anwesenheit eines Mitglieds der königlichen Familie werden sich die Leute vielleicht mit einer Schlacht am Buffet zurückhalten.«

Es war eine gigantische Veranstaltung, an die tausend Leute, schätzte Bella. Sie ergoss sich über fünf Galerien, über zwei Stockwerke, bis auf eine beheizte Terrasse hinaus. Bella lief sich die Füße wund, balancierte riesige Silbertabletts mit Häppchen in die hintersten Winkel des Saales, wimmelte hungrige Gäste ab, bis sie ihren angewiesenen Platz erreicht hatte. Wie erwartet, rauschte die königliche Party mehr oder weniger an ihr vorbei.

»Sie machen das ausgezeichnet.« Der Chef war beeindruckt. »Bringen Sie das hier hinten in die Woodley-Galerie. Es ist für die Feier beim Direktor bestimmt. Passen Sie auf, dass Sie von der gefräßigen Horde nicht ausgeraubt werden, bevor Sie dort ankommen.«

»Das Allergikertablett für die hohen Herrschaften«, erklärte ihr eine andere Kellnerin abschätzig. »Sir Brian Woodley ist der Typ, der diese neue Galerie finanziert hat. Er verträgt keine Eier, keine Milchprodukte, keine Nüsse und weiß Gott was nicht alles. Die Sorge um seine Millionen hat ihm wohl zugesetzt. Nein danke, da bleibe ich lieber arm. Viel Glück.«

Bella manövrierte das Tablett durch die Menge und wurde zu der offiziellen Veranstaltung gewiesen. Die Ansprachen waren beendet, man stand vor einem ausladenden Gemälde, das eine Steilküste vor einem aufgewühlten Meer darstellte. Sie trat lautlos von einem zum anderen und konzentrierte sich darauf, das mächtige Tablett auszubalancieren und den diätgeplagten

Wohltäter auszumachen, als sie ein unterdrücktes Geräusch auf ihrer linken Seite hörte.

Als sie sich umdrehte, traf sie Richards durchdringender Blick.

Durchdringend? Eher feindselig. Der prominente Gast, der auf ihn einredete, schien völlig vergessen, Richards Augen wurden zu schmalen Schlitzen, als würden sie und ihre Häppchen ihn vergiften.

Sie wich zurück. Das Tablett schwankte bedenklich.

»Oje«, sagte jemand und brachte es ins Gleichgewicht.

»Entschuldigen Sie bitte«, murmelte Bella und wandte sich mit Tränen in den Augen von Richard ab.

Er war wütend. Damit hatte sie nun wirklich nicht gerechnet und war völlig sprachlos. Sie konzentrierte sich so verbissen auf ihre Tätigkeit, dass es schon fast wehtat.

Niemand schien von ihrem Missgeschick Notiz zu nehmen oder sie zu tadeln. Stattdessen richtete der Direktor ein paar freundliche Worte an sie, und der Wohltäter mit der Eierallergie nickte ihr anerkennend zu. Aber Bella atmete erst auf, als das Tablett leer war und sie in die Küche flüchten konnte.

»Einen Augenblick«, rief jemand hinter ihr, als sie die Treppe fast erreicht hatte.

Sie fuhr herum. Es war Richard, immer noch wütend, was ihr nicht entging, auch wenn er seinen Ärger hinter höflichem Charme versteckte, mit dem er seinen anhänglichen Gesprächspartner abschüttelte und sich den Weg zu ihr durch die Menge bahnte.

Sie drückte sich an die Wand, in der Hoffnung, dass er sie übersah. Aber das Glück war ihr nicht gewogen.

»Besorgen Sie mir noch eins von den Sardellenpastetchen«, sagte er laut und deutlich.

»J-j-ja, natürlich.«

»Sir.«

»W-was?«

»Du redest mich mit ›Sir‹ an«, zischte er leise durch die Zähne. »Das fällt sonst auf.« Aber diesmal lächelten seine Augen nicht.

Was hatte sie falsch gemacht?

»Natürlich, Sir«, sagte Bella verwirrt.

»Also, Beeilung bitte.«

Sie eilte.

In der Küche war man beeindruckt. »Sieh mal an, Seiner Durchlaucht schmecken unsere Anchovispasteten«, sagte der Chef. »Der Häppchen-Hoflieferant, darunter machen wir es nicht.«

Der Küchenchef schob eine neue Ladung in den Ofen, und Bella machte in einem angrenzenden Raum mit einem kleineren Tablett eine schnelle Runde, um rechtzeitig zurück zu sein, wenn die Anchovispasteten gar waren.

Eine Viertelstunde später schlängelte sie sich abermals auf der großen Treppe durch die Menge der Gäste, diesmal mit einem kleinen Korb voll warmer, duftender Pasteten, und hielt nach Richard Ausschau. Sie entdeckte ihn schließlich, wie er auf drei Gemälde starrte, einem Führer oder vielleicht dem Künstler selbst lauschte und die Veranstaltung des Direktors über sich ergehen ließ.

Bella zögerte. Als ob er ihren Blick gespürt hätte, sah Richard auf und machte eine ihrer geheimen Gesten, dass er sie bemerkt hatte. Dabei deutete er auf das Ende der Stellwand. Es war so beiläufig, dass es kaum jemand wahrgenommen haben konnte.

Der geborene Verschwörer, dachte Bella einigermaßen beruhigt. Sie durfte nicht vergessen, es ihm zu sagen.

Sie bahnte sich einen Weg durch die Menge. Man hielt respektvollen Abstand von der Veranstaltung des Direktors, sodass am Rand umso dichteres Gedränge herrschte. Mehrmals verlor sie Richard aus den Augen, und als sie das Ende der Stellwand erreicht hatte, waren er und die übrigen Gäste weitergegangen. Sie schwankte, ob sie hinterherlaufen sollte oder nicht. Während sie unschlüssig dastand, sah sie, dass Richard den Kopf wendete und zurückblieb. Er blickte nicht auf – stirnrunzelnd studierte er den Katalog –, aber er machte eine Geste, die bedeuten *konnte*, dass sie hinter der Wand verschwinden sollte.

Du lieber Himmel, dachte Bella. Aber was habe ich eigentlich zu verlieren?

Sie trat dahinter und befand sich in einem engen Zwischenraum, der mit Stühlen und Werbematerial vollgestellt war. Sie wollte schon wieder den Rückzug antreten, als Richard plötzlich bei ihr war.

»Schnell.« Er griff hinter sie und fummelte an einem Schaltpult in der Wand, das ihr nicht aufgefallen war. Ein Teil der Wand glitt hinter ihr beiseite. »Rein mit dir.«

Bella trat einen Schritt zurück, wobei sie stolperte und bei ihm Halt suchte. Blinzelnd stand sie da, als die Tür sich hinter ihm wieder schloss. Es war stockdunkel, nur die Straßenbeleuchtung fiel durch die vorhanglosen Fenster. Richard keuchte.

Sie befanden sich offenbar in einem kleinen Sitzungssaal. Im Augenblick diente er als Abstellplatz, nicht nur für Stühle, sondern auch für Trittleitern, Farbkübel und unverkennbar für Putzlappen. Es roch nach Terpentin.

»Mein Gott, die sind ja erst in letzter Minute fertig geworden«, bemerkte Bella aufgeräumt.

Aber Richard hatte kein Interesse an den Sanierungsproblemen der Galerie.

Er baute sich wie ein Racheengel vor ihr auf. »Was, zum Teufel, hast du dir eigentlich dabei gedacht?«

Bevor sie antworten konnte, drängte er sie rückwärts gegen den mit einem Tuch abgedeckten Sitzungstisch und küsste ihr die Seele aus dem Leib.

Als Bella wieder einigermaßen Luft holen konnte, küsste er ihren Hals, ihre Haare, ihre Schläfen und murmelte irgendwas. Sie musste schlucken.

»Ähm …«

»Du bist verrückt«, flüsterte er erregt. »Weißt du das? Vollkommen übergeschnappt. Auf dieser Veranstaltung wimmelt es von Fotografen, Journalisten jeder Couleur, ganz zu schweigen von der ganzen Bande, die ihre Großmutter verkaufen würde, um in den Klatschspalten ein paar neue Namen zu finden. Und du schneist einfach so herein, in diesem Aufzug, in dem du aussiehst wie aus einem Musical aus den Vierzigern, und glaubst, dass ich dir das durchgehen lasse?«

»Kein Mensch beachtet das Servicepersonal.«

Sein Lachen verwandelte sich in einen Seufzer. »Vorwitzige Kellnerinnen, die sich wie Stewarts anziehen, wie *sexy* Stewarts, beachtet man sehr wohl.«

»Oh.«

»Ich möchte wetten, dass dich schon ein paar alte Lustmolche da draußen auf ihrem Handy abgelichtet haben.« Er knöpfte ihre Livree auf und versenkte sich heftig atmend in ihren Ausschnitt. »O Gott, du bist hinreißend«, presste er hervor.

Bella ließ den Kopf nach hinten fallen, ihre Zehenspitzen krümmten sich erregt.

»Ist das vernünftig?«, keuchte sie schrill.

»Nein.« Er lachte, und er hatte nicht die geringste Absicht, von ihr abzulassen.

Sie verging vor Verlangen. »Und wenn jetzt jemand reinkommt?«

»Dein Problem«, meinte er ungerührt, ohne den Kopf zu heben. »Ist mir egal.«

Unwillkürlich entfuhr ihr ein lustvolles Stöhnen. »Lass das.«

Er blickte auf. »Gefällt es dir nicht?«

»Darum geht's nicht.«

»Na also«, sagte er befriedigt und fuhr fort, sie wortlos um den Verstand zu bringen.

Bella biss sich auf die Knöchel und konzentrierte sich darauf, nicht das ganze Haus zusammenzuschreien. Dann gaben ein paar unerklärliche Sicherungen nach, und sie musste sich noch schärfer konzentrieren. Sie rollten übereinander, Richard lachte wie ein Wahnsinniger. Sie spürte, wie ein Schuh zu Boden fiel, dann ihre Hose, und plötzlich hörte er auf zu lachen und sie auch, und fast verzweifelt zerrten sie an ihren Kleidern.

Ein Teil – ein winziger und immer kleiner werdender Teil – ihres Gehirns dachte: *Das ist nicht meine Art. Und seine auch nicht!*

Aber ihr Körper hatte damit nicht das Geringste zu tun. Und als er in sie eindrang, war es ein Augenblick der höchsten Erfüllung, sie verloren sich in einem rasenden Strudel, und sie dachte überhaupt nichts mehr.

Als sie langsam wieder auf der Erde landete, war Richard über ihr zusammengesunken, sein Mund lag in ihrer nackten Achselhöhle. Nackt? Wieso war sie nackt? Es roch nach warmer Haut und frischgestärkter Baumwolle und Shampoo. Oder war es Rasierwasser? Und von weither eine Brise frischer Farbe. Sie leckte sich über die Lippen, sie schmeckten nach Champagner, obwohl sie gar keinen getrunken hatte.

»Mein Gott«, entfuhr es ihr, als ihr Gehirn allmählich wieder zu arbeiten begann. Er bewegte sich. Seine wirren Haare schmiegten sich weich an ihre empfindlichen Brüste. Unwillkürlich überlief sie eine Gänsehaut.

Sie schüttelte ihn und wand sich. »Wir müssen hier weg. Wo sind unsere Sachen?«

Schlagartig war er hellwach. Er sprang auf, verhedderte sich in seiner Hose, stolperte und hoppelte zum Tisch, wo er wie ein betrunkener Cowboy Halt suchte.

»Herrgott noch mal!«

Bella konnte nicht mehr an sich halten und prustete los. Von Lachsalven geschüttelt, lag sie hilflos auf dem Teppich.

Richard blickte auf sie herunter, wie sie sich kichernd auf dem Boden wälzte. Er fuhr sich mit der Hand durch die zerzausten Haare. Ein Lächeln breitete sich auf seinem Gesicht aus.

»Du bist unverschämt verführerisch ...«

Und dann geschah das Unvorstellbare. Eine Tür, die beiden nicht aufgefallen war, öffnete sich am anderen Ende des Raumes.

Er ließ sich wie ein Stein unter den Tisch fallen. Bella raffte ihre Hose und die Livree an sich und versuchte, sich neben ihn tiefer in den Schatten zu verkriechen, wobei sie sich am Teppichboden aufschürfte.

»Autsch!«

Erschrocken hielt sie sich die Hand vor den Mund. Zu spät? Sie konnte niemanden sehen, die gestapelten Stühle und der Tisch nahmen die Sicht. Aber die Tür stand eindeutig noch offen. Sie hielt die Luft an, auch Richard atmete kaum. Seine Hand tastete nach ihr, er saß offenbar mit angezogenen Beinen gegen ein Tischbein gelehnt. Er zog sie beruhigend an sich, und während Bella ihre Livree zuknöpfte, erwarteten sie jeden Augenblick, entdeckt zu werden.

Eine Stimme bellte: »Sieht ja grauenvoll hier aus. Falls Sir Brian Zutritt verlangt, sagen Sie, die Farbe ist noch nicht getrocknet. Wir müssen hier abschließen. Der Prinz darf keinesfalls hier hereinkommen.«

»Zu spät«, murmelte Richard in Bellas Haare.

Bella bebte wieder vor kaum zu unterdrückendem Gekicher.

Die herrische Person verließ den Raum und schloss die Tür hinter sich mit Nachdruck. Stille und Schatten breiteten sich wieder aus.

»O – mein – Gott.« Bella atmete vorsichtig auf.

Richard stopfte sein Hemd in die Hose. »Das kann man wohl sagen«, meinte er betroffen.

Mit einem Seufzer der Erleichterung lehnte sie sich an einen Stapel Stühle.

»Ich dachte, wir sind geliefert.«

»Ich auch.«

Aber ihn schien die Vorstellung weniger zu erschüttern, als sie angenommen hatte. Er wirkte eher gleichmütig, fast zufrieden mit sich selbst.

»Wie war das mit deiner angeborenen Höflichkeit?«

Er lachte. »Davon bin ich offenbar geheilt.«

Er stand auf, schüttelte sein Jackett aus und reichte ihr die Hand, um ihr aufzuhelfen. Sie griff zu und sprang leichtfüßig auf die Beine.

Sie versuchte, wieder auf den Boden der Tatsachen zu kommen, und sagte mit merkwürdig fremder Stimme: »Das war nicht geplant.«

»Dann erzähl mal.«

Richards Haare standen nach allen Seiten ab. Meine Schuld, dachte Bella. Sie mühte sich ab, sie zu ordnen, ohne nennenswerten Erfolg.

Er hielt ihre Hand fest, führte sie an seine Lippen und küsste ihre Handfläche. »Warum hast du mir vorher nichts gesagt? Weißt du, was das für ein Gefühl war, als ich dich entdeckt hatte?«

»Na, das war ja nicht zu übersehen.«

»Du hast verdammt Glück gehabt, dass ich einen kühlen Kopf bewahrt habe.«

Sie wand sich genüsslich. »So kühl nun auch wieder nicht.«

Er schüttelte lachend den Kopf. »Nennen wir es mal schwer entflammbar.« Er knöpfte seine Manschetten zu. »Kannst du dir überhaupt vorstellen, wie sehr mir das Ganze widerstrebt?«

Bella brauste auf. »Und wer hat Schuld?«

»Ich. Ich.«

»Wenn du nicht über mich hergefallen wärst …«

»Hör auf«, sagte er und lachte diesmal nicht.

Sie machte große Augen.

»Und guck mich nicht so an. Ich habe drei Stunden Ansprachen, Höflichkeitsfloskeln und Landschaftsmalerei hinter mir. Ich brauche Entspannung, keinen …«

»Keinen …?«

»Keinen Kopf voll von … diesem Anblick.«

Bella zog die Brauen hoch.

»Schon gut, schon gut.« Er knöpfte ihre anstößige Livree wieder zu und straffte sie über ihren Hüften. Seine Hände verweilten, als hätten sie ein Eigenleben. Doch dann schob er Bella entschlossen ein Stück von sich weg. »Ich muss mich noch mal bei verschiedenen Leuten blicken lassen und mir weiter ihre Belanglosigkeiten anhören. Das hier ging schon weit genug. Ich gehe, und zwar *jetzt*.«

Bevor er auf den Türöffner drückte, drehte er sich um: »Ich muss heute Nacht mit dir zusammen sein.« Es schien ihm ungeheuer wichtig zu sein. »Lottie hat hoffentlich nichts dagegen?«

»Ich krieg das auf die Reihe«, sagte Bella benommen.

»Selbstverständlich«, meinte Lottie, als Bella sie anrief.

Sie fragte nichts weiter, und Bella legte keinen Wert auf unaufgeforderte Vertraulichkeiten. Sie kannten sich lange genug.

»Ich werde bei Katy übernachten. Wir gehen ins Kino, da bietet es sich sowieso an.«

Sie hatten also die Wohnung und die Nacht für sich. Und sie redeten nicht über den Terminkalender oder die Gefahr, dass man die Wahrheit über sie herausfinden könnte, nicht über Freunde, nicht über die Familie, nur über den Augenblick und ihre Wünsche.

Es sollte ihre letzte gemeinsame Nacht für fast zwei Wochen werden. Keine langen Abende mehr an Lotties Kamin, nicht mal ganz kurze. In gestohlenen Augenblicken telefonierten sie, mehrmals täglich. Und wenn Bellas Mutter einmal in der Woche in die Stadt kam, um Ausstellungen und Geschäfte unsicher zu machen und ihre Tochter ein bisschen zu verwöhnen, war auf Bellas Wunsch hin komplette Funkstille.

»Ich kann einfach nicht mit dir telefonieren, wenn sie neben mir steht«, sagte Bella Richard ganz offen. »Sie wäre völlig aus dem Häuschen, wenn sie von uns wüsste. Und das könnte ich nicht ertragen, auch wenn die Heimlichtuerei mir irgendwie so hinterhältig vorkommt.«

»Kann ich nachvollziehen. Okay, donnerstags Schweigen im Walde. Nach Mitternacht telefonieren wir dann umso länger.«

Was auch geschah. Aber während der ganzen Zeit trafen sie sich nur zweimal: einmal in einem Imbiss, wo Richard sich hinter Jeans und einem Schal der Millwall-Fans versteckte; und einmal während einer Benefizveranstaltung zugunsten einer Bildungseinrichtung, für die Lotties Firma PR-Berater war. Richard war Ehrengast, natürlich sehr prinzlich in Smoking mit allem Drum und Dran, einschließlich Manschettenknöpfen mit Monogramm. Er tanzte einmal mit Bella, langsam und gesetzt. Wie üblich stolperte sie über ihre eigenen Füße. Er schaffte es, ein Bild tadelloser Höflichkeit abzugeben, und hielt sie auf angemessener Distanz, aber ein Zucken um die Mundwinkel verriet ihr, dass es ihm genauso schwerfiel wie ihr.

»Die reinste Folter«, murmelte Bella.

»Ich weiß, es tut mir leid. Du bist sehr geduldig. Wenigstens können wir nächste Woche essen gehen.«

»Einen ganzen Abend! Glaubst du, dass du es diesmal nicht absagen musst?«

»Definitiv. Ich habe meine Leute angewiesen, dass nichts, aber auch gar nichts an meinem freien Abend dazwischenkommt. Wenn sie mir dann irgendwas in meinen Terminkalender klemmen, schicke ich sie allesamt im Dezember rauf nach Sutherland zu einem Teamarbeitstraining, das sich gewaschen hat.«

Bella hob lachend den Kopf. »Das dürfte seine abschreckende Wirkung nicht verfehlen.«

»Eben.« Er legte seinen Arm fester um ihre Taille und senkte den Blick, als ob er etwas suchte. »Wie kommst du zurecht, mein Schatz?«

»Gut. Bestens. Ich treffe mich morgen mit Neill. Er ist wegen irgendeiner Lehrerkonferenz nach London gekommen, und wir treffen uns kurz zum Essen, bevor er zurückfährt.«

»Schade. Ich würde ihn gerne mal kennen lernen.«

Bella war um eine Antwort verlegen. Sie begriff allmählich, dass Richard nicht verstand, warum sie ihrer Familie nichts sagen wollte. Ihm reichte es aus, ihre Beziehung vor den Medien geheim zu halten. Aber es wurde ihr immer klarer, dass er nichts dagegen hatte, seine Familie einzuweihen, vor allem seinen Bruder George. Und er hatte schon öfter angedeutet, dass er gerne ihre Angehörigen kennen lernen würde. Er drängte sie nicht, aber es stand im Raum, ungeklärt, wie so vieles in dieser Beziehung.

Sie sagte: »Vielleicht ein andermal.«

»Ich werde dich daran erinnern.«

Bella war überzeugt, dass er darauf zurückkommen würde. Mein Gott, das ging alles viel *zu* schnell.

Sie wehrte ab: »Du bist ja für die nächsten Monate sowieso komplett verplant. Ich kenne deinen Terminkalender, denk dran.«

Er lachte: »Hast du dich so eingehend damit befasst?«

»Ian hat mehr oder weniger verlangt, dass ich ihn nach der Durchsicht vernichte, woran ich mich lieber gehalten habe. Er hat ihn mir nur als Ausdruck überlassen, einen USB-Stick könnte ich verlieren, meinte er.«

»Ein umsichtiger Mensch.«

Sie räusperte sich. »Er hat ein richtiges Staatsgeheimnis daraus gemacht.«

Richard lachte laut auf. »Ist es ja teilweise auch.«

Sie stutzte. »Ach ja, ich vergesse das immer wieder.«

Er sah sie an, als wollte er sie jeden Augenblick küssen. »Vergiss es weiterhin. Mir gefällt's.«

Mit einem strahlenden Lächeln, das sie die ganze Zeit nicht loswerden konnte, traf sie sich am nächsten Tag mit ihrem Bruder.

Neill erwartete sie im Weinkeller Covent Garden, ihrem Lieblingsrestaurant. Neill, der nicht unbedingt zu den aufmerksamsten Männern gehörte, fiel es sofort auf: »Du siehst glücklich aus.«

»Bin ich auch.« Sie umarmte ihn.

Er zog die Augenbrauen hoch. »Gibt es einen Grund, dich zu beglückwünschen?«

Augenblicklich war sie auf der Hut. »Was? Wieso? Hast du was gehört?«

»Francis hat dir einen Heiratsantrag gemacht, oder?«

»*Was*?«

»Ma meint, dass du die Insel verlassen hast, damit Francis dich vermisst und einsieht, dass er sich falsch verhält, und dir einen Antrag macht.«

Bella schnaubte. »Ma ist auf dem falschen Dampfer«, sagte sie, setzte sich auf einen Barhocker und studierte die Cocktailkarte. »Francis ist Vergangenheit. Bis auf ein paar kleinlaute SMS, wenn er irgendwas nicht finden kann. Und auch die werden immer seltener.«

Sie spürte, dass ihr Bruder sie beobachtete. »Und das ist für dich in Ordnung?«

Sie zuckte mit den Schultern. »Ich hatte die Schnauze voll, als ich ihm zum fünften Mal Schritt für Schritt erklären musste, wo was liegt. Ansonsten, kein Problem.«

Neill wirkte erleichtert. »Da bin ich aber froh. Ich meine, er macht gute Arbeit und so. Aber letztlich ist er ein Wichtigtuer.«

Bella pflichtete ihm von Herzen bei.

»Aber Ma war felsenfest davon überzeugt, dass du was für ihn übrighast.«

»Hatte ich auch eine Zeit lang«, gab Bella zu. »Ich habe mich eben verändert. Hast du schon mal einen von diesen annähernd zwanzig Cocktails probiert?«

Er schüttelte den Kopf.

Sie überlegte. »Worauf habe ich denn Lust? Einen Side Car? Einen White Lady? Oder wie wär's mit einem Perfect Lady? Passt doch zu mir. Und Pfirsich ist auch drin.«

»*Du* und eine perfekte Lady? Dass ich nicht lache!«, höhnte er.

Bella war seltsamerweise verärgert. »Ach komm, Neill, so übel bin ich nun auch wieder nicht.«

»Du bist überhaupt nicht übel«, sagte er zärtlich. »Du bist sogar großartig. Du bist nur keine Lady.«

»Das hat gesessen.«

»Macht ja auch nichts. Ladys gehen einem auf die Nerven«, sagte er mit ungewöhnlicher Schärfe. »Immer dieses Rumspionieren, diese Wichtigtuerei und Bevormundung.«

Das war ernst gemeint. Bella legte die Cocktailkarte aus der Hand.

»Stimmt was nicht, Neill?«

Er zuckte gereizt mit den Schultern. »Fang du nicht auch noch an. Ma liegt mir ständig in den Ohren, seit ich ihr gesagt habe, dass Val und ich an Weihnachten nicht kommen werden.«

»Äh – ja. Sie erwähnte so etwas.«

»Ich wette darauf.«

»Offenbar hat sie angenommen, dass du mit Finn gesprochen hast. Sie meinte, es sei alles seine Schuld?«

Er lachte, aber es klang keineswegs amüsiert. »Du hast gut reden! Val und ich wollen Weihnachten für uns feiern, und dann muss natürlich jemand schuld daran sein. Und Ma verdächtigt gleich Finn.«

»Sieht ihm gar nicht ähnlich«, tastete Bella sich vor.

»Richtig. Wann hat sich unser Vater jemals um Weihnachten gekümmert?«

Wieder dieser Hauch von Verbitterung. Neill fuhr sich mit den Händen übers Gesicht, und Bella fiel auf, wie erschöpft er aussah. Keine einfache Erschöpfung nach einem arbeitsreichen Tag, sondern eine seelische Erschöpfung, als hätte er jahrelang eine Last mit sich herumgeschleppt, die er gerade erst abgesetzt hatte.

Sie war tief beunruhigt. »Ist irgendwas passiert?«

Er sah sie betroffen an, und seine Augen füllten sich plötzlich mit Tränen. Bestürzt merkte Bella, dass sie den wunden Punkt getroffen hatte. Und genau in diesem Augenblick kam der Barkeeper, um ihre Bestellung aufzunehmen.

»Perfect Lady«, verlangte sie kurzerhand. »Und einen Brandy Alexander für meinen Bruder.« Den hatte er früher immer getrunken, als er noch nicht verheiratet war. »Wir setzen uns da drüben in die Nische, können Sie die Getränke rüberbringen?«

»Geht klar«, versicherte der Barkeeper.

Bella raffte die Mäntel und Neills Aktentasche zusammen und schob ihren Bruder an den abgelegenen Tisch. Der Weinkeller befand sich in einem alten Gewölbe, dessen Backsteinwände von zahlreichen Bögen gestützt wurden, und in den so entstandenen Nischen hatte man das Gefühl, einigermaßen für sich zu sein. Sie steuerte eine von den ganz kleinen an. Sie war offenbar für Pärchen gedacht, eine kümmerliche Kerze flackerte in einem gläsernen Halter, und ein frisches Sträußchen stand auf dem blank polierten Tisch. Aber das spielte jetzt keine Rolle.

Neill ließ sich auf die alte Bank fallen und schnäuzte sich umständlich.

»Entschuldigung«, sagte er beschämt. »War ein langer Tag heute.«

»Während ich weg war, hat sich hier offenbar so einiges abgespielt. Also, raus mit der Sprache.«

Er lehnte sich zurück und schloss die Augen. »Na schön. Mit irgendjemandem muss ich ja mal darüber sprechen.«

Bellas Magen krampfte sich zusammen. »Ist zwischen dir und Val etwas vorgefallen?« Sie hatten immer einen so verliebten Eindruck gemacht, schienen so gut zusammenzupassen, die erfolgreiche Geschäftsfrau und Bellas liebenswürdiger, lässiger Bruder.

Er öffnete die Augen. »Das behältst du bitte für dich, ja? Vor allem Ma gegenüber. Versprochen?«

»Versprochen.«

Und dann brach der Damm. »Ich kann ihr nichts recht machen. Sie sucht ständig Streit. Wenn sie nach Hause kommt und ich was sage, bin ich unsensibel, weil sie nach einem Vierzehn-Stunden-Tag zu erschöpft ist, um nur zu meinem Vergnügen Konversation zu machen. Und wenn ich nichts sage, nehme ich sie nicht wichtig. Oder übersehe sie. Oder ich bin kleinlich und gehässig … Ehrlich Bella, ich bin am Ende.«

Sie war entsetzt. »Was war denn der Auslöser? Da muss doch was passiert sein.«

Er wirkte todunglücklich. »Val hatte eine Fehlgeburt«, gestand er.

»O nein, Neill. Das tut mir wirklich leid.«

»Mir war nicht klar, dass sie es so tragisch nehmen würde. Ich meine, wir hatten gerade erst erfahren, dass sie schwanger war.

Es war nicht mal geplant. Val war anfangs sogar überhaupt nicht erpicht auf ein Kind. Sie fand den Zeitpunkt für ihre Karriere unpassend. Aber dann hatten wir uns beide an den Gedanken gewöhnt, ja, ist doch auch eine tolle Sache, oder? Es blieb uns gerade eine Woche Zeit, Pläne zu schmieden und uns über einen Namen Gedanken zu machen, als sie diese furchtbaren Krämpfe kriegte und ... na ja, dann ist es passiert.«

Bella griff nach seiner Hand. Neill sah überrascht auf. In ihrer Familie blieb man eher auf Distanz. Aber er schien dankbar dafür zu sein und zog seine Hand nicht weg.

»Anfangs ist Val bewundernswert damit umgegangen. Ganz pragmatisch. Der Arzt versicherte, dass es nicht an ihr lag und es keinen Grund gibt, warum wir nicht noch andere Kinder kriegen sollten. Sie war beruhigt und außerdem froh, dass sie es noch niemandem gesagt hatte. Sie ist danach sofort wieder arbeiten gegangen.« Er sah Bella bekümmert an. »Und das ist der einzige Punkt, an dem ich mich mal eingemischt habe. Ich habe sie gebeten, ein paar Tage zuhause zu bleiben, um sich zu erholen. Aber Val war felsenfest davon überzeugt, dass sie es schafft. Also habe ich nicht versucht, es ihr auszureden.«

»Gegen Val zieht fast jeder Mann den Kürzeren«, sagte Bella, die ihre Schwägerin mochte, sie aber mit Vorsicht genoss.

»Ich hätte mich durchsetzen sollen«, meinte Neill zerknirscht.

»Wie soll es jetzt weitergehen? Geht ihr zur Eheberatung?«

Er schüttelte den Kopf. »Das war mein Vorschlag. Val will nichts davon wissen. Es sei unsere Privatangelegenheit und gehe niemanden etwas an. Sie sagt, sie ist zurzeit nur überarbeitet, und es würde sich schon wieder geben.«

Bella hatte nicht den Eindruck. »Aber?«, soufflierte sie.

»Die Sonntage sind die Hölle«, brach es aus Neill heraus. »In der Woche geht's. Ich muss meine Stunden vorbereiten und korrigieren, und Val geht sehr früh aus dem Haus und kommt häufig erst gegen Mitternacht wieder. Wir sehen uns also kaum. Aber am Sonntag fliegen die Fetzen.« Er lachte bitter auf. »Genau darüber habe ich, ehrlich gesagt, mit Finn gesprochen.«

»Ausgerechnet bei *Finn* suchst du mit deinen Eheproblemen Rat?«

»Du meine Güte, nein. Ich wollte mich nur nach möglichen Wochenendaktivitäten erkundigen. Irgendwas, wobei ich mich auspowern kann. Wo ich, offen gesagt, den ganzen Tag außer Haus bin.«

Bella schwieg.

»Na ja, irgendwie kriegen wir das wieder auf die Reihe. Soll ja vorkommen, oder?«

Unsere Eltern nicht, dachte Bella. Sie sprach es nicht aus, aber an Neills Miene konnte sie ablesen, dass er dasselbe dachte.

Während des Essens herrschte eine gedrückte Stimmung, und als sie aufbrachen, war Bella so besorgt um ihn, dass sie ihn zum Bahnhof begleitete. An der Schranke nahm sie ihn fest in den Arm, als würde er auf eine lange, gefährliche Reise gehen, und sah ihm nach, wie er die Treppe hinunter zum Bahnsteig stapfte und in den Zug stieg.

Bella fror erbärmlich, als sie sich auf den Weg zu Lotties Wohnung machte. Verfroren und einsam. Die U-Bahn war grell erleuchtet, die anderen Fahrgäste schienen alles Pärchen zu sein, hielten sich an den Händen oder trotzten fest umschlungen der Welt.

Die Wohnung war dunkel und leer. Lottie arbeitete heute Abend, wie Bella sich erinnerte. Genau wie Richard, dachte Bella. Er war bei einem Galakonzert in Leeds, mit anschließendem Empfang. Er würde telefonisch nicht erreichbar sein.

Aber plötzlich hatte Bella das überwältigende Bedürfnis mit ihm zu sprechen. Sie schickte keine SMS, sondern sprach auf die Mailbox.

»Habe mich mit meinem Bruder getroffen. Sieht alles nicht gut aus. Wenn du einen Augenblick Zeit hast, würde ich mich freuen, na ja, einfach eine liebe Stimme zu hören.« Sie versuchte, sich zusammenzureißen. »Ich hoffe, das Konzert war schön.«

Es lohnte sich nicht, die frischen Holzscheite im Kamin anzuzünden. Sie schaltete den kleinen elektrischen Heizkörper ein, der der Zentralheizung nachhelfen sollte, und kauerte sich in der Dunkelheit zusammen, zu traurig, um zu lesen oder wenigstens ins Bett zu gehen.

Sie hatte keine Ahnung, wie lange sie dort im Halbdunkel gesessen hatte, als das Telefon klingelte. Als sie die Nummer sah, ging es ihr schlagartig besser.

»Hallo, Richard.«

»Hallo, Liebes. Erzähl mir alles.«

Und sie erzählte, na ja, fast alles, der Rest war Neills und natürlich Vals Privatangelegenheit.

»Wie er da so vor mir saß, kamen mir die ganzen elenden Jahre wieder hoch, als meine Mutter und Finn noch verheiratet waren. Und das Gleiche scheint sich bei Neill und Val zu wiederholen. Ich weiß, er dachte dasselbe. Er wirkte so einsam und verloren, Richard. Ich hätte ihn gerne getröstet, aber was sollte ich machen?«

Es entstand eine kurze Pause. Dann fragte er: »Wo bist du?«

»In der Wohnung«, antwortete Bella verdutzt.

»Wo ist Lottie?«

»In Birmingham, bei einer Produkteinführung.«

»Sie kommt heute Abend nicht zurück?«

Bella sah auf ihre Armbanduhr. »Ich denke nicht. Jedenfalls nicht so schnell.«

»Mist!« Er klang besorgt.

»Versteh mich nicht falsch«, bemühte sie sich schnell klarzustellen. »Ich will nicht mit Lottie reden. Wenn sie hier wäre, hätte ich mich in mein Zimmer verkrochen. Ich will mit niemandem sprechen. Außer mit dir.«

Es entstand eine merkwürdige Stille. Einen Augenblick dachte sie, die Verbindung sei unterbrochen.

»Richard? Bist du noch dran?«

Er sagte entschlossen: »Gut. Geh nicht ins Bett. Ich komme, so schnell ich kann.«

»*Was?*«

»Ich will nicht, dass du allein bist«, sagte er schlicht. »Nicht in diesem Zustand.«

»Oh, Richard!«

»Sobald ich eine Ankunftszeit weiß, rufe ich dich an.« Und er legte auf.

Bella ging es entschieden besser, sie konnte sich sogar aufraffen, Tee aufzusetzen. Sie machte die Lampen im Wohnzimmer an, ging in die Küche und erledigte den Abwasch vom Frühstück.

Dann rief Richard zurück.

»In zwei Stunden.«

Beinahe wäre ihr der Toaster aus der Hand gefallen, den sie gerade von Krümeln befreite. »Das ist doch unmöglich.«

Er klang gereizt, was aber nicht ihr galt. »Nein, ist es nicht. Dein Freund mag vielleicht nicht pflegeleicht sein und nicht greifbar, wenn du ihn brauchst, aber immerhin hat er Zugang zu Hubschraubern. Bis dann.«

Er kappte die Verbindung, bevor sie Einspruch erheben konnte.

»Wow«, entfuhr es Bella, als sie sich langsam aufs Sofa setzte. Sie fühlte sich plötzlich zentnerschwer, ihr schwirrte der Kopf, und sie kriegte kaum Luft. »Hatte er Freund gesagt?«

Sie beschloss, doch lieber das Feuer im Kamin anzufachen.

Als er in der Tür stand, flog sie in seine Arme. Fest umschlungen blieben sie in dem engen Flur für eine kleine Ewigkeit stehen und rührten sich nicht.

»Danke«, murmelte sie schließlich.

»Ich danke *dir*«, sagte er und küsste ihre Haare.

»Wieso?«, fragte sie verwirrt. »Ich meine, ich mache einen Aufstand, und *du* bedankst dich? Wofür?«

»Dass du mich angerufen hast.«

Sie trat einen Schritt zurück und musterte ihn. Er schien es ernst zu meinen.

»Ich weiß nicht genau, was du meinst«, sagte sie verunsichert.

»Na gut. Was hältst du hiervon? Dass du mich an deiner Seite haben wolltest.«

Bella hatte wieder dieses zentnerschwere, atemberaubende Gefühl.

Den Arm um ihre Schulter gelegt brachte er sie ins Wohnzimmer. Das Feuer flackerte munter. Es war, als wären sie zuhause.

Und so drückte sie es auch aus.

Er hielt sie fest an sich gepresst.

Aber alles, was er sagte, war: »Richtig.«

9

Wie wird man der perfekte Freund?

Girl About Town

Die Nacht war wunderschön. Der nächste Morgen weniger.

Zum einen hatten sie beide verschlafen. Sie hatten sich bis tief in die Nacht unterhalten, bis der Verkehr draußen verstummt und es in den anderen Wohnungen still geworden war. Und dann hatten sie nichts mehr gesagt. Als sie schließlich einschliefen, hatten beide nicht an so profane Dinge wie einen Wecker gedacht.

Bella wachte davon auf, dass Richard fluchend am Fußende des Bettes herumhüpfte. Es erinnerte sie an die komische Situation in der Galerie.

»Na, du Adonis«, sagte sie, verschränkte die Arme hinter dem Kopf und betrachtete ihn mit Wohlbehagen.

Er überhörte die Bemerkung. »Wir hätten den Wecker stellen sollen«, fauchte er.

Sie witterte immer noch keine Gefahr. Möglicherweise ließ sie ein bisschen zu entspannt den Blick in dem kleinen Schlafzimmer umherwandern, das wie ein Schlachtfeld aussah. Ein Kissen war auf dem Fensterbrett gelandet, die Bettdecke war zerwühlt. Diverse Kleidungsstücke, männliche und weibliche, bildeten auf dem Fußboden eine Spur wie bei einer Schnitzeljagd.

Richard lag auf den Knien und durchwühlte ungeduldig die Sachen. »Verflucht, ich kann die zweite Socke nicht finden.«

Bella betrachtete genüsslich seine nackten Schultern. Ein schöner Rücken, dachte sie. »Ich habe eine Neuigkeit für dich. Dein T-Shirt hast du auch noch nicht gefunden.«

»Lass den Quatsch.« Er klang ernstlich ungehalten.

Sie blinzelte, um einen klaren Kopf zu bekommen. »Wo hast du sie ausgezogen? Die Socken, meine ich.«

»Wie soll ich das wissen, zum Teufel.«

Sein Kopf erschien über der Bettkante. Die Haare waren zerzaust, und er wirkte sichtlich verschlafen. Er sah umwerfend aus – und sehr übellaunig.

»Schon mal deinen Weg zurückverfolgt?«, meinte Bella versöhnlich.

Ein Blick auf seine Miene belehrte sie, dass Spott heute Morgen nicht gut bei ihm ankam.

»Schon gut. Lassen wir das. Ich sehe im Wohnzimmer nach.«

Sie schwang die Beine aus dem Bett und sah sich nach einem Kleidungsstück zum Überziehen um. Die Wohnung war sehr frostig, vielleicht ja aber auch nur seine Miene. Sie konnte sich nicht erinnern, wo sie ihren Seidenkimono hingelegt hatte, und da es ihr zu viel Aufwand schien, nach ihm zu fahnden, schlüpfte sie in das T-Shirt, in dem sie normalerweise schlief, und trottete ins Wohnzimmer, um nach seiner Wäsche zu suchen.

Die Socke blieb verschwunden, aber sie sammelte sein weißes Hemd auf, das auf den Korb mit den Holzscheiten gefallen war. Sie schüttelte die Holzspäne heraus und sah sich nach den restlichen Kleidungsstücken um. Sein Mantel hing ordentlich über einer Stuhllehne, aber das Jackett lag zerknüllt hinter dem Sofa. Sie schüttelte es ebenfalls aus, eine Menge Staubflocken und Krümel hatten sich hinter dem Sofa gesammelt.

Ein heiseres Brüllen drang aus dem Schlafzimmer. »Wo ist mein Scheißhandy?«

Bella suchte überall, aber es fand sich weder auf den Tischen noch auf den Bücherregalen oder gar auf dem Fußboden. Sie war gerade dabei, den Kaminsims unter die Lupe zu nehmen, als Richard im Türrahmen erschien, ein Fuß steckte in Socke und Schuh, den anderen Schuh hielt er in der Hand.

»Socke weg. Handy weg. Warum starrst du in den Spiegel und suchst nicht? Mann, es ist wichtig.«

Bella hatte allmählich die Nase voll. »Ich suche auf dem Kaminsims nach deinem Handy«, erwiderte sie.

»Warum sollte ich es auf dem Scheißkamin deponieren? Es müsste in meinem Jackett sein.«

Er streckte gebieterisch die Hand danach aus.

Bella war wütend. »Bin ich dein Butler, oder was?«, fuhr sie ihn an, als sie es ihm aushändigte.

Er hielt das Jackett mit spitzen Fingern und durchsuchte vergebens sämtliche Taschen. »Verflucht. Was hast du damit angestellt? Umgedreht?«

»Ja sicher, ich habe es am Fenster ausgeschüttelt.«

Er stöhnte auf. »Wie kann man nur so blöde sein. Hilf mir gefälligst.«

Sie funkelten sich feindselig an.

Dann wendete er sich ab. »Ach komm, es hat keinen Zweck. Mach, was du willst.«

Wahllos und immer verzweifelter wendete er in dem chaotischen Wohnzimmer das Unterste zuoberst.

Obwohl Bella allmählich richtig wütend war, begriff sie, dass die Sache ernst war.

»Es ist vielleicht aus der Tasche gefallen.«

»Eben.«

Sie warf sein Hemd beiseite und tauchte über die Rückenlehne des Sofas wie ein Perlenfischer in die Tiefe. Sie legte sich flach auf den Boden und fischte mit ausgestrecktem Arm unter dem Sofa. In rascher Folge förderte sie einen Lippenstift, eine kleine halb leere Wasserflasche und ein Taschenbuch zu Tage und schleuderte alles über die Sofalehne.

»Was soll das? Deine Hausarbeit kann ja wohl warten. Ich brauche ...«, bemerkte er ungeduldig.

»Moment!«

Ihre Finger waren auf einen flachen, harten Gegenstand gestoßen, aber sie konnte ihn nicht erreichen. Unter höchster Anstrengung reckte sie sich, so weit sie konnte. »Oh – oh – oh« Das Sofa rutschte unter dem Druck ein Stück nach vorne, und sie griff zu. »Ich hab's.«

Sie drehte sich auf den Rücken, das Handy an sich gedrückt und sah zu ihm auf. Von Dankbarkeit keine Spur.

»Warum hast du nicht gesagt, dass ich das Sofa wegschieben soll?«

Bella überging die Bemerkung. »Hier, siehst du?«

Sie rappelte sich triumphierend auf. Das kleine Telefon war nicht so verstaubt und voller Krümel wie das Taschenbuch, aber es hatte ein bisschen gelitten. Richard nahm es ihr ab. Er schüttelte das Jackett aus, hängte es säuberlich über einen Stuhl, zog ein makelloses Taschentuch aus seiner Anzughose und säuberte das Display.

»Danke«, soufflierte sie.

Doch er telefonierte schon. »Davis? Ein Auto. So schnell wie möglich. Nein, nicht Battersea. Ich muss mal überlegen. Vor Mozart's House in der Ebury Street. Wissen Sie wo? Rufen Sie fünf Minuten, bevor Sie da sind, an.« Er klappte das Handy zu. »Das Hemd.« Er streckte die Hand aus.

Bella platzte plötzlich der Kragen. Sie legte die Hand auf die Lippen.

»Ja, natürlich, Eure Hoheit.«

Er stutzte. »Was?«

Sie schnippte mit dem Finger. »Jackett! Hemd! Telefon! Auto! Sofort!« Das letzte Wort schrie sie heraus.

»Und? Wo ist das Problem?«

»Echte Menschen sagen danke. Sogar bitte. *Echte* Menschen bellen keine Befehle wie ein gefühlloser Roboter.«

»Tut mir leid. Danke.« Aber es klang nicht sehr überzeugend.

»Glaub ja nicht, dass du mich so rumkommandieren kannst, Freundchen. Ich bin nicht deine Angestellte, die dir deinen Krempel hinterherträgt«, schrie sie ihn an.

Er straffte sich. »Was soll das heißen?«, erkundigte er sich, jede Silbe so spitz wie ein Eiszapfen.

»Wir haben *beide* verschlafen«, zischte Bella. »Aber spielt das für dich eine Rolle? Nein, natürlich nicht. Meine oberste Pflicht ist es, Seiner Königlichen Hoheit in die Kleider zu helfen, unter versiffte Sofas zu kriechen und nach seinem Handy zu suchen …«

»Das verstehst du nicht.« Jedes Wort kam wie eine Gewehrsalve aus seinem Mund. »Du hast ja keine Ahnung, wie mein Leben aussieht.«

»Will ich vielleicht auch gar nicht wissen.« Sie schnippte mit dem Finger. »Mach dies! Mach das! Hopp, hopp, hopp!«

Er lief dunkelrot an. »Ich hab's mir nicht ausgesucht«, brüllte er. »Ich bin nun mal der, der ich bin. Ich tue, was ich tun muss. Und das heißt, dass ich niemals zu spät komme. *Nie*. Kapierst du? Die Leute sehen zu mir auf, und ich muss da sein. Ich *muss* einfach.«

»Na schön. Dann hör auf, mich anzuschreien, und verschwinde.«

Er warf ihr einen wütenden Blick zu und griff wortlos nach seinem Jackett.

»Und komm nicht wieder«, fauchte sie.

Sie stapfte ins Schlafzimmer. Unter wütendem Gemurmel zog sie frische Wäsche aus dem Schrank und ging damit ins Badezimmer, ohne sich zu verabschieden. Beim Zähneputzen hörte sie die Haustür ins Schloss fallen.

»Mistkerl«, sagte sie in den Spiegel.

Dann setzte sie sich auf den Klodeckel und weinte sich die Augen aus. Danach musste sie sich noch einmal ihr Gesicht waschen und erschien umso später bei der Arbeit. Dass niemand sie vermisst hatte, war auch nicht gerade tröstlich, wie sie Lottie abends gestand.

»Das ist der Preis für euer grandioses System«, sagte Lottie. »Jeder tut, was er tun muss, weil alles auf dem Bildschirm erscheint. Und du hast es so gewollt. Logisch.«

Bella lächelte unsicher: »Du meinst, ich habe mich selber aus meinem Job wegorganisiert?«

»Na und? Du hast immer gesagt, du machst das nur vorübergehend«, erinnerte Lottie sie gnadenlos. »Ruf Anthea noch mal an.«

»Ich schicke ihr eine SMS nach der anderen, aber sie antwortet nicht.«

»Dann setz dich in ihr Büro, bis sie sich bequemt.«

»Ja, wahrscheinlich muss ich mal persönlich vorbeigehen«, sagte Bella. »Lästig.«

»Aber nötig. Keine Sorge, du wirst bald einen Job beim Umweltschutz finden. Jetzt erzähl mir lieber von Neill.«

Bella wählte ihre Worte mit Bedacht. »Es geht ihm gut. Sieht sich gerade nach einer Freizeitbeschäftigung um, glaube ich. Im Beruf läuft's, aber er will ein bisschen raus an die frische Luft. Er hat gesagt, dass er Finn um Rat gefragt hat.«

»Die Spendenaktion!«, sagte Lottie wie aus der Pistole geschossen. »Er kommt mir wie gerufen. Gib mir seine Nummer.« Und dann: »Wo wohnt er?«

»Dorset.«

Lottie war zufrieden. »Dacht ich's mir. Devon wäre besser, aber Dorset geht auch. Ich habe genau das Richtige für ihn. Teamarbeit, jede Menge sportliche Betätigung, tolle Gegend und Freibier. Und alles für einen guten Zweck.«

Sie wirkte so zufrieden mit sich selbst, dass Bella es nicht übers Herz brachte, sie zu enttäuschen. Das Ganze klang für einen

Mann, der den ganzen Tag in der Schule verbrachte, ein bisschen zu sehr nach einer organisierten Veranstaltung. Stattdessen gab sie Lottie seine Telefonnummer und lauschte beeindruckt, wie sie ihm die Sache verkaufte.

»Ich suche nach Freiwilligen, die nächstes Jahr über Ostern ein Wikingerboot rudern. Als Benefizveranstaltung. Irgendein verrückter Designer hat ein Schiff nachgebaut. Einen Teil der Leute hat er schon zusammen, aber es fehlen noch Ruderer. Man wird eingearbeitet, doch muss bereit sein, ein bisschen Zeit zu investieren. Macht Spaß und ist pädagogisch äußerst wertvoll.«

Natürlich. Neill hatte keine Chance.

Lottie legte das Telefon auf und vollführte einen Freudentanz in der Küche. »Gebongt. Der erste Wikinger hat unterschrieben. Ich habe schon drei Sponsoren für was anderes und einen Prominenten, weil Milo Crane – dieser Regisseur, du weißt schon – hier über Ostern einen Actionfilm dreht, und er sucht eine Gelegenheit, wo er sich ein bisschen produzieren kann. Und jetzt liefere ich auch noch die Wikinger. Was bin ich doch für ein Ass.«

»Glückwunsch.«

Lottie hörte auf zu tanzen und sah Bella besorgt an. »Bist du immer noch schlechter Laune, weil du zu spät zur Arbeit gekommen bist? Komm, du bist doch noch jung. Du hast das Leben noch vor dir. So was kommt vor. Lass dir doch die Nacht nicht von einem übellaunigen Zahnarzt vermiesen.«

Bella erstarrte. »Die Nacht? Was meinst du damit?«

Lottie schwieg eine Weile. Dann sagte sie verlegen: »Also, ich habe dir nicht nachspioniert, wirklich nicht. Aber das Wohnzimmer war ein einziger Saustall, als ich zurückkam. Ich habe mir also erlaubt, ein bisschen aufzuräumen. Und ich habe das hier gefunden …« Sie kramte hinter der Kaffeemaschine. »Hier, sieh mal. Ich wollte es eigentlich in deinem Zimmer verschwinden lassen, aber es hat keinen Sinn, so zu tun, als hätte ich es nicht gesehen. Hier.«

Sie warf Bella ein Stück schwarzes Seidenband zu.

Bella konnte erst nichts damit anfangen, bis sie es ausgeschüttelt hatte und erkannte, um was es sich handelte: zwei schwarze fischförmige Enden an einem schmalen Band. Richards Fliege! Sie merkte, wie sie bis über beide Ohren errötete.

»Wo hast du das denn gefunden?«

»Auf dem Fußboden, unter einem Kissen.«

»Auch auf dem Fußboden?«

»Ja.«

»Tut mir leid.«

»Muss es nicht. Du zahlst die halbe Miete. Du hast das Recht, mit Kissen um dich zu werfen. Und hier zu übernachten, mit wem du willst.«

Bella kannte die Anstandsregeln für Wohngemeinschaften. »Es tut mir wirklich leid, Lotts. Ich hätte es vorher mit dir absprechen müssen. Es hatte sich so ergeben, es war spät, und du warst nicht da ... Ich habe einfach nicht daran gedacht. Aber ich hätte immerhin anrufen können.«

»Das wäre für uns alle ziemlich unangenehm gewesen, wenn ich früher gekommen und hier hereingeplatzt wäre«, beschwichtigte Lottie. »Sag mir einfach nächstes Mal Bescheid, ja?«

Bella sprach es nicht aus, aber sie glaubte nicht, dass es ein nächstes Mal geben würde. Richard hatte nicht nur missgelaunt das Haus verlassen, sondern den ganzen Tag nicht versucht sie anzurufen. Und sie war sich nicht einmal sicher, ob sie das überhaupt wollte. Erst hieß es, er sei ihr Freund, als ob das so selbstverständlich wäre und sie sich darüber einig wären. Wenn sie nur daran dachte, durchlief sie ein Schauer, halb vor Aufregung, halb vor Angst, was das für die Zukunft bedeuten würde. Und im nächsten Augenblick kommandierte er sie herum und meckerte über den Zustand der Wohnung. Heute Morgen war er ihr alles andere als liebenswert erschienen. Zum ersten Mal hatte sie die Kluft zwischen ihnen beiden gespürt und sie als Schock empfunden, vor allem nach der Intimität der letzten Nacht.

Es war alles so verworren.

»Ich will nicht schon wieder eine komplizierte Beziehung«, sagte sie wie zu sich selbst.

Lottie lachte auf. »Welche Beziehung ist nicht kompliziert, Bel? Du wirst dich daran gewöhnen.«

Aber am nächsten Tag brachte sie eine Ausgabe von *Royal Watchers Magazine* mit und einen Stapel Ausdrucke von Klatschspalten aus dem Internet. Mit theatralischem Schwung warf sie beides auf den Couchtisch.

Es waren Fotos von Richard abgedruckt, die ihn mit einer gebräunten Schönheit im Arm zeigten, als beide einen Nachtclub verließen. Trotz der kalten Novembernacht waren die Ohrringe der Frau noch das umfangreichste Kleidungsstück, wie Bella bemerkte.

»Der Kerl hat eine Tussi«, zischte Lottie.

Bella nahm den längsten Artikel zur Hand und überflog ihn. »Das war gestern Abend«, sagte sie zögernd. »Deshalb hat er auch nicht angerufen.«

»Hat offenbar noch eine Ersatzfliege gehabt«, knurrte Lottie. Sie gab dem Sofa einen Tritt und rieb sich den Fuß. »Ob er die auch als Andenken dagelassen hat?«

Bella zuckte zusammen. »Chloe Lenane«, las sie vor. »Von der hat er mir erzählt. Er sagt, sie sei eine Art Schwester für ihn.«

Lottie schnaubte verächtlich. »Ja, ja. Mit der hat er wahrscheinlich schon in der Sandkiste gespielt. Die Frau ist Aristokratin mit Abitur im Leistungskurs Blumendekorieren. Nach Schwester sieht mir das allerdings nicht aus.«

Bella betrachtete die Fotos näher. Die blonde Mähne war

aufwändig gesträhnt und kunstvoll verwuschelt, als ob sie eben aus dem Bett gekrochen wäre und es nicht viel Überredung kosten würde, sie wieder hineinzubefördern. Vielleicht war es das Blitzlicht, vielleicht der dicke schwarze Lidstrich, oder vielleicht war die ehrenwerte Chloe bis obenhin zugedröhnt. Trotz des eingefrorenen Lächelns wirkte sie benommen und verängstigt und klammerte sich an Richards schwarzen Ärmel wie an einen Rettungsring.

An Richard selbst war nichts Auffälliges. Es sah zwar nicht so aus, als sei es ihm unangenehm, Chloe im Arm zu halten, aber er winkte auch nicht in die Kamera oder flüsterte ihr Intimitäten ins Ohr.

»Die ist eigentlich nicht sein Typ«, rutschte es Bella raus. *Er hat gesagt, er sei mein Freund.*

»Glaubst du! Die haben doch was miteinander.«

»Was bist du denn so aufgebracht, Lottie? Ich dachte, du magst ihn.«

»Dachte ich auch. Wie kann man sich doch täuschen. So ein Schwein.«

Bella schluckte. »Hast du irgendwas gehört? Gibt es irgendeinen Grund, weshalb du annimmst, dass sie was miteinander haben?«

Lottie ließ sich aufs Sofa fallen und breitete die Arme über den Kissen aus. »Ehrlich, Bel, ich habe nicht die geringste Ahnung. Unser Berichterstatter für die Promis im Büro, dem man nun wirklich keine Panikmache vorwerfen kann, hat nur gesagt, dass schon lange Wetten darauf abgeschlossen werden, dass er sie heiratet. Die beiden Familien kennen sich seit Ewigkeiten.«

»Wer heiratet schon, weil sich die Familien gut verstehen? Bleib realistisch, Lottie.«

»Richtig, aber sogar *Royal Watchers* hat sie auf der Liste der möglichen Top Ten. Nummer acht, soviel ich weiß.«

»Oh.«

Lottie sah plötzlich zerknirscht aus. »Entschuldige bitte, Bel. Ich habe es auch nicht gewusst, aber ich hatte dich gewarnt. Er schien wirklich ein netter Typ zu sein. Ich dachte, man könnte ihm trauen.«

Zu ihrer eigenen Überraschung hörte Bella sich sagen: »Kann man ihm auch.«

Lotti starrte sie verdutzt an.

»Dieses Foto beweist gar nichts. Er hat mal gesagt, er sei öffentliches Eigentum. Wenn er mit Freunden ausgeht, werden ihn die Fotografen immer mit irgendeiner Frau erwischen. Wenn ich das vermeiden wollte, müsste ich bereit sein, selber mit ihm auszugehen. In aller Öffentlichkeit.«

Lottie schüttelte energisch den Kopf. »Komm, im Zweifel bin ich immer für den Angeklagten, aber das hier geht mir zu weit.«

Bella zögerte: »Man muss auf sein Bauchgefühl hören, stimmt's? Und mein Bauch sagt mir, dass er immer aufrichtig zu mir war.«

Lottie gab auf. »Der Himmel steh dir bei, Bella Greenwood. Du liebst diesen Mann.«

10

Trennung und Versöhnung

Girl About Town

Bella verbrachte eine schlaflose Nacht. Das Schlimmste war, dass Lottie mit ziemlicher Sicherheit Recht hatte. Es traf sie wie ein Schock.

Seit dem Schauspieler, der den Romeo darstellte, als sie mit der Klasse in Stratford waren, war sie nicht mehr verliebt gewesen. Nicht mehr *verliebt.* Sie hatte gute und weniger gute Beziehungen gehabt. Sie war mit Jungs ausgegangen, die so hinter ihr her waren, dass sie sich kaum umdrehen konnte, ohne über sie zu stolpern, und wieder andere, die es fertigbrachten, sie einmal in der Woche zwischen Karriere und Squash, Golf oder Briefmarkensammeln einzuschieben. Sie hatte Beziehungen gehabt, bei denen erst nach Monaten die Luft raus war, und solche, die wie ein Feuer aufgeflackert und nach einer Woche verloschen waren. Francis war der Einzige gewesen, der ihr mehr bedeutet hatte. Aber wenn sie es recht bedachte, war sie von dem Ansehen, das er in ihren beschränkten Kreisen genoss, geblendet. Sie hatte sogar gedacht, das es eine gemeinsame Zukunft geben könnte. Aber von Liebe war bei ihr nie die Rede gewesen.

Bei ihm krümmen sich meine Zehenspitzen nicht.

Um Himmels willen. Das war doch wohl der letzte Grund, sich mit jemandem einzulassen! So was sagte überhaupt nichts und konnte furchtbar trügen.

Ja, aber Francis war auch ein Betrüger, auf seine eigene schäbige und egoistische Weise, was mit gekrümmten Zehenspitzen nicht das Geringste zu tun hatte.

Richard halte ich nicht für einen Betrüger. Aber warum hat er nicht angerufen?

Was soll ich machen, wenn er nicht anruft? Und was, zum Teufel, soll ich machen, wenn er doch anruft?

Am nächsten Tag war sie zu beschäftigt, um sich über Richard oder überhaupt irgendjemanden Gedanken zu machen. Nach endlosen Diskussionen über die Ausstattung der Praxis hatte das Ekel von Zahnarzt seinen Chefassistenten gefeuert, und die anderen kündigten auf der Stelle. Bella hing den halben Vormittag am Telefon, um Patiententermine zu verlegen. Ihr Chef verlangte, dass sie die Mittagspause ausfallen ließ, aber sie weigerte sich, weil sie mit Anthea verabredet war.

Zum Glück. Denn kaum war sie eingetreten, sprang eine von Antheas Mitarbeiterinnen auf und begrüßte sie stürmisch.

»Bella. Gut, dass du kommst. Anthea hat schon die ganze Woche versucht, dich zu erreichen. Sie hat den perfekten Job für dich ... die Nummer zwei bei einer gemeinnützigen Organisation zum Schutz von Bäumen. Warte da drüben, ich bring dir schon mal die Arbeitsplatzbeschreibung. Bis Anthea ihren Klienten abgefertigt hat, kannst du schon mal drübergucken.«

Anthea selber war weniger wortreich. »Nimmst du eigentlich nie dein Telefon ab? Na ja, jetzt bist du ja da. Rühr dich nicht vom Fleck, bis ich ein Bewerbungsgespräch für dich vereinbart habe.«

Bella verließ die Agentur mit einem Termin für ein Vorstellungsgespräch beim Geschäftsführer und dem Vorsitzenden der Organisation am Abend und der Erkenntnis, dass ihr Handy unzuverlässig war. Als sie den Speicher kontrollierte, stellte sich heraus, dass sie tatsächlich seit Tagen keine SMS mehr empfangen oder verschickt hatte.

Sie schaffte es erst abends, beim Telefonladen vorbeizugehen, aber der freundliche Verkäufer erkannte sie und ihr neues Handy wieder und suchte nur zu gerne nach der Lösung des Problems.

»Ein Konstruktionsfehler. Das passiert, wenn man hier draufdrückt …« Und er zeigte ihr die Tastenfolge, die man vermeiden musste. Bella lobte ihn über den grünen Klee. Entschieden schwieriger war, die Sache wieder rückgängig zu machen, aber schließlich hatte er alle Blockierungen überlistet, und eine lange Liste unbeantworteter Nachrichten leuchtete auf.

Im Bus entlang Piccadilly blätterte sie die Liste durch und übersprang die SMS von Anthea, von Neill und von ihrer Mutter.

Ja, und da war sie. Eine Nachricht, die Richard gestern Morgen um 10:18 Uhr gesendet hatte: *Ich bin ein Arschloch. Verzeihst du mir?*

Bella drückte das Handy an ihr Herz. Sie war ihm also nicht gleichgültig, von Ärger und Befehlston keine Spur mehr. Er war doch der Mann, für den sie ihn gehalten hatte.

Er hatte es gestern achtmal probiert und heute weitere sechs Nachrichten geschickt. Sie kam nicht mehr dazu, alle zu lesen, denn der Bus hielt in Green Park, wo sie aussteigen musste. Sie war mit ihren zukünftigen Arbeitgebern im Ritz an der Bar verabredet. Aber die Nachrichten, die sie schon gelesen hatte, waren immer zerknirschter geworden. Beschwingt tänzelte sie über den nassen, kalten Fußweg und in das imposante Hotel.

Eine Stunde später tauchte sie mit einem neuen Arbeitsvertrag in der Tasche wieder auf.

Sie hätte natürlich direkt nach Hause fahren können, Lottie Bericht erstatten und sie zur Feier des Tages ausführen können. Sie würde das nachholen, selbstverständlich. Irgendwann. Aber zuerst musste sie unbedingt die restlichen Nachrichten von Richard lesen. Bis zur Wohnung in Pimlico konnte das unmöglich warten.

Bella entdeckte eine Cafeteria, holte sich einen Kaffee, auf den sie gar keine Lust hatte, drückte sich in eine Ecke und ging in Ruhe alle Nachrichten durch.

Es war ihm klar, dass er sich danebenbenommen hatte, kaum dass er die Wohnung verlassen hatte, schrieb er. Er sei vollkommen damit beschäftigt gewesen, wie er dem Sicherheitsbeamten ihren Namen und ihre Adresse verheimlichen konnte. Der zuverlässige Ian hatte dienstfrei. Und mit den anderen, das wusste Bella, stand er mehr oder weniger auf dem Kriegsfuß, besonders mit diesem speziellen Kandidaten. Sein Terminkalender war an diesem Tag bis oben hin voll, und seine Leute hatten alle Hände voll zu tun, die Termine umzulegen. Es war ihm sofort klar gewesen, dass so etwas passieren würde, als er gemerkt hatte, wie spät er dran war. Es tat ihm leid, dass er seine schlechte Laune an Bella ausgelassen hatte. Wie konnte er das wiedergutmachen?

Es folgte eine Flut von immer verrückteren Vorschlägen, mit denen er hoffte, Bella zurückzugewinnen, angefangen vom Spaziergang unterm Sternenhimmel der South Downs bis zu Diamantohrringen ihrer Wahl.

Bella musste lachen und formulierte ihre Antwort auf Letzteres mit Bedacht.

Downs sind kalt. Ohrringe auch. Schreib mir ein Sonett. PS: Ich ignoriere dich nicht, Handy funktioniert nicht.

Sie trank einen Schluck von dem lauwarmen Kaffee und las die übrigen Nachrichten. Anthea hatte nichts anderes zu vermelden, als was sie heute schon gesagt hatte, Bella löschte ihre Nachricht. Neill dagegen war untröstlich, dass er seinen Kummer bei ihr abgeladen hatte. Bella sollte die Sache nicht zu ernst nehmen. Er sei müde gewesen und die Woche anstrengend. Er und Val hätten keine Probleme, wirklich nicht, Bella sollte sich keine Gedanken machen. Seine anderen Nachrichten wegen der Sache mit dem Wikingerschiff waren entschieden glaubhafter und weniger gestelzt. Es würde bestimmt ein Riesenspaß werden, einen Ruderer bei den Wikingern abzugeben. Lottie sei einfach genial, was Bella ihr umgehend mitteilte.

Das Telefon summte, und Bella sah, dass Richard geantwortet hatte. Gespannt öffnete sie die Nachricht.

Sonett zu lang. Genügt Haiku? PS: Scheißtelefon!

Bella lachte laut auf.

Haiku zu kurz. Neues Angebot?

Sie fing an, die Nachrichten ihrer Mutter abzuarbeiten. Janet konnte sich einfach nicht damit anfreunden, sich kurz zu fassen. Sie schrieb ganze Artikel, mehr oder weniger so, wie sie aus ihrem Kopf purzelten. Bella war früher regelrecht seekrank davon geworden, als würde sie auf einem Surfbrett auf immer höher schlagenden Wellen reiten. Diesmal aber rührte sich eher ihr Gewissen.

Janet machte sich Sorgen, dass Bella ihr irgendetwas verheimlichte. Ihr sei klar, dass Kinder Anspruch auf eine Privatsphäre hätten, und sie wollte nicht aufdringlich sein, aber Bella sollte auch wissen, dass sie nicht alles alleine tragen musste. Was auch vorgefallen sei, was Bella auch angestellt habe – so drückte sie es mehrmals in zehn weiteren Nachrichten aus –, sie und Kevin seien immer für sie da, und sie könne jederzeit nach Hause kommen. Kevin wäre ihr gerne behilflich, einen Job zu finden oder eine Fortbildung zu finanzieren. Sie, Janet, würde alles für Bella tun. Alles.

Die letzte Nachricht gab ihr den Rest: *Ich weiß, dass wir beide sehr verschieden sind. Manchmal denke ich, ich kenne dich überhaupt nicht. Aber ich habe das unbestimmte Gefühl, dass du an der Schwelle zu einem großen Ereignis stehst. Schließ mich nicht aus, Bella. Ich bin deine Mutter und liebe dich. Ich möchte dir helfen.*

Du kennst mich besser, als du denkst, Ma. Vielleicht besser, als ich mich selbst kenne. Bis gestern Nacht wusste ich nicht, dass ich an der Schwelle zu einem großen Ereignis stehe.

Wenn es auch die Wahrheit war, verhalf es ihr nicht zu einer Antwort an ihre Mutter.

Noch mal ein Summen. Sie sah nach. Wieder Richard.

Stanze? (4 Zeilen) Können wir uns heute Abend treffen?

Sie schnaubte. *Weiß ich, dass das vier Zeilen hat, Schlaumeier. Ein Achtzeiler (8 Zeilen) sind das Minimum.*

Seine Antwort kam so schnell, dass er gewusst haben musste, was sie sagen würde.

Ein Triolett? Was ist mit heute Abend?

Sie lachte auf.

Okay, du hast mich erwischt. Was ist ein Triolett?

Sie nippte am Kaffee, als seine Antwort erschien.

Wenn du dich heute Abend mit mir triffst, kann ich dich umfassend über Triolette aufklären.

Sie konnte geradezu hören, wie er das sagte.

Sie machte sich nichts vor, sie wusste genau, was sie tun würde. Es war nur eine Frage, wie lange sie ihn noch hinhalten konnte.

Und dann fiel ihr ein: Ich stehe auf der Schwelle eines großen Ereignisses. Das ist nicht die richtige Zeit für Spielchen. Und deshalb spielte sie nicht.

Wann und wo?

Kaum hatte sie die Nachricht abgesendet, klingelte ihr Handy. Es war Richard.

»Alles wieder gut?«

»Ich weiß nicht«, sagte sie ehrlich. »Ich hoffe es.«

Sie hörte einen tiefen, erleichterten Seufzer.

»Du bist eine wunderbare Frau. Und wir können uns wirklich treffen?«

»Ja.«

»Wo bist du?«

»In der Nähe vom Ritz. Ich habe mir gerade einen anständigen Job besorgt.«

»Wie schön«, freute er sich für sie. »Erzähl mir nachher alles, wenn wir uns sehen.«

»Und das wird wo sein?«

»Nimm dir ein Taxi bis Chelsea Embankment. Ich hol dich bei dem steinernen Delphin unten an der Albert Bridge ab.«

»Einverstanden. Wann?«

Er war sichtlich überrascht. »Jetzt gleich, was sonst?«

Er erwartete sie. Einsam stand er neben der Steinfigur, Autos bremsten vor den roten Ampeln, und der Feierabendverkehr rauschte auf der Uferstraße vorbei. Sonst war kaum jemand unterwegs, nur ein paar Leute hasteten fröstelnd über die Brücke, um schnell nach Hause zu kommen.

Lichterketten zeichneten die Umrisse der hübschen gotischen Brückentürme nach und verliehen ihnen einen besonderen Zauber. Ein guter Ort für eine Verabredung, dachte sie, wenn man unerkannt bleiben wollte.

Richard trug eine alte Marinejacke mit Knebelknöpfen und einer sichtlich zerlöcherten Tasche. Er trat frierend von einem Fuß auf den anderen. Als Bella aus dem Taxi stieg, hätte sie ihn fast nicht erkannt. Fast.

Er blickte über den Fluss und sah sie nicht, als sie die Straße überquerte. Sie zögerte. Beim letzten Treffen war sie in seine Arme geflogen. Aber diesmal schien ihr das unpassend, es gehörten ja auch zwei dazu. Sie räusperte sich.

»Ähm.«

Er wandte sich um.

Sie sprach aus, was ihr gerade durch den Kopf ging. Es war idiotisch. »So eine Jacke hast du noch nie angehabt.«

»Ich hab sie mir geliehen. Gefällt sie dir nicht?«

»Von wem geliehen?«

»Eher geerbt, um ehrlich zu sein. Ich muss sie nicht mehr anziehen, wenn du was dagegen hast.«

»Geerbt?«

Er lachte in sich hinein. »Überzeug dich selbst.«

Er reichte ihr die Hand, und sie ergriff sie. Und so einfach war alles wieder im Lot.

Hand in Hand liefen sie den dunklen Fluss entlang. Schließlich erreichten sie eine Gruppe von Hausbooten, die leise in der Strömung dümpelten.

»Hier entlang.«

Verdattert folgte Bella ihm auf den Anleger, von dem aus ein schmaler Steg über das Wasser führte. Es wirkte alles sehr häuslich, auf einigen Decks standen sogar Blumenkübel. Ein paar Boote waren erleuchtet, die meisten lagen jedoch im Dunkeln. Es sah nicht so aus, als wäre hier ein Restaurant, nicht mal ein ganz diskretes, was Bella ihm auch sagte.

»Richtig. Diesmal kein Restaurant. Heute koche ich selbst.«

»Du hast ein Hausboot?«, staunte sie ungläubig.

»Ich bin Teilhaber. Da sind wir.«

Das Boot war kleiner als die meisten anderen. Zuerst dachte Bella, dass es auch unbeleuchtet war, aber als sie auf dem Deck standen, bemerkte sie eine Art Windfangbeleuchtung über einer Tür. Er öffnete sie und streckte eine Hand aus. »Willkommen an Bord! Achtung, eine Stufe. Hier den Niedergang runter, und schon sind wir da.«

Es kam ihr vor, als betrete sie ein anderes Universum. Der Niedergang bestand aus nicht viel mehr als einer besseren Trittleiter aus weiß gestrichenem Holz im sechzig Grad abschüssigen Winkel. Auf halber Höhe blieb sie stehen, um sich einen Überblick zu verschaffen.

Es sah eher nach einer großen gemütlichen, mit Holz verkleideten Höhle als nach einem Boot aus. In die Wände waren Lampen eingelassen, die wie die Strahler an der Decke gedämpftes Licht verbreiteten. Zu ihrer rechten Seite, am Ende eines schmalen Ganges, war eine kleine Küche zu erkennen, in der das Gemüse auf dem Schneidebrett schon auf seine Verarbeitung wartete. Zwischen Schränken und dem Niedergang stand ein alter, auf Hochglanz polierter Tisch mit einer bunten Mischung aus Bugholz- und Kneipenstühlen. Bella zählte neun. Auf der linken Seite befanden sich eine eingebaute Sitzgruppe, ein abgewetzter Sessel, der schon bessere Tage gesehen hatte, und ein Tischchen. Jeder Winkel war mit Bücherregalen genutzt, aber alles war hübsch und geschmackvoll.

»Das gehört dir?«

Er platzte fast vor Stolz.

»Wie gesagt, es gehört mir nicht allein. Mein Patenonkel hat es mir und seinen anderen Patenkindern vererbt, als er starb. Wir nutzen es abwechselnd. Es ist ein Unterschlupf, von dem kaum jemand weiß. Von meiner Familie hat noch keiner Gebrauch davon gemacht, aber ich liebe es. Komm, du kannst mir Gesellschaft leisten, wenn ich koche. Du kannst dich sogar setzen.«

Er zog einen großen Klappstuhl heran und stellte ihn mit schwungvoller Geste vor ihr ab. Dann schenkte er ihr ein Glas Wein ein und wandte sich seiner unterbrochenen Küchenarbeit zu. Bella sah gebannt zu.

»Ich hätte nicht gedacht, dass du kochen kannst.«

Er warf ihr ein Lächeln zu. »Du hast gedacht, ich bin ein verhätschelter Kronprinz, der sich nicht einmal alleine anziehen kann.«

Sie wurde rot. »Kannst du mir das verdenken?«, erwiderte sie.

»Nein, nach meinem letzten Auftritt nicht. Es tut mir wirklich leid.«

»Das sagtest du schon. Vergeben und vergessen.«

Er legte kurz das Messer beiseite und küsste sie auf die Nasenspitze, sehr zurückhaltend, wie sie bemerkte, als wäre er sich nicht ganz sicher, ob sie etwas dagegen hatte. Hatte sie nicht.

»Du bist nicht nachtragend.« Es war keine Frage, dennoch wirkte er irgendwie unsicher.

Doch Bella hatte diese beiläufige Zärtlichkeit mehr aus der Fassung gebracht, als sie sich eingestehen wollte. Und schon gar nicht wollte sie sich jetzt Gedanken darüber machen, sondern sagte nur: »Bin ich auch nicht«, und steckte ihre Nase ins Weinglas.

Richard wandte sich wieder seinen Zucchini zu. Er war sehr geschickt und schnell.

Bella fragte neugierig: »Hast du das irgendwo gelernt?«

Er lächelte. »Stell dir vor, du bist in einem zugigen Schloss, das du nicht einmal richtig kennst, zusammen mit lauter todernsten Erwachsenen. Zum Spielen draußen ist es zu nass, und von allen Seiten wirst du angehalten, nicht herumzutoben oder deine Eltern zu stören, weil sie traurig sind. Dein Kindermädchen muss sich um die Kleinen kümmern und sagt, ein großer Junge wie du muss sich auch mal selbst beschäftigen können. Was würdest du tun?«

»Ausreißen«, meinte Bella scherzhaft.

»Genau. Ich bin in die Küche ausgerissen. Und ein fabelhafter ehemaliger Militärkoch, der sich keine überflüssigen Gedanken machte, wenn kleine Jungs mit Messern hantieren, hat mir beigebracht, wie man Gemüse schneidet und einen Fasan rupft und ausnimmt.«

Die Karotten zerkleinerte er mit dem gleichen Sachverstand. Dann die Zwiebeln, ohne eine einzige Träne zu vergießen.

»Du kannst das ja immer noch perfekt.«

»Wenn ich was angefangen habe, führe ich es auch zu Ende. Und zwar richtig.«

»Wie man sieht.« Sie nippte an ihrem Wein. »Was war das für ein trauriges Ereignis?«

»Als mein Großvater gestorben war. Mein Großvater, der König.«

»Oh.«

Er holte Hähnchenschenkel aus dem Kühlschrank und bestreute sie mit einer Gewürzmischung.

Während er damit beschäftigt war, sagte er: »Wenn andere Frauen mich fragen, wie es ist, der Prince of Wales zu sein, dann weiß ich keine wirkliche Antwort, denn ich kenne es ja nicht anders. Aber ich weiß, wie es ist, wenn dir plötzlich klar wird, dass du König bist. Ich habe es damals in jener Woche beobachten können. Ich war neun, und ich habe alles mitbekommen. Meine Mutter verhielt sich wie immer: Sie nahm es von der heiteren Seite, fasste Pläne, tat das Nächstliegende. Mein Vater – erstarrte.«

Dieses kleine trostlose Wort sagte alles. Bella hatte plötzlich das Bild des einsamen Neunjährigen und seiner von Trauer überwältigten Eltern vor Augen.

»War das ein überraschender Tod? Und standen dein Vater und dein Großvater sich nahe?«

Er schwieg und stellte eine leere Schüssel in den vorgewärmten kleinen Ofen. Dann gab er Öl in eine Pfanne und erhitzte sie bis zur gewünschten Temperatur. Als das Öl perlte, legte er vorsichtig die Hähnchenschenkel hinein. Fast ohne Spritzer, registrierte Bella. Es stimmte: Was er machte, machte er nicht nur richtig, sondern auch mit Umsicht und Präzision. Bella kochte selten und wenn, dann spritzte das Fett in alle Richtungen. Ihr Respekt wuchs beträchtlich.

Aber hatte sie sich womöglich mit der Frage nach seinem Vater etwas zu weit in die königliche Privatsphäre vorgewagt?

Hastig ergänzte sie: »Du brauchst mir nicht zu antworten, wenn es mich nichts angeht. Es hat mich nur interessiert.«

Er stellte das Gas niedriger, drehte sich um und fasste sie an beiden Händen.

»Du kannst alles fragen, was du willst«, beschwor er sie fast. »Alles. Jederzeit.«

»Na gut«, zögerte sie ein bisschen. »Aber ich möchte nicht, dass du dich verpflichtet fühlst zu antworten. Ich meine, wenn es sich um eine Privatangelegenheit oder ein Familiengeheimnis handelt.«

Richard widmete sich wieder seiner Pfanne, passte die Temperatur an, konzentrierte sich, den Bratenwender im Anschlag, auf das Essen.

»Es ist kein Geheimnis«, sagte er schlicht. »Mein Großvater war ein selbstgerechter Tyrann und jähzorniger Leuteschinder. Er hat allen das Leben zu Hölle gemacht, nur weil er das Sagen hatte. Man ging ihm möglichst aus dem Weg. Auch mein Vater. Meiner Mutter gelang es ganz gut, unseren Alltag so zu gestalten, dass man das alte Scheusal nur selten zu Gesicht bekam. Die Pflichtprogramme wurden ihre ganze Leidenschaft.«

Bella bemerkte einen Unterton, der sie aufhorchen ließ.

Er warf ihr einen merkwürdig scheuen Blick zu.

»Erinnerst du dich an unser erstes Zusammentreffen? Als du ins Grünzeug gefallen warst und ich dich rausgezogen habe?«

Sie nickte.

»Du hast es wahrscheinlich vergessen, aber du hast an dem Abend etwas gesagt, was mir sehr bekannt vorkam.«

»Ich?« Sie konnte sich beim besten Willen nicht erinnern.

»Du hast gesagt: ›Meine Mutter ist mit der Vorbereitung eines Wohltätigkeitsballes beschäftigt. Da kann sie mich zuhause nicht gebrauchen.‹ Meine Mutter hat zwar nie eine Benefizveranstaltung auf die Beine gestellt, aber wir Kinder – mein Bruder, meine Schwester und ich –, wir wussten ganz genau, wo unser Platz auf der Liste der Prioritäten war: nach dem König, dem Land, dem Parlament, dem Premierminister. Und möglicherweise nach der einen oder anderen Benefizveranstaltung, die ihr am Herzen lag. In dieser Reihenfolge.«

Bella war bestürzt. Die Königin galt immer als vorbildliche Mutter. Der König war bekannt für seine Extravaganzen und seine kühle Art, aber die Königin doch nicht. Bella war um eine Antwort verlegen.

Glücklicherweise hatte Richard auch keine erwartet. »Natürlich konnte sich auch meine Mutter einem Befehl des Königs nicht widersetzen. Also mussten wir uns ab und zu blicken lassen. Als er dann starb, gab es für sie kein Ausweichen mehr. Für uns alle nicht.«

»Mein armer Schatz«. Bestürzt stand Bella auf und streichelte ihm mitfühlend über den Rücken.

Er erwiderte ihre Berührung, ohne seine Arbeit zu unterbrechen.

»Für meinen Vater war es noch belastender. Heute glaube ich, dass er Angst davor hatte, wie sein Vater zu werden, wenn er selber König war. Ich erinnere mich, dass es für ihn immer das Schlimmste war, wenn jemand sagte: ›Genau wie dein Vater‹. Von älteren Verwandten bekommt er das manchmal noch zu hören, und dann zieht er sich tagelang in sein abgedunkeltes Arbeitszimmer zurück.«

»Ich dachte, ihr seid die perfekte Familie. Keine Scheidungen. Keine Geliebten. Keine Skandale.«

»Keine Skandale? Mein Bruder George? Braust mit einem Motorrad in einem völlig bekloppten Aufzug mitten durch Bristol.«

Bella prustete. »Oh, das muss ich verpasst haben.«

»Kann sein, da warst du vielleicht noch auf deiner Insel. Die Paparazzi haben ihn wochenlang nicht mehr aus den Augen gelassen, in der Hoffnung auf eine Zugabe.«

Sie gluckste. »Also gut, keine *gravierenden* Skandale.«

»Na hör mal, man kann auch auf unauffälligere Weise aus einer gestörten Familie stammen.«

Das Hähnchen war zu seiner Zufriedenheit geraten. Er nahm die fertigen Teile aus der Pfanne, drosselte die Hitze und gab das Gemüse hinein. Dann goss er ein bisschen Wein darüber, einen Schuss hiervon und eine Prise davon, und zum Schluss frischen Estragon. Ein himmlischer Duft breitete sich aus. Er kostete.

»Noch nicht ganz das Wahre. Was meinst du?« Er hielt ihr einen Teelöffel hin. Sie ließ es auf der Zunge zergehen. »Schmeckt köstlich, finde ich.«

»Etwas fade. Gib mir mal die Zitrone da drüben.«

Sie reichte sie ihm. Er halbierte sie und drückte sie über der Gemüsemischung aus, indem er den Saft durch die Finger der anderen Hand rinnen ließ, um die Kerne zurückzuhalten.

»Probier jetzt mal.«

Sie nahm einen Löffel und schloss die Augen. »Lecker!«

»Also dann.« Er kippte die Hähnchenschenkel zurück in die Pfanne und verteilte das Gemüse darüber. Dann holte er die Schüssel aus dem Ofen, gab den Inhalt der Pfanne hinein und schob die Form wieder in den Ofen. Er stellte die Temperatur und die Zeit ein.

Und dann machte er sich an den Abwasch!

Bella traute ihren Augen nicht.

»Du bist ja der perfekte Mann. Ich an deiner Stelle hätte es mir jetzt mit einem Glas gemütlich gemacht, mir selbst auf die Schulter geklopft und den Abwasch für später aufgespart.«

Richard lachte. »In einer Kombüse muss man sofort abwaschen, sonst wird's eng. Aber sich mit einem Glas hinzusetzen ist auch keine schlechte Idee.«

Nachdem er seinen Arbeitsplatz in einen makellosen Zustand versetzt hatte, griff er nach ihrer Hand, einem zweiten Glas und einer Flasche Wein und transportierte alles ans andere Ende des Raumes. Es war empfindlich kühler als in der Küche, und Bella fröstelte unwillkürlich. Er schaltete einen bereitstehenden Heizlüfter ein, der Bella noch nicht aufgefallen war, und schob auf dem eingebauten Sofa ein Nest aus Kissen für sie zusammen.

Er schenkte ihr nach, ließ sich in den abgewetzten Sessel fallen und betrachtete sie so verzückt, als hätte er gerade das große Los gezogen. Bella erkannte ihn kaum wieder. Noch nie hatte sie jemand so angesehen. Es wurde ihr warm ums Herz, und sie war gleichzeitig geschmeichelt, verlegen und seltsam demütig. Da sie keine Ahnung hatte, was sie jetzt machen sollte, kuschelte sie sich in ihre Kissen und wartete ab.

Nach einer Weile seufzte er zufrieden auf. »Schön hier.«

»Hm. Sagtest du nicht, das Boot hat deinem Patenonkel gehört?«

»Er hat hier jahrelang gewohnt. Das meiste hier stammt noch von ihm – der Schreibtisch, die Bücher, die Einrichtung. Wir haben nur eine neue Kombüse eingebaut, die alte war lebensgefährlich, und die Dachluken durch moderne mit Doppelverglasung ersetzt. Ansonsten ist alles noch im alten Zustand.«

»Ist das nicht ein bisschen gruselig?«

Er lachte auf: »Typisch Bella. Wasch mir den Pelz, aber mach mich nicht nass. Ja, rein theoretisch schon. Aber nicht in diesem Fall, weil er ganz anders war. Er brachte mir das Segeln bei und kümmerte sich auch sonst um mich. Er war es übrigens auch, der mir die Bücher deines Vaters gegeben hat.« Er sah sich um. »Die müssen hier irgendwo stehen.«

»Nein, es wirkt nicht wie ein Mausoleum«, musste sie zugeben. »Aber trotzdem – warum habt ihr es behalten?«

Er lächelte wehmütig. »Es war für uns immer so lustig mit ihm. Außerdem war Ship's Cat noch da.«

»Wer?«

»Er hatte einen mächtigen getigerten Kater, den wir Ship's Cat nannten. Starke Persönlichkeit, aber sehr auf sein Revier fixiert.

Deshalb waren wir uns einig, das Boot zu behalten, bis Ship's Cat das Zeitliche segnet.«

»Ihr habt ein ganzes Hausboot wegen einer Katze unterhalten?«

»Ja. Warum nicht?« Er zog die Augenbrauen in die Höhe.

»Aber Hausboote muss man doch bewohnen. Ich meine, man muss heizen, die Wasserleitungen intakt halten und so weiter.«

»Sehr praktisch gedacht«, sagte er anerkennend. »Ganz richtig. Ab und zu wohnt einer von uns hier, zwischendurch vermieten wir es auch. Hier sind schon mindestens drei Bücher geschrieben worden.«

»Und was ist aus dem Kater geworden?«

»Lebte in Saus und Braus und ist vor ein paar Jahren gestorben. Er wurde zwanzig. Chloe wohnte damals hier und hat ihn monatelang immer wieder zum Tierarzt gebracht. Ich hätte nicht gedacht, dass sie so an dem Tier hängt.«

Chloe. Aha.

»Ich habe in der Zeitung ein Foto von euch beiden gesehen. Lottie konnte nicht finden, dass Chloe wie eine Schwester aussieht.« Sie ließ die Bemerkung in der Luft hängen.

Aber er war keineswegs entrüstet. Im Gegenteil, er verzog bekümmert das Gesicht. »Ich weiß, was sie meint. Chloe ist, ehrlich gesagt, ein bisschen chaotisch. Fängt alles Mögliche an und lässt es dann liegen. Sagen wir mal, sie kann ein bisschen kindisch sein. Als junges Mädchen war sie eine Zeit lang in schlechte Gesellschaft geraten, mit ziemlicher Sicherheit waren Drogen im Spiel. Aber wir erwähnen das nicht, weil sie die Tochter der ältesten Hofdame meiner Mutter ist. Es wäre gegen die Etikette.«

»Aber du hast nichts dagegen, ein Hausboot mit ihr zu teilen?«

»Hier weiß sie, was sich gehört. Eines von uns Patenkindern arbeitet beim Fernsehen, die würde ihr sonst das Fell über die

Ohren ziehen. Außerdem hing Chloe sehr an unserem Patenonkel. Bisher gab's keine Probleme. Zum Glück, es wäre nämlich schade, wenn wir den alten Kasten verkaufen müssten. Er gehörte schon immer dazu. Ich bin gerne hier.«

Gerne ist gar kein Ausdruck, dachte Bella, als sie ihn im Sessel lümmeln sah, die langen Beine weit von sich gestreckt. Du schwärmst. Du liebst das hier.

Er sah so glücklich aus, sie war ganz ergriffen. Und plötzlich wusste sie die Antwort auf die Frage, die sie gestern Nacht gequält hatte. Lottie hatte Recht!

Bella schob die Kissen zur Seite, rutschte vom Sofa, kniete sich neben ihn und schloss ihn in die Arme.

»Ich liebe dich«, sagte sie.

11

Wie sag ich's meinen Eltern?

Girl About Town

Richard machte nicht den Eindruck, als wäre das für ihn die erschütternde Offenbarung, für die Bella sie hielt. Selbstverständlich reagierte er liebenswürdig, wie es sich gehört, und küsste sie zärtlich. Aber er sprang keineswegs auf und trommelte sich triumphierend auf die Brust. Er schien nicht halb so überrascht wie Bella selbst.

Sie war im Begriff, ihn darauf aufmerksam zu machen, als der verfluchte Küchenwecker klingelte und das Essen fertig war. Das Gespräch war einfach abgebrochen, stellte sie enttäuscht fest. Es war, als würde man darauf warten, dass der zweite Schuh zu Boden fällt.

Aber Richard hatte offenbar nicht das Gefühl. Über dem Essen verloren sie den Faden zu irgendwelchen Liebeserklärungen. Richard beschwerte sich über einen Sicherheitsbeamten, den er nicht ausstehen konnte, plauderte über den Besuch im Nachtclub gestern Abend und sein randvolles Programm für die nächsten Tage. Bella berichtete von Lotties Idee, aus Neill einen Ruder schwingenden Wikinger zu machen.

Richard brüllte vor Lachen. »Ich weiß, du hast gesagt, er wollte ein bisschen an die frische Luft. Aber er muss ja nicht gleich plündern und brandschatzen.«

»Neill plündert niemanden aus, so was liegt ihm gar nicht. Es wird ihm schon nichts schaden. In meinem neuen Job«, sagte sie, »engagiere ich mich auf meine Weise für ein gemeinnütziges Projekt, es geht um die Rettung der Wälder und um Wiederaufforstung. Ich soll die Verwaltung umkrempeln, das ist für mich ein Kinderspiel. Meine eigentliche Aufgabe wird aber sein, auf Grund meiner Erfahrung zukünftige Projekte zu prüfen.«

»Und das ist es, was dich daran reizt«, stellte er fest, als er das Glänzen in ihren Augen bemerkte.

Als Bella an die Insel dachte und an Francis, der felsenfest davon überzeugt war, dass man ohne Nachschub auskommen konnte, bis die nächste Ladung eintraf, verengten sich ihre Augen wie bei einer giftigen Natter. »Allerdings. Nach zehn Monaten mit dem lieben Francis kann ich einen Schaumschläger zehn Meter gegen den Wind ausmachen. ›Ich denke in großen Maßstäben‹, heißt es dann, oder ›Ich habe das Ziel im Auge, keine methodischen Feinheiten‹. Solche Leute halten es für eine Verschwendung ihrer kostbaren Energie, sich mit wissenschaftlichen Grundlagen abzugeben. Francis hat immer …«

»Apropos Francis …«

Sie landete unsanft wieder in der Gegenwart. »Ja?«

»Ich habe dich bisher nicht gefragt. Wie eng war das eigentlich mit dir und Francis? Ich meine, zehn Monate auf einer Insel in den Tropen?«

»Du meinst, der Mond, die Sterne, der jungfräuliche Strand, das türkisfarbene Meer?«

»Ja, wahrscheinlich.« Er wirkte nicht gerade glücklich darüber.

Bella beugte sich über den Tisch und legte ihre Hand über seine. »Die hatten keine Chance. In London war ich geblendet von Francis, zugegeben. Er war ein großes Tier, und ich fühlte mich geschmeichelt, na ja, er konnte sich eben gut verkaufen.«

Richards Miene hellte sich auf. »Unser großer Held, wie?«

»Du sagst es. Francis ist ein Visionär. Natürlich nur, solange er die Visionen hat.«

Richard unterdrückte ein Lachen.

»Seine Schwachstelle zeigte sich gleich am ersten Tag. Am

allerersten Tag. Er hätte eigentlich dafür sorgen sollen, dass wir auf dem Seeweg mit chemischen Toiletten ausgerüstet werden. Hatte er vergessen!«

»Wie sinnvoll!«

»Ich kann nicht behaupten, dass es mir danach wie Schuppen von den Augen fiel, er hatte immer noch dieses Charisma. Aber er war irgendwie nicht mehr so unwiderstehlich. Die ganze Geschichte endete ziemlich traurig.«

»Wundert mich nicht. Nichts geht über zu viel Nähe und mangelnde Hygiene, um das wahre Gesicht eines Mannes zu erkennen. Also ihr habt nicht … äh …?«

Sie schüttelte den Kopf. »Wir haben nicht miteinander geschlafen, nein.«

»Zum Glück«, meinte er schlicht.

»Finde ich auch.« Sie lehnte sich zurück und beobachtete ihn eine Weile. »Und was ist mit deiner Ex? So ziemlich am ersten Tag nach meiner Rückkehr habe ich gelesen, dass irgendjemand dir den Laufpass gegeben hat.«

Sympathischerweise hatte Richard kein Problem damit zuzugeben, dass man ihn sitzengelassen hatte. Er nickte. »Du meinst Debs.«

Bella erinnerte sich nicht an den Namen, aber an den ungefähren Inhalt des Artikels.

»Ja, das muss Debs gewesen sein.« Er dachte einen Augenblick nach. »Das ist gar nicht so einfach. Anfangs war Debs großartig. Sie blieb immer entspannt und hatte nichts dagegen, im Licht der Öffentlichkeit zu stehen.«

Bella fuhr zusammen. Ein Denkzettel für mich, dachte sie.

Richard fuhr unbeirrt fort: »Sie amüsierte sich sogar über die Fotografen, die uns in der Stadt hinterherliefen, und schäkerte mit ihnen. Sie war so unverkrampft. Nicht gerade meine Stärke, wie du weißt. Ich war verrückt nach ihr.«

Bella rührte sich nicht. Er war also verrückt nach ihr gewesen. Natürlich, es musste jemand vor ihr gegeben haben. Klar. Er war neunundzwanzig, ein erwachsener Mann. Aber sie war wütend und gekränkt und verletzt, und sie hätte Debs am liebsten mit einem Fußtritt in die Tiefen des Universums befördert. Es dauerte eine Weile, bis sie es begriffen hatte: Sie war eifersüchtig. Es war albern, doch nicht zu leugnen.

Richard war damit beschäftigt, die Sache mit Debs und dem Ende ihrer Beziehung hin und her zu wälzen, und merkte nichts.

»Du kennst mich, Bella. Ich bin von Natur aus ein bisschen pedantisch. Immer pünktlich auf Empfängen. Du kennst ja meine Vorschriften.«

Bellas Augen verengten sich. »Kommst du jetzt wieder mit dem Märchen von deiner angeborenen Höflichkeit? Das du mir verkaufen wolltest, bevor du mitten in einer Großveranstaltung über mich hergefallen bist?«

Er hatte immerhin den Anstand zu erröten, obwohl es ihn eher zu amüsieren schien. »Das war ein Ausrutscher.«

»So?«

»Aber sogar du musst zugeben, dass mein Glamourfaktor sich in Grenzen hält. Deb hatte Glamour.«

»Du bist mit ihr gegangen, weil sie Glamour hatte?«, fragte Bella ungläubig.

»Was willst du? Ich bin ein Mann. Ein oberflächlicher Mensch.«

»Du willst mich wohl auf den Arm nehmen.« Bella ließ sich nicht täuschen. »Was war denn wirklich das Problem? Natürlich nur, wenn du darüber sprechen willst«, ergänzte sie geflissentlich.

Richard hörte auf zu grinsen. »Kannst du dir was unter einer Ehe für Einsteiger vorstellen? Genau darauf wäre es mit Debs hinausgelaufen. Sie hatte es wahrscheinlich nicht darauf angelegt, aber ich habe gesehen, wie das bei ihren Freundinnen lief, und sie war auf derselben Schiene. Große Verlobungsfeier. Riesenhochzeit. Eine Party nach der anderen, ständiges Schielen nach der Presse. Und dann macht die Ehefrau ihr Ding, und der Ehemann macht seins, und nach ein paar Jahren im Rampenlicht sind beide reif für eine neue Beziehung. Ich war so fixiert darauf, dass ich keine arrangierte Ehe wie meine Eltern wollte, dass es eine Weile gedauert hat, bis ich begriffen habe, dass es noch andere Arten von Ehen gibt, die nichts für mich sind. Debs' Art zum Beispiel.«

»Sie hat also gar nicht Schluss gemacht?«

»Ja und nein. Sie hat Schluss gemacht. Aber ich wusste schon vorher, dass sie nicht die richtige Frau für mich ist. Deshalb habe ich die Sache vor mir hergeschoben und ihr nie einen Antrag gemacht, bis sie es leid war und mich abserviert hat.«

»Ich verstehe.«

Mehr sagte Bella nicht.

Aber als sie später am Fluss entlang zu Lotties Wohnung spazierten und die Wolken, die über den Battersea Park jagten, hin und wieder den Blick auf ein angeknabbertes Stück Mond freigaben, sagte sie nachdenklich: »Weißt du, vielleicht hat Debs dir sogar einen Gefallen getan, und Francis mir auch. Dieser Klugscheißer – wirklich, wenn er endlich damit aufhören würde, erstklassige Forschungsprojekte zu versauen, könnte er sich als Motivationstrainer eine goldene Nase verdienen.«

Er blieb unvermittelt stehen, legte den Kopf in den Nacken und lachte aus vollem Hals.

»Du bringst mich noch um«, sagte er. »Ich liebe dich auch.«

Und in diesem Augenblick begriff Bella, worauf sie gewartet hatte. Nicht auf Triumphgeschrei, nicht auf Jubel oder Erstaunen. Auf die Erwiderung ihres Geständnisses.

Zum ersten Mal fühlt es sich absolut richtig an, dachte sie.

Es hatte nichts Dramatisches, nicht einmal etwas Romantisches an sich. Richard umarmte sie flüchtig und sagte: »Lass uns lieber weitergehen, du erkältest dich sonst. Es sieht nach Schnee aus.«

Anstatt Hand in Hand unter Londons Sternenhimmel zu wandeln, schritten sie kräftig aus in Richtung Chelsea Bridge Road, an den hell erleuchteten Boutiquen von Pimlico Road vorbei, hasteten über den Orange Square, am Mozartdenkmal vorbei.

Aber genau dort fiel Bellas Blick auf die Auslage in einem Schaufenster. »Sieh mal, da drüben?« Sie lief hinüber, und Richard folgte ihr widerspruchslos.

Es war die Weihnachtsdekoration eines Einrichtungshauses. Eine mechanische Eisbärenfamilie, ziemlich naturgetreu mit Augen aus Lakritze, mächtigen Tatzen und nickenden Köpfen. Mutter, Vater und zwei Junge, die sich um den Vortritt balgten. Kitsch, aber unheimlich ansprechend.

Richard musterte Bella. »Weinst du?«

»Die Kleinen sind so süß«, schniefte sie.

»Du weinst ja tatsächlich. Du kleine Romantikerin.«

Sie zog sehr unromantisch die Nase hoch. »Du hast mir vorhin deine Liebe gestanden. Jetzt hat es mich erwischt.«

»O Bella, Liebste. Du musst nicht weinen, Schatz. Du musst nicht weinen.«

Und dann küssten sie sich, diesmal richtig. Sie standen vor dem Schaufenster, die ersten Schneeflocken fielen, und sie nahmen nichts mehr wahr.

Auf der gegenüberliegenden Straßenseite verließen ein paar Leute ein Restaurant, blieben stehen, stutzten und starrten herüber. Sie steckten tuschelnd die Köpfe zusammen. Dann zog jemand ein Handy aus der Tasche und drückte auf den Auslöser, drückte mehrmals. Die Gruppe lief weiter, alle beugten sich aufgeregt schnatternd über das Display.

Auch das bemerkten Bella und Richard nicht.

Schließlich richtete Richard sich auf und nahm ihr Gesicht in seine behandschuhten Hände. Er keuchte. Bella war ganz schwindelig, sie hatte das Gefühl, sich nie wieder daran erinnern zu können, wie man Luft holt.

»Komm, wir gehen nach Hause.«

Sie fassten sich an den Händen und liefen schnell zur Wohnung.

Lottie blickte auf, als sie das Wohnzimmer betraten. Sie hockte auf dem Sofa, ihren Laptop auf dem Schoß. Sie sah besorgt aus.

»Hallo«, sagte sie. »War's schön?«

Bella nickte. »Ich habe den Job«, strahlte sie, und ihre Stimme verriet, dass ihr Glücksbecher am Überlaufen war.

Lottie wirkte merkwürdig zerstreut. »Der Job? Oh, das Waldprojekt. Herzlichen Glückwunsch. Wann geht's los?«

»Am zweiten Januar wahrscheinlich. Sie schicken mir morgen den Vertrag.«

»Wunderbar.« Lottie sah wieder auf den Bildschirm. Es piepte unentwegt. »Hm, wo wart ihr heute Abend?«

»Wir haben auf Richards Boot gegessen.« Bella zog den Mantel aus und wirbelte ausgelassen im Zimmer herum.

Aber Richard musterte Lottie mit gerunzelter Stirn. »Stimmt was nicht?«

»Kommt drauf an.«

»Auf was?«

»Ob ihr zwei an die Öffentlichkeit gehen wollt.«

Bella blieb abrupt stehen. »Was? Wieso?« »Ihr seid auf Twitter«, verkündete Lottie gnadenlos. »Seid ihr euch klar, wie schnell diese Internetgeschichten sich verbreiten? In fünfzehn oder zwanzig Minuten, schätze ich, weiß es die ganze Welt.«

Bella wurde blass. »Nei-i-in«, heulte sie auf.

Richard bewahrte Ruhe. »Jemand hat uns gesehen? Und erkannt?«

»Die sind sich nicht sicher.« Lottie drehte den Laptop herum und reichte ihn Richard. »Sieh's dir selbst an.«

Er setzte sich neben sie aufs Sofa und warf einen prüfenden Blick darauf. »Aha, alles klar.«

Es ging um drei Fotos. Zwei davon könnten jedes beliebige Pärchen zeigen, das sich küsste. Auf dem dritten hatte Richard den Kopf gehoben und war im Dreiviertelprofil zu sehen. Die Beleuchtung des Schaufensters gab einen dramatischen Hintergrund ab, auf dem sich unglücklicherweise sein markantes Profil umso deutlicher abzeichnete.

Er seufzte auf. »Meine verdammte Nase. Keine Chance, den Leuten vorzumachen, sie hätten sich geirrt, oder?«

»Hier, lies mal die Beiträge«, schlug Lottie vor. »Haufenweise Zweifler. Du kannst es ohne weiteres dementieren.« Sie sah Bella scharf an. »Kommt drauf an, ob ihr lügen könnt.«

Richard überflog die Beiträge. »Ich verstehe«, sagte er tonlos. Er sah Bella an: »Ich glaube, das ist deine Entscheidung, Schatz. Schau mal drüber und sag, wie du mit der Sache umgehen willst.« Er stand auf, um ihr Platz zu machen.

Sie setzte sich und versuchte, sich auf die Nachrichten zu konzentrieren. Da die Menge der Zeichen beschränkt war, waren viele Texte so komprimiert, dass sie kaum verständlich waren. Aber der Rest war umso deutlicher. Restaurantbesucher in London hatten Prinz Richard – oder doch nicht? – gesehen, als er eine unbekannte Blondine/ eine hiesige Bardame/ eine Golfsportlerin aus Australien/ irgendeinen Film- oder Fernsehstar geküsst hat.

»Golfsportlerin?«, wunderte sich Bella über das einzig Belanglose.

Richard fuhr sich mit der Hand durch die Haare. »Ich hab mal mit ihr auf einem Sportlerball getanzt. Das Foto ist in meiner Datei, das ist alles. Ich kenne die Frau überhaupt nicht.«

Er seufzte. »Ich wende mich am besten mal an mein Büro.«

Er zog sein Telefon heraus, und Bella fiel auf, dass er es offenbar den ganzen Abend nicht eingeschaltet hatte. Kaum war es in Betrieb, klingelte es. Auf dem Display prüfte er den Namen des Anrufers und seufzte. »Hallo, Monty ... ja, habe ich gehört ... nein, das ist wohl nicht nötig. Ich werde morgen mit Ihnen eine Stellungnahme verfassen ... *morgen,* Monty. Sie können um neun kommen. Sie können auch bei mir frühstücken.«

Als er auflegte, klingelte es augenblicklich wieder. Ein Blick auf das Display ließ ihn aufstöhnen.

»Hallo, Mutter ...ja, habe ich schon gehört. Wundert mich aber, dass du es weißt. Ich wusste gar nicht, dass du twitterst ... ach so, Lady Pansy hat es dir gesagt. Ist auch nicht gerade die typische Twitterin.«

Eine Weile sagte er nichts und ließ offensichtlich eine heftige mütterliche Standpauke über sich ergehen.

»Ich weiche nicht aus, Mutter. Ich war nur noch unentschlossen. Und ich versichere dir, dass du die Erste bist, die es erfahren soll, wenn die Sache spruchreif ist ... Wie? Nein, heute Abend nicht mehr. Ich rede mit meinem Presseberater morgen darüber. Und darf ich dich darauf aufmerksam machen, dass es sich nicht um Leben oder Tod handelt, nicht mal um einen besonders schweren Fall von Masern? Ja, wir sprechen jegliche Stellungnahme mit Vater ab. Und mit dir, selbstverständlich.«

Noch eine, nicht ganz so wortreiche Tirade.

Richard richtete sich auf, seine Stimme hatte plötzlich einen eisigen Unterton. »Schon gut, Mutter. Danke. Ich werde das berücksichtigen. Gute Nacht.«

Er drückte so heftig auf den Aus-Knopf, dass das Handy beinahe zu Bruch gegangen wäre. Als das Ding schon wieder anfing zu klingeln, sagte er »Verflucht noch mal«, und stellte es ganz ab.

Bella trat an seine Seite. »Wir sitzen in der Klemme, was?«

Lottie beeilte sich zu sagen: »Nehmt keine Rücksicht auf mich. Ich geh mal und ... und räume ein bisschen auf.«

»Nein, bleib hier, Lotts«, meinte Bella. »Du kennst dich mit diesem PR-Kram aus. Ist doch in Ordnung, wenn Lottie bleibt, Richard?«

Er sagte mit einem Anflug von Verbitterung: »Du stellst am besten gleich deinen eigenen Presseberater ein und einen Anwalt obendrein. Natürlich muss Lottie hierbleiben.«

»Dann zieh deinen Mantel aus, und lass uns reden«, sagte Bella entschlossen. »Lottie, was schlägst du vor, was wir ...«

»Du«, warf Richard ein. »Du bist gefragt.«

Bella lenkte ein. »Also schön. Was schlägst du vor, wie ich damit umgehen soll, Lottie? Mach dir schon mal Gedanken. Ich setze inzwischen eine Kanne starken Kaffee auf, und dann können wir uns zusammensetzen. Wir brauchen einen Schlachtplan.«

»Prima«, sagte Lottie sichtlich erleichtert.

Aber Richard war verblüfft.

»Keine Sorge«, beruhigte Lottie ihn und schob ihn zum Sofa. »Die Frau hat absolut die Ruhe weg. Du bist in sicheren Händen. Glaub mir.«

Bella kam mit einer Kanne pechschwarzem Kaffee, drei Bechern und zwei Litern aufgeschäumter Milch wieder. Richard trank seinen schwarz. Er kippte einen halben Becher in einem Zug herunter, das einzige Zeichen, dass er nervös war.

»Schade, dass ich nicht rauche«, meinte Lottie, die sich nicht so gut im Griff hatte wie ein Prince of Wales.

Trotzdem war ihre Zusammenfassung der Situation ein Meisterstück.

»Es gibt drei Möglichkeiten, Bella. Erstens, du brauchst überhaupt nichts zu sagen. Auf dem Foto ist Richard deutlich zu erkennen, aber du kaum. Es zahlt sich jetzt aus, dass du bisher unter dem Radarschirm abgetaucht bist. Für die Klatschpresse bist du eine völlige Unbekannte. Du kannst also den Mund halten und die Sache aussitzen.«

Sie wartete und sah beide an.

»Das heißt natürlich, dass ihr euch nicht mehr treffen dürft. Die Geschichte ist nun mal heraus, und die Presse wird Richard auf den Fersen bleiben, bis sie das Rätsel um seine unbekannte Begleiterin gelöst hat.«

»*Glaubt*, gelöst zu haben«, warf Richard ein. »Ich kann mir nicht vorstellen, wie sie dich sicher identifizieren wollen, Bella.«

»Ausgeschlossen, dass wir uns nicht mehr sehen«, sagte Bella. »Ist doch wohl logisch.«

Von seinem strahlenden Lächeln war sie für einen Augenblick völlig benommen.

»In Ordnung«, winkte Lottie ab. »Dann also die anderen Möglichkeiten. Du kannst lügen. Du kannst schweigen und hoffen, dass sich alles in Luft auflöst. Oder du kannst beichten. Bei allen drei ist Richards Mitarbeit gefragt.«

»Selbstverständlich«, sagte er. »Bella ist ja nicht gefragt worden, ich habe sie da hineingezogen. Ich werde, sagen wir, unterschreiben, was für sie die beste Lösung ist.« Er redete mit Lottie, ohne Bella anzusehen.

Lottie nickte. »Danke.« Sie wandte sich an ihre Freundin. »Du musst vor allem daran denken, dass es kein Zurück gibt, wenn du mal eine Geschichte in die Welt gesetzt hast. Du kannst die Tatsachen frisieren, schlaue Ausreden erfinden oder schlichtweg lügen. Aber wenn du dich entschlossen hast, keinen reinen Wein einzuschenken, musst du bei deiner Lüge bleiben. Willst du das wirklich? Ich weiß aus Erfahrung, dass es möglich ist, aber manchmal ist die schlichte Wahrheit weniger aufreibend und Zeit raubend. Die Klatschpresse hat den Braten gewittert und wird keine Ruhe geben.«

Richard sagte leise: »Richtig.«

Mit ernster Miene sah Lottie Bella in die Augen. »Wenn du die Meute auf Dauer zum Schweigen bringen willst, kann ich dir nur raten, die Wahrheit zu sagen – ja, das bin ich –, ohne jeglichen Kommentar. Beantworte keine Fragen. Keine weiteren Pressemitteilungen. Schon gar nicht exklusiv für *Royal Watchers* oder *Daily Despatch.* Halt einfach den Mund. Du hast ja nichts verbrochen. Ihr seid beide ungebunden.«

Bella nickte. »Irgendwann lässt er sich mit jemand anders sehen, und die Presse verliert das Interesse.«

Richard verzog das Gesicht, ohne etwas zu sagen.

Lottie fuhr fort. »Du kannst natürlich auch weiter in Deckung gehen. Wahrscheinlich kriegt es niemand raus. Nur vier Leute wissen Bescheid – wir und Richards Sicherheitsbeamter. Du kannst dich ausschweigen und dem Pressebüro die Angelegenheit überlassen.«

»Dafür werden sie schließlich bezahlt«, sagte Richard gelassen. »Das muss dich nichts angehen. Würde es ja auch nicht, wenn ich jemand anderes wäre. Wenn ich nicht ...«

»... öffentliches Eigentum wäre«, ergänzte Bella einfühlsam. Sie wollte nach seiner Hand greifen, aber er war in Gedanken verloren und reagierte nicht.

Ohne Umschweife sagte Lottie. »Wenn allerdings der Pressevertreter bestätigt, dass es sich um Richard handelt, aber den Namen der Dame nicht preisgibt, werden ein paar miese Revolverblätter daraus schließen, dass es ein One-Night-Stand war und es sich möglicherweise um eine ... ähm ... Professionelle handelt.«

Bella war bestürzt. »Wie bitte? Die würden ...«

Lottie zuckte mit den Schultern. »Alles, was sich verkauft.«

Bella sah Richard an.

Er spreizte als Antwort auf ihre lautlose Frage die Hände. »Ich weiß nicht. Ist schon möglich. Aber das ist mein Problem.«

»Womit wir bei der vierten Möglichkeit wären«, sagte Lottie.

Bella richtete sich auf. »Es gibt noch eine vierte? Ich dachte, es war nur von dreien die Rede?«

»Also drei B eben«, fuhr Lottie ungeduldig fort. »Mit der *ganzen* Wahrheit rausrücken. Was das auch immer heißt. Ihr müsst euch auf weitere Fragen gefasst machen und beantwortet die, solange eure Beziehung hält.«

Sie lehnte sich erwartungsvoll zurück. Richard stand auf.

Bella schickte ihm hinterher: »Wenn es jetzt wieder heißt, das ist meine Entscheidung, *schreie* ich!«

»Sei nicht ungerecht, Bella. Was soll er sonst sagen? Hinter ihm sind die Paparazzi her, seit er erwachsen ist. Er weiß, wovon er redet. Er kann damit umgehen. Aber du?«

Bella hörte nicht hin. Sie stand auf und ging zu Richard. »Du hast gesagt, du liebst mich.«

Er drehte sich nicht um. »Ja. Natürlich liebe ich dich. Ich würde alles tun ... Aber wenn wir der ganzen Welt mitteilen, dass wir ein Paar sind, wirst du auch öffentliches Eigentum. Das wolltest du nicht. Hast du jedenfalls gesagt.« »Hab ich auch. Aber das war vorher.«

»Bevor ich gesagt habe, dass ich dich liebe?« Er klang müde. »Logisch!«

»Bevor wir uns näher kannten.«

Er drehte sich um. »Wieso?«, fragte er unsicher.

»Du hast gelernt, damit umzugehen, ohne deine Seele zu verkaufen. Das werde ich auch«, antwortete sie schlicht.

Richard suchte ihren Blick. »Bella, überleg dir das gut. Bist du dir sicher?«

Er sah so angespannt aus, dass sie ihn am liebsten in den Arm genommen hätte. »Und du?«

»Ich? Aber ja«, sagte er, als wäre es das Selbstverständlichste von der Welt. »Vom ersten Augenblick an, als ich dich gesehen habe.«

Es herrschte absolute Stille.

Bella entfuhr ein langes, ungläubiges »Oh.«

Er musterte ihr Gesicht. Und was er dort sah, bestätigte ihn. Seine Schultern lockerten sich, und die Anspannung um die Mundwinkel fiel von ihm ab. Er nahm ihre Hände, bewegte sie leise hin und her. In seinen Augen leuchtete wieder ein Lächeln auf, und Bellas Herz machte einen Satz.

Er atmete tief ein. »Nun gut«, sagte er. »Nun gut.«

»Das hätten wir also«. Bella klang ein bisschen außer Atem, aber bestimmt. »In der Pressemitteilung steht, dass wir ein Paar sind.«

Er drückte ihre Hand fester. »Ja.«

»Gott sei Dank!« sagte Lottie. »Und jetzt seht zu, dass ihr euren Lieben Bescheid gebt und ihnen gleich einschärft, was sie sagen sollen und was nicht. Irgendjemand wird sie unter Garantie aushorchen, so sicher wie das Amen in der Kirche. Ich kann euch nur raten, das noch vor dem Erscheinen der Pressemitteilung zu machen.«

Richard ließ Bella nicht aus den Augen. »Sie hat Recht, leider. Die Hofmaschinerie wird das mit meiner Familie schon hinkriegen. Aber wie sieht es bei dir aus?«

Bella stöhnte. »Oh, kein Problem! Meine Mutter wird vor Stolz platzen, und mein Vater wird kein Wort mehr mit mir reden!«

»Wie bitte?«, fragte Richard bestürzt.

»Er ist ein Gegner der Monarchie, das habe ich dir doch erzählt.«

»Ist er wirklich so fanatisch? Er würde tatsächlich den Kontakt abbrechen, wenn du die Fronten wechselst? Beeindruckend!« Richards Miene hellte sich plötzlich auf. »Ich lerne ihn ja demnächst kennen, oder? Prima. Vielleicht lässt er sich umstimmen.«

»Mach dir keine Hoffnungen«, sagte Bella. Sie stellte eine Liste zusammen. »Mutter und Kevin. Finn. Neill. Granny Georgia.« Sie sah auf die Uhr. »Ich schicke gleich eine SMS und erkläre ihnen alles morgen Früh.«

»Vergiss deine Kolleginnen nicht«, erinnerte Lottie sie. »Und deine Seite auf Facebook muss auf den neusten Stand gebracht werden. Die Einstellungen würde ich an deiner Stelle ändern, sonst kriegst du lauter Müll von irgendwelchen Spinnern. Bleibt noch festzulegen, was ihr den Leuten sagen wollt.«

»Ähm … eins noch«, sagte Richard. »Meine Mutter möchte dich kennen lernen.«

»Ja, natürlich. Wir kümmern uns um einen Termin.«

»Ich meine morgen.« Er sah auf die Uhr. »Das heißt, heute. Also beeilt euch. Zum Mittagessen, sagte sie.«

Bella und Lottie sahen sich erschrocken an.

»Meine Mutter«, sagte er trocken, »ist ein warmherziger und wunderbarer Mensch und ein Wunder an Organisation und Takt. Aber sie schätzt es nicht, wenn man sie hinters Licht führt. Dass ich ihr nichts von dir erzählt habe, nimmt sie mir ziemlich übel.«

Bella schluckte. »Ich werde ihr erklären, dass es meine Schuld war und ich dich darum gebeten habe«, sagte sie tapfer. »Aber, bitte nicht zum Mittagessen. Ich muss morgen arbeiten. Alles muss so normal wie möglich weitergehen, sonst gebe ich mich selbst auf.« Ihre Stimme hatte einen panischen Unterton.

Richard blieb gelassen. »An mir soll's nicht liegen.«

Doch Lottie gab zu bedenken: »Es wäre unklug von dir, wenn du jetzt als Richards offizielle Freundin als Erstes seine Mutter vor den Kopf stößt. Abgesehen davon, dass es sich um die Königin von England handelt, wäre jede Mutter sauer auf dich.«

Bella schob trotzig das Kinn vor. »Ich werde mein Leben *nicht* komplett umkrempeln.«

»Ist auch gar nicht nötig. Verhandeln, Bell, verhandeln. Richard, irgendwelche Vorschläge?«

Er dachte nach. »Ich werde morgen Früh mit ihr reden. Sag einfach, dass du vorher erst mit deinen Eltern sprechen willst. Sie ist durchaus zugänglich – wenn sie nicht gerade stinksauer ist. Ich krieg das auf die Reihe.«

Sie stellten eine Liste zusammen, wer wem was und zu welchem Zeitpunkt sagen sollte.

Als sie fertig waren, reckte Lottie sich und stand auf. »Das war eine harte Nachtschicht«, sagte sie befriedigt. »Ich gehe jetzt ins Bett. An deiner Stelle, Richard, würde ich hier übernachten. Für alles andere ist es zu spät. Musst du aber wissen.«

Und mit dieser taktvollen Einladung verschwand sie.

Er blieb.

Diesmal versäumten sie es nicht, den Wecker zu stellen. Nachdem Bella am nächsten Morgen Richard zur Tür gebracht hatte, rief sie ihren Stiefvater an. Es war Viertel nach sieben, Kevin saß schon im Zug, auf dem Weg zur Arbeit. Er hatte ihre SMS vom Abend vorher noch nicht gelesen, was nicht anders zu erwarten war. Kevin war kein Freund von Handys und benutzte sie so selten wie möglich. Bella erklärte ihm kurz und bündig, worum es ging, so wie sie es mit Lottie und Richard besprochen hatte.

Kevin nahm es gelassen auf. »Was für eine schöne Nachricht, meine Liebe. Er scheint ein netter Kerl zu sein. Wird Zeit, dass du mal wieder ein bisschen Spaß hast … Deine Mutter? Sie hat heute Früh einen Termin beim Friseur, sie wird so ungefähr in einer halben Stunde aufstehen, denke ich.«

Janet hatte ihre Nachricht auch noch nicht gelesen. Als Bella kurz nach acht anrief, hielt sie es deshalb zunächst für einen Scherz.

»Es stimmt, Ma. Ich habe ihn auf einer Party kennen gelernt, und seitdem haben wir uns mehrmals getroffen. Gestern Abend hat uns jemand fotografiert und die Bilder im Internet verbreitet. Sein Büro wird heute im Lauf des Tages eine Pressemitteilung herausgeben.«

Aber Janet wollte ihr immer noch nicht glauben.

Bella gab es schließlich auf. »Na schön, Ma. Wie du willst. Aber wenn du bei Google ›Prince Richard‹ und ›Gerücht‹ eingibst, kannst du das Foto sehen. Ich maile dir die Pressemitteilung, wenn sie erscheint. Ruf mich an, wenn du mich sprechen willst.«

Bellas Vater schickte eine SMS: *Bin fassungslos. Wo bleiben deine Prinzipien?*

DEINE Prinzipien, Phineas Fogg, schrieb sie umgehend zurück.

Granny Georgia schrieb: *Ich freue mich schon auf ein Kennenlernen. Bin Weihnachten wieder zuhause.*

Bella machte sich auf den Weg zur Arbeit.

Um neun schickte ihr Richards Büro den Entwurf der Pressemitteilung mit der Bitte um Einverständnis. Sie war einverstanden. Um zwanzig nach neun rief Richard an.

»Es ist raus.« Er war offenbar im Auto unterwegs. »Bei Nachfragen werde ich sagen, dass es sich um eine Privatangelegenheit handelt und ich keine Interviews gebe.«

»Wohin fährst du?«

»Zur Eröffnung einer Städtischen Schwimmhalle. Anschließend eine Vorführung der Kunstspringer und ein Schwimmwettbewerb für Anfänger aller Altersklassen. Danach Mittagessen beim Bürgermeister.«

»Wow! Ich werd verrückt!«

Er lachte. »Du doch nicht.«

»Ich bin gerade dabei, diesem Ekel von Zahnarzt und seiner Belegschaft zu sagen, wenn sie in der Mittagspause die Zeitung lesen – ja, das bin ich.«

»Viel Glück.«

»Das wird niemanden sonderlich interessieren«, winkte Bella ab.

Aber sie hatte sich getäuscht. Nachdem sie eine kurze Rundmail verschickt hatte, war sie überrascht, wie viele wohlwollende Antworten sie erhielt. Die Assistenten schenkten ihr eine Groucho-Marx-Maske, inklusive Brille und Zigarre, damit sie unerkannt das Haus verlassen konnte. Alle schienen sich für sie zu freuen. Bella war gerührt.

Janet war außer Rand und Band, als sie endlich begriffen hatte, dass Bella sie nicht auf den Arm genommen hatte. Sie telefonierte pausenlos, fragte nach Einzelheiten, nach dem weiteren Vorgehen. Wann durfte sie ihn kennen lernen? Wann durfte sie den Damen vom Golfclub was erzählen?

»Ma, wir haben es gerade der ganzen Welt mitgeteilt. Die Damen vom Golfclub werden Bescheid wissen.«

»Aber sie werden mich nach ihm ausfragen. Was soll ich sagen?«

Bella war plötzlich auf der Hut. »So wenig wie möglich. Sag einfach, dass du ihn noch nicht kennen gelernt hast und ich ihn dir und Kevin noch vor Weihnachten vorstelle.«

»Die wollen bestimmt wissen, ob ihr euch verlobt …«

Die wollen es wissen, dachte Bella. Janet nicht.

»Davon ist überhaupt nicht die Rede«, versicherte sie mit Nachdruck. »Und du kannst ihnen sagen, dass du das von mir hast.«

12

Und wie stelle ich mich vor?

Girl About Town

Schließlich hatten Richards Büro und das seiner Mutter ein spätes Essen für den heutigen Abend ausgehandelt, wenn sie aus der Musikakademie zurück war, wo die Preisträger eines Streichquartetts ein Konzert gaben.

Die Aussicht versetzte Bella in ungewohnte Panik. »Was soll ich bloß anziehen?«, jammerte sie.

Lottie war verblüfft. Diese Aufregung war für ihre Freundin völlig untypisch. Für Mode hatte sie sich noch nie besonders interessiert, obwohl sie im Lauf der Jahre einen eigenen Stil entwickelt hatte und mit einem gewissen Fingerspitzengefühl gut über die Runden kam.

»Was regst du dich denn auf? Du bist doch sonst die Gelassenheit in Person«, wunderte sich Lottie.

Aber die Aussicht auf das erste Zusammentreffen mit der Mutter ihres Freundes, dazu die unangenehme Vorabveröffentlichung und als Sahnehäubchen ein hochnäsiger Unterton von Seiten des Hofes hatten Bella alle Selbstsicherheit geraubt.

»Immer mit der Ruhe«, sagte Lottie. »Als Erstes sollten wir uns heute Vormittag frei nehmen.« Sie rief im Büro an und sagte, sie müsste zuhause ein paar Ideen für ein neues Projekt ausarbeiten und käme später.

»Wieso, das entspricht doch der Wahrheit«, verteidigte sie sich, als Bella die Stirn runzelte. »Ich habe ja nicht gesagt, dass es um ein Projekt geht, für das wir nicht bezahlt werden. Und jetzt durchkämmen wir unsere Kleiderschränke.«

Da Lottie einen großen Kundenkreis und noch viel größeren Freundeskreis hatte, war sie das reinste Chamäleon. Sie besaß drei Kleiderschränke. Bella nur einen, und nicht ein einziges Kleidungsstück schien ihr angemessen.

Bella probierte sämtliche Kleider aus Lotties Schrank an, von einem wild gemusterten Schwarz-Weißen – »Ascot«, schwärmte Lottie; »Wie ein Dalmatiner«, sagte Bella und machte sich nicht einmal die Mühe, den Reißverschluss zu schließen – bis zu einem klassischen Roten. »Sehr klein, viel zu rot«, sagte Bella mit Bedauern.

Nach einer Weile war Lotties Bett unter einem Berg von Seide, Chiffon und Jersey verschwunden.

»Es hat keinen Zweck«, meinte Bella den Tränen nahe. »Ich fühle mich in deinen Kleidern einfach nicht wohl. Mein einziges Kleidungsstück, das einigermaßen gediegen ist, ist der hässliche Hosenanzug, den meine Mutter mir gekauft hat.«

»Zieh ihn mal an«, drängte Lottie. »Sieht vielleicht besser aus, als du denkst.«

Aber als Bella wieder erschien, pfiff sie durch die Zähne und schüttelte den Kopf. »Heiliger Strohsack. Wie die Frauen von Stepford, viel zu streng. Ausziehen, aber schnell. Da kann ich gar nicht hinsehen.«

Sie setzten sich niedergeschlagen auf das Fußende von Bellas Bett.

»Es muss natürlich nicht unbedingt ein Kleid sein«, überlegte Lottie nach einer Weile. »Ich meine, das ist doch kein hochoffizielles Essen, oder? Von Tiara und Rangordnung ist ja keine Rede. Du gehst doch sonst immer in deinem Cocktail-Stil à la Ginger Rogers aus.«

Bei einer ihrer sonntäglichen Runden auf dem Greenwich Market hatte Bella einmal eine altmodische schwarze Seidenhose mit sehr weit geschnittenem Bein entdeckt. Am Stand hatte sie scheußlich ausgesehen, aber Bella war überzeugt, dass sich aus der Hose etwas machen ließ. Mit ein bisschen Liebe und Sorgfalt war ein sehr elegantes Stück daraus geworden. Sie streifte sie jetzt über und fühlte sich sofort wohl, besonders als sie ihre schicken Riemchenpumps dazu anzog. Aber weder Lottie noch Bella besaßen ein Oberteil, das dazu passte.

»Eine schlichte weiße Seidenbluse wäre das Richtige«, meinte Bella und drehte sich vor dem Spiegel hin und her.

Lottie sprang auf. »Und ich weiß genau, wo es sie gibt.«

Als Rothaarige trug Lottie lieber Beige als Weiß, aber sie hatte erst letzte Woche bei einem von Carlos' Kunden eine wunderschöne Seidenbluse gekauft. Als Bella sie anprobierte, war sie vom Schnitt begeistert. Die Boutique hatte sie auch noch in Weiß. Bella kehrte triumphierend zurück.

»Damit bin ich ich selbst«, atmete Bella erleichtert auf.

»Das wirst du auch nötig haben. Und jetzt«, fuhr Lottie entschlossen fort, »Perlenohrringe. Ich will kein Wort von Golfdamen oder Jane Austen hören. Das gehört zum klassischen Stil.«

Bella musste ihr zustimmen, als sie die Perlen ausprobierte. Trotzdem befürchtete sie, dass Richard entsetzt sein könnte und sagen würde, dass sie unmöglich in Hosen bei der Königin erscheinen könne.

Doch als er sie abholen kam, wollte er nur sofort los.

»Mein Vater kann mit klassischer Musik nicht viel anfangen, und hält sich da raus, wenn er kann. Er ist bestimmt zuhause. Wir könnten ihn vorher noch aufsuchen.«

»Er isst nicht mit uns?«, wunderte sich Bella.

Richard zuckte mit den Schultern. »Er ändert ungern seine Gewohnheiten. Er ist isst nie so spät. Wie war dein Tag heute?«

»Keine besonderen Vorkommnisse bisher. Ich habe keine Anrufe von Unbekannten beantwortet. Ein paar Journalisten haben auf meinen Anrufbeantworter gesprochen. Meine Mutter hat den Golfclub informiert und will dich möglichst bald präsentieren. Meine Großmutter will dich unter die Lupe nehmen, und mein Vater tobt noch. Könnte schlimmer sein.«

»Also lief es nicht so schlecht«, pflichtete er bei.

Diesmal saß er am Steuer einer schwarzen Limousine mit einem Armaturenbrett wie ein Raumschiff. Die Polizisten an der Palasteinfahrt erkannten es sofort. Sie öffneten das Tor und salutierten, als er vorbeifuhr. Er grüßte freundlich zurück.

Er steuerte in einen Innenhof, wo er das Auto in der Nähe eines Durchgangs abstellte. Es fing wieder an zu schneien. Als sie rannten, um Schutz suchen, hinterließen sie Fußabdrücke im Schnee.

Richard nahm sie an die Hand. »Bleib an meiner Seite. Das Gebäude ist ein Labyrinth.«

Er hatte Recht. Sie betraten einen Teil, der aus dem achtzehnten Jahrhundert stammte, Parkett und polierte Treppenläufe so weit das Auge reichte, weiter durch einen Dienstbotenkorridor, der einmal zu einer Küche geführt haben mochte, aber jetzt offenbar Büros beherbergte. Dann ging es über mehrere kleine Treppen auf und ab, sodass Bella ganz schwindelig wurde. Die Porträts wurden prächtiger, Marmorsäulen tauchten auf.

»Die Staatsgemächer mit dem Thron und so weiter, für Amtseinsetzungen, Bankette und Staatsempfänge«, erklärte Richard ihr gewissenhaft. »Lauter Gemälde von Schlachten und Uniformträgern.« Er blieb vor einem imposanten Epaulettenträger stehen.

»Prinzgemahl Leopold. Ihm habe ich diese verdammte große Nase zu verdanken. Er trägt die Uniform eines britischen Feldmarschalls.«

Richard betrachtete Leopold fast liebevoll. »Er war durch und durch Soldat. Eigentlich steht ihm die Uniform viel eher zu als den anderen Aufschneidern hier. Er hat gegen Napoleon gekämpft, auf der Seite der zaristischen Truppen, dabei schlug sein Herz eher für Frankreich, bevor Napoleon nach der Weltherrschaft gegriffen hat. Es heißt, dass er dem Hof ein bisschen französisches Flair verliehen hat, zum Ausgleich für die Ausschweifungen von George IV.«

Es hörte sich an, als würde er von einem Freund sprechen. Es muss schön sein, dachte Bella, die eigenen Ahnen so genau zu kennen. Über ihre Großmutter hinaus wusste sie gar nichts über ihre Vorfahren, wie sie Richard gestand.

»Das lässt sich ganz einfach herausfinden, wenn es dich interessiert. Ich bin schon in vielen Familienforschungsstellen gewesen. Hochinteressante Einrichtungen.«

»Werde ich vielleicht mal machen«, schützte Bella pflichtschuldig vor.

Weiter ging es über eine Treppe, einen langen Korridor entlang. Bella hatte insgeheim erwartet, Lakaien in Kniebundhosen oder wenigstens Zimmermädchen umherhuschen zu sehen. Aber außer den Porträtierten war keine Menschenseele zu sehen. In diesem Trakt waren die Bilder kleiner und zeigten häufiger Frauen.

»Queen Charlotte, um 1850, von Watts. Ein bisschen untersetzt, wie ihr Vater, und ziemlich aufgeblasen, aber für ihre Zeit war sie sehr freizügig. Sie hatte als junges Mädchen mehrere Affären, aber Leopold hat sie wohl gebändigt.« Richard lief weiter. »Hier ihre Tochter Virginia, auch von Watts. Sie war eher verträumt und romantisch, hatte jedoch ihren eigenen Kopf. Sie widersetzte sich ihrer Mutter, schlug den Antrag eines dänischen Prinzen aus, heiratete einen Amerikaner und ging mit ihm nach Charleston.«

»Meine Großmutter stammt von dort. Sie kam schon vor vierzig Jahren hierher, lernte meinen Großvater kennen und reiste mit ihm um die Welt. Als mein Großvater in den Ruhestand ging, kehrten sie nach England zurück.«

»Die, die mich unter die Lupe nehmen will?«

»Ja. Du musst dich von deiner besten Seite zeigen. Sie legt großen Wert auf gute Umgangsformen.«

»Ich werde mich bemühen. Du hast nur noch die eine?«

»Ja. An meine Großmutter mütterlicherseits erinnere ich mich kaum.«

»Ich habe die komplette Besatzung, bei Gott. Die Mutter meines Vaters lebt auf einem Schloss in Wales, wo sie sich der Förderung von Künstlern widmet und Siamesische Katzen züchtet. Und die Mutter meiner Mutter verbringt ihre Zeit mit diversen Hobbys, zu denen Roulette und jüngere Männer gehören.«

»Du lieber Himmel!«

Bella hatte nicht den Eindruck, dass er die beiden besonders mochte. Sie biss sich auf die Lippen. Sie liebte Granny Georgia sehr und hoffte, dass Richard sie ebenfalls verehren würde. Aber es klang nicht sehr ermutigend.

»Wir sind da. Die Räumlichkeiten meines Vaters.«

Hier gab es zwar Bedienstete, allerdings nicht, wie sie erwartet hatte, in rauen Mengen, und von Kniebundhosen keine Spur. Ein zuvorkommender Mann in einem grauen Anzug nahm ihr den Mantel ab, ein anderer, sehr würdevoller, sagte, dass man sie erwartete.

Er geleitete sie zur nächsten Tür und klopfte, bevor er eintrat.

»Der Prince of Wales, Eure Majestät.«

Ich träume, dachte Bella plötzlich. *Das ist alles nicht wahr.*

Aber Richard nahm sie fest an die Hand, und sie traten ein.

Der Raum war erstaunlich klein, obwohl die riesigen Fenster, vor denen sich mit allerlei Goldquasten dekorierte Vorhänge bauschten, bis zum Boden reichten. In mehreren Glasvitrinen war eine beträchtliche Sammlung von Modelleisenbahnen zu sehen, das antike Mobiliar war auf Hochglanz poliert. Trotzdem machte alles auf Bella einen wohnlichen Eindruck.

Der König erhob sich von seinem Platz vor dem Kamin, wo er gelesen hatte. Sie gaben sich höflich die Hand, und er erkundigte sich, wie lange sie sich schon kannten. Aber Bella hatte den Eindruck, dass es ihn nicht wirklich interessierte. Sein Blick wanderte immer wieder zu seinem Buch. Er bot ihnen etwas zu trinken an, schien jedoch erleichtert zu sein, als sie ablehnten. Er führte Bella vor eine der Glasvitrinen, in der sich unter anderem ein Gebilde mit mächtigen Rädern und lauter beweglichen Teilen befand. Sie gab freimütig zu, dass sie keine Ahnung hatte, um was es sich handelte.

Der König strahlte. »Das ist die Maschine der HMS Sphinx, ein revolutionärer Raddampfer, Mitte neunzehntes Jahrhundert. Der Konstrukteur war John Penn, das Original steht im Institute of Mechanical Engineering hier in London. Er war dort nämlich Direktor. Kennen Sie das Institut?«

Bella musste verneinen.

»Schade. Schade. Ausgezeichnete Einrichtung. Ausgezeichnet. Manchmal besuche ich dort Vorlesungen. Die Wiege unserer Zukunft, Miss Greenwood. Ingenieure sind die wahren Entdecker.«

Dann zeigte er ihr ein paar von seinen Modelleisenbahnen, und Bella fielen auch dazu keine halbwegs intelligenten Kommentare ein. Sie hatte das Gefühl, dass er froh war, als sie sich verabschiedeten.

Aber Richard, der selbst überrascht war, sagte: »Du hast ihm gefallen.«

»Wirklich?«, zweifelte Bella.

»Ja, wirklich. Er hat sich mit dir unterhalten. Er hat dir seine Modelle gezeigt. Normalerweise ist es ziemlich mühsam, ihm jemanden vorzustellen. Und du wirst sehen, beim nächsten Mal wird es viel entspannter sein, da er dich jetzt kennt.«

Er verabschiedete sich formvollendet von den Bediensteten, und sie machten sich auf den Weg zu den Wohnräumen seiner Mutter. In diesem Trakt herrschte entschieden mehr Leben.

»Du solltest dich bei meiner Mutter lieber ans Protokoll halten.« Es war Richard unangenehm. »*Sie* hat das erste Wort bei allen Gesprächen.«

»Wie bitte?«

Er zog Bella in eine Fensternische. Ein Bediensteter vor einer angrenzenden Tür wollte vortreten, aber Richard schüttelte den Kopf, und der Mann zog sich wieder zurück.

»Ist dir Fanny Burney ein Begriff?«

»Wer?«

»Fanny Burney – Romanautorin des achtzehnten Jahrhunderts, Tochter des königlichen Hofmusikanten. Also, sie verbrachte einige Zeit am Hof, um der Königin Gesellschaft zu leisten.« Richard kramte in seinem Gedächtnis. »Sie beklagte sich bei Fanny, dass sie zu wenig Gelegenheit zu Gesprächen hatte, weil gewöhnlich nicht nur die Wahl des Themas bei ihr lag, sondern sie auch seinen Verlauf bestimmte. Und diese Form hat sich seitdem nicht geändert. Die Königin hat das erste Wort. Alles klar?«

»Alles klar«, sagte Bella.

»Nur heute Abend, bis sich ihre schlechte Laune gebessert hat. Eigentlich ist sie total in Ordnung.«

»Vermutlich.« Bellas Mut sank zusehends. Um sich nichts anmerken zu lassen, fragte sie betont munter: »Hat Fanny die Zeit am Hof genossen?«

»Sie hasste jede Minute«, antwortete Richard ungerührt.

»Danke vielmals für die Aufmunterung«, fauchte sie.

Er drückte ihre Hand. »Wird schon nichts passieren. Außerdem bist du ja nicht mit *ihr* befreundet, sondern mit mir.«

Doch entweder war Queen Janes schlechte Laune wieder verflogen oder sie konnte ihre wahren Gefühle gut verbergen. Sie hätte nicht liebenswürdiger sein können.

»Meine Liebe, was für eine Freude«, begrüßte sie Bella und küsste sie auf die Wange. »Richard hält sich uns gegenüber immer sehr bedeckt, deshalb ist es umso erfreulicher zu erfahren, dass er ein Privatleben hat.«

Richard stand stocksteif daneben und sagte keinen Ton.

Die Wohnräume der Königin wirkten heiter, in jeder Ecke standen große Blumensträuße, und die Wände zierten moderne Gemälde. Keine Spur von goldenen Quasten und Dampfmaschinen, dachte Bella. Die Königin erwähnte ihren Mann mit keinem Wort, aber sie sagte, das Konzertprogramm sei sehr modern gewesen, und sie sei froh, wieder zuhause zu sein.

»Wir essen gleich. Ihr habt sicher großen Hunger. Wir speisen im kleinen Salon ... ganz inoffiziell.«

Sie ging voran ins Esszimmer, wo – soweit Bella erkennen konnte – für mindestens vier Gänge gedeckt war.

»Und jetzt erzählen Sie, wo Sie meinen Sohn kennen gelernt haben.«

Die Königin lachte herzlich über die Geschichte mit den heruntergerissenen Efeuranken.

»Wie gut, dass Richard klug genug war, zu bleiben und Ihnen wieder auf die Beine zu helfen. Haben Sie schon gemeinsame Interessen entdeckt?«

»Bella ist die Tochter von Finn Greenwood, Mutter. Sie ist sehr abenteuerlustig.«

Die Königin sah besorgt aus. »Segeln Sie etwa?«

»Leider nicht.«

»Dann lassen Sie sich auch nicht von meinem Sohn dazu überreden. Er war von Kindheit an wild auf Wassersport. Aber das kommt selbstverständlich nicht infrage.«

»Tatsächlich? Warum nicht?«

Die Königin biss sich auf die Lippen und schwieg.

Es blieb Richard nichts anderes übrig, als selbst mit einigem Sarkasmus zu antworten: »Die Sicherheit des Thronfolgers muss jederzeit gewährleistet sein. Richtig, Mutter?«

In Bellas Ohren klang das wie ein Zitat aus einer amtlichen Vorschrift.

Die Königin hatte offenbar das Gleiche gedacht. »Das ist unfair, Richard. Dein Vater und ich wollen nur verhindern, dass du dich unnötig in Gefahr begibst.«

Richard seufzte. »Natürlich.«

Sie wandte sich eine Spur zu munter an Bella: »Was machen Sie beruflich?«

Bella berichtete von ihrer Forschungsarbeit über die Fische im Indischen Ozean und ihre neue Tätigkeit in der Forstwissenschaft.

»Und was machen Sie zurzeit? Sind Sie zuhause bei Ihren Eltern?«

Also los!, dachte Bella. Die schmutzige Wäsche gleich auf den Tisch, in einem Haufen, kurz und schmerzlos.

»Nein, Ma'am«, sagte sie. »Ich teile mir mit einer Freundin in London eine Wohnung. Meine Eltern sind geschieden.«

»Großer Gott!«, sagte die Königin und fuhr zu Bellas Überraschung fort: »War das sehr schwierig für Sie? Trennungen können Kinder furchtbar verstören.«

»Ich hatte tatsächlich den Boden unter den Füßen verloren, bis meine Mutter wieder geheiratet hat. Mein Stiefvater ist ein zuverlässiger Mensch, was mein Vater nicht ist. Und vor allem ist er immer für meine Mutter da, wenn sie ihn braucht. Mein Vater treibt sich dagegen eher auf irgendeinem Berg oder mitten in der Wüste herum.«

Die Königin beugte sich vor. »Wie interessant. Haben Sie Ihren Vater nicht vermisst?«

»Als Tochter eines Forschers gewöhnt man sich in gewisser Weise daran.«

»Ja, natürlich. Daran habe ich nicht gedacht. Und wollen Sie auch in die Forschung?«

»Das hatte ich vor«, gestand Bella. »Aber ich glaube nicht, dass ich dafür geeignet bin.«

Ein Lächeln erschien auf dem Gesicht der Königin, ein offenes, amüsiertes, fast vertrauliches Lächeln. Einen Augenblick sah sie Richard sehr ähnlich, bemerkte Bella verblüfft. Sie erwiderte das Lächeln ohne Vorbehalte.

»Sie scheinen mir eine vernünftige junge Frau zu sein. Ich freue mich schon auf eine nähere Bekanntschaft.«

Trotz der zahllosen Gänge ging das Essen zügig voran. Den Käse und die verlockende Kastanienbaisercreme hätte sie nicht mehr geschafft. Sie warf Richard einen verstohlenen Blick zu, in der Hoffnung, er würde ein Zeichen zum Aufbruch geben, als die Königin aufstand.

»Wir werden uns jetzt frischmachen, meine Liebe.«

Richard stand ebenfalls auf. »Herrgott noch mal, Mutter!«

Die Königin zog ihre wohl geformten Augenbrauen hoch. »Nicht diese Ausdrücke, mein Junge!«

Er winkte ab. »Es reicht allmählich mit dieser Komödie.«

Die Königin erstarrte. »Komödie?«, wiederholte sie eisig.

Typisch Richard, dachte Bella.

Er gestikulierte aufgebracht. »*Ganz inoffiziell!* Drei verschiedene Weingläser und vier Gänge bei einem simplen Abendessen? Worauf willst du hinaus? Bella von Anfang an auf ihren Platz verweisen?«

»Richard!« Die Königin war aufrichtig empört.

Er wandte sich an Bella. »Lass dich nicht täuschen – ›Wir sind sehr erfreut, dass Richard ein Privatleben hat‹. Als ich letztes Mal ein Privatleben hatte und den Fehler gemacht habe, meine

Freundin der Familie vorzustellen, hat meine Mutter ihr erklärt, sie sei meine *kleine Rebellion*, das würde vorbeigehen. War es nicht so, Mutter?«

Die Königin tat so, als hätte sie nichts gehört.

»Komm, Bella«, fauchte er. »Du willst mich doch nicht im Ernst hier mit Portwein und Zigarren alleine lassen? Das kannst du vergessen.«

»Bella und ich wollen nur ein kurzes Gespräch unter Frauen. Wenn du keinen Portwein und Zigarren möchtest, lass dir etwas anderes bringen, was deinem Entwicklungsstand angemessener ist. Vielleicht eine heiße Schokolade.«

Damit rauschte sie hinaus. Bella sah Richard erschrocken an, aber er schickte sie nur mit einer heftigen Kopfbewegung hinter seiner Mutter her und sank zurück in seinen Stuhl. Bella eilte ihr nach.

Queen Jane hatte sich in ein wunderschön ausgestattetes Boudoir zurückgezogen – anders konnte man es nicht nennen –, mit Spiegeln, gedämpfter Beleuchtung und gepolsterten Fensternischen, dazu drei Toiletten und eine ganze Reihe Waschbecken. Sie saß in einem reizenden kleinen Badezimmersessel und putzte sich ziemlich heftig die Nase. Ein süßlicher Duft nach verschiedenen Parfums lag in der Luft.

Bella setzte sich auf die Kante des Fensterplatzes und wartete ab.

»Er kann einen manchmal wahnsinnig machen«, sagte die Königin. »Ich weiß, es ist nicht einfach, der Thronfolger zu sein, und ich versuche ihm zu helfen. Aber er muss einem ja nicht gleich die Augen auskratzen.«

Sie schnäuzte sich noch einmal und tupfte sich sicherheitshalber die Augen.

»Es tut mir leid, dass Sie Zeuge davon geworden sind. Normalerweise vermeiden wir solche Auseinandersetzungen vor

Fremden. Diese ganzen Anfeindungen im Internet haben mir wahrscheinlich zugesetzt.«

Bella war überrascht. »Ich finde, die Anfeindungen hielten sich in Grenzen. Die Leute sind natürlich neugierig, aber im Ganzen waren die Reaktionen doch sehr wohlwollend.«

»Es hieß, er sei ... na, lassen wir das. Eine gute Freundin zeigte mir Zuschriften, die Sie vielleicht übersehen haben. Umso besser.« Sie tätschelte Bellas Hand. »Also, was ich sagen wollte. Richard sähe es sicher nicht gern, dass ich das sage, aber Sie werden Hilfe brauchen. Die Presse war früher schon schlimm, aber heute, mit dem Internet und diesen ganzen sozialen Netzwerken, ist sie außer Kontrolle geraten. Ich meine, Sie brauchen einen Mentor, der jederzeit telefonisch erreichbar ist, wenn Sie ein Problem haben.«

»Danke«, sagte Bella. »Aber meine Mitbewohnerin arbeitet in der PR-Branche, sie war mir schon eine große Hilfe.«

Queen Jane schien erleichtert. »Sehr gut. Dann wäre nur noch das Problem mit dem Protokoll.«

Bella zögerte.

Die Königin lachte. »Ich merke schon, dass Richard Ihnen seine Meinung über Fragen der Etikette schon gesagt hat. Ich mache ihm keinen Vorwurf, wirklich nicht. Ihrer Generation muss das alles sehr künstlich vorkommen. Aber wenn man mit vielen Menschen unterschiedlichen Alters und unterschiedlicher Kultur zu tun hat, ist es das Öl im Getriebe, wenn es gewisse Regeln gibt.«

»Das leuchtet mir ein.«

»Gut. Ich werde eine enge Freundin bitten, Sie anzurufen und das Protokoll mit Ihnen durchzugehen. Lady Pansy war schon mir behilflich, als ich damals als Braut hierherkam. Sie ist ein ausgesprochen zuverlässiger und umgänglicher Mensch. Sie wird Ihnen gefallen.«

Die Königin erhob sich, trat vor den Spiegel, ordnete ihre Frisur und überprüfte das Make-up.

»Ich bin froh, dass wir uns hier unterhalten konnten. Sie sollen wissen, dass ich auf Ihrer Seite stehe. Gehen wir und sehen nach, ob Richard jemanden umgebracht hat?«

Sie fanden ihn im Salon, wo er auf und ab lief. Ein Tablett mit Kaffee wurde gebracht. Bella und er lehnten ab, aber sie setzten sich, wie es sich gehörte, und machten Konversation über Bücher und das Wetter, bis die Königin ihre Tasse ausgetrunken hatte. Richard sprang auf, sie verabschiedeten sich und waren auf und davon.

Auf dem Weg zum Auto sagte er: »Hast du für heute genug von mir?«

Bella warf ihm einen schelmischen Blick zu. »Wo denkst du hin?«

Augenblicklich hellte sich seine Miene auf, und er lachte aus vollem Hals. »Du bist ein Geschenk des Himmels, Bella Greenwood«, sagte er. »Vielleicht werde ich durch dich wieder ein normaler Mensch. Also gut. Wohin? In die Wohnung oder in meine Bude?«

»Im Palast?«, erkundigte sie sich vorsichtig.

»Um Gottes willen, nein. Ich kann das Museum nicht ausstehen. Ich habe eine Wohnung im Camelford House. George und Nell haben dort auch ein Appartement, außerdem meine Großmutter aus Wales, wenn sie nach London kommt. Aber wir kommen uns nicht in die Quere, es wird uns keiner über den Weg laufen. Wollen wir?«

»Ja!«

»Gut.«

13

Kann das halten?

Royal Watchers Magazine

Die Einfahrt zum Camelford House mit ihren massiven schwarzen Toren war weniger einladend als die zum Palast. Sie öffneten sich, als Richards Wagen vorfuhr, und schlossen sich geräuschlos hinter ihm. Ein Sicherheitsbeamter trat aus dem Pförtnerhäuschen, um sie zu kontrollieren.

»Guten Abend, Sir. Bei Ihnen ist heute kein Gast eingetragen, Sir.«

»Spontane Angelegenheit, Fred. Bella, darf ich dir Fred vorstellen, der uns die Bösewichte vom Leib hält. Fred, das ist meine Begleitung, Bella Greenwood. Sie wissen mittlerweile sicher Bescheid.«

Fred lächelte. »Sehr angenehm, Miss. Ich setze Miss Greenwood auf die Liste der zugelassenen Personen, Sir. In Ordnung?«

»Allerdings. Gute Nacht, Fred.«

Richard bog in einen Hof ein, der von einem imposanten Gebäude aus dem achtzehnten Jahrhundert, einem kleinen Haus aus der Zeit Jacobs I. und einem Haus aus dem neunzehnten Jahrhundert mit efeuüberwucherter Fassade, offenbar ein ehemaliges Schulhaus, eingerahmt war.

»Du musst dich immer anmelden, wenn du ohne mich kommst. Steck einfach kurz den Kopf in die Tür vom Pförtnerhäuschen, die Jungs winken dich dann durch. Du brauchst außerdem einen Schlüssel. Ich werde mich darum kümmern.«

Sie betraten das Haus, das Bella für ein altes Schulgebäude gehalten hatte. Drinnen war es nicht so kalt und ungemütlich wie im Palast. Die Decken waren niedriger, die Bilder an den Wänden weniger martialisch. Es gab sogar einen Aufzug mit vergoldeten Gittertüren und einer lederbezogenen Bank auf allen drei Seiten. Richard hielt das Gitter für sie auf.

»Du musst unbedingt mit Gertrude fahren. Schau nicht nach unten, wenn du nicht schwindelfrei bist, aber Gertrude ist ein Kunstwerk. Die wollten mir was Modernes, Lautloses einbauen, mit direktem Zugang zu meiner Wohnung, aber das konnte ich verhindern. Gertrude gehört zu meiner Kindheit.«

Er tätschelte das Lederpolster, als wäre es ein braver Hund, und setzte den Hebel eines Stockwerkanzeigers in Gang, der so groß wie das Ziffernblatt einer altertümlichen Standuhr war. Gertrude erwachte zum Leben und ratterte gemächlich ins oberste Stockwerk.

Bella traf fast der Schlag, als sie Richards Appartement betrat. Sie hatte ihn noch nicht in seinen eigenen vier Wänden erlebt, nur in Lotties Wohnung oder auf dem Hausboot, alles gemütliche Behausungen voller Bücher. Diese Wohnung war riesengroß. Das Wohnzimmer nahm, so weit man sehen konnte, die ganze Länge des Hauses ein, mit hellem Parkett und spärlicher Möblierung: Ausladende, tiefschwarze Sofas rahmten einen niedrigen Holztisch mit kunstvollen Einlegearbeiten ein. An einem Ende des Raumes sah man einen Cocktailschrank, der im Augenblick geschlossen war und seine eleganten Art-Déco-Umrisse offenbarte, am anderen Ende ein bis an die Decke reichendes Bücherregal. Keine Blumen, kein Nippes, nur eine Nische, die von einem Strahler ausgeleuchtet wurde und eine wunderbare Vase beherbergte, die wie die Akropolis bei Sonnenuntergang schimmerte. Und ein Gemälde, das eine ganze Wand einnahm. Auf den ersten Blick schien es eine schwarz-weiße Architekturstudie einer Burgruine in einer mittelalterlichen Stadt zu sein, doch bei näherem Hinsehen entdeckte man immer mehr Unregelmäßigkeiten:

winzige Farbtupfer, Treppen, die nirgendwohin führten, Spuren von Menschen, die gerade aus dem Blickwinkel verschwunden waren, ein Schuh, ein flatterndes Tuch.

»Beeindruckend«, meinte Bella bewundernd.

Er trat neben sie und betrachtete das Bild ebenfalls. »Es wird nie langweilig. Jedes Mal sehe ich was anderes.« Er legte ihr den Arm um die Schulter. »Der Palast ist bis obenhin vollgestopft. Die ganzen Geschenke, ein paar von meinen Vorfahren waren außerdem eifrige Sammler. Und nichts wird weggeworfen, aus Prinzip, falls eine spätere Generation Gefallen daran finden sollte. Meine Mutter lebt in einer Art gehobenem Schrottplatz und versucht, ihn hinter Blumen zu verstecken. So etwas wollte ich hier nicht haben.«

»Hast du auch nicht. Es ist wunderschön hier.«

Eine lange Reihe von Fenstern erstreckte sich über eine Wand. Sie sah hinaus und blickte auf einen Rasen, der bis zum gegenüberliegenden Gebäude reichte.

»Gehört das auch noch zu Camelford House?«

Er schüttelte den Kopf. »Ein Regierungsgebäude.«

»In diesem riesigen Haus wohnst du also ganz alleine?«

Er hatte wieder dieses Flackern in den Augen, das sie so liebte; das sie schon so lange vermisst hatte. Er zog sie an sich.

»Heute Nacht nicht«, sagte er.

Ein schöner Anfang, aber die Ernüchterung folgte auf dem Fuße.

Richard musste am nächsten Morgen nach Edinburgh fliegen, sodass er schon vor Bella das Haus verlassen hatte. Und niemand hatte ihr gesagt, dass sie sich abmelden musste, wenn sie Camelford House verließ. Also erreichte sie mitten am Tag ein hektischer Anruf von Richards Büro, sie solle beim Pförtner anrufen. Als sie der Aufforderung nachkam, verlangte ein kleinlicher Bürokrat, dass sie auf der Stelle wiederkam, um sich abzumelden.

Außerdem täte sie gut daran, sich beim wachhabenden Offizier zu entschuldigen. Bella hatte den Verdacht, dass er selber der wachhabende Offizier war. Aber ihr fiel ein, dass Richard täglich mit diesen Leuten Umgang und ein gutes Verhältnis zu ihnen hatte, und sie willigte ein.

Dann rief jemand an, der sich als Mitarbeiter des königlichen Privatbüros vorstellte. Ob sie ihm bitte ihr Geburtsdatum, die Nummer ihrer Sozialversicherung und ihres Personalausweises mitteilen würde. Auch die ihrer Eltern und ihres Stiefvaters. Und in Zukunft bitte beachten möge, dass es nicht erlaubt sei, in einem Anwesen der königlichen Familie zu übernachten, ohne sich drei Tage vorher anzumelden.

»Nicht gerade ein freundlicher Empfang«, meinte Lottie, als Bella ihr davon berichtete.

»Ich weiß. Irgendwie komisch. Der König und die Königin waren sehr nett zu mir.«

Aber sie gab alle verlangten Nummern durch.

»Ich glaube, du solltest lieber Richard fragen, ob das in Ordnung ist«, sagte Lottie. »Kommt mir irgendwie komisch vor. Vielleicht arbeitet Wormtongue gar nicht für den König. Wie heißt er denn?«

»Madoc … Julian Madoc.«

Ausnahmsweise rief Bella bei Richard an. Er nahm sofort ab.

»Wie läuft Tag Nummer zwei als First Girlfriend?«

»Etwas merkwürdig.« Und sie berichtete, was ihr der Hof mitgeteilt hatte.

Er ging hoch. »Madoc! So ein Blödmann! Alter Wichtigtuer! Weißt du, was er mit dir macht? Er will dich auf Herz und Nieren prüfen.«

Bella verschluckte sich fast vor Lachen. »Hört sich etwas medizinisch und ziemlich unangenehm an.«

Aber Richard fand das überhaupt nicht lustig. »Das ist eine

Sicherheitsmaßnahme für Leute, die Zugang zu Regierungsunterlagen haben. Was fällt ihm eigentlich ein!«

Aber Bella hörte nicht auf zu kichern. Sie wechselte in einen übertriebenen russischen Akzent: »Ich bin Olga, die schöne Spionin. Du wirst mir alle Geheimnisse verraten.«

Richard unterdrückte ein Lachen. »Ja, sehr komisch. Aber Madoc verdient eine Abreibung. Ich werde mal mit meinem Vater reden. Was gibt's sonst noch Neues aus dem Gruselkabinett?«

Sie berichtete von dem Vorfall mit dem wachhabenden Offizier, und dass sie um des lieben Friedens willen klein beigegeben hatte. »Ich sehe das als Investition für die Zukunft an.«

Er stöhnte. »Und ich dachte, die Presse wäre das Problem!«

»Na ja, so was wird mir demnächst nicht mehr passieren. Deine Mutter hat mir eine Mentorin verschafft.«

»Eine was?«

»Eine Mentorin. Weißt du, jemand der auf einem Gebiet schon Erfahrung hat und seinen Nachfolger einarbeitet.«

»Das gibt's doch nicht! Die Frau ist ja völlig übergeschnappt. Hat sie dir tatsächlich eine meiner Exfreundinnen auf den Hals gehetzt?«

Bella musste bei dieser Vorstellung kichern. »Das kann ich mir kaum vorstellen. Sie hat Lady Pansy gefragt, die mich heute Früh angerufen hat. Sie klang wie die Schauspielerin Celia Johnson und hat mindestens siebzig Jahre auf dem Buckel.«

»Ach, Pansy.« Er wirkte erleichtert. »Die ist harmlos. Sie wird dir wahrscheinlich stundenlange Vorträge über die Rangordnung halten und dir einen Hofknicks beibringen.«

»Ist ja cool!«

Richard lachte, diesmal von Herzen. »Ich liebe dich, Dream Girl«, sagte er und hängte auf.

Lady Pansy hielt Bella keine Vorträge über die Rangordnung. Sie überreichte ihr ein Heft mit einem königsblauen Umschlag, auf dem das königliche Wappen in Gold eingeprägt war. Und ein Buch über das Protokoll am Hof von St. James, zweite Auflage, außerdem ein Buch über den europäischen Adel samt einem Ordner über den königlichen Haushalt in London, wo offenbar sämtliche interne Rufnummern verzeichnet waren, angefangen vom privaten Büro des Königs bis zum Stallmeister.

»Nur ein paar kleine Gedächtnisübungen«, flötete sie liebenswürdig. Lady Pansy war nämlich ein ganz besonderes Schätzchen.

Bella hatte sich im Palast über eine Hintertreppe bis zu einem Privatgemach durchgekämpft, in der Erwartung eines netten Gesprächs, und kam mit dem Gefühl wieder heraus, als hätte sie zehn Folgen mit dem Krümelmonster hinter sich.

Die Frau, die sie herbeordert hatte, war groß und schlank, mit einem Pferdegesicht und einer stirnfreien, sorgfältig grau-braun getönten Betonfrisur, die nach Bellas Schätzung der Windstärke zehn standgehalten hätte. Sie war elegant gekleidet, in einem dunkelblauen Kleid mit Jäckchen, einer dreireihigen Perlenkette um den Hals und passenden Perlenohrringen, dazu blitzblanke Schuhe. So weit, so Golfdame. Mit der einzigen Ausnahme, dass Lady Pansy die ganze Zeit über lächelte und ununterbrochen redete. Es sprudelte nicht nur, es war wie die Sintflut. Kurz, sie war nicht zu bremsen.

Außerdem nannte sie Bella dauernd »meine Liebe«, was Bella entschieden auf die Nerven ging.

»Ich kenne unsere liebe Königin, seit sie als Braut zu uns kam. Und davor ihre verehrte Schwiegermutter. Ich bin sozusagen mit dem Vater Seiner Majestät aufgewachsen. Mein eigener Vater war das, was man einen Kammerherrn nennt. Sie können das hieraus entnehmen.« Und sie legte noch einen Wälzer auf Bellas aufgetürmten Stapel.

»Danke.«

»Selbstverständlich bin ich jetzt in Pension. Der König hat mir liebenswürdigerweise eine Dienstwohnung in Hampton Court vermacht, aber ich bin fast täglich im Palast und helfe, wo ich kann. Alte Gewohnheiten lassen sich schwer ablegen.« Sie hatte ein meckerndes Lachen, das nicht ganz zu ihrem Pferdegebiss und ihrem messerscharfen Upperclass-Akzent passen wollte.

»Ja, vermutlich«, murmelte Bella.

»Der Dienst am Königshaus liegt mir im Blut. Ich diene gerne. Hier sind meine bescheidenen Räumlichkeiten«, erklärte Lady Pansy und deutete auf das Wohnzimmer von der Größe eines Einfamilienhauses, voller Antiquitäten und einer beachtlichen Porzellansammlung. »Und ich stehe Neuankömmlingen am Hof gerne mit Rat und Tat zur Seite. Fragen Sie alles, was Sie wollen, meine Liebe. Meine Karte. Meine Telefonnummer.«

Sie überreichte Bella zwei Kärtchen. Auf einem stand in Goldschrift lediglich Lady Pansys Name, das andere wirkte professioneller, mit Telefon- und Faxnummer, aber ohne E-Mail-Adresse.

»Anfangs wird Sie das alles hier verstören«, erklärte Lady Pansy. »Aber ich werde Sie an die Hand nehmen. Sie können mich jederzeit anrufen, meine Liebe. Ich schlage vor, dass wir uns regelmäßig treffen.«

Nach einem verstohlenen Blick auf die Uhr merkte Bella, dass das Gespräch schon zwei Stunden dauerte. Die Unterredungen mit Lady Pansy, beschloss sie, würden zukünftig nur noch am Telefon stattfinden. Sie murmelte weitere Dankesbekundungen. Und Lady Pansy setzte zu einer Furcht erregenden Darstellung der Hetzjagd an, die sie von Seiten der Presse zu erwarten hätte.

Bella schwankte schließlich mit zwei Stoffbeuteln voller Bücher und Unterlagen wieder aus dem Palast, den sie drei Stunden zuvor betreten hatte.

Sie fuhr ohne Umweg zurück in die Wohnung und ließ sich in der wohltuenden Stille des Wohnzimmers auf das Sofa fallen.

»Gott sei Dank hatte ich mir heute frei genommen«, berichtete sie Lottie am Abend. »Die Frau hat mich wahnsinnig gemacht – und mir eine Heidenangst eingejagt. Sie wollte mir weismachen, dass sich vor der Tür schon die Reporter und Fotografen auf die Füße treten. Aber es war kein einziger zu sehen.«

Die Presse war, wie sich herausstellte, relativ uninteressiert an Bella. Richard musste bei seinem nächsten öffentlichen Auftritt ein paar gezielte Fragen beantworten, denen er geschickt auswich. Und ein einsamer Fotograf tauchte vor Bellas Praxis auf. Das war alles.

»Sie sind ja auch keine Heiratskandidatin«, erklärte ihr Lady Pansy am Telefon. »Die seriösen Hofberichterstatter wissen das und wollen ihre Zeit nicht verschwenden. Aber das Gesindel könnte aufdringlich werden. Wann kommen Sie in dieser Woche bei mir vorbei?«

»Danke, aber ich werde mir das Vergnügen aufsparen, bis das Gesindel unerträglich wird«, sagte Bella und legte auf, bevor Lady Pansy Einspruch erheben konnte.

Doch Lottie gab der Hofschranze Recht.

»Zurzeit ist bei den Promis viel Betrieb«, prophezeite Lottie düster. »Warte nur auf die Sauregurkenzeit zwischen Weihnachten und Neujahr. Dann fliegen die Fetzen. »Bella Greenwood. Ist sie die Richtige für unseren Prinzen?«

»Na und?«, meinte Bella, die eben mit Richard telefoniert hatte, und sich gerade in seinem »Gute Nacht, Dream Girl« sonnte. »Ich habe meinen Liebsten, der mir beisteht. Ich schaffe das.«

Weder Lottie noch sie sollten Recht behalten.

Der Ärger fing an, als eine Journalistin Bellas Mutter in der Stadt ansprach. Sie sagte natürlich nicht, dass sie von der Presse war, sondern nur, dass sie von der Sache mit Bella und dem Thronfolger gehört hatte und Janet nur ansprach, um sie zu beglückwünschen. Und dann schaltete sie ihr kleines Tonband an und ließ Janet plappern.

Bellas Mutter sagte die reine Wahrheit. Sie kenne Prince Richard noch gar nicht, hoffe aber, dass sich bald eine Gelegenheit ergeben werde. Und dass sie sich wahnsinnig freue, den König und die Königin kennen zu lernen – an dieser Stelle der Lektüre vergrub Bella stöhnend den Kopf in den Armen – und auch die Absicht habe, Queen Jane, die ja bekanntermaßen eine Amateurgolferin sei, in ihren Club einzuladen. Ja, es wäre zauberhaft, wenn Bella und Richard heiraten würden. Es sei doch so wichtig, auf sein Herz zu hören. Dann wollte die Journalistin wissen, ob die Familie einverstanden war, und Janet zäumte das Pferd genau vom falschen Ende auf. Ihr Exmann, sagte sie, solle seine alberne Meinung lieber für sich behalten und nicht das Glück seiner Tochter aufs Spiel setzen. Wen interessiere schon, dass er die Monarchie für überflüssig halte. Er sei sowieso die meiste Zeit im Ausland.

Es ging wie ein Lauffeuer durch alle Kanäle. Am nächsten Tag tauchte ein Reporter in Cambridge auf, um sich nach Finns Verhalten als Student zu erkundigen. Irgendjemand grub einen aufrührerischen Artikel aus, den er als Student nach einem Aufenthalt in Paris verfasst hatte, und der die 68er-Unruhen in Frankreich verherrlichte. Ein Mann, mit dem er sich während seiner Pamir-Expedition heftig zerstritten hatte, lieferte in grellen Farben eine Zusammenfassung von Finns vermeintlichen anarchistischen Ausfällen, als sie zusammen in den Bergen waren.

Die Überschriften waren unerbittlich. »Prinz macht Tochter eines Revoluzzers den Hof« war noch das Wenigste. »Sexy Trotzkistin erobert den Hof«, kreischte der *Daily Despatch*.

Julian Madoc rief bei Bella an und forderte eine Liste von allen

Vereinen und Organisationen an, deren Mitglied sie war oder gewesen war, speziell politisch orientierter. Er sei dazu vom König persönlich autorisiert, wie er süffisant ergänzte. Lady Pansy fand die Angelegenheit äußerst misslich und sagte, sie müsse sich öffentlich von ihrem Vater distanzieren.

»Das kannst du nicht machen«, meinte Lottie. »Du wärst eine miese kleine Verräterin, wenn du deinen Dad opferst.«

»Hatte ich ja auch nicht die Absicht«, gab Bella völlig verstört zurück.

Richard tobte. Als ein Fernsehreporter ihm auf einem Weihnachtsbasar ein Mikrofon vor die Nase hielt, platzte es aus ihm heraus: »Ich bin ein großer Bewunderer von Finn Greenwoods Werk«, fertigte er den Reporter eiskalt ab. »Ich habe alle seine Bücher gelesen. Es wird mir eine Ehre sein, ihn kennen zu lernen.«

»Prinz offenbart sich als Anarchist«, posaunte der *Daily Despatch*.

»Du lieber Himmel«, sorgte sich Lady Pansy. »Sie sollten sich eine Weile lieber nicht treffen. Nur für eine Weile, meine ich. Bis sich die Aufregung gelegt hat.«

Aber Bella war inzwischen auch gereizt. »Leute, die den *Despatch* kaufen, können leider nicht lesen. Die dachten wahrscheinlich, da steht Antichrist«, sagte sie spitz.

Was auf irgendeinem Weg auch in die Hände der Presse geriet. Man grummelte, das First Girlfriend nehme den Mund reichlich voll. Das hätte man gern – weder Mitglied der königlichen Familie, nicht einmal adelig, aber über die Lesefähigkeit der arbeitenden Bevölkerung die Nase rümpfen!

»Ich bin nicht nur links, ich bin auch link«, versuchte sie Richard gegenüber einen Scherz daraus zu machen. Aber es wurde allmählich verletzend.

Sie begleitete ihn nicht bei öffentlichen Auftritten, und wenn sie auf derselben Party eingeladen waren, kamen und gingen sie zu unterschiedlichen Zeiten. Sie hatte das Gefühl, dass sie in der Zeit ihrer kurzen, heimlichen Treffen öfter als Paar zusammen waren als jetzt, da sie sich öffentlich dazu bekannt hatten, ein Paar zu sein.

»Ich weiß«, sagte Richard. Sie waren in seiner Wohnung und faulenzten nach einem langen Spaziergang und einem gemütlichen Abend vor dem Fernseher eng umschlungen auf dem ausladenden Sofa. »Als hätten es alle darauf abgesehen, uns zu trennen.«

Bella stützte sich auf den Ellenbogen. »Glaubst du, dass ...?« Sie schüttelten gleichzeitig den Kopf. »Ne, das interessiert doch niemanden.«

»Wenn ich zwischen Skandal und Heimlichtuerei wählen muss, ist mir ein Skandal lieber«, sagte Richard. »Wir brauchen Zeit füreinander, private Zeit, ganz offiziell. Weihnachten muss ich hier sein, aber übernächsten Samstag hätte ich Zeit, falls deine Mutter mich einladen will. Und du könntest Silvester mit nach Schottland kommen.«

»Hältst du das für sinnvoll? Lady Pansy hat gemeint, wir sollten ein bisschen auf Abstand gehen.«

»Pansy ist eine alte Memme«, sagte Richard respektlos. »Ich habe nicht die geringste Lust auf Abstand.«

Und um seine Aussage zu bekräftigen, küsste er Bella lange und leidenschaftlich. Nach einem ausgedehnten, wüsten Zwischenspiel war sie der gleichen Meinung.

»Also abgemacht!«, sagte er später, als er halb nackt und wohlig entspannt auf seinem unbezahlbaren chinesischen Teppich lag. »Du regelst das mit deinen Eltern, ich spreche mit meinen.«

Sechsunddreißig Stunden den Prince of Wales auf ihrem eigenen Territorium zu unterhalten, war mehr als Janet Bray sich je erträumt hätte. Stolz führte sie ihn überall im Golfclub herum, und er verhielt sich, wie Bella ihm später gerne bestätigte, wie der perfekte Star. Er amüsierte sich über alle ihre Golferlebnisse und steuerte selbst die eine oder andere Geschichte bei. Er lobte ihr soziales Engagement, zeigte Interesse an der bevorstehenden Hundertjahrfeier des Clubs – und verbrachte mehrere frostige Stunden auf dem Golfplatz, wo er mit Kevin eine Runde spielte, lächelte für das Lokalblatt, für die Neugierigen und die Kinder, die zusammenliefen, in der Hoffnung, den Prince of Wales in voller Rüstung oder zumindest mit einem Schwert bewundern zu können. Er lächelte unermüdlich. Kein Mensch wäre auf die Idee gekommen, dass ihn Golf langweilte und ihm der ganze Zirkus auf die Nerven ging.

»Das machst du wirklich gut«, meinte Bella, als sie mit ihm zum Clubhaus zurücklief, ihren Arm bei ihm eingehängt.

»Das ist mein Job«, sagte er.

Janets Aktien im Damenteam waren beträchtlich gestiegen.

»Wie schön, dass wir den Freund unserer Bella, den sie angeblich gar nicht hat, endlich zu Gesicht bekommen«, meinte die hakennasige Schriftführerin, die dafür gesorgt hatte, dass sie Richard bei seiner Ankunft als Erste die Hand schütteln durfte. Was ihr, wie sie in der Damentoilette erklärte, als Ehefrau eines gerade in den Ritterstand erhobenen Mannes zustünde.

»Ihre Anwesenheit ist mir ein großes Vergnügen«, sagte Richard, als er seine Hand zurückzog und heimlich ausschüttelte. Das Botox hatte den eisernen Griff der Sekretärin offenbar nicht eingefroren. »Es ist immer angenehm, Freunde der Familie zu treffen.«

Janet warf ihm einen hingebungsvollen Blick zu, und er erwiderte ihr Lächeln.

»Ich hoffe, wir dürfen Sie auch auf unserem Frühlingsfest begrüßen«, sagte die Spielführerin der Damenmannschaft. Sie hatte ihre Golfkleidung gegen einen flotten Partyfummel mit einem tiefen Dekolletee getauscht und setzte sich mit feurigen Blicken in Szene.

»Klingt verlockend«, versicherte Richard, wobei er routiniert ihren Ausschnitt ignorierte.

»Spielen Sie Darts?«, fragte Janet mit einem verächtlichen Blick auf die Mercedes fahrende Verlockung und entführte ihn in die Bar, wo er sich eine Weile damit vergnügte, unauffällig gegen die Mütter der Nachwuchsspielerinnen zu verlieren, bis Janet Gnade walten ließ und sie zum Abendessen nach Hause einlud.

Sie hatte eigentlich ihre übliche Gästeliste vollzählig einladen wollen, aber Bella hatte sie gebeten, darauf zu verzichten.

»Lass uns ausnahmsweise unter uns bleiben, Ma. Frag Neill und Val, wenn du möchtest, aber sonst niemand.«

Janet war enttäuscht. »Ich wollte eigentlich einen Butler kommen lassen.«

»Neiiiin!«

Es war ein Verzweiflungsschrei.

»Aber er ist doch was Gutes gewöhnt.«

Bella ließ sie in der Küche Platz nehmen und ergriff ihre Hände. »Ma, es geht um mich. Vergiss ihn. *Um mich.* Wenn er jemand anderes wäre, würdest du dann einen Butler bestellen? Hast du einen Butler bestellt, als Neill uns Val vorgestellt hat?«

»Nein«, sagte Janet betroffen.

»Siehst du. Behandle ihn genauso wie Val. *Bitte.* Ich möchte wenigstens einmal, dass wir ganz normale Menschen sind.«

»Du bist schon komisch, Mädchen«, gab Janet ihrem Drängen nach. »Aber wenn es dein Wunsch ist, Liebes, natürlich.«

Sie waren zu sechst. Neill und Val waren von Dorset gekommen, aber nach dem guten Essen und etlichen Gläsern Wein wollten sie nicht mehr nach Hause fahren. Was das pikante Problem, ob Janet Bella und Richard unter ihrem Dach in einem Zimmer schlafen lassen sollte, von allein löste. Die Brays verfügten über zwei komplett eingerichtete Gästezimmer mit eigenem Bad. Eins davon war für Val und Neill. Das andere für Bella. Darüber hinaus gab es einen Abstellraum, der gleichzeitig als Janets Nähstube diente und vollgestopft war mit geisterhaften Schneiderpuppen und Stoffballen. Und Kevins Arbeitszimmer.

Kevin, dem ein Stein vom Herzen gefallen war, dass er nicht den Butler spielen musste, war von der guten alten Schule und wies vorsichtig darauf hin, dass man den Prince of Wales unmöglich auf einem Sofa im Arbeitszimmer schlafen lassen konnte.

»Bella, könntest du vielleicht das Sofa nehmen?«, überlegte Janet unsicher.

»Ich glaube nicht, dass das in seinem Sinn wäre. Ziemlich ungalant.«

Also hatte Janet nachgegeben, und Richard sollte mit in Bellas Zimmer mit eigenem Bad schlafen.

»Danke«, flüsterte sie Kevin zu, als sie in der Diele an ihm vorbeiging. »Das ist dein Verdienst.«

Es wurde ein ausgelassener Abend. Am Ende schob Neill den Couchtisch beiseite und zeigte, wie man ein Wikingerschiff im Takt rudert. Kevin schloss sich an, indem er aus voller Brust – wie er schwor – angelsächsische Zaubersprüche deklamierte. Sogar Val, die Bella lange nicht so glücklich und entspannt vorgekommen war, stimmte ein.

Als sie sich schließlich gute Nacht sagten, küsste Richard Janet spontan auf die Wange.

»Ich mag deine Mutter«, sagte er zu Bella, als er auf der Bettkante saß und die Socken auszog. »Sie ist sehr unsicher, aber sie versucht, dagegen anzukämpfen.«

Bella schlüpfte aus dem Kleid, das ihre Mutter ihr vor ein paar Wochen gekauft hatte, und stutzte bei Richards Bemerkung. Janet hatte sich so gefreut, dass sie es angezogen hatte, dass Bella völlig vergessen hatte, wie ältlich und gediegen sie darin aussah.

»Wieso unsicher? Wovor sollte sie Angst haben? Kevin kümmert sich doch um alles.«

»Nein«, sagte Richard. »Er kann sich gar nicht um sie kümmern, wenn er alles falsch macht, übergangen und verspottet wird.«

»Sei nicht albern«, meinte Bella unwirsch.

Aber hatte ihre Mutter nicht gesagt: »Ich wäre auch gerne so gewandt wie du«?

»Ich weiß, wovon ich rede. Ich bin ständig mit Leuten zusammen, die Angst haben, das Falsche zu sagen oder zu tun. Und glaub mir, bei Janet ist das ziemlich ausgeprägt. Sie vergeht vor Angst.«

»Unsinn.«

»Hast du sie mal beobachtet, als wir heute Abend alle Wikinger gespielt haben? Sie war unsicher, ob es richtig ist, wenn sie mitmacht. Unsicher, ob wir sie dabei haben wollen. Unsicher, ob sie aufdringlich oder lästig ist. Ob sie lieber Kaffee machen soll, während wir anderen einfach so waren, wie wir eben sind.«

Bella setzte sich auf die Bettkante. »Nein«, sagte sie. Aber nicht, weil sie ihm nicht glaubte. »Arme Ma.«

Richard schloss sie in seine Arme, um sie zu trösten. »Sie ist wie ihre Tochter. Sie ist mutig, hat die Gelegenheit beim Schopf gepackt und einfach mitgemacht.«

»Du bist ein guter Psychologe, was?«, sagte sie zögernd.

Aber er schüttelte den Kopf. »Ich bin gar nichts. Ich weiß nur, was ich sehe.«

Bella lehnte sich an seine Schulter, benebelt vom Wein und der aufgestauten Anspannung der letzten Wochen. »Und du bist lieb. So furchtbar lieb.«

Er rückte von ihr ab, streifte ihre BH-Träger ab und sagte mit völlig veränderter Stimme: »Aber auch ein halbwegs trainierter Wikinger, der höllisch scharf auf dich ist. Runter mit den Klamotten, Weib.«

14

Was war deine schlimmste Silvesterparty?

Tube Talk

Es war die letzte Gelegenheit vor dem Ansturm der Vorweihnachtszeit, dass sie alleine zusammen sein konnten.

Ian weigerte sich, Bella den aktuellen Terminplan zu geben. Sie hatte den Verdacht, dass es Wormtongues Werk war. Aber sie verpfiff ihn nicht bei Richard. Vielleicht war sie zu nachgiebig, aber Richard hatte so viel um die Ohren, hastete von einer Ecke des Landes zur anderen und ins Ausland. Sie wusste es, weil sie die Fotos in den Nachrichten und den Zeitungen gesehen hatte.

Er begleitete eine Wirtschaftsdelegation nach New York und schickte ihr eine SMS von der Tanzfläche in der Bahia Bar: *Ich drehe hier zum Wohle Englands meine Runden. Wo bist du, wenn ich dich brauche?*

Sie lachte und antwortete: »*Für eine Runde bin ich immer zu haben.*«

In London war es schon weit nach Mitternacht. Bella wusste, dass sie längst schlafen sollte. Stattdessen hockte sie im Schneidersitz auf dem Bett, mit einem Schal um die Schultern und dicken Skisocken an den Füßen und versuchte für das Ekel von Zahnarzt Dateien zu sortieren. In der Praxis herrschte ziemliche Hektik, die Patienten gaben sich die Klinke in die Hand, weil jeder glaubte, noch vor den Weihnachtsferien seine Zähne in Ordnung bringen zu müssen. Sie wollte das ganze System geordnet hinterlassen, wenn sie Heiligabend aufhörte. Eine Einarbeitungszeit für ihre Nachfolgerin war nicht vorgesehen.

Bella hatte ein Auto gemietet, um Granny Georgia am Flughafen abzuholen und anschließend mit ihr und Lottie nach New Forest zur Weihnachtsfeier zu fahren. Die restliche Woche wollte sie bei Janet und Kevin verbringen und sich dann auf den Weg nach Norden machen, nach Drummon House, dem königlichen Anwesen am Rande der Highlands, um Silvester zu feiern.

Von Vorfreude auf diesen Jahreswechsel konnte keine Rede sein.

Auf Richards Rat hin hatte sie sich noch einmal zu einer kleinen Unterhaltung mit Lady Pansy hinreißen lassen. Ein ganzer Nachmittag ging flöten, denn Lady Pansy wartete neben grünem Tee aus hauchdünnen Porzellantassen, die ihren Inhalt schon erkalten ließen, bevor man sie an die Lippen gesetzt hatte, mit einer Furcht erregenden Liste von Traditionen und Gebräuchen für Silvester auf. Bella war mehr für einen starken, schwarzen Tee mit einem ordentlichen Schuss Milch oder für Earl Grey, wenn es unbedingt sein musste. Sie musste beinahe würgen bei dem rauchigen, kräuterartigen Zeug, das Lady Pansy bevorzugte. Ein muffiger und zugleich beißender Geschmack, wie sie Lottie später berichtete.

»Ekelhaft«, pflichtete Lottie ihr angewidert bei.

»Wem sagst du das. Und dann hat sie sich stundenlang über Familiengebräuche und über alle vergangenen Silvesterfeiern seit 1839 oder so verbreitet. Ich sage dir, mir schwirrt der Kopf.«

»Kein Wunder. Scheint eine totale Nervensäge zu sein.«

»Ich glaube, sie meint es nicht so. Sie ist durchaus liebenswürdig und amüsant und will nur in der verbleibenden Zeit in bester Absicht eine kleine Hofdame aus mir machen. Aber meine Familie hat in dieser Hinsicht nichts vorzuweisen, und Traditionen sagen mir nichts, wenn sie mir nicht einleuchten.«

Lottie grinste. »So erkenn ich dich wieder. Der Rote Finn wäre stolz auf dich.«

Bella stöhnte. »Erinnere mich nicht an meinen Vater. Ich

glaube, er legt es darauf an, ordentlich Staub aufzuwirbeln. Als wir uns das letzte Mal gesprochen haben, drohte er damit, dem *Despatch* zu schreiben, wie das Königshaus die Armen knechtet.«

»Eins muss man Finn lassen – er ist konsequent.«

»Lady Pansy auch«, sagte Bella und kehrte damit zu ihrem ursprünglichen Kummer zurück. »Sieh dir das an.« Sie schleuderte einen dicken Umschlag auf den Küchentisch.

Lottie drehte ihn neugierig um. Hinten war das königliche Wappen eingeprägt, und er war schwer wie ein Stein.

»Was ist das?«

»Vorschriften«, sagte Bella düster.

»Vorschriften? Für die Silvesterparty?«

»Ja.«

»Für *zwei Tage*?«

»Ja.«

»Die Frau hat ja nicht alle Tassen im Schrank«, entschied Lottie. »Kein Mensch liest Vorschriften, die länger als eine Seite sind. Was soll um Gottes willen dieser ganze Papierkram?«

»Protokoll. Wann man aufzustehen hat. Wann es Frühstück gibt. Wo es Frühstück gibt. Wo man sich den Tag über aufhält. Wie man einen Knicks macht. Wie man das Glas erhebt. Weißt du, dass es ein paar Leuten erlaubt ist, dabei ›Auf den König, Gott schütze ihn‹ zu sagen? Nur ein paar Auserwählte. Die anderen dürfen nur ›Auf den König‹ sagen und dann die Klappe halten.«

Lottie war platt.

»Und dann der Ball. Vorschriften, was man anzuziehen hat, Rocklänge, Rockweite, was für Schuhe.«

»*Schuhe*?«

»Pumps mit weichen Sohlen sind erwünscht«, las Bella vor. »Mein Gott, ich habe das Gefühl, als wäre ich durch ein Loch in ein anderes Universum gefallen. Für sich genommen ergeben die

Wörter Sinn, aber ich weiß nicht, was sie bedeuten, wenn man sie zusammensetzt.«

Die Lösung ließ nicht lange auf sich warten. Lady Pansy, wie sich zeigte, hatte die Initiative ergriffen. Als Erstes traf ein kleines Paket von einer schottischen Schuhmanufaktur ein, mit Schuhen, die eher wie schlichte Ballerinas aussahen. Sie waren leicht und hübsch, aber zu groß für Bella.

»Warum erkundigt sich die dumme Gans nicht vorher?«, schimpfte Bella und rief bei der Firma an. Sie war entsetzt, als sich herausstellte, dass Lady Pansy sie der Firma kostenlos abgeschwatzt hatte, als ein Geschenk für den Prince of Wales. »Der Prince of Wales hat überhaupt nichts damit zu tun«, schickte Bella kurz und knapp durch die Leitung in die Highlands. »Bitte legen Sie die Rechnung bei. Ja, für beide Größen. Ich bezahle.«

Aber das war noch nicht alles, was Lady Pansy in die Wege geleitet hatte, um aus Bella einen halbwegs anständigen Gast auf der privaten Silvesterfeier der königlichen Familie zu machen. Ein großer, flacher Karton traf auch noch ein.

Lottie und Bella betrachteten ihn misstrauisch. »Sieht aus wie die alten Wäscheschachteln, die meine Großmutter früher hatte«, sagte Bella.

Sie öffneten das Paket. Es war ein Ballkleid.

»Das sind eineinhalb Ballkleider«, meinte Lottie, als sie es unter Bergen von Seidenpapier ans Tageslicht beförderte. Ein Ausdruck ungläubigen Schreckens breitete sich auf ihrem Gesicht aus.

Es glänzte. Über und über. Der Stoff war so steif, dass das gute Stück von alleine gestanden hätte, aber sicherheitshalber war noch ein ebenso steifer Unterrock angenäht. Es hatte breite Längsstreifen in Violett, Türkis, Dunkelblau und Kirschrot und, wie sich herausstellte, als Bella es anzog, so überdimensionale

Puffärmel, dass sie sich damit seitwärts durch die Tür hätte schieben müssen.

Es war mehr als scheußlich.

»Aber es erfüllt alle diese beschissenen Kriterien.« Und Bella zählte auf: »Kein Schlitz, keine nackten Oberarme, bodenlang, weiter Rock, kein Schwarz. Grrr!«

Lottie studierte Lady Pansys Vorschriften. »Tiara ist erlaubt. Vielleicht schickt sie dir ja auch noch eine?«

Doch Lady Pansys Bemühungen hatten sich mit der gestreiften Scheußlichkeit erschöpft. »Streifen«, erklärte sie, als Bella eine kritische telefonische Rückmeldung machte, »machen schlank. Und Puffärmel wirken jung. Die Königin«, schickte sie als Trumpf hinterher, »ist der gleichen Meinung.«

Bella legte auf und gab sich geschlagen.

Aber Lottie war aus anderem Holz geschnitzt. »Sieh mal, es könnte sich doch um ein Missverständnis handeln. Man darf die Hoffnung nie aufgeben. Nimm noch ein eigenes Kleid mit.«

Bella betrachtete die Gestreifte Scheußlichkeit mit Verachtung. »Ich habe nichts, was den Vorschriften entspricht. In dem Ding soll ich auch noch schottische Tänze tanzen. *Ich.* Ich und tanzen, du kennst mich ja. Ich wollte, ich wäre tot.«

Das ernüchterte Lottie.

»Lady Pansy hat auch an die Regeln für die Schottischen Reels gedacht. Ein paar Schritte, ein paar Armbewegungen. Beim Highland Reel, was das auch immer sein mag, heben nur die Herren die Arme über den Kopf. Auf den Tanzflächen der Highlands gibt man sich nicht mit so verweichlichten Fragen wie die Gleichheit der Geschlechter ab. Und tanzen tut man nur nach diesen bescheuerten Gebrauchsanweisungen.«

»Bella«, sagte Lottie ganz ruhig. »Entschuldige, aber ich glaube, jetzt flippst du aus.«

»Allerdings.«

»Man tanzt doch nicht nach Gebrauchsanweisungen.«

»Bei schottischen Tänzen schon. Es ist zum Weinen.«

Natürlich wusste Richard, der für König und Vaterland in der Bar Bahia feierte, nichts davon. Er schickte eine SMS: *Wir drehen unsere Runde an Silvester.*

Woraufhin Bella antwortete: *Mal sehen.*

Fast im selben Augenblick klingelte ihr Telefon.

»Was ist los, Schatz. Du kriegst doch nicht etwa kalte Füße wegen der Einladung nach Drummon?«

»Kalte Füße nicht. Aber ich habe nicht mehr genug Zeit für die nötigen Hausaufgaben.«

»Entschuldigung. Ich habe dich nicht verstanden. Hast du Hausaufgaben gesagt?«

»Ja.«

Sie konnte im Hintergrund die südländischen Rhythmen im Club hören.

»Kapier ich nicht.«

Sie berichtete ihm von Lady Pansys Paketen. »Bei dem Kleid wird mir schon vom Hinsehen schlecht. Und die Tanzvorschriften wirken ja wie ein Vorbereitungskurs für eine Klassenfahrt«, sagte sie voller Abscheu. »Inklusive Quizrunden und Sketchen. Ich werde auch ausreißen, sag ich dir.«

»Nein. Du doch nicht. Du nimmst vor nichts Reißaus.«

»Da wäre ich mir nicht so sicher. Kannst du mir vielleicht verraten, wie man eine Brücke machen soll, ohne die Arme über den Kopf zu heben?«

»Ach, die Reels«, ging ihm ein Licht auf. »Komm, vergiss es. Ich sorge dafür, dass du nur mit mir tanzt oder mit Leuten, die sich auskennen.«

»Hm.« Bella klang nicht sehr überzeugt.

»Vertrau mir. Du schließt einfach die Augen, und ich führe. Ich hab schon in der Wiege Reel getanzt.«

»Du lieber Himmel.«

»Keine Sorge, Dream Girl. Ich werd das für dich schon regeln.«

»Das wird auch nötig sein«, brummte sie. Aber nach diesem Gespräch war ihr bedeutend wohler.

Die Woche vor Weihnachten war der reinste Irrsinn, eine Party nach der anderen, auf denen sie Leute traf, die sie seit Urzeiten nicht mehr gesehen hatte. Manche wussten, dass sie die Freundin des Thronfolgers war, aber nur die wenigsten interessierten sich dafür. Und nur die wenigsten, dachte Bella fröstelnd, erwarteten, dass ihre Beziehung hielt.

Zur Mittagszeit an Heiligabend hatte sich der Rummel in den Geschäften gelegt, und die Straßen in London waren fast leer gefegt. Es nieselte, für Schnee war es zu warm. Bella und Lottie verstauten ihre Wochenendkoffer und die Geschenke auf dem Rücksitz des Mietwagens und ließen den Kofferraum für Georgias Gepäck frei. Dann machten sie sich auf den Weg nach Heathrow, um sie abzuholen. Ihr Flug kam via Madrid.

Georgia schlenderte durch die Passkontrolle, wie immer ein Wunder an dezenter Eleganz. Sie trug schmal geschnittene Jeans, Cowboystiefel, einen mit Fransen besetzten Blazer und ein perlweißes Polohemd. Ihr schulterlanges, haselnussbraunes Haar hatte sie im Nacken mit einem schmalen Band zusammengefasst. Ihre Haare glänzten. Ihre Augen funkelten. Sie sah umwerfend aus und schien mit sich und der Welt zufrieden.

»Wie kann man vierundzwanzig Stunden im Flieger mit einem weißen Poloshirt überstehen?«, staunte Lottie.

»Sie zieht sich nach der Landung auf der Damentoilette um«, sagte Bella, die schon mit ihrer Großmutter verreist war und ihre Methode kannte.

Sie drängten sich durch die Menge und schlossen Georgia in die Arme.

»Ihr seht fantastisch aus«, begrüßte sie beide.

Bella nahm ihr den Koffer ab und ging voran in Richtung Parkplatz.

»Hattest du einen angenehmen Flug?«

Ihre Großmutter zog ihr Handgepäck, das nicht größer war, als unbedingt nötig, hinter sich her.

»Ich hatte ein gutes Buch dabei. Da ging der Flug schnell vorbei.« Sie zuckte mit den Schultern. »Jetzt erzählt mir, wie es euch geht. Bella hat einen Verehrer und einen neuen Job, das weiß ich schon. Was ist mit dir, Lottie? Nach wie vor gerne in London?«

Der Verkehr hatte sich weitgehend beruhigt, als sie auf die M3 einbogen. So kamen sie durch die grauen Regenschleier zügig voran, Lottie unterhielt sie mit Anekdoten aus ihrem Berufsleben, und Georgia stellte in ihrem weichen, schleppenden südlichen Akzent wie immer die richtigen Fragen.

Sie setzten Lottie bei den Hendreds ab, blieben für eine Tasse Tee und Mince Pie und fuhren dann weiter zu Janet und Kevin.

»Und nun«, sagte Georgia, als sie aus dem Grundstück der Hendreds abbogen, »berichte mir alles. Aus dem, was mir deine Eltern erzählt haben, werde ich nicht schlau. Seit wann kennt ihr euch?«

»Noch gar nicht so lange.« Bella brachte sie in groben Zügen auf den Stand der Dinge.

»Ja, du hast Recht. Das ging ziemlich schnell.« Es war interessant. Jedes Mal wenn Georgia laut dachte, verstärkte sich ihr schleppender Akzent, was Bella ungemein anziehend fand – beruhigend und souverän.

»Ich wollte, ich wäre souverän«, sagte sie unwillkürlich.

Ihre Großmutter warf ihr einen überraschten Blick zu. »Ein interessantes Wort. Gibt er dir das Gefühl, nicht mit ihm auf einer Höhe zu sein? Gesellschaftlich, vielleicht?«

»Er nicht, aber ...« Sie berichtete von den Paketen und den Vorschriften für Silvester.

Georgias wohl geformte Lippen wurden sichtlich schmaler. »Wie unhöflich. Was sagtest du, wie die Person heißt?«

»Lady Pansy. Sie ist die rechte Hand der Königin, soweit ich verstanden habe. Sie ist schon seit Ewigkeiten bei ihr.«

Georgia trommelte nachdenklich mit den Fingern. »Sie hat vermutlich kein eigenes Leben«, sagte sie. »Vor so einem treuen Faktotum muss man sich in Acht nehmen. Ihre Ergebenheit kann manchmal richtig unheimlich werden.«

Bella lachte auf. »Lady Pansy doch nicht. Wenn sie nicht so elegant wäre, könnte man sie eher als Pferd bezeichnen.«

»Pferde sind sehr unheimlich«, beharrte Georgia. »Sei also vorsichtig, und halt die Augen auf, wenn du mit ihr zu tun hast.«

Natürlich sagte sie Janet und Kevin kein Wort davon. Georgias Vorstellungen von Anstand erforderten ein hohes Maß an Zurückhaltung, und dazu gehörte auch, vor den Ohren anderer nicht über persönliche Dinge zu diskutieren oder Ratschläge zu erteilen. Als Janet also anfing, sich über Finn und seine Hetzartikel gegen die Monarchie zu beschweren, lächelte Georgia flüchtig und leitete das Gespräch zu angenehmeren Themen über.

Aber sie nahm Bella zur Seite und fragte: »Machst du dir wirklich solche Sorgen wegen der Silvesterfeier mit Richards Familie?«

»N ... nein.« Aber schließlich sprudelte alles aus ihr heraus: diese traditionellen Tänze, die Bella überhaupt nicht kannte, die Gestreifte Scheußlichkeit, die Pumps.

Georgia lachte: »Liebes Kind! Alles, was du brauchst, ist eine vornehme Robe.«

»Hab ich doch«, brummte Bella. »Und was für eine.«

»Nein. Eine, in der du dich wohlfühlst. Vielleicht findest du es abwegig, aber ich habe eine ganze Reihe von meinen Kleidern hier in London aufbewahrt. In meiner Jugend gab man noch sein Debüt. Wollen wir nicht mal schauen, ob was für dich dabei ist? Ich hatte ziemlich genau deine Figur. Die Größe dürfte dir ungefähr passen. Vielleicht sind sie ein bisschen zu kurz, aber wenn komplizierte Tanzschritte gefragt sind, ist das vielleicht von Vorteil.«

Bella war einverstanden, machte sich jedoch keine großen Hoffnungen.

Sie verbrachte das Weihnachtsfest in gereizter Stimmung, die nur von Richards Anrufen aufgehellt wurde, die er von verschiedenen, auf der ganzen Welt verstreuten britischen Militärstützpunkten aus führte. Kein Wunder, dass Ian ihr den Terminkalender vorenthalten hatte, dachte Bella, als sie ihn in den Nachrichten mühelos aus einem Hubschrauber auf das Deck eines Flugzeugträgers springen sah. Er fühlte sich offensichtlich sofort zuhause, war aufmerksam, freundlich, immer interessiert und ein guter Zuhörer. Oh, sie liebte ihn.

Plötzlich blickte sie auf und sah, dass ihre Großmutter sie musterte. Georgia sagte nichts, neigte nur kurz den eleganten Kopf, aber Bella hatte das Gefühl, als hätte sie ihren Segen erhalten. Was war sie für ein Glückspilz.

»Er wird dir gefallen«, sagte Bella, als wäre sie sich auf einmal sicher.

»Bestimmt, Liebes. Wie gesagt, wir sind uns beide sehr ähnlich.«

Am Silvesterabend holte Richard Bella am Bahnhof ab. Er ganz alleine. Kein Sicherheitsbeamter, kein Pressesprecher. Der Bahnhofsvorsteher legte freundlich die Hand an die Mütze, wünschte beiden ein glückliches neues Jahr, und Richard lenkte seinen Wagen mit Allradantrieb über eine unbefestigte Piste hinauf in die Hügel.

»Von hier hast du die beste Aussicht«, sagte er, als er mit einer Armbewegung auf die schneebedeckte Hügelkette zu seiner Linken und einen glitzernden Bach im Tal zu ihren Füßen deutete.

»Es ist zauberhaft«, schwärmte sie.

»Aber eiskalt. Ich hoffe, du hast genug warme Sachen mitgebracht.«

»Ja, ich bin darauf eingestellt.« Mit dem beruhigenden Wissen, Georgias vornehme Ersatzrobe im Koffer zu haben, erkundigte sie sich vorsichtig: »Was zieht man denn auf dem Ball heute Abend an?«

Richard warf ihr einen Blick zu. »Na schön. Aber reite nicht darauf herum. Ich werde im Kilt mit Jabot und violetter Jacke herumhüpfen. Wie alle Herren, ich habe keine andere Wahl.«

Sie war sprachlos. »Nein, das darf doch nicht wahr sein! Ich meine, so richtig mit nackten Knien?«

Seine Augen glitzerten: »Du hast meine Knie doch schon gesehen, du Frechdachs.«

»Nicht in der Öffentlichkeit. Ich meine, so richtig mit bewunderndem Abstand.« Einen Augenblick amüsierte sie sich im Stillen über die Vorstellung, dann sagte sie: »Nein, was ich eigentlich meinte, waren die Damen.«

Er zuckte mit den Schultern. »Für die ist das einfacher. Die ziehen einfach ihre normale Ausrüstung an. Mit warmer Unterwäsche versteht sich, damit sie nicht frieren.«

»Ihre normale Ausrüstung?«

»Ja, wieso?«, fragte er zerstreut.

Sie dachte an die Gestreifte Scheußlichkeit. Puffärmel wie ein Michelin-Männchen gehörten mit Sicherheit nicht in die Kategorie des Normalen.

»Ich glaube, ich hab das in den falschen Hals gekriegt«, sagte sie diplomatisch. »Sag mal, könntest du mir einen Gefallen tun?

Ich habe mir ein Kleid geliehen ... eigentlich ist es eher ein Erbstück wie dein Boot. Kannst du mal einen Blick darauf werfen, bevor wir auf der Party erscheinen müssen, und sagen, wie du es findest?«

Richard war Feuer und Flamme.

Und später reichte tatsächlich ein Blick auf Bella in ihrer Grace-Kelly-Robe mit weich fallendem Rock aus rauchblauem Seidenkrepp für ein bewunderndes »sehr elegant«.

Damit lag sie also richtig. Zumindest bis sie Lady Pansy unter die Augen trat. Ihre Nichte, die Ehrenwerte Chloe, gehörte auch zu den Gästen. Spannende Frage, dachte Bella nicht ohne Boshaftigkeit, ob Chloes Kleid aus der Schule der Gestreiften Scheußlichkeit stammte.

Richard geleitete sie am frühen Abend in den Salon von Drummon House. In dem gewaltigen Kamin knisterte ein behagliches Feuer, aber wegen der unverputzten Wände und der zugigen Fenster konnte sich die Wärme nicht richtig ausbreiten. Die Königin empfing Bella sehr freundlich und schien den fehlenden Knicks nicht zu bemerken.

Prince George, eine größere, schlaksigere Ausgabe von Richard, begrüßte sie mit Handschlag. »Hi. Wenn wir hier erstmal unsere Verrenkungen machen, hört das große Zähneklappern ganz schnell auf.«

Ein Kellner bot ein Tablett mit Getränken an. Nachdem Richard einen Blick darauf geworfen hatte, erklärte er ihr: »Du kannst zwischen drei verschiedenen Whiskysorten wählen oder einem Gebräu aus Scotch, Amaretto und Cointreau, das George letztes Jahr erfunden hat. Ich kann nur abraten.«

»Ich habe es ›Die Hölle von Drummon‹ genannt«, brüstete sich George.

Er stand in dem Ruf, ein ziemlicher Teufelsbraten zu sein, und Bella hatte einem Treffen mit gemischten Gefühlen entgegengesehen. Aber sie mochte ihn. Es war auch fast unmöglich, ihn nicht zu mögen, diesen Labradorwelpen in Menschengestalt.

Bella griff dankend nach einem Glas, und sie gingen weiter. Sobald sie außer Hörweite der Königin waren, zischte sie: »Ich hasse Whisky.«

»Keine Sorge. Ich trinke ihn.«

»Und den Knicks vor deiner Mutter habe ich vergessen.«

»Sie wird es überleben.«

»Aber Lady Pansy nicht. Sie sah ganz enttäuscht aus. Also, ich meine, eher traurig als böse.«

»Pansy ist ein verknöchertes altes Weib« sagte er gnadenlos. »Mach dir keinen Kopf. Einen Knicks machen heute nur noch die wenigsten.«

»Ich hab's versucht, ehrlich. Aber irgendwie krieg ich den Bogen nicht raus.«

»Kein Problem. Wenn du musst, geht es von ganz alleine.«

Bella war beunruhigt. »Wenn ich muss? Was meinst du mit *muss*. Du hast eben gesagt, viele Leute machen heute gar keinen Knicks mehr.«

Richard lächelte verschmitzt. »Wart's ab.«

Bella sah sich im Salon um. Hier und da konnte sie einen Smoking entdecken, aber die meisten Männer trugen einen Kilt mit blütenweißem Hemd, einem mit Rüschen oder Spitzen besetzten Kragen und einer taillierten violetten Jacke mit Goldknöpfen. Ein hübscher Anblick. Bei den Frauen gab es mehr Abwechslung. Falls für sie die gleichen Vorschriften galten wie für Bella, so hatte sich keine Einzige zu einem Kleid aus steifem Taft mit Puffärmeln hinreißen lassen. Ein paar von den älteren Damen trugen lange weiße Handschuhe, die bis über den Ellenbogen reichten, wer besonders schlau war, hatte mit einem Schal vorgesorgt. Bella sah, dass Lady Pansy einen sperrigen violetten Reifrock trug, der offensichtlich noch aus den Achtzigern stammte.

Schwarz war nicht erlaubt, erinnerte sich Bella, tiefe Ausschnitte unerwünscht und lange Ärmel Pflicht.

Lottie hatte sich vor Lachen gebogen: »Wo sind wir eigentlich? In der Kirche, oder was?« Aber als Bella jetzt eine von den anderen Neulingen sah, die die Vorschriften ignoriert und sich für ein festliches Dekolletee entschieden hatte, tat sie ihr leid. Diamanten und Gänsehaut sahen nicht wirklich gut aus.

Es blieb allerdings nicht viel Zeit für Mitleid. Es klopfte dreimal energisch an der Tür, kurz darauf war ein ohrenbetäubendes Geräusch zu hören, als hätte ein Elefant gefurzt. Die Tür flog auf, und ein Dudelsackpfeifer in schwingendem Kilt marschierte herein. Sofort drängten sich alle, um hinter ihm aufzuschließen.

George zischte Bella ins Ohr: »Wir marschieren alle hinter ihm eine Runde um den ganzen Raum, dann teilen wir uns, die Frauen nach links, die Männer nach rechts. Danach jeder auf seiner Seite bis zur Tür, wo wir uns mit einem Partner zum Grand March zusammenfinden.«

Den Namen hatte sie schon mal irgendwo gehört, mehr auch nicht. »Tut mir leid, mein Kopf ist völlig leer.«

»Kein Problem. Es ist kinderleicht. Einfach nachmachen, was die anderen machen. Man muss nur aufpassen, dass niemand aus der Reihe tanzt, wenn man wieder auf seinen Partner trifft. Ein beliebter Trick.«

»Da gibt's tatsächlich Konkurrenzdenken?«

»*Blood on the Dance Floor*«, zitierte George vergnügt. »Lass Richard nicht aus den Augen. Zur Not musst du zupacken.« Und er winkte ihr fröhlich nach, als er in die andere Richtung abdrehte.

»Mach ich.«

Bella hätte Richard trotzdem fast verpasst, als Chloe in ihrem eng anliegenden Spitzenkleid, das man gerade noch als anständig bezeichnen konnte, im letzten Augenblick vorschoss, um ihm die Hand zu reichen. Genau in dem Moment, in dem Bella einen Schritt vorgehen wollte.

»Wenn Sie gestatten?«, hauchte sie mit ihrer Kleinmädchenstimme, die exakt zu ihren Kulleraugen passte.

Aber Richard war noch schneller. Mit einem eleganten Ausfallschritt, der Fred Astaire alle Ehre gemacht hätte, glitt er geistesgegenwärtig aus der Reihe und fädelte sich hinter einem grauhaarigen Mann wieder ein, der sofort aufrückte. Chloe hatte keine Wahl. Sie reichte dem ältlichen Mann die Hand und schritt mit ihm durch den Salon.

Als Richard und sie sich gefunden hatten und aufschlossen, nahm Richard Bellas Hand und legte sie sanft auf seinen violetten Ärmel.

»Eins zu null für uns«, murmelte er.

Sie konnte ein Kichern kaum unterdrücken, als sie den eiskalten, mit Möbeln vollgestellten Salon hinunterschritten, am Ende wieder umkehrten und nun eine Viererreihe bildeten. Das Personal konnte gerade noch rechtzeitig Platz schaffen. Aber Bella hatte allmählich verstanden, was als Nächstes kommen würde. Und es war ausgeschlossen, dass acht Leute nebeneinander durch den Raum marschieren konnten.

»Irgendjemand wird gleich von einer Rüstung aufgespießt«, sagte sie halb belustigt, halb entsetzt.

Richard verzog keine Miene. »Alles schon vorgekommen. Angeblich wurde mal vergessen, das Klavier beiseitezuräumen, und mein Onkel Leopold lief prompt dagegen, seine Partnerin gleich mit.«

Bella biss die Zähne zusammen und fing an zu zittern. Gott im Himmel, wie soll ich diesen Irrsinn überstehen, ohne mich lächerlich zu machen?, dachte sie.

Dann fassten sich alle acht an den Händen, die Dame und

der Herr an den Enden mussten in der Tat über Tisch und Stühle klettern, Kunstgegenstände stürzten klirrend um, und wer sich die Zehen gestoßen hatte, schrie auf. Die gereizte Stimme des Königs übertönte den Lärm: »Im Takt bleiben. Im *Takt* bleiben, verdammt noch mal.«

Richard flüsterte ihr zu. »Keine Sorge. Er meint mit Sicherheit den Dudelsackpfeifer, nicht meine Mutter.«

Bella ächzte. Vor lauter unterdrücktem Lachen hatte sie schon Seitenstiche. Es war kaum mehr auszuhalten.

»Du bist ein Mistkerl«, sagte sie im Plauderton und lächelte unbeirrt.

»Ja. Aber ich weiß, wie das hier geht. Also«, fuhr er mit Gangsterstimme fort, »du brauchst mich, Baby!«

Die Flügeltür am gegenüberliegenden Ende des Salons öffnete sich, und sie schritten in Achterreihen hindurch, in einen Saal, den Bella nur als fürstlich bezeichnen konnte: die hohe Decke, Fahnen, die versammelten Angestellten, die an den Wänden aufgereiht standen und zuschauten, einfach alles. Sie schnappte nach Luft und wäre wie angewurzelt stehen geblieben, wenn die Gruppe sie nicht mitgerissen hätte. Sie stolperte, aber Richard und George fingen sie auf, bis sie das Gleichgewicht wieder gefunden hatte.

»Im Takt bleiben. Im Takt bleiben«, murmelte Prince George und äffte den König verblüffend echt nach.

Bella prustete los, die Seitenstiche fingen schon wieder an.

Als der Dudelsackpfeifer das Ende des Saales erreicht hatte, drehte er sich um, die Achtergruppen lösten sich auf und bildeten Vierergruppen. Die Angestellten – die, wie sie aus der Nähe erkannte, fast genauso festlich gekleidet waren wie die königlichen Gäste – mischten sich gruppenweise darunter. Der Dudelsackpfeifer fing an, mit dem Fuß den Takt zu schlagen. Der ganze Saal fiel ein. *Eins*, zwei, drei, vier. *Eins*, zwei, drei, vier. Und ab ging die Post, rechts herum und wieder zurück, in rasender Geschwindigkeit, wie eine Horde wilder Reiter.

Richard flüsterte ihr zu: »Gleich streckst du den rechten Arm aus, den linken um meine Taille und drehst dich mit den anderen Damen sternförmig im Kreis.«

Bella war noch damit beschäftigt, die Informationen zu verarbeiten, als er den Arm um ihre Taille legte und sie in den Kreis wirbelte, während er in der Runde davongaloppierte. Am Ende wechselte er mit ihr den Platz und reihte sich wieder ein. Ihr schwirrte schon der Kopf …

Immer wenn sie ein paar Schritte gelernt hatte und anfing, Spaß daran zu haben, schien der verflixte Tanz anders weiterzugehen. In rasendem Tempo. Zwischendurch gab es ein paar Takte, in denen man stehen bleiben durfte, während die anderen sich bewegten, aber dann war man selber an der Reihe, und das war die reinste Folter. Richard bemühte sich nach Kräften, Bella rechtzeitig mit einem sanften Schubs ins Getümmel zu schieben. Aber alle anderen in der Gruppe kannten sich offenbar auch aus und halfen ihr, nahmen sie an die Hand oder gaben ihr wenigstens ein Zeichen.

Die Musik endete schließlich mit einem langen Akkord. Richard und sie verbeugten sich voreinander.

»Knicksen!«, formte er unhörbar mit den Lippen.

»Was?« Sie blickte zur Seite, um zu sehen, was die anderen Frauen machten. Bella ahmte sie nach und schwankte kaum.

»Hab ich dir doch gesagt. Wenn's sein muss, geht es von ganz alleine«, sagte Richard selbstgefällig und reichte ihr die Hand, als sie wieder aufstand. Dann hakte er ihren Arm unter. »Ich muss noch eine Menge Pflichttänze absolvieren, doch ich hab ein paar Freunde organisiert, die sich auskennen und dich durchlotsen, wenn ich nicht mit dir tanzen kann. Hast du deine Tanzkarte dabei?«

»Eine Tanzkarte? Muss man die haben?« Bella schüttelte in einer Mischung aus Belustigung und Bestürzung den Kopf. »Was soll das, *Vom Winde verweht*, oder was? Georgia wird sich an den Kopf fassen, wenn ich ihr das erzähle.«

»Pansy hätte dir eigentlich eine schicken sollen. Auf der Karte sind alle Tänze verzeichnet, ein kleiner Bleistift liegt bei.«

»Sie hat mir einen Berg von Unterlagen geschickt, aber an eine Tanzkarte kann ich mich nicht erinnern.«

»Kein Problem. Es sind noch welche übrig.« Er wandte sich an seinen Bruder. »George, wärst du so nett?«

»Bin schon weg.« George verschwand, schlängelte sich wie ein Aal durch die Menge und kam mit seiner Beute wieder.

Richard kritzelte sein markantes schwarzes R neben mehrere Tänze und sorgte dafür, dass ihre anderen Partner nicht nur angenehm, sondern auch kundig waren. »Du kannst auch mit George tanzen, aber besser nicht beim Duke of Perth, da ist er nicht mehr zu bremsen, oder beim Irish Rover, bei dem verliert er immer den Überblick.«

George lachte und war nicht im Mindesten gekränkt. »Jeder hat einen Tanz, bei dem er über seine eigenen Beine stolpert. Das macht ja auch den halben Spaß aus bei diesen Reels – die Katastrophen.«

Richard seufzte. »Siehst du? Genau das meine ich. Tanz mit ihm, wenn's sein muss, aber nimmt dich in Acht.«

Doch es war gar nicht George, der für das Desaster sorgte, es war Bellas eigenes Missgeschick.

Ihre Tanzpartner, die Richard eingewiesen hatte, lotsten sie durch die verschiedenen Formationen, mit einer Mischung aus rechtzeitigen, knappen Kommandos oder schlichter Muskelkraft. Sie tanzte gerade einen Postie's Jig, oder wie man das nannte, mit einem liebenswürdigen älteren Herrn, der sich bestens auskannte.

»Ein interessanter Tanz«, erklärte er in seinem weichen Highland-Akzent. »Wie ein Stück Papier, das man immer weiter zusammenfaltet. Zwei Paare bewegen sich gleichzeitig, während die restlichen vier in den Ecken stehen bleiben und sie anfeuern. Sehr hübsch, wenn man's richtig macht. Sehr harmonisch.«

»Hm, schön«, sagte Bella skeptisch. Ihr würde es schon reichen, sich durchzuwursteln, ohne auf die Nase zu fallen oder jemandem ein Auge auszuschlagen, aber das erzählte sie ihrem liebenswürdigen Partner besser nicht.

Und alles wäre gut gegangen, davon war sie überzeugt, wenn sie beide sich an eine dieser netten Gruppen angeschlossen hätten, die Bella bisher ohne große Umstände immer in die richtige Richtung geschubst hatten. Aber leider wurden sie der Gruppe um die Königin zugeteilt, in der auch Lady Pansy tanzte. Und Lady Pansys Hilfe bestand aus lauten Zurufen quer über alle Köpfe hinweg. Manchmal standen sie im Widerspruch zu den Anweisungen ihres Partners. Es war ein Albtraum, Bella lief nach rechts, wenn sie nach links gehen sollte, stolperte zu weit vor, ergriff die falsche Hand, wenn sie an der Reihe waren für die Runde in der Mitte ... und prompt ereignete sich die Katastrophe. Sie drehte sich in der Mitte, auf die Königin und ihren Partner in Paradeuniform zu. Ein Paar sollte eine Brücke bilden, das andere musste darunter hindurchgehen.

»Wenn es aufwärtsgeht, die Arme in die Höhe«, flüsterte ihr hilfreicher Partner.

Aber Bella hatte keine Ahnung, welche Richtung aufwärts bedeuten sollte. Sie meinte einen Ruck zu spüren und wollte die Arme in die Höhe reißen, als Lady Pansy von der gegenüberliegenden Ecke die Stirn runzelte und den Kopf schüttelte. Also ließ Bella ihre Hand wieder fallen, ausgerechnet in dem Augenblick, als die Königin und ihr Soldat ihre Köpfe senkten, um unter die vermeintliche Brücke zu tauchen.

Bella reagierte sofort, aber es war schon zu spät. Die kostbare Tiara der Königin rutschte über ein Ohr und wäre um ein Haar auf den Boden gefallen.

Es dauerte nur einen Augenblick, weniger als einen Takt. Bella warf einen Blick zurück, aber ihr Partner schob sie weiter. Keiner unterbrach den Tanz, auch die Königin nicht, die ihre Tiara mit der Hand bis zum Ende festhielt, die sie dem nächsten Tänzer hätte reichen müssen. Lady Pansy sah aus, als würde sie gleich in Tränen ausbrechen.

Hinterher gab es eine Flut von Entschuldigungen. Der Highlander war am Boden zerstört, er konnte sich das nicht erklären, so etwas sei noch nie vorgekommen. Er entschuldigte sich tausendmal bei der Königin. Bella kam sich vor wie eine Mörderin.

Queen Jane war selbstverständlich die Liebenswürdigkeit in Person. »Das kann vorkommen, Henry. Die Welt geht davon nicht unter.« Und zu Bella gewandt: »Es ist nicht der Rede wert, meine Liebe. Beim Posty geht es nun mal turbulent zu. Wenigstens ist niemand zu Schaden gekommen.«

Was für Bella auch kein Trost war.

Prince George war untröstlich, als er davon erfuhr: »Du hast Mutter die Krone vom Kopf geschlagen, und ich hab's verpasst! Seit Vater alle Handys verbannt hat, gibt's ja nicht mal Fotos! So ein Mist. Das Leben ist wirklich ungerecht!«

Die Königin befestigte ihre Tiara wieder, und es wurde noch eineinhalb Stunden weitergetanzt. Danach wurde das Essen aufgetragen, die Angestellten saßen an langen Tischen im Saal, die königliche Gesellschaft im Speisezimmer. Ein offizielles Essen im Königshaus war kein Vergnügen. Es war geregelt, wann man essen durfte und wann nicht. Zweimal wurde Bella der Teller unter der Nase weggezogen, bevor sie fertig war. Erfahrene Höflinge wie Lady Pansy, bemerkte Bella, verputzten das Essen im Handumdrehen, um genau das zu vermeiden.

»Du hättest mich warnen können«, sagte sie zu Richard, der zu ihrer Linken saß.

Er lachte ungerührt. »Mein Vater hasst lange Mahlzeiten. Er will sie möglichst schnell hinter sich bringen, um sich wieder seinen Maschinen widmen zu können. Du wirst sehen – Punkt Mitternacht verlässt er den Saal, keine Sekunde später.«

»Tatsächlich?«

»Vielleicht zwei Sekunden. Wir müssen alle noch *Auld Lang Syne* singen und dreimal auf den König anstoßen. Dann nimmt er die Beine in die Hand.«

»Mitternacht ist also Schluss hier?«

Er sah sie erstaunt an: »Kurz gesagt, der König geht, die Party geht los. Eigentlich zwei Partys. Die Reels gehen weiter bis in die Morgenstunden, aber es gibt eine Alternativfete in einer Scheune für alle unter dreißig. George ist fast immer mit von der Partie. Schummerlicht, heiße Musik, so was in der Art. Hast du Lust, hinzugehen?«

Bella sah ihm in die Augen und lächelte.

»Hast du Lust?«

»Vielleicht 'ne halbe Stunde, oder so?« Seine Stimme klang plötzlich belegt.

Er griff unter dem Tisch nach ihrer Hand und drückte sie so fest, dass sie seinen Puls spüren konnte.

Sie fragte leise: »Können wir heute Nacht zusammenbleiben?«

Er wirkte so überrascht, dass sie schnell nachsetzte: »Nein, natürlich nicht, entschuldige. Blöder Gedanke. Nicht, wenn wir unter einem Dach mit deinen Eltern sind. Geht auch gar nicht bei all diesen Vorschriften, wann sich wer auf dem Flur aufhalten darf …«

»Was glaubst du eigentlich, aus welchem Grund es diese ganzen Vorschriften gibt?«

»Hm – Tradition?«

»Richtig. Eine Tradition, die entstanden ist, damit jeder morgens unbehelligt ins richtige Bett zurückfindet und ihn niemand verpfeifen kann.«

»Wie bitte?«

»Denk mal nach. Du verbringst die Nacht mit einer Dame deines Herzens. Ob verheiratet oder nicht – du hast jedenfalls nichts bei ihr zu suchen. Was passiert also, wenn dich jemand sieht, wie du in dein eigenes Zimmer zurückschleichst? Derjenige hat dort vermutlich selbst nichts zu suchen, man erpresst sich also gegenseitig. Funktioniert reibungslos.«

»Das ist nicht dein Ernst?«

»Vertrau mir. Vor acht Uhr betritt kein Angestellter das Erdgeschoss. Zur Blütezeit meines Großvaters muss es hier wie im Taubenschlag zugegangen sein. Er hatte allerdings auch einen besonders triebhaften Freundeskreis.«

Bella schüttelte den Kopf. »Die ganzen Regeln, nur um sich unanständig benehmen zu können?«

»Sich unanständig benehmen und nicht dabei erwischt werden, ja.« Sie machte eine ernste Miene. »Nicht besonders aufrichtig. Ich weiß nicht, ob ich das gut finde.«

Seine Augen glitzerten. »Ein Wort von dir, und ich verschwinde in mein Zimmer, versprochen.«

Er führte beschwichtigend ihre Hand an seine Lippen und hauchte einen Kuss über ihre Fingerknöchel, bevor er sie wieder unter den Tisch steckte.

Bella schnappte nach Luft.

Während die Diener das Geschirr abräumten, hatte sie plötzlich das Gefühl, beobachtet zu werden. Als sie aufblickte, sah sie Chloe Lenane, die sie vom anderen Ende des Tisches beinahe feindselig anstarrte. Bella wollte ihren Augen nicht trauen und blinzelte, aber als sie erneut hinsah, war dieser dümmliche Hauch von Feindseligkeit immer noch nicht verschwunden. Es war verunsichernd.

Auf ein Zeichen der Königin zogen sich die Damen zurück, was Bella fast übersehen hätte, wenn Richard nicht gezischt hätte: »Marsch, marsch. Immer hinterher.«

Im Boudoir, das für die Damen reserviert war, kam Lady Pansy auf sie zu.

»Wie ich sehe, haben Sie ein anderes Kleid gefunden.«

Bella murmelte etwas von Platzmangel, wenn man mit dem Zug reist.

Lady Pansy schenkte ihr ein reizendes Lächeln, das ihre Augen wie feurige Pfeile blitzen ließ. »Ich hoffe, Sie vergnügen sich, meine Liebe. Und noch ein guter Ratschlag.«

»Ja?«

»Passen Sie auf, dass Sie sich nicht zu sehr in den Vordergrund drängen. Für die Leute hier ist es das Ereignis des Jahres, auf das sie sich seit zwölf Monaten freuen. Die jungen Mädchen, und nicht nur die jungen« – sie kicherte auf eine Weise, die Bella plötzlich ziemlich unangenehm fand – »hoffen alle, mit dem Prince of Wales tanzen zu können. Wie im Märchen. Ein Ereignis, von dem sie ihren Kindern später erzählen können. Es wäre sehr egoistisch, wenn Sie ihn für sich reklamieren und den anderen den Abend verderben.«

Bella hatte nicht die Absicht, ihr zu erklären, dass Richard selber entschieden hatte, wie oft sie miteinander tanzten.

»Danke. Ich werde es beherzigen«, antwortete sie knapp.

»Ich dachte es mir.« Und Lady Pansys violetter Reifrock wippte davon.

Bella lockerte ihre Fäuste. Lady Pansy fing an, ihr gewaltig auf die Nerven zu gehen. Himmel, die beste Freundin der Königin, und sie hätte die Frau am liebsten geohrfeigt, dachte Bella bekümmert.

Der Rest des Abends verlief, wie Richard vorhergesagt hatte. Zwei Minuten vor Mitternacht setzte die Kapelle mit einem übermütigen Reel den Schlusspunkt, und das Radio wurde angedreht. Alle sahen sich nach der Person um, an deren Seite sie den Jahreswechsel begehen wollten. Die Königin stellte sich neben den König, George hatte eine atemberaubende Rothaarige erobert, und Eleanor ... aber dann sah Bella, dass Richard sich einen Weg zu ihr durch die Menge bahnte, und Prinzessin Eleanor und alle anderen waren vergessen, nur ihr Liebster zählte.

Er stand vor ihr. Sie sahen sich lächelnd in die Augen und vergaßen die Welt um sich herum.

Es wurde still. Der Countdown begann: eins, zwei, drei ...

Alle fielen ein, sogar der König. Bella bemerkte, dass die Königin Richard und sie beobachtete. Sie wirkte unglücklich.

Sieben, acht, neun ...

George hatte Knallfrösche aufgetrieben, die er mit hämischem Grinsen an die Umstehenden verteilte.

Zehn!

Der erste Schlag vom Big Ben war zu hören.

Bella schlang die Arme um Richards Hals und küsste ihn leidenschaftlich. Sie hörte erst auf, als der letzte Schlag verklungen war. Erschrocken über ihre eigene Hemmungslosigkeit rückte sie von ihm ab. Das Leuchten in seinen Augen ließ ihn ganz fremd aussehen.

»Mein Gott. Ich liebe dich«, flüsterte sie mehr zu sich selbst.

Er zog sie an sich. »Vergiss die blöde Fete in der Scheune. Ich will dich für mich haben. Ja?«

»Ja«, sagte sie und zitterte an diesem Abend zum ersten Mal. Aber nicht vor Kälte.

Georges Knallfrösche gingen mit einem ohrenbetäubenden Getöse in die Luft. Auch wer vom Dröhnen der Dudelsäcke abgehärtet war, hielt sich die Ohren zu.

»Ein glückliches neues Jahr!«, ertönte es von allen Seiten. »Ein glückliches neues Jahr!«

Es wurden jede Menge Küsse verteilt. Wie Lady Pansy gewarnt hatte, fiel der Löwenanteil an Richard, der von der Weiblichkeit jeden Alters bestürmt wurde. Und auch Chloe ließ sich, wie Bella bemerkte, die günstige Gelegenheit nicht entgehen.

»*Auld Lang Syne*«, schrie der König, ergriff ein paar Hände und trat mit seinen neuen Partnerinnen ein paar Schritte zurück an die Wand. Die Königin war nicht darunter.

Es gab sogar für *Auld Lang Syne* ein Protokoll, musste Bella feststellen. Sie kannte es als ein ausgelassenes Durcheinander, bei dem man sich im Kreis unterhakte und johlend in die Mitte tauchte. In Drummon House sang man den ersten Vers – *Verse?*, dachte sie – im Stehen, aufrecht, die Arme an der Seite. Erst beim zweiten Vers – *And there's a hand, my trusty fierce, and gie's a hand o' thine* –, durfte man sich an den Händen fassen. Sie fing an, sich nach einer guten alten Party zu sehnen, bei der kein Hahn danach krähte, was man mit seinen Händen machte.

Nach dem Lied küssten sich alle wieder, ein bisschen weniger stürmisch als vorher. Dann ließ man den König hochleben, er grüßte huldvoll und verschwand. Die Königin begleitete ihn nicht.

»Oh«, sagte Richard. »Ein schlechtes Zeichen. Macht es dir was aus? Ich muss mit meiner Mutter tanzen. Aber dann gibt's nur noch uns beide, und kein Mensch wird uns daran hindern.«

Er tanzte nur eine Runde. Bella sah, wie er zum Schluss die Hand seiner Mutter ergriff, als müsste er sie beruhigen. Dann wandte sie sich einer Hofdame zu, die um sie herumstrich, und entließ ihren Sohn.

»Wieder bereit fürs einundzwanzigste Jahrhundert?«, fragte er, als er zu Bella zurückkam.

Sie musterte ihn. »Stimmt mit deiner Mutter irgendwas nicht?«

»Du hast scharfe Augen.« Er war bekümmert. »Wir hatten eine kleine Meinungsverschiedenheit, mehr nicht.«

»Und, alles geklärt?«

»Sie hat sich wieder beruhigt. Also, willst du jetzt zu Georges Party in die Scheune?«

Sie schüttelte den Kopf.

»Dann komm, kümmern wir uns um unser eigenes Leben.«

15

Gute und schlechte Heiratsanträge

Girl About Town

Richard ließ Bella warme Kleidung anziehen und führte sie durch eine Seitentür nach draußen.

Niemand bemerkte, dass sie gingen. Der große Geländewagen stand mit leuchtenden Scheinwerfern und laufendem Motor da.

»Danke, Bill«, sagte Richard, als ein großer Mann in Highlandtracht an der Fahrerseite ausstieg.

»Gern geschehen, Sir. Miss. Viel Spaß mit den Sternen.« Und der Mann ging kichernd fort.

»Sterne?«, wiederholte Bella und zog den Kragen ihres Mantels enger um den Hals. »Wieso Sterne?«

»Nicht streiten. Bill hat den Wagen gute zehn Minuten für dich aufgewärmt. Es gibt auch eine Decke im Auto, solltest du frieren.«

Richard half ihr in den Wagen, der wirklich kuschelig warm war. Bella entspannte sich ein wenig.

»Wohin fahren wir?«

»Auf dem Hügel gibt es eine Malerhütte. Von dort kann man die Sterne wirklich gut beobachten.«

Sie sah ihn misstrauisch an. »Ziehst du mich wieder auf?«

»Ich will allein mit dir sein, ohne dass einer der Bediensteten oder ein Höfling oder die verdammt neugierigen Familienmitglieder dazwischenfunken«, sagte er plötzlich ganz vehement. »Es scheint ewig her zu sein, seit wir alleine waren.«

»Ich weiß.«

Die Malerhütte war ein kleines, einstöckiges Steinhaus. Es könnte mal eine Schäferhütte gewesen sein, aber jetzt waren große Glasflächen in die Wände und das Dach eingesetzt worden. Wichtiger noch, aus dem Kamin stieg Rauch auf.

Reifenspuren führten bis zum Haus, und Richard folgte ihnen, sodass der Geländewagen schwankte und hüpfte, aber nicht auf dem mitternächtlichen Eis rutschte, das sich über dem festen Schnee bildete.

»Schnell rein«, sagte er, als sie angekommen waren.

Die Hütte war nicht abgeschlossen. Sie war auch unglaublich gemütlich, mit einem mit Holz befeuerten Herd.

Aber Bella sah nicht zum Herd, sondern zu den Sternen. Die Wände und das Dach waren sorgfältig durch Glasfenster ersetzt worden, sodass man in jeder Richtung nur den Nachthimmel sah. Es war, als würde man im Weltraum schweben. Die Sterne waren so nah, dass man das Gefühl hatte, sie berühren zu können, und den Mond umgab ein frostiger Hof.

»Es ist fantastisch«, sagte Bella beeindruckt.

»Ja. Ich komme hierher, wenn ich nachdenken will. Das habe ich schon immer getan. Ich war heute Nachmittag hier, und da wurde mir klar, dass ich dich hierherbringen muss.«

»Jetzt bin ich hier. Und?«

Er atmete tief ein und drehte sich zu ihr um. Im Mondlicht sah er gut aus und leidenschaftlich und sehr ernst. Aber seine Stimme war ruhig.

»Bella, es sind jetzt drei Monate. Ich weiß, dass ich dir bereits gesagt habe, dass ich es in dem Augenblick, in dem ich dich gesehen habe, gewusst habe ... du musst gedacht haben, dass ich verrückt bin ... aber ich wusste es. Ich kann es nicht erklären. Ich habe dich gesehen, die Füße in der Luft und voller Efeublätter, und es war, als wäre alles in mir drin in diesem Moment an die richtige Stelle gerutscht. Ich weiß noch, dass ich gedacht habe:

Sie ist es also. Das ist also geklärt.« Er hielt inne, und sie bemerkte, dass er schlucken musste.

»Bloß ist es das nicht. Jede, die mich heiratet, heiratet den Beruf, die Familie, das Protokoll.« Er spuckte das letzte Wort fast aus.

»Ich denke, das ist immer so, oder nicht? Ich meine, wenn man einen Arzt heiratet, dann muss man auch mitten in der Nacht Notfallanrufe beantworten.«

Was plappere ich da?, dachte Bella. Er macht mir einen Heiratsantrag, Herrgott. *Halt die Klappe, Bella Greenwood.* Sie presste ihre Lippen fest zusammen und wartete.

Richard sagte: »Und dann ist da die Öffentlichkeit.«

Sie nickte.

»Bella, ich weiß, dass du nicht im Rampenlicht stehen willst. Wir haben versucht, ihm aus dem Weg zu gehen, wir beide, nicht wahr? Aber du siehst, es ist nicht möglich, oder wenigstens nicht für lange. Du warst fantastisch, die ganze Zeit über, witzig und tolerant und lieb und ... alles, von dem ich wusste, das du es sein würdest, in dem Augenblick, in dem ich mich in dich verliebt habe. Aber ...«

Aber? ABER? Hey, bekomme ich einen Marschbefehl und doch keinen Heiratsantrag?

Sehr leise fuhr er fort: »Bella, ich liebe dich. Ich möchte dich heiraten. Aber du bekommst, was du vor dir siehst. Der Beruf bin ich. Ich kann nicht so sein, wie ich bin. Wenn du das nicht ertragen kannst ... dann werfe ich es dir nicht vor. Ehrlich, das werde ich nicht. Aber wenn du es *nicht* kannst ... dann sag es mir bitte jetzt, ja? Und wir können uns morgen trennen und Freunde bleiben.«

Sie sprang vor Empörung fast auf. »Freunde bleiben? Bist du wahnsinnig? Bekomme ich nicht mal die Chance Ja zu sagen?«

Er sah sie in der sternenfunkelnden Dunkelheit an. »Was?«

Sie beruhigte sich etwas. »Bitte mich, dich zu heiraten. Los. Frag einfach.«

Für einen Moment sah er fast verzweifelt aus. »Bella, ich ...« Dann holte er, ganz typisch, tief Luft und wurde ganz ruhig. Er sagte es so präzise, als wäre es eine Einkaufsliste und mit ungefähr genauso viel Gefühl. »Ich liebe dich. Ich will mit dir zusammen sein. Ich will dich glücklich machen. Würdest du mich bitte heiraten?«

Sie hatte gewusst, was sie sagen wollte, seit Tagen war sie sich sicher gewesen. Jetzt plötzlich stiegen Zweifel in ihr auf und blockierten ihre Zunge. Sie brachte kein einziges Wort hervor.

Richard musterte sie.

»Warum?«, brachte sie schließlich krächzend hervor. Ich kriege kalte Füße, dachte sie, entsetzt über sich selbst.

»Ich war schon auf vielen Hochzeiten«, sagte er nachdenklich. »Das sind große Versprechen, die man sich da gegenseitig gibt. Geradezu heldenhafte. In guten wie in schlechten Zeiten. Sie lassen einen erschauern, und du denkst: Bin ich dafür bereit? Kann ich das wirklich versprechen, kann ich versprechen, alles zu geben. Und *meine* ich es auch wirklich so?«

»Alles zu geben«, wiederholte Bella langsam.

»Ja.«

»Und das ist das, was du möchtest?«

»Nur wenn es auf Gegenseitigkeit beruht.«

Sie zögerte, hin- und hergerissen zwischen ihrem alten, vertrauten Leben und einer schwer einschätzbaren Zukunft.

»Mein Gott, Bella, das ist das Einzige, was ich mit Sicherheit weiß. Wenn ich das kann, dann nur mit dir.«

Nach wie vor zögerte Bella, traute sich selbst nicht über den Weg.

Seine Stimme zitterte, als er fortfuhr: »Wie soll ich es erklären? Ich *will* dir diese Versprechen geben. Es fühlt sich einfach richtig an, nicht einfach, um genau zu sein, aber richtig.«

»Ja«, sagte sie, und all ihre Zweifel fielen von ihr ab, als sie die Kraft des Wortes spürte. »Das nächste große Ding in meinem Leben. In unserem Leben.«

Richard hielt den Atem an, als könnte er nicht glauben, was sie da gerade gesagt hatte.

Bella küsste ihn, voller Ernst und Andacht. Der Kuss war Einwilligung und Versprechen zugleich, und beide wussten das.

»Ja, Richard. Ich möchte dich sehr gerne heiraten.«

Später war er bester Laune. Sie liefen den Hügel hinunter, er sang dabei *Scotland the Brave* aus vollem Hals. Er wollte am liebsten in Georges Scheune stürmen und die frohe Botschaft sofort verkünden. Aber Bella erinnerte sich an die unglücklichen Blicke der Königin in ihre Richtung und sagte: »Nein, du musst es zuerst deinen Eltern sagen.«

Also wollte er stattdessen einen wilden Boogie tanzen.

»Du weißt doch, dass ich zwei linke Füße habe«, jammerte Bella. »Außerdem stoße ich alles um.«

Doch nichts konnte Richards Enthusiasmus bändigen. »Ich habe dich durch einen Reel gebracht, oder etwa nicht? Halt dich nur an mich, Baby.«

Die Party lief auf Hochtouren, als sie eintraten, Hand in Hand. George und seine Gruppe hatten karierte Decken an die Wände des früheren Kuhstalls gehangen, und es gab mehrere Discokugeln und viel blaues Licht. Auch ein Tisch voller Drinks, wo man sich ein Bier holen oder einen Drink mixen konnte. Mütter hatten seit Wochen gebacken, und es gab Würstchen im Schlafrock, Sandwiches und eine beachtliche Auswahl an Kuchen. Die Tanzfläche bestand aus einem Durcheinander aus Steinfliesen und alten Bodendielen, aber das schien niemanden groß zu stören.

Es gab keinen DJ, sondern eine örtliche Band, die alles, von Hard Rock bis zu Punk, spielten. Der Sänger konnte außerdem recht gut Bruce Springsteen imitieren.

»Tanz mit mir«, sagte Richard und akzeptierte kein Nein.

Und er hatte Recht, sie fiel nicht hin oder stieß irgendetwas um. Überrascht probierte Bella ein paar überschwängliche Hüftschwünge zu *I'm on Fire*, als Richard sie stoppte und atemlos mitsang: »*I* got a bad desire.«

Mit roten Wangen lächelte sie ihn an. »Dann lass uns verschwinden.«

Wie sie später Lottie erzählte, hätte das eigentlich eine heiße Nacht werden müssen. Sie waren voller Begierde, hatten sich den ganzen Abend zusammengerissen und sich außerdem davor ewig nicht gesehen.

Aber es war sehr schwierig, sich in einem Haus mit einer erbärmlichen Zentralheizung und einer Zugluft, die jeden Nordwind alt aussehen lässt, auszutoben. Nachdem die riesigen Bettdecken zweimal zu Boden gerutscht waren und Bella aus den falschen Gründen geschrien hatte – akute und schmerzhafte Krämpfe in ihrer rechten Wade –, brachen sie lachend zusammen und verschoben das Ganze auf später.

»Ich fahre mit dir nach Barbados«, versprach Richard. Er stand auf und brachte ihr den saphirblauen Kimono, den sie über einem Stuhlrücken hatte hängen lassen. Er band eine große Schleife um ihre Taille und ging dann wieder ins Bett, drückte sie an seine Brust und stopfte die schweren Decken um ihre Ohren. »Oder in die Sahara.«

»Ich werde dich daran erinnern.«

Sie schliefen fast sofort ein.

Sie wurden von einem leisen Kratzen an der Tür geweckt. Bella schlug die Augen auf und bemerkte, dass Richard schon aufgestanden war, zitternd und fluchend. Sie konnte ihn verstehen. Sie hatte keine Ahnung, wie viel Uhr es war, aber ein Blick nach draußen durch eine Lücke in den Vorhängen zeigte ihr lediglich kohlrabenschwarzen Himmel. Sie schaltete das Licht an.

»Nimm meinen Morgenmantel. Mir ist jetzt warm.« Sie zog den Kimono aus und warf ihn ihm zu.

Er drückte ihn dankbar an sein Gesicht, bevor er ihn überzog. Natürlich klaffte er über seiner Brust auf, aber Bella dachte, besser als nichts. Das Schlafzimmer war eiskalt. Er schlüpfte in die Pantoffeln. »Danke.«

Er öffnete die Tür, die Regeln, der Skandal und sogar seine eigene Würde waren ihm egal.

»Was zur Hölle?«, sagte er mit verzeihbarer Schärfe.

Es war Julian Madoc. »Es tut mir wirklich leid, Sir.« Er klang tatsächlich aufrichtig. »Aber der König bittet Sie, so bald wie möglich zu ihm in sein Arbeitszimmer zu kommen. Es ist etwas geschehen.«

»Was ist geschehen?«, fragte Richard unfreundlich.

»Noch mehr Kommentare im Internet, befürchte ich. Und ein unpassendes Foto Ihrer Majestät. Die Presse wird jeden Augenblick hier sein.«

»*Hier*? Sie meinen, Sie haben eine Pressekonferenz einberufen?«

Madoc war über diese Idee offensichtlich schockiert. »Ganz sicher nicht. Sie werden draußen auftauchen, wissen Sie, im Dorf. Sie werden die Leute ausfragen. Ihre Scheckbücher mitbringen. Wir brauchen – das heißt, der König meint, dass wir eine gemeinsame Linie brauchen.«

Es folgte eine bedeutungsschwangere Pause. Dann sagte

Richard: »Na gut. Wir werden unten sein, sobald wir unsere arktistaugliche Kleidung angezogen haben.«

Er schloss die Tür mit Nachdruck. Bella zog die Decke bis zur Nase und warf ihm einen anerkennenden Blick zu.

»Ich finde dich in blauer Seide heiß.«

Er grinste kurz. »Du findest mich in allem heiß. Gott sei Dank. Verdammt, ich habe es so satt, mir Sorgen über die dämliche Presse machen zu müssen. Na, ich nehme an, wir sollten uns besser anziehen und zum Kriegsrat gehen. Hast du einen guten, dicken Pullover, oder soll ich einen für dich holen?«

Ihr gefiel die Vorstellung, seine Kleider zu tragen. »Meiner ist sicher nicht dick genug.«

Er nickte. »Gut. Ich bringe dir einen.«

Er ging los, und sie fragte sich verträumt, ob irgendein heimkehrender Ehebrecher, den er auf seinem Weg traf, darüber schweigen würde, dass der Prince of Wales in einem saphirblauen Kimono durch Drummon House geisterte.

Als Richard zurückkehrte, hatte Bella schon so ziemlich alle Kleider, die sie dabeihatte, angezogen. Er trug eine schwere Tweedhose, dicke Socken, Wanderstiefel und einen grünen Militärpullover.

Bella gurrte: »Ich liebe den Militärlook. Natürlich nicht so verwegen wie ein blauer Kimono, aber du siehst aus, als wärst du bereit, loszulegen.«

Er sah sie nachdenklich an. »Ich kann meinen Aran-Pullover auch wieder mitnehmen.«

»Nein, bitte nicht. Bitte. So habe ich das doch nicht gemeint.«

Das riesige, weiße Ding war so robust wie eine Pferdedecke und genauso gemütlich. Bella zog es über ihren schicken, aber zu dünnen Kaschmirpullover und spürte sofort, wie ihre gefrorenen Muskeln aufzutauen begannen. Er war natürlich lächerlich groß.

Die Ärmel hingen über ihre Hände, aber er roch nach Richards Shampoo.

»Danke schön«, sagte sie und genoss die Wärme.

Er legte einen Arm um sie, und sie zogen los, um die Suppe auszulöffeln.

Das Arbeitszimmer stellte sich als relativ kleiner Raum heraus, sodass das große Feuer dort tatsächlich einen Effekt hatte. Die Königin saß daneben und sah so elegant wie immer aus, allerdings auch besorgt. Der König las einen Ausdruck.

George hatte sich geirrt, was das Fehlen von Handys anging. Es war ein Foto der Königin mit ihrer Tiara über einem Auge. Es hatte sich bis Mitternacht in der gesamten Twittersphäre verbreitet.

Der König reichte Richard den Ausdruck.

»Ich verstehe manche Menschen nicht. Haben sie nichts Besseres zu tun, als andere zu kritisieren?«, sagte er verärgert.

Richard überflog die Nachrichten, die Julian Madoc ausgedruckt hatte.

»Jemand, der sich LoyalerUntertan101 nennt, schreibt, Bella habe gestern Abend die Königin angegriffen und hat ein Foto von Mutter geschickt, wie ihr die Tiara verrutscht ist«, seufzte er. »Und dann haben eine Reihe von Idioten, die sich besser mal ein eigenes Leben zulegen sollten, angefangen, sich darüber zu streiten, ob es Absicht oder ein Unfall war, politisch oder persönlich, Trotz oder eine republikanische Geste.« Er warf die Blätter weg. »Ach, das ist einfach nur lächerlich. Warum verschwenden wir unsere Zeit damit?«

»Ganz genau«, sagte der König mit düsterer Befriedigung.

Aber die Königin warf ein: »Wir können es nicht einfach ignorieren, Richard. Das sind sehr gemeine Anschuldigungen. Jemand könnte versuchen, Bella aus Rache zu verletzen. Pansy hat mir erzählt, dass es schon seit Wochen Gerüchte gibt.«

»Dann lass uns diese Gerüchte zum Verstummen bringen«, erwiderte Richard ruhig. »Sag ihnen, dass wir heiraten werden, und das können sie dann verdammt noch mal toll finden oder auch nicht.«

»Entschuldige bitte? Habe ich da nicht auch noch ein Wörtchen mitzureden?«, fragte Bella kühl.

Der König lachte laut auf. »Wollen Sie etwa sagen, dass er Sie nicht gefragt hat?«

»Ja und nein. Ja, er hat mich gefragt. Nein, wir haben nicht über irgendeine öffentliche Bekanntmachung gesprochen.«

»Nun, mir gegenüber hat er sie letzte Woche erwähnt«, sagte der König und goss so noch etwas Öl ins Feuer.

»Ach ja?« Bella sah Richard mit zusammengekniffenen Augen an.

»Ich dachte mir schon, dass du da ein Risiko eingehst, Junge«, sagte sein Vater, der sich jetzt königlich amüsierte.

Sogar die Königin sagte: »Herrgott, was ist mit dir los, Richard? Du greifst mich an, wenn ich sage, es sei noch zu früh ... und hast selbst Bella noch gar nicht richtig gefragt? Ich gebe auf. Das tue ich wirklich.«

»Sei still, Mutter«, sagte er, immer noch ruhig.

Er fiel vor Bella auf ein Knie. »Bitte, willst du mich heiraten und es mich vor aller Welt verkünden lassen? So, jetzt ist es geregelt, oder?«

Sie war empört. »*Geregelt?*«

»Ein Fehler«, sagte der König.

»Sei still, Vater. Bella, du weißt, dass es nicht nur Spaß macht, mit dem Prince of Wales zusammen zu sein. Du hast es trotzdem mit aller Kraft versucht. Wenn es dir so viel Freude gemacht hat wie mir, dann bitte, bitte, bitte, lass mich der Welt sagen, dass du mich heiraten wirst?«

Sie sah ihn wie erstarrt an.

»Ohne dich bin ich nur ein halber Mensch. Du weißt das«, fuhr er sanft fort. »Warum sollte das nicht auch jeder andere erfahren?«

»Ihr kennt euch erst seit drei Monaten«, warf die Königin ein.

Richard stand nicht auf, und er wandte auch seinen Blick nicht von Bella. »Die besten drei Monate meines Lebens«, sagte er.

Bella hatte das Gefühl, sich mitten in einem Sturm zu befinden. »Dir gefiel nicht alles daran«, wies sie ihn zurecht und bemühte sich, wieder Fuß zu fassen. »Du bist beleidigt abgehauen.«

»Und du hast dich gerächt, indem du meine Nachrichten nicht beantwortet hast.«

»Du weißt, dass das nicht mit Absicht war ...«

»Ich weiß, dass es mich zur Verzweiflung getrieben hat. Himmel, ich habe sogar angeboten, Gedichte zu schreiben, um dich zurückzubekommen.«

»Oh«, sagte der König. »*Großer* Fehler.«

»Vater, wir brauchen kein Publikum. Sei still, oder geh weg.«

»Ja, du hast mir ein Gedicht versprochen. Ein ... Trillet oder so was. Und du hast es mir nie gegeben. Hältst du deine Versprechen nicht? Was für ein Omen ist das?« Sie wartete auf vehementes Abstreiten, aber sie hatte Richard unterschätzt.

»Ich habe verhandelt«, sagte er trocken. »Ein Triolett klang gut.«

»Ich nagle dich darauf fest. Wenn du mich liebst.«

Sie sahen sich tief in die Augen, für eine Weile herrschte Schweigen.

Richard sah sehr ernst aus.

»Wie wäre es mit einem Limerick?«

Bella war so überrascht, dass sie laut auflachte, sich zu ihm beugte und ihn auf die Nase küsste. »Du bist ein ganz schön raffinierter Hund, und ich liebe dich.«

Sofort sprang er auf die Füße und umarmte sie.

»Kann ich also allen erzählen, dass du mich heiraten wirst?«, fragte er leise, nur für ihre Ohren bestimmt. »Ich werde dann brav sein, das verspreche ich.«

»Ja«, sagte sie selig. »Ja.«

16

Es ist offiziell!

Morning Times

Als die Presse nach Drummon House strömte, erwartete sie eine viel größere Story, als sie vermutet hatten. Der König schickte Julian Madoc an das Tor, um sie einzulassen, während die Bediensteten Stühle im Salon bereitstellten, Richard sich Notizen machte, für das, was er sagen wollte, und Bella ihren Eltern am Telefon die Neuigkeit mitteilte.

Ihre Mutter war fast sprachlos. »Mein kleines Mädchen. Mein liebes, kleines Mädchen. O Bella.«

Ihr Stiefvater übernahm das Telefon von seiner Frau. »Deine Mutter weint gerade in das Küchenpapier. Was sie natürlich meint, ist, dass wir beide begeistert sind und hoffen, dass du sehr glücklich wirst. Wir mögen ihn sehr.« Er sprach leiser: »Es wäre nett, wenn du recht bald herkommen könntest, Bella. Ich glaube, sie muss mit dir sprechen. Und das nicht am Telefon.«

»Ja, Kevin.«

»Und gratulier Richard ganz herzlich von uns«, sagte er und überraschte sie damit. »Sag ihm, dass er da eine richtig gute Idee hatte.«

Sie hatte feuchte Augen, als sie den Hörer auflegte. Der liebe Kevin.

Es war gut, dass ihr jemand gratulierte, denn ihr Vater wetterte natürlich sofort los. Er war an Bord eines Schiffes irgendwo auf dem Südatlantik, und er musste anscheinend gegen heulenden Sturm anschreien. Was er problemlos schaffte.

»... hätte nie gedacht, dass meine Tochter so schwach wäre. Einer Prominentenkultur anheimfallen, das ist es doch. Promis und sozialer Aufstieg. Gott, du bist genau wie deine Mutter.«

»Hör damit auf«, brüllte Bella. »Es ist nichts verkehrt an meiner Mutter. Sie war mir ein besserer Elternteil, als du es je gewesen bist.«

»Ich habe dir wenigstens Ideen und ein paar Prinzipien vermittelt«, schrie er zurück. »Was ist mit denen passiert, na? Was ist passiert? Ein paar Unannehmlichkeiten auf deiner ersten Expedition, und schon bist du wieder in London und jagst irgendeinem Parasiten hinterher, weil er einen altmodischen Titel trägt. Wenn ich wieder da bin ...«

»Ich liebe ihn, du Idiot!«, brüllte sie.

Richard sah von seinem Schreibtisch auf, an dem er seine Rede schrieb, und blies ihr einen Kuss zu.

»... werden wir uns mal ernsthaft darüber unterhalten, was du aus deinem Leben machen wirst.«

»Ich habe Neuigkeiten für dich, Finn«, sagte Bella etwas ruhiger. »Du gehörst nicht zum Managementteam. *Mein* Leben. Beachte das Pronomen. Meins. Nicht unseres. Und jetzt kannst du dich sehr gern verziehen! Und ruf mich nicht an, bevor du nicht bereit bist, nett zu Richard zu sein. Mein Gott, er bewundert dich sogar. Dabei verdienst du es gar nicht, du bigotter, alter Freak!«

Und sie knallte den Telefonhörer mit echter Wut hin.

Richard lehnte sich zurück und applaudierte. »Dem hast du's aber gezeigt.«

»Na ja, das ist er doch.«

»Wie hat er mich genau genannt?«, fragte Richard sanft. »Ich könnte es in meiner Rede verwenden.«

Bella seufzte ungeduldig. »Nicht. Das würde ihn nur bestärken. Er hat auch meine Mutter beleidigt. Nachdem *er* abgehauen ist und sie mit zwei Kindern und ohne Geld sitzengelassen hat. Das Schwein.«

»In Ordnung, ich werde ihn nicht erwähnen. Nicht, wenn es dich wütend macht«, sagte er amüsiert. »Wir sollten der Presse schließlich gute Nachrichten verkünden. Willst du etwas sagen?«

»Möchtest du das?«

»Mir würde ›Ich liebe ihn, ihr Deppen‹ gefallen, aber es ist wohl nicht sehr einnehmend. Ich überlasse es dir.«

»Ich bin keine große Rednerin.«

»Gut. Wenn du deine Meinung änderst, kneif mich in den Hintern, und ich werde dir das Mikrofon geben.«

Die bloße Vorstellung verbesserte ihre Laune. Sogar Lady Pansy, die hereingeeilt kam, um ihr hilfreiche Tipps zu geben, wie sie sich für diese bedeutsame Bekanntmachung kleiden sollte, brachte sie nicht aus der Fassung. Lady Pansy fragte freundlich, ob sie sich etwas von Chloe ausleihen wolle.

»Nein, danke schön.«

»Aber Sie können nicht ...« Lady Pansy zeigte auf Richards Aran-Pullover und die Jeans.

Richard sagte: »Das hier ist keine offizielle Sache. Wir werden eine ordentliche Verlobungsbekanntgabe machen, mit dem Ring, dem Hochzeitstor und allem. Das heute ist nur zum Aufwärmen. Bella sollte tragen, worin sie sich wohlfühlt.«

»Nun, richten Sie wenigstens Ihr Haar«, sagte Lady Pansy verzweifelt.

»Da haben Sie Recht«, stimmte Bella zu.

Als sie zurückkam, gekämmt und gebürstet, standen ungefähr ein Dutzend Journalisten und noch mehr Kameramänner im Salon. Der König war ungewöhnlich heiter.

»Die Barbaren sind also hinter die Tore vorgedrungen«, sagte er und ging weg, um auf Julian Madocs Zeichen zu warten, dabei kicherte er über seinen eigenen Witz.

»Der Pressesprecher wird sehr wütend hierüber sein«, meinte Richard.

Bella zog eine Augenbraue hoch. »Du klingst eher angetan.«

»Ich mag Gerechtigkeit. Er ist mit ein paar coolen Freunden Skifahren gegangen und hat das Ersatzteam nach Schottland geschickt. Es ist hier immer so verdammt eiskalt, er schafft es jedes Jahr, sich davor zu drücken. Also verpasst er die spannendste Geschichte des Jahres. Geschieht ihm recht.«

Sie stellten sich im Esszimmer auf, während Madoc die Presse zum Schweigen brachte. Dann öffnete ein Diener die Flügeltür, und der König, beeindruckend im Kilt und einer Tweedjacke, marschierte zum eilig aufgestellten Mikrofon. Richard und Bella folgten ihm.

»Willkommen«, sagte der König. »Schön, Sie zu sehen. Und dieses Mal meine ich das sogar so.«

Überraschtes Lachen.

»Ich habe gute Neuigkeiten, die mein ältester Sohn Ihnen mitteilen wird.«

Und dann setzte er sich, übers ganze Gesicht strahlend, hin. Niemand bezweifelte, dass er hocherfreut war.

Richard legte seinen Arm um Bellas Schultern. Er schaute nicht auf seine Notizen. Bella wurde plötzlich klar, dass er schon sehr, sehr oft zu so einer Versammlung gesprochen haben musste.

»Ein gutes neues Jahr«, sagte er.

Mehrere Presseleute gaben die Wünsche zurück.

Richard steckte seine Hände in die Taschen. »Das hier ist für mich etwas überraschend. Wie Sie wahrscheinlich wissen, habe ich schon seit einer Weile versucht, Bella Greenwood davon zu überzeugen, dass ich ein guter Fang bin. Ehrlich gesagt, hatte ich schon eine clevere Kampagne geplant. Und dann ist es plötzlich Silvester, und ich sehe keinen Sinn darin, länger zu warten. Daher habe ich sie gefragt. Und sie hat Ja gesagt. Also …« Er wandte sich ihr zu, und sie legte ihre Hand in seine. »Ladys und Gentlemen, darf ich Ihnen Miss Isabella Greenwood vorstellen, die zugestimmt hat, mich zu heiraten. Ich bin ein sehr glücklicher Mann.«

Der Applaus war spontan und wirkte ehrlich.

Julian Madoc stand auf. »Seine Hoheit wird jetzt ein paar Fragen beantworten.«

Bella bekam plötzlich panische Angst, aber die Fragen waren freundlich und leicht zu beantworten.

Die einzig schwierige war: »Und wie hat Miss Greenwoods Vater die Nachricht aufgenommen?«

»Nach dem, was ich von dem Anruf mitbekommen habe, führt er nicht gerade einen Freudentanz auf«, sagte Richard mit großer Offenheit. »Wir werden daran arbeiten müssen.«

Gott, ist er gelassen, dachte Bella.

Es gab auch Fragen an sie, die ebenfalls einfach waren. Ja, Prinz Richard hat ihre Mutter, ihren Bruder und ihren Stiefvater bereits getroffen, und alle waren sehr erfreut. Ein Ring? Noch nicht. Ein Geschenk also?

Sie spürte, wie sich Richard versteifte, und wusste, was er dachte: Verdammt, daran haben wir überhaupt nicht gedacht.

Aber sie konnte damit umgehen. Sie drückte seine Hand, um ihn zu beruhigen, und sagte der Journalistin: »Nun, er hat mir einen Limerick versprochen. Aber ich warte nicht allzu gespannt darauf.«

Lautes Lachen.

Der König stand auf, und Madoc gab den Dienern, die unauffällig eingetreten waren und nun mit Tabletts voller Whisky und Champagner an den Wänden des Raumes standen, ein Zeichen.

»Ich möchte Sie gern alle dazu einladen, auf die Gesundheit meines Sohnes, dem Prince of Wales, und seiner zukünftigen Frau Miss Bella Greenwood zu trinken.«

Die Gläser wurden überraschend schnell verteilt.

»Richard«, donnerte der König, ohne sich um das Mikrofon zu scheren, und klang, als würde er auf jeden Fall gleich in einen Freudentanz ausbrechen. »Bella, meine Liebe. Auf euch.«

Jeder trank auf das Paar, dann wurde länger applaudiert, und Richard murmelte: »Lächeln. Winken. Ausgang rechts, okay?«

Und das war's.

Als die großen Türen des Salons sich hinter ihnen schlossen, vollführte Bella einen Stepptanz.

»Ich habe es getan! Ich habe es getan! Meine erste Pressekonferenz, und ich habe nichts umgeworfen oder jemanden ins Auge gepiekst.«

»Du warst ein Vorbild des anständigen Benehmens«, stimmte er ernst zu. »Du bist ein Naturtalent.«

Bella hörte auf zu tanzen. »Nein, bin ich nicht. Ich bin ein wandelndes Chaos, und es gibt Fotos von einer verrutschten Tiara, um es zu beweisen. Aber dieses Mal hat es gut geklappt ,und ich habe dich nicht enttäuscht.«

Er umarmte sie.

Sie umarmte ihn ebenfalls. »Das Leben wird nicht besser als das.«

Es blieb natürlich nicht lange so. Es war eine Sache, eine Gruppe von Journalisten und Fotografen im selben Raum zu bezaubern, besonders wenn man ihnen Champagner spendierte. Es war jedoch etwas ganz anderes, feindliche Verleger zu überzeugen. Oder auch die völlig guerillahafte Blogsphäre.

»Sieh's dir nicht an«, riet Lottie. »Du wirst dich sonst verrückt machen. Der Palast wird die Nachrichtenwarnungen bekommen und an dich weiterleiten, was du dir anschauen solltest.«

Aber Bella wusste, dass es eine Menge Leute gab, die diese Nachricht wunderbar fanden und die aufgeregt über den Tag, das Kleid, die Flitterwochen plauderten, als wäre sie eine Verwandte.

Es war einerseits nett und freundlich, andererseits fühlte es sich an, als wären da plötzlich viele Leute, die so taten, als würden sie sie kennen. Bloß, dass sie sie nicht kannte.

»Es ist ein bisschen, wie ein Eisbär im Zoo zu sein«, sagte sie Richard. »Man kann nicht zurückstarren.«

»Öffentliches Eigentum«, sagte er seufzend. »Ich weiß. Es tut mir leid.«

»Nein, das muss es nicht. So viele Leute wünschen uns nur Gutes. Ich fühle mich dadurch eher unterstützt.«

Die Paparazzi stellten jedoch keine Unterstützung dar. Sie liefen hinter ihr her, tauchten aus Gassen auf, wenn sie zur Arbeit ging, oder hinter Regalen, wenn sie im Late, Late Market Milch einkaufte.

»Sie sind auf der Suche nach dem *einen*, ikonenhaften Bild. Für einen Teil der Presse wäre das, wie du ein Kind schlägst. Für einen andern Teil, wie du einen Welpen küsst«, erklärte Lottie.

»Machst du Witze?«

»Nein, das tue ich nicht. Ich habe einige Zeit damit verbracht, diese Dinge zu beeinflussen. Das ist ein Teil meiner Arbeit. Ich weiß, wie es läuft.«

»Wie lange werden sie mich jagen?«

Lottie zuckte mit den Schultern. »Bis jemand, der noch bessere Nachrichten verspricht, auftaucht. Im Augenblick ist die zukünftige Prinzessin die große Nachricht. Es tut mir leid. Du wirst damit leben müssen.«

Zunächst gefiel es Bellas neuen Arbeitgebern nicht. Sie wollten zwar Presseaufmerksamkeit, aber nicht auf den Promiseiten. Aber da ihre Website immer häufiger angeklickt wurde, beschlossen sie, dass es vielleicht doch nicht so schlecht war.

»Das ist also in Ordnung«, sagte Bella zu Richard, als sie im Wagen zu einer Benefiz-Eisshow unterwegs waren. »Was die Medien angeht, gibt's da, soweit ich sehen kann, zwei Denkschulen.

Die einen finden, wir seien ein hübsches Paar, und wünschen uns alles Gute, und ihnen ist es entweder egal oder es gefällt ihnen sogar, dass ich keine Adelige bin. Gott segne sie. Dann sind da diejenigen, die mich hassen, *weil* ich keine Adelige bin. Sie schreiben diese bösen Artikel, in denen sie so tun, als ginge es um alle möglichen anderen Dinge: Ich bin zu dick, ich bin zu dünn, ich bin mürrisch, ich bin zu ungezwungen. Ich bin eine Karrierefrau und unterstütze dich nicht, ich schmeichle mich widerlich bei dir ein. Und einen ganzen Berg anderen Kram, den ich vergessen habe.«

»Hey, ich dachte, du würdest das nicht lesen?«, sagte Richard besorgt.

»Ich wollte wissen, worum sie so viel Wind machen.«

»Und das weißt du jetzt?«

Sie zuckte mit den Schultern. »Ich kann nichts dagegen tun. Wenn jemand dich hasst, dann hasst er dich. Er wird seine Meinung nicht ändern.«

»Das ist hart, nicht wahr?«

Bella schluckte. »Ja, das ist es. Da ist eine Bloggerin, die mir ein bisschen Angst macht, sie ist so gehässig.«

Richard war einen Augenblick lang still. Dann fragte er: »LoyalerUntertan101?«

»Ja. Hast du das gelesen? Weißt du, wer das ist?«

»Noch nicht«, sagte er düster. »Meine Leute kümmern sich darum.«

Bella war skeptisch. »Geht das denn? Ich meine, was ist mit der freien Meinungsäußerung?«

»Ich kann sie nicht davon abhalten, etwas zu sagen, außer es ist eine Verleumdung. Aber ich stimme dir zu. Irgendetwas an ihrem Tonfall ist verstörend. Also forschen wir ein bisschen nach.«

»Oh.« Eine kalte Bö streifte Bellas Glück.

»Jetzt guck doch nicht so. Es ist wahrscheinlich eine etwas

verschrobene Person, die darüber fantasiert, mich zu heiraten, und die in Wirklichkeit keiner Fliege was zu Leide tut. Kann sein, dass es nicht einmal eine Frau ist. Es geschieht aus reiner Vorsicht, dass sie versuchen herauszufinden, wer es ist.«

»Ja, natürlich.«

Er umarmte sie tröstend. »Meistens kommt bei diesen Dingen nichts raus. Sie verlieben sich in jemand anderen oder nehmen wieder ihre Medikamente oder gewinnen einen Schreibwettbewerb oder sonst was.«

Bella lächelte. »Das werde ich im Hinterkopf behalten.«

»Tu das. Ich beschütze dich.«

Zeigte Richard gegenüber der gemeinen Bloggerin noch Verständnis, so lachte er nur, als die *Daily Despatch*, die die Fotos mit der verrutschten Tiara seit einigen Tagen immer wieder brachte, Bella einen Tollpatsch nannte und ein paar Karikaturisten beauftragte, Dinge vorherzusehen, die sie in Zukunft fallen lassen, zerbrechen oder umstoßen könnte.

»Sie sind nicht so ereifernd wie dein Vater, aber die *Despatch* kann uns nicht mehr leiden, seit mein Vater mal ihren Chefredakteur in Ascot aus dem Royal Enclosure hat entfernen lassen, weil er einer Kellnerin in den Hintern gezwickt hat.«

»Hat er das?« Bella war überrascht, es passte nicht zu dem Bild, das sie sich von dem zerstreut wirkenden König gemacht hatte.

»Täusch dich nicht in ihm. Er spielt zwar den Tölpel, aber wenn er einmal loslegt, dann so richtig. Und er mag keine Leute, die andere drangsalieren.«

»Ich erinnere mich, dass du gesagt hast, dein Großvater …«

Richard schaute demonstrativ auf den Kopf des Chauffeurs, weshalb Bella innehielt.

»Also, ich befürchte, dass du mit der *Despatch* leben müssen wirst. Wenn sie dich nicht einen Tollpatsch nennen würden, dann wäre es etwas anderes. Das ist der Preis dafür, zur Familie zu gehören.«

Die Familie war ihr egal. Aber es war der Preis, der es wert war, jemanden so Besonderes wie Richard zu lieben, dachte sie.

Je näher sie ihn kennen lernte, umso sicherer war sie, dass er Recht hatte: Sie waren füreinander geschaffen. Nichts schien ihn aus der Fassung zu bringen. Sie vergaß regelmäßig, sich am Wachhaus abzumelden, wenn sie über Nacht im Camelford House blieb, woraufhin er Anrufe von einem zornigen Sicherheitsbeamten bekam. Und er hatte sich noch nie darüber aufgeregt. Als sie einmal zu spät zu einem Treffen kam, weil sie vor lauter Arbeit die Zeit vergessen hatte, hatte er ihr verziehen, ja, er hatte sogar einen Witz darüber gemacht. Und das, obwohl sie wusste, wie knapp seine Zeit kalkuliert war, und sie sich selbst einen Tritt hätte geben können. Zumal sie von einer selbst ernannten Hilfstruppe umgeben war. Sie fragte sich manchmal, wen Richard hatte, wer für *ihn* da war, nicht bloß für den Prince of Wales.

Sie erzählte das ihrer Großmutter.

Georgia, die Bella und Lottie in ihrer Wohnung besuchte, sah nachdenklich aus. »Er hat dich.«

»Oh, äh, ja, sicher. Aber ich meinte jemand eigenen.«

»Jemand eigenen?«

Sie waren in der Küche, und Bella schälte Kartoffeln. Georgia hatte eine überraschende Schwäche für englisches Schulessen und hatte sich Shepherd's Pie gewünscht. Aber nach ihrer letzten Bemerkung legte Bella den Kartoffelschäler hin und drehte sich zu ihr um.

»Was soll das heißen?«

Georgia versuchte, die Frage abzuwehren. »Ach, nichts.«

»Jetzt spiel bloß nicht die weise Hexe«, sagte ihre Enkelin knapp. »Ich weiß, dass es etwas bedeutet. Sag schon.«

»Es ist nur, diese Verlobung ist sehr schnell geschehen.«

Bella war verärgert. »Jetzt drück dich nicht so mysteriös aus. Ich habe einen langen, harten Tag hinter mir, an dem ich versucht habe, durch eine unverständliche Doktorarbeit zu steigen. Ich bin nicht in der Stimmung für Ratespiele. Wenn du denkst, dass ich etwas Falsches tue, dann raus damit.«

Georgia lachte. »Ich denke, du machst alles richtig, Liebes.«

Und dann spazierte Lottie herein, und sie begannen über wichtige Dinge zu sprechen, wie die Rettung des Regenwalds und wie man Rotweinflecke aus einer Seidenbluse entfernt.

Später, nachdem sie ihren Kaffee getrunken hatten, fragte Georgia: »Habt ihr schon über einen Hochzeitstermin geredet?«

Lottie verdrehte die Augen.

Bella sagte schnell: »Das ist ein wunder Punkt, Georgia. Die Regierung möchte, dass wir im Sommer heiraten, wegen der Touristen. Aber die Königin findet, wir sollten bis nach Weihnachten warten. Es heißt, es wird verhandelt.«

»Und was willst du?«, fragte Georgia scharfsinnig.

»Richards Terminkalender ist eigentlich das Haupthindernis. Er sagt, dass viele Leute enttäuscht sein werden, wenn er Termine absagt. Also lässt er sein Büro den weiteren Plan erarbeiten.«

Lottie und Georgia wechselten ein paar Blicke.

»Nicht Richard«, sagte ihre Großmutter. »*Du*.«

»Ich? Ich passe mich da an ... Was?«

Sowohl Lottie als auch Georgia hatten aus Protest aufgeschrien.

»Was?«

»Es ist *deine Hochzeit*«, sagte Lottie. »Du weißt schon, das, wovon kleine Mädchen träumen, nachdem sie zum ersten Mal Aschenputtel gehört haben. Großes, weißes Kleid, im Mittelpunkt der Aufmerksamkeit, Blumen im Haar, man geht mit verträumtem Blick den Mittelgang der Kirche entlang. Es ist *dein Tag*.«

»Richard sagt, es ist ein Tag für alle. Wir müssen ... entgegenkommend sein.«

Lottie schnaubte.

»Wir sind das schon mal durchgegangen, Lotts. Es ist eine Staatsaffäre. Das können wir nicht ändern. Richard und ich sind nicht die Einzigen, um die es geht.«

Georgia saß immer kerzengerade, sie sagte, dass man das den Mädchen aus dem amerikanischen Süden so beibrachte, aber plötzlich sah sie so würdevoll aus wie die Königin selbst. Der schäbige Sessel hätte auch ein Thron sein können.

»Das stimmt. Und du hast absolut Recht, dich daran zu erinnern. Ich bin stolz auf dich.« Sie klang, als würde sie den Fall für den Staatsanwalt zusammenfassen. »Aber zu sagen, dass ihr auf viele Leute Rücksicht nehmen müsst, bedeutet nicht, dass es dir verboten ist zu sagen, was du möchtest.«

Lottie hüpfte auf dem Sofa herum. »Weiter so, Granny.«

Georgia ignorierte die Bemerkung. Sie mochte Lottie sehr und liebte Bella, aber es gefiel ihr nie, an ihren großmütterlichen Status erinnert zu werden.

»*Weißt* du denn, was dir gefiele, Bella?«

»Richard sagt ...«

Vier funkelnde Augen sahen sie warnend an. Sie hielt inne.

»Ich habe noch nicht darüber nachgedacht. Okay? Es schien sinnlos.«

Georgia sah ihre Enkelin mit einer erschreckenden Intensität an. »Soll das bedeuten, es ist egal, was du willst?«

»Im Großen und Ganzen schon.«

»Und hast du Richard gesagt, dass du es so empfindest?«

Bella fühlte sich bedrängt. »Na ja, nein. Ich meine, er hat genug um die Ohren. Es ist schließlich keine große Sache.«

Es herrschte Stille. Sogar Bella sah ein, dass eine Braut nicht so über ihre eigene Hochzeit denken sollte, aber sie würde es niemals zugeben. Sie hob ihr Kinn an und sandte würdevolle Halt-dich-raus-Signale an Georgia.

Ohne jeden Effekt.

»Auch wenn ich mit deinem Vater und all seinem antimonarchistischen Wüten nicht übereinstimme, so bekomme ich langsam das Gefühl, dass er in diesem Fall nicht ganz Unrecht hat«, verkündete Georgia. »Ich weiß nicht, ob es die Schuld der königlichen Familie ist, des Hofs oder von Richard selbst. Aber es tut mir wirklich leid sagen zu müssen«, sie klang allerdings nicht so, als täte es ihr leid, sondern ziemlich erbarmungslos, »dass sie dich hereinlegen, Kind.«

Lottie atmete zischend ein. »En garde, garstiger Höfling!«

Bella sah sie ungeduldig an, aber Georgia ignorierte sie. »Ehe ist eine Partnerschaft, kein Firmenzusammenschluss, Bella. Du und Richard, ihr müsst darüber reden. Und zwar bald.«

»Ich liebe dich, Georgia«, sagte Lottie voller Inbrunst.

»Wenn ihr das getan habt, dann darfst du ihn zum Abendessen mitbringen. Ich werde dich morgen anrufen und dich wissen lassen, an welchen Abenden es mir passen würde.«

Bella schluckte.

Georgia stand auf und wandte sich graziös an Lottie. »Es ist immer schön, dich zu sehen, Lottie. Ich genieße unsere Gespräche wirklich. Auf Wiedersehen. Vielen Dank für den schönen Abend.«

Kleinlaut stand Lottie auf, und sie gaben sich Luftküsse.

»Ich rufe dir ein Taxi«, sagte Bella.

»Das brauchst du nicht. Hier finde ich immer eins, wenn nötig gehe ich zur Victoria Station. Dort gibt's immer Taxis.«

»Dann begleite ich dich«, sagte Bella bestimmt.

Sie half Georgia in ihren warmen Mantel, ein schokoladenbraunes, tailliertes, schwingendes Teil mit einem kleinen Fellkragen und Militärknöpfen. Georgia setzte ihren großen, russischen Hut in genau dem richtigen Winkel auf und zog fellgefütterte Lederhandschuhe an. Es war zwar alles sehr warm und praktisch, doch sogar für einen häuslichen Abend mit den Mädchen war ihre Großmutter elegant wie auf dem Laufsteg.

Bella schlüpfte in ihren eigenen Mantel, stopfte die Schlüssel in ihre Tasche, und sie gingen nach draußen in die Nachtluft. Die Straßen waren leer. Kein Taxi in Sicht.

Als sie losliefen, sagte Georgia: »Liebes, ich weiß, dass du im Moment viele Ratschläge bekommst, und das meiste davon ist, offen gesagt, Unsinn. Ich will dem nichts hinzufügen, wirklich nicht. Aber ich bin mir sicher, dass du und Richard herausfinden müsst, was ihr wollt, bevor alle anderen euch reinreden können. Es ist so leicht, vom Rest der Welt überrollt zu werden. Ich wurde es. Und es hat mich ein halbes Leben gekostet, das wieder in Ordnung zu bringen.«

Das war neu für Bella.

»Das wusste ich nicht«, sagte sie vorsichtig.

»Wie man sich bettet, so liegt man«, sagte Georgia trocken. »Ein altes Sprichwort. Kein Grund, dass du oder irgendjemand sonst davon erfährt. Aber glaub mir, wenn ich sage, du sollst mit dem Mann reden, dann spreche ich aus Erfahrung. O sieh mal, da ist ein freies Taxi. Ich liebe Londoner Taxis so! Sie sind so groß und robust und kompromisslos, und man hat Platz, um die Röcke eines Ballkleides auszubreiten. Himmlisch. Einfach nur himmlisch. Ich habe große Hoffnungen für dich, Bella!«

Nach dieser prophetischen Äußerung hob sie einen Arm, um das Taxi zu rufen, küsste ihre Enkelin rasch, stieg ein und fuhr davon.

17

Der Termin!

Royal Watchers Magazine

Bella befolgte den Rat ihrer Großmutter nicht sofort, nicht einmal als Georgia ihr eine Liste mit möglichen Terminen für ein Abendessen mit Richard schickte. Aber sie dachte darüber nach.

Richard war auf einer kurzen Reise durch europäische Hauptstädte, um den Handel zu stärken. Danach fuhr er zum Skiurlaub nach Andorra. Er hatte Bella gebeten, mitzukommen, bestand jedoch nicht weiter darauf, als sie entgegnete, dass sie an ihrem neuen Arbeitsplatz nicht nach einem Monat Urlaub nehmen könne.

»Ich komme da nicht raus«, sagte er entschuldigend. »Es ist eine Familientradition. Wir fahren jedes Jahr. Wir bleiben bei den Cousins meiner Mutter und bringen Freunde mit. Und dieses Jahr kommt auch meine Patentochter, die in der Woche Geburtstag hat. Ich kann sie nicht enttäuschen.«

»Natürlich musst du nicht absagen«, sagte Bella bestürzt. »Das nächste Mal komme ich mit.«

»Ja klar.«

Wenig später rief er an und fragte: »Wie würde es dir gefallen, nur fürs Wochenende zu kommen? Ich fände es schön, wenn du alle treffen würdest.«

Also flog sie Freitagmittag nach Barcelona. Sie fragte sich, ob Richard sie dort selbst abholen würde. Sie erinnerte sich, wie sie sich damals, beim ersten Mal in der Waterloo Station in die Arme gefallen waren. Aber ein uniformierter Flughafenangestellter rief sie heraus, als sie aus dem Flugzeug stieg, und führte sie durch stille Flure zu einer wartenden Limousine, ihr Pass wurde auf dem Weg dorthin gestempelt.

»Danke sehr«, sagte sie.

Der Angestellte verbeugte sich. »Gern geschehen. Wir hoffen, dass Sie und Prinz Richard sehr glücklich werden.«

»Um Himmels willen! Äh, ich meine, vielen Dank für Ihre guten Wünsche.« Langsam klinge ich wie Granny, dachte sie.

Der Wagen brachte sie zu einer großen Villa hinter einer noch größeren Mauer. Es gab ein paar Touristen und die unvermeidlichen Fotografen, die auf dem Feldweg, der zur Villa führte, warteten. Bella kannte inzwischen das Protokoll. Sie lehnte sich vor, sodass sie ihr Gesicht sehen konnten und zeigte ihnen ihr bestes Lächeln.

Nicht winken, hatte Lady Pansy sie gewarnt. Nur, wenn sie den Prinzen begleitet. Die Leute wollten nicht, dass sie so tat, als gehöre sie zur königlichen Familie, bevor es wirklich so war. Also hielt Bella ihre Hände fest gefaltet auf ihrem Schoß und strahlte für Britannien, während die Tore leise aufschwangen und die Limousine hindurchfuhr. Die Leute auf der Straße winkten wie verrückt. Es war eine echte körperliche Anstrengung, nicht zurückzuwinken.

Richard begrüßte sie, als der Wagen anhielt. Er lief die Stufen hinunter und küsste sie, wenn auch etwas zurückhaltend.

»Lady Pansy hat auch auf dich eingeredet, was?«, murmelte Bella.

»Was?«

»Ach nichts.« Sie steckte ihre Hand in seine, und sie gingen ins Haus. »Erzähl mir, wer da ist?«

»Meine Mutter ruht sich im Moment aus. Nell ist auf der Piste, zusammen mit der gesamten Familie Lenane und unseren Cousins. George liegt im Partyraum und leidet am Kater von letzter Nacht.«

»*Immer noch?*«

Richard grinste. »Er und die Jüngeren waren gestern Abend in der Stadt. Die meisten kamen gegen Mitternacht zurück, aber Chloe hat mir erzählt, dass George wild Salsa getanzt hat. Frag mich nicht, wann er nach Hause gekommen ist. Ich will es gar nicht wissen.«

Bella lächelte. »Chloe. Lenane ist hier?« Also war die alberne Blondine, die sie an Silvester so hasserfüllt angesehen hatte, mit von der Partie. Na toll!

»Sie ist die Patin vom Monster, Tilly, was eigentlich nicht fair ist, da sie eine Cousine ist und ihr sowieso etwas zum Geburtstag schenken sollte. Deswegen bin ich ja so wichtig, sagt das Monster. All ihre Paten sind Verwandte, außer mir.«

»Ich freue mich darauf, sie zu treffen.«

»Du wirst keinen Spaß haben, es sei denn, du hast etwas für sie mitgebracht«, warnte Richard. »Aber sie ist sehr unterhaltsam.«

Er hatte mit beidem Recht. Bella war überrascht, den coolen, höflichen, würdevollen Richard auf dem Boden sitzen zu sehen und wie er sich mit dem Schminkset von Tilly Lenanes Sukipuppe schmutzig machte.

»Ein erwachsener Mann, der auf dem Boden sitzt und rosa Lippenstift mit goldenem Lidschatten trägt, ist wirklich unwiderstehlich«, sagte sie ihm. »Was meinst du, Tilly, vielleicht noch etwas Rouge auf die Wangen? Hübsche, runde Flecken, ungefähr so groß wie ein Tenpencestück.«

Sein Blick versprach Rache, aber er saß ganz gelassen da, während das kleine Mädchen sein Gesicht mit einem leuchtenden Karmesinrot bemalte. Die Mutter des Mädchens, die zusammen mit der Königin hereinkam, um Tilly ins Bett zu bringen, war erschrocken. Die Königin jedoch war so entzückt wie Bella.

»Sehr hübsch, Tilly. Ich finde, er sieht sehr gut aus. Finden Sie nicht, Bella?«

»Umwerfend«, sagte sie ernst.

Seine Lippen zuckten. »Findet ihr, ich sollte fürs Abendessen so bleiben?«

Die Königin musste daraufhin zweimal blinzeln.

Bella jedoch dachte über den Vorschlag nach. »Könnte ein bisschen zu viel Rokoko für ein einfaches Familienessen sein«, warf sie ein.

Er ließ seine Schultern sinken. »Es tut mir wirklich leid, Tilly«, sagte er traurig zu seinem Patenkind. »Du bist eine Künstlerin, aber das Abendessen ist nicht die richtige Gelegenheit für deine Kunst.«

Tilly war das egal. »Ich kann es morgen wieder neu machen«, bot sie großzügig an.

»Vielleicht ist es an der Zeit, dass ich mich fürs Abendessen umziehe«, sagte Bella zögernd.

»Gute Idee, ich komme mit. Bis nachher, Mutter, Nicola. Gute Nacht, Tilly.«

Sie flohen zusammen. »Wie bekomme ich dieses Zeug wieder ab?«, zischte Richard, als sie die Treppe hinaufliefen.

Bella lachte. »Keine Ahnung. Diese Schminke ist Spielzeugkram, gedacht für Puppen. Ich weiß nicht, ob normaler Make-up-Entferner funktioniert. Vielleicht brauchst du einen Schweißbrenner.«

»Oder eine lange Dusche mit einer Expertin«, sagte er, schob sie ins Schlafzimmer und schloss die Tür ab. » Also los.«

Sie kamen etwas verspätet zum Abendessen, aber sehr, sehr sauber.

Am nächsten Tag gingen alle auf die Piste. Bella fuhr eigentlich nicht gerne Ski und hatte es erst ein paarmal gemacht, sodass sie froh war, als sie merkte, dass es viele einfache Pisten gab.

Die Atmosphäre war entspannt. Die Cousins, ein enteigneter

Großherzog, der Industrieller geworden war, und seine Frau, waren gastfreundlich und die Lenanes ausgelassen. Prinz George behandelte Bella genauso, wie er seine Schwester behandelte; er drückte ihr seine Sachen in die Hand, weil er sich einen Burger kaufen wollte, um die Lücke zwischen dem vormittäglichen Frühstück und dem späten Mittagessen zu füllen.

»Hey, ich bin noch im Wachstum, weißt du!«, sagte er, als Prinzessin Eleanor ihn ein gefräßiges Schwein nannte. »Ich verbrenne viel Energie.«

»Nicht auf der Skipiste, du dickes Schwein«, sagte sie und stupste ihn an. Sie waren offensichtlich gute Freunde, auch wenn Bella vermutete, dass sie beide ein bisschen Ehrfurcht vor Richard hatten. Immerhin war er fünf Jahre älter als George, sieben Jahre älter als Eleanor. Es war eine große Lücke, selbst wenn er nicht die gesamte Verantwortung als Prince of Wales getragen hätte.

Eleanor fiel es nicht ganz so leicht wie George, Bella zu akzeptieren. Sie wirkte zwar freundlich, hielt jedoch eine gewisse Distanz, fast als wäre sie verlegen.

Am Nachmittag zeigte sich auch, warum.

»Ich bin froh, dass du mit Richard zusammen bist«, sagte Eleanor etwas unbeholfen, als sie und Bella gemeinsam eine wärmende Suppe tranken, während Tilly stolz zeigte, was sie an diesem Morgen gelernt hatte.

»Es ist ein bisschen heikel. Alle dachten, dass er wieder mit Chloe zusammen wäre.«

»Wieder?«

Eleanor sah überrascht aus. »Du weißt es vielleicht nicht, aber er war doch mit dieser Deborah zusammen. Wir alle wussten, dass es nicht halten würde. Sie war nur in die Kameras verliebt. Als das zu Ende war, ging er mit Chloe zu einer Party und danach in eine Disco. Ich kenne die Einzelheiten nicht. Aber er war vor Jahren mal kurz mit ihr zusammen, direkt nach der Universität und bevor er ein Jahr in der Marine diente. Ich weiß nicht, wie ernst es war. Du kennst Richard, er spricht nicht über seine Gefühle, und ich war erst ein Teenager. Aber Pansy hat gesagt, dass Chloe darauf gewartet hat, dass er zurückkommt. Und als er wieder da war …«

»Deborah?«

»Nein. Dann war da kurz mal Anastasia.«

Bella sah sie verständnislos an.

»Prinzessin Anastasia? Von Finnland? Sie hat letztes Jahr geheiratet. Große Story im *Royal Watchers*.«

Bella nickte, als wüsste sie, wovon Eleanor sprach. Dabei hatte sie bis voriges Jahr noch nie von einem *Royal Watchers Magazine* gehört.

Eleanor ließ sich nicht täuschen. »Du weißt es nicht, oder? Okay. Sie hat am Smith Kunstgeschichte studiert. Immer wenn er in den USA war, traf er sie. Und dann kam sie hierher und hat für die National Gallery gearbeitet. Ihr Vater gehört dem Olympischen Komitee an.«

Bella schnalzte mit den Fingern. »Ich hab's. König Edvard oder so. Er gehört zum Adel auf dem Radel, stimmt's?«

Eleanor musste lauthals lachen.

Richard trat von hinten an sie heran, setzte seine Sonnenbrille ab und betrachtete Tillys Skikünste. »Sie ist nicht schlecht. Worüber lacht ihr?«

Eleanor blickte ertappt drein.

»Adel auf dem Radel«, sagte Bella knapp. »Es ist unhöflich zu lauschen.«

»Was ist falsch daran? Ich muss dir sagen, dass ein paar meiner besten Freunde Fahrrad fahren.«

Er legte seinen Arm um Bella und schob seine wollene Skimütze noch etwas nach hinten. Sie sah, dass er seine Skier abgelegt hatte.

»Willst du gehen?«

»Was möchtest du denn? Willst du nicht noch mal die Piste unsicher machen?«

Er schüttelte den Kopf. »Ich hatte genug frische Luft für heute. Egal, Mutter ist müde. Ich dachte, wir könnten mit ihr zusammen zurückfahren?«

»Sicher.«

Er fuhr mit dieser kontrollierten Kompetenz, die er, wie Bella bemerkte, bei allem an den Tag legte. Die Königin saß neben ihm und sah tatsächlich müde aus.

»Ich werde mich eine halbe Stunde lang hinlegen«, sagte sie, als sie am Haus ankamen. »Lasst uns um halb vier im Wintergarten Tee trinken. Ich möchte mit euch beiden sprechen, bevor alle anderen wieder da sind.«

Es stellte sich heraus, dass sie über die Hochzeit reden wollte. »Dein Vater hat mir gesagt, dass das Büro des Premierministers eine Liste mit möglichen Terminen geschickt hat, die meisten davon in diesem Jahr. Es ist natürlich deine Entscheidung, aber ich möchte, dass du sehr ernsthaft darüber nachdenkst.«

Bella sah Richard an. Hatte er gewusst, dass das kommen würde?

Bedächtig antwortete Richard: »Ich denke, das haben wir verstanden, Mutter. Sie haben die Liste in der zweiten Januarwoche geschickt. Das ist inzwischen über einen Monat her. Irgendwer hat sie nicht weitergereicht. Ich weiß, dass ich es nicht war, und auch Vaters Büro war es nicht. Also musst du es gewesen sein. Warum?«

Die Königin biss die Lippen zusammen. »Vielleicht hätte ich es nicht tun sollen.«

»Nein«, stimmte Richard zu, nicht böse, aber auch nicht sehr freundlich.

Seine Mutter wurde rot. »Ich wollte Bella wirklich erst mal kennen lernen ...«

»Nein, das wolltest du nicht. Hast du sie seit Neujahr überhaupt einmal zu dir gerufen?«, erwiderte Richard kühl.

Die Königin sah zerknirscht aus. Sie tat Bella leid.

»Zum wiederholten Male also: warum?«

Die Königin holte tief Luft. »Diese Verlobung, diese Affäre, das ging alles zu schnell. Ihr seht noch alles durch die rosarote Brille, das erkenne ich doch. Ich finde das zwar wunderbar, aber es ist keine ... keine *Grundlage* für euer zukünftiges Leben.«

Sie wandte sich Bella zu. »Sie kommen nicht aus unserer Welt. Missverstehen Sie mich nicht. Ich finde das gut, das tue ich wirklich. Aber es bedeutet, dass Sie keine Ahnung haben, wie Ihr Leben aussehen würde, falls Sie meinen Sohn heiraten.«

»*Wird*«, sagte Richard mit eisiger Ruhe. »Wie es sein *wird, wenn* sie mich heiratet.«

Die Königin ignorierte ihn. »Alles, worum ich bitte, ist, dass ihr euch ein Jahr gebt. Sie sind seine Verlobte. Es ist offiziell. Sie können überall, wo Sie wollen, seine Partnerin sein. Nur um zu sehen, wie es ist.«

Bella lehnte sich vor. »Ich weiß, dass er eine öffentliche Person ist. Er hat es mir ganz zu Anfang gesagt, und ich habe es mit eigenen Augen gesehen. Wir müssen kein Jahr warten, damit ich das begreife.«

Die Königin schüttelte den Kopf. »Und verstehen Sie, wie es sein wird, die Princess of Wales zu sein? Es ist ein Beruf, wissen Sie.«

»Richard wird mir helfen ...«

Die Königin schlug mit den Fäusten auf die Armlehnen ihres Stuhls. »Aber das ist es ja! Das wird er nicht. Er kann es nicht. Er wird sein eigenes Programm haben. Wissen Sie, dass er in seinem Terminkalender schon Pläne für die nächsten fünf Jahre hat? *Fünf Jahre*. Als sein Großvater gestorben ist, brauchte unser Büro drei Monate, um alle Kalender anzupassen. Mein armer George hat Schiffe getauft. Er war *elf*, mein kleiner Junge, und warf eine Flasche gegen einen verdammt großen Ozeanriesen. Aber sein Vater sagte, dass es jemand tun müsse, und George war alt genug und mochte das Meer. Er mochte das *Meer* …«

Sie kämpfte mit sich, atmete ein paarmal beruhigend ein.

Richard betrachtete sie mit steigender Sorge. »Es hat ihm Spaß gemacht, Mutter. Er redet immer noch davon.«

»Darum geht es nicht. Er war allein.«

»Nein, das war er nicht …«

»*Ich war nicht da!*«, schrie sie. Und schlug mit ihrem Arm so fest auf, dass Staub aus der gepolsterten Armlehne des Stuhls wirbelte.

Schockiertes Schweigen breitete sich aus.

»Es geht hier um die Kinder, stimmt's? Sie machen sich um unsere Kinder Sorgen?«, fragte Bella zögernd.

Richard atmete geräuschvoll ein.

Die Königin schüttelte den Kopf. »Nicht nur um die Kinder, obwohl es hart für sie ist. Sie können sich nicht vorstellen, wie es ist, wenn sie bei jeder Gelegenheit an die Öffentlichkeit gezerrt werden. Sie sind so klein, und man fühlt sich hilflos.«

Bella erinnerte sich daran, wie Richard ihr erzählt hatte, dass seine Mutter ihn und seine Geschwister gut vor der Tyrannei des alten Königs beschützt hatte. Sie schaute gerade zu ihm, und Richards Gesicht war sehr bleich.

Sie konnte das nicht ertragen und sagte scharf: »Richard und ich werden uns gegenseitig um uns kümmern und um unsere Kinder. Das *verspreche* ich Ihnen.«

»Ich weiß, dass Sie das denken. Wir alle denken das. Aber der Druck lässt nie nach. Irgendwann wird man aufgerieben… und einsam«, fügte sie hinzu. Und plötzlich füllten sich die Augen der Königin mit Tränen. Sie sprang auf die Füße.

»Es tut mir leid. Das ist eure Sache. Ich hätte diese Liste nicht zurückhalten dürfen. Es tut mir leid. Bitte sprich mit deinem Vater darüber, Richard. Entschuldigt mich. Ich fühle mich nicht gut.«

Sie ging rasch weg und hinterließ eine geschockte Stille.

»Die Arme«, flüsterte Bella.

»O Gott«, sagte Richard. Er sah Bella an. »Was willst du tun, Schatz? Darüber schlafen?«

Sie dachte an das, was Georgia ihr gesagt hatte. Es erschien ihr sehr einleuchtend.

Sie nahm seine Hand. »Ich denke, du und ich sollten herausfinden, was wir wollen, bevor alle anderen darüber bestimmen dürfen.«

»O-kay. Und das wäre?«

Bella schaute auf die kleinen Falten um seine Augen, die sich immer vertieften, wenn er sich über etwas Sorgen machte. Er passte so auf, sie nicht zu drängen, sie nicht unter Druck zu setzen, sich zurückzunehmen und sie ihre eigene, unabhängige Entscheidung treffen zu lassen. Und doch konnte sie sehen, wie verzweifelt er kein Jahr warten wollte.

Nun, sie auch nicht. Sie wusste das ohne jeden Zweifel.

Sie stand auf und kniete sich neben ihn. »Ich liebe dich so sehr, es ist, als würde ich im Sonnenschein baden. Ich würde dich morgen heiraten, wenn ich könnte.«

Sie sah, wie die Falten verschwanden. Er seufzte sehr lange, als wäre eine schwere Last von ihm genommen.

Aber alles, was er in seiner praktischen Art sagte, war: »Wie wäre es mit Juni?«

18

Der Ring!

Royal Watchers Magazine

Ein Wirbelsturm brach los, den Bella nie für möglich gehalten hätte. In der nächsten Woche sprach Richard mit dem König und dem Premierminister, und sie grenzten das Datum auf drei mögliche Termine ein. Richards Büro rief Bella stündlich wegen irgendeiner Option an, bis sie am liebsten gesagt hätte: »Macht es einfach. Ich tue, was auch immer ihr wollt.«

Aber sie dachte an Georgias Rat und verkniff es sich. Und sie riefen weiterhin an.

Und dann stand das endgültige Datum fest, eine Pressemitteilung war aufgesetzt worden, und endlich rief die Königin sie an. So herbeizitiert, verließ Bella mal wieder früher das Büro und notierte es sorgfältig auf den Stundenblättern, die sie bei Arbeitsbeginn eingeführt hatte. Das Letzte, was sie jetzt gebrauchen konnte, waren Journalisten, die ihr vorwarfen, die neue, zukünftige Prinzessin würde bei der Arbeit blaumachen!

Die Königin war allein. Sobald der Lakai sich entfernt und die Tür hinter sich geschlossen hatte, sagte sie: »Ich schulde Ihnen eine Entschuldigung für unser letztes Treffen. Ich hätte nie – alles, was ich sagen kann, ist, dass ich die besten Absichten hatte.«

»Davon bin ich überzeugt«, sagte Bella. »Ich werde Sie sicher einmal um Rat bitten. Ich werde ihn wohl brauchen.«

»Ja, das werden Sie«, sagte die Königin traurig. »Ich schlage also vor, dass Lady Pansy aus ihrer informellen Rolle als Ihre Freundin und Mentorin zur offiziellen Hofassistentin wird. Sie werden natürlich auch eine persönliche Assistentin brauchen. Vielleicht wäre das was für Ihre Freundin Charlotte Hendred, oder?«

Sie wissen sehr gut Bescheid, dachte Bella. Laut sagte sie: »Ich möchte sie nicht darum bitten, ihre Karriere zu unterbrechen. Aber vielen Dank, das ist eine gute Idee. Ich werde mich nach jemandem umsehen.«

Die Königin lächelte. »Gut. Das ist also abgemacht. Und verzeihen Sie mir, ich weiß, dass Sie junge Leute gern alles selbstständig erledigen, aber das ist alles recht ungewöhnlich. Daher wird der Palast bezahlen. Ich würde vorschlagen, dass Ihr Team ein Büro im St. George's Tower benutzt, wo viele unserer Angestellten arbeiten.«

Noch mehr Sicherheitsangestellte, noch häufigeres Vergessen sich an- und abzumelden, dachte Bella mutlos. Aber es gab Schlachten, die es wert waren, geschlagen zu werden, und andere, die es nicht waren. Also sagte sie: »Danke sehr, Ma'am«, als wäre sie wirklich dankbar, und das Büro wurde eingerichtet.

Aber bevor sie ihr Team das erste Mal besuchen konnte, rief Richard sie an.

»Kann ich dich zum Abendessen ausführen?«

»Jederzeit. Wann?«

»Heute Abend.«

»*Heute Abend*? Ich dachte, du wärst auf einer Handelsmesse.«

»Ja.«

»Erzähl mir nicht, du hast schon genug davon, Werkzeugmaschinen zu bewundern, und ich stattdessen kommen soll, um dir den Rücken zu massieren?«

»Keine schlechte Idee.«

»Na dann. Wo sollen wir uns treffen?«

»Ich schicke dir einen Wagen«, sagte er geheimnisvoll. »Ich werde gegen vier bei deinem Büro sein, wenn dir das passt.«

»Ich hatte eigentlich an Rührei auf Toast bei einer DVD gedacht ... Aber natürlich passt das! Wunderbar.«

Den Wagen kannte sie zwar nicht, doch Ian fuhr ihn. Wichtiger war, die drei oder vier Fotografen, die inzwischen ständig vor ihrem Büro herumlungerten, kannten das Auto auch nicht. Bella winkte ihnen, als sie an ihnen vorbeifuhr, sie hatte Lady Pansys Protokollvorschriften vergessen. Sie war ganz aufgeregt vor Freude, Richard spontan sehen zu können.

Ich werde meinen Liebsten sehen, dachte sie. Ich werde meinen *Liebsten* sehen.

Ian wartete um die Ecke auf sie, wie versprochen. Sie setzte sich auf den Beifahrersitz, und er fuhr los, Richtung Autobahn.

»Wohin fahren wir?«

»Richard hat etwas über ein Picknick gesagt.«

»Ein Picknick? Im Februar?«

Ian lachte. »Das heutige Datum sagt Ihnen nichts, oder?«

»Was?«

Er wandte kurz seinen Kopf zu ihr. »Es steht in der Zeitung.«

Bella angelte nach seiner *Morning Times*. »Der vierzehnte Februar. Und?«

Er seufzte. »Sehen Sie in den Kleinanzeigen nach.«

»Wenn Richard mir Nachrichten via Kleinanzeigen schickt, dann hat er mir das nie erzählt«, sagte Bella empört. »Ich hasse es, dass sein Büro mit meinem Büro spricht. Es ist so künstlich, ich – oooh!«, sagte sie, als sie die Unmengen von liebevollen Nachrichten sah, die die Seite heute füllten. »Es ist *Valentinstag*.«

Nach ungefähr einer Stunde fuhren sie von der Autobahn ab, und nach einer weiteren Stunde passierten sie eine geheimnisvoll anmutende Gegend, voller Steinhäuser, schroffer Hügel, schmaler Straßen und reetgedeckter Pubs.

»Machen wir eine Reise durch Mittelengland?«, fragte Bella. »Das hier wirkt wie Tolkienland auf mich.«

Aber Ian schüttelte nur den Kopf, schaute auf seine Uhr und fuhr weiter. Schließlich bogen sie in eine noch kleinere Straße mit einem grünen Wanderwegschild.

Rechts und links von ihnen lagen Felder in völliger Dunkelheit. Die Straße war leer, kein Haus oder Licht zu sehen. Sie endete an einem Viehgatter. Richard lehnte daran, er trug eine Barbourjacke und Jeans.

»Sind das etwa Gummistiefel?«, fragte Bella misstrauisch. »Himmel, er meinte wirklich ein Picknick.« Sie stieg aus dem Wagen aus.

Richard kam auf sie zu, küsste sie, gab ihr die Gummistiefel, als wäre keine weitere Erklärung nötig, und sagte: »Danke schön, Ian. Bis morgen.«

Ian grinste. »Gut. Äh, dann, gute Nacht«, und fuhr weg.

»Einen Augenblick dachte ich, er würde ›Ihnen eine schöne Nacht‹ sagen«, meinte Richard nachdenklich.

Inzwischen hing Bella an seinem Arm, während sie einen Fuß in den ersten Gummistiefel steckte. Aber sie musste lachen, schwankte, und Richard musste sie festhalten.

»Du bist so ein dankbares Opfer zum Necken«, sagte er sehr zufrieden.

Sie zog den anderen Stiefel an, er nahm ihre Schuhe und steckte sie in seine beiden Jackentaschen.

Wolken trieben über einen schwarzen Himmel. Die Landschaft wurde nur ab und zu von Lichtstrahlen eines wässrigen Mondes erhellt. Richard trug eine Taschenlampe, klein, aber mit einem kräftigen Strahl.

»Wir gehen ein bisschen bergauf«, sagte er. »Halt dich an mir fest.«

Sie kletterten über das Gatter und stiefelten los. Es dauerte nicht lange, bis sie in der Ferne etwas erkennen konnte ...

»Ist das ein Turm?«

»Ich dachte, dass du ein Picknick in vier Wänden bevorzugen würdest, wegen des Windes.«

»Du denkst an alles«, sagte Bella höflich.

Es war ein recht kleiner Turm, mit nur einem Zimmer auf jedem der drei Stockwerke. Er hatte bereits ein Feuer angezündet, sodass es angenehm warm war. Auf den alten Steinplatten lag eine karierte Decke mit einem Schilfkorb in der Mitte. Zwei klappbare Picknickstühle standen rechts und links neben dem Kamin. In einer Ecke, am Fuß der Treppe, befand sich ein kleiner Schreibtisch mit einer elektrischen Kasse und einer Postkartenauswahl darauf.

»Dürfen wir überhaupt hier sein?«, fragte Bella unsicher. »Es sieht sehr ... nach kommunalem Eigentum aus. Wir sind doch nicht illegal eingedrungen, oder?«

Er lachte laut auf. »Der Verwalter weiß, dass wir hier sind, versprochen. Er hat mir den Schlüssel und die Erlaubnis gegeben, mein Auto im nächsten Feld zu parken.«

»Und das Feuer?«, fragte Bella nach wie vor skeptisch. »Wann wurde dieser Schornstein das letzte Mal gefegt?«

»Na, danach habe ich nicht gefragt.«

Sie entspannte sich. »Na, in Ordnung. Wenn er explodiert und wir zu Kohle verbrennen, dann werde ich dir die Schuld geben.«

»Tu das. Champagner?«

Sie war überrascht. Richard war normalerweise ein Rotweintrinker, aber er wusste, dass sie Prickelwasser mochte.

»Du verwöhnst mich ja richtig. Danke sehr.«

Sie setzte sich auf einen der Klappstühle, er öffnete die Flasche, füllte zwei Gläser, und sie stießen an. Es schien, als wolle er etwas sagen und wusste nicht, womit er beginnen sollte. Es sah ernst aus.

»Warum sind wir hier?«, fragte Bella schließlich.

»Ich weiß nicht, ob ich das Richtige getan habe, vielleicht

möchtest du ihn lieber selbst aussuchen. Aber ich habe dir noch nie etwas Persönliches geschenkt. Nicht so richtig. Und ich wollte, dass das hier von mir für dich ist. Irgendwie persönlich.«

Er griff in die Tasche seiner Barbourjacke und zog ihren rechten Schuh, eine karierte Mütze, eine Rolle Pfefferminzbonbons … und ein Schmuckkästchen heraus.

Er starrte darauf, schluckte schwer. »Wenn du … ach verdammt, hier ist er. Ich hoffe, er gefällt dir.«

Und er drückte es ihr in die Hand, als wäre es ein Schinkenbrot.

Bella öffnete die kleine Samtschachtel sehr vorsichtig.

Darin befand sich ein Wirbel aus silbrigem Metall wie ein verschnörkeltes »S« mit einem einzelnen, zitronengelben Diamanten in der Mitte. Der Ring war sehr schlicht und dennoch wunderschön. Und er war auch ganz und gar wie *er*, wie diese wundervolle, einfache Wohnung mit all dem Licht und den schönen Holzintarsien.

»Er sieht aus wie der Wind«, sagte sie ehrfurchtsvoll.

Er atmete kräftig aus. »Gefällt er dir? Wirklich? Ein junger Goldschmied hat ihn gemacht, dessen Arbeiten mir schon lange gefallen. Wir haben ewig über den Entwurf des Ringes diskutiert, wie er sein sollte, denn ich wollte etwas Freies, etwas Fließendes. Den habe ich ausgewählt. Wir haben über Gold gesprochen, aber mir gefiel Platin für dich besser. Gefällt er dir wirklich? Du bist nicht bloß nett? Denn du kannst dir auch deinen eigenen Verlobungsring aussuchen, das weißt du.«

Sie stand auf und küsste ihn. »Er gefällt mir wirklich, ehrlich. Ich liebe ihn. Du bist ein Genie.«

Richard strahlte.

»Klasse. Das ist … klasse.«

Er lief zur Treppe. »Jetzt komm, und sieh dir die Sterne an. Und dann füttere ich dich.«

Sie stiegen die wackelige Treppe hinauf. Der Turm verfügte anscheinend über einen Festungswall. Von oben konnte man die Berge sehen, Täler, das Glitzern des Wassers im Mondlicht, kleine, schlafende Städte und große Felder. Die tiefen Wolken waren verschwunden, aber es gab immer noch eine Decke aus hohen Wolken mit einer großen Lücke, die zum Universum führte, wo die Sterne glänzten. Mondlicht floss in goldenen Streifen, bei denen Bella das Gefühl hatte, sie könnte auf sie klettern.

»Hallo Britannien«, sagte Richard, nahm ihre Hand und hob sie hoch. »Hier ist sie also. Meine Lady und eure.«

19

Das Kleid!

Royal Watchers Magazine

Natürlich musste der Ring noch verborgen bleiben, bis zum offiziellen Fototermin, bei dem sie Datum und Ort der Hochzeit bekanntgaben. Richard schlug vor, dass Bella ihn mit nach Hause nahm und ein bisschen trug, um sicherzugehen, dass er auch passte. Lottie hatte zwar einen von Bellas Handschuhen gestohlen und ihm gegeben, aber der Juwelier hatte ihn gewarnt, dass er damit nur eine ungefähre Größe einschätzen konnte.

Bella geriet zwar in große Versuchung, aber am Ende beschloss sie, vernünftig zu sein.

»Ich bin so ein Tollpatsch, am Ende passiert etwas Furchtbares. Ich könnte ihn das Klo hinunterspülen«, sagte sie mit einem Schauder.

»Du wirst dich irgendwann an ihn gewöhnen müssen«, sagte Richard amüsiert. »Aber egal. Es kann eine Woche warten. Ich werde ihn zurückbringen und in den Tresor legen lassen, wenn du möchtest.«

Sie dankte ihm überschwänglich.

Als sie dann am nächsten Morgen zum ersten Mal ihr neues Büro im Palast betrat, konnte sie ehrlich sagen, dass sie noch keinen Ring hatte. Lady Pansy war schockiert.

»Haben Sie wenigstens die Steine ausgewählt? Und haben Sie schon entschieden, was Sie beim Verlobungsfoto tragen werden?«

»Um Himmels willen, nein«, antwortete Bella.

Sie hatte gehofft, innerhalb einer Stunde den Palast wieder verlassen zu können, aber Lady Pansy hatte eine ganze Liste voller Entscheidungen, die sie fällen musste, und das nahm fast den ganzen Morgen in Anspruch. Bella dachte über Rebellion nach, ließ es jedoch bleiben. Es war nicht Lady Pansys Schuld, dass sie jedes winzigste Detail beachtete. Außerdem war sie die Freundin der Königin und hatte an der Organisation der Hochzeit von König und Königin vor gut dreißig Jahren teilgenommen. Sie kannte die Traditionen also aus erster Hand.

Um des lieben Friedens willen saß Bella auf einem Sofa und machte sich Notizen auf ihrem Smartphone, während Lady Pansy sich langsam durch mehrere Aktenordner arbeitete.

Allein die Kleiderordnung füllte einen großen Ordner. Bella brauchte Kleidung fürs Mittagessen, fürs Abendessen, für offizielle Bälle, um zum Ballett zu gehen ... Ihr wurde schwindelig. Und dann waren da natürlich noch die Kleider für die offiziellen Fotos: das Verlobungsfoto, eine entspannte Fotosession irgendwo auf dem Land, kein Zweifel, Prinz Richard hatte schon einen Ort im Kopf, das Outfit zum Wegfahren, die gesamte Garderobe für die Flitterwochen und *Das Kleid*.

So wie Lady Pansy es betonte, klang es, als wäre das Ding eine Art von Außerirdischem aus *Dr Who,* dachte Bella. *Der Angriff der Hochzeitskleidmutanten*? Sie merkte, dass Hysterie im Anmarsch war und riss sich zusammen.

»Ich befürchte, ich habe noch gar nicht über ein Hochzeitskleid nachgedacht. Ich habe mich noch nie sonderlich für Mode interessiert, und da ich ein Jahr fort war, weiß ich überhaupt nicht mehr, was angesagt ist.«

Lady Pansy strahlte sie auf eine mütterliche Weise an. »Ich bin so froh, dass Sie das sagen, meine Liebe. Es macht es mir leichter, es auszusprechen: Sie brauchen einen kompletten Imagewechsel, um Ihrer königlichen Rolle gerecht zu werden. Ich bin mir sicher, das ist Ihnen klar.«

»Äh, ach ja?«, sagte Bella, der nichts Derartiges klar war.

»Da ich Ihre Majestät auf vielen Reisen begleitet habe, bin ich sicher, dass ich Ihnen helfen kann. Also, für das Verlobungsfoto ein britischer Designer natürlich. Nichts zu Avantgardistisches. Sie müssen alle Altersgruppen und Bevölkerungsschichten ansprechen, von denen viele einen sehr traditionellen Geschmack haben. Soll ich Ihnen ein paar Modelle zur Auswahl schicken lassen?«

Bella hatte eine haarsträubende Vision von Stunden und Stunden des Kleideranprobierens, bei denen Lady Pansy Noten von eins bis zehn verteilte, und sagte danke schön, sie bekäme das wohl auch allein hin. Lady Pansy sah zwar nicht direkt am Boden zerstört aus – sie war viel zu gut darin trainiert, diesen erstarrten Höflingsgesichtsausdruck beizubehalten –, aber sie tat Bella leid.

Also sagte sie freundlich: »Aber wenn Sie mir eine Liste der Designer geben könnten, die ich mir wegen des Hochzeitskleids anschauen sollte, wäre das eine riesige Hilfe.«

Lady Pansy neigte ihren Kopf, ohne zu lächeln.

»Und vielleicht könnten Sie diejenigen, die Ihnen besonders gefallen, markieren«, schlug sie vor.

Lady Pansy taute etwas auf und versicherte ihr, dass sie das nur zu gern täte.

Bella floh, bevor Lady Pansy noch eine Entscheidung für sie einfiel. Sie hüpfte in ein Taxi und rief Lottie auf ihrem Weg zum Büro an.

»Lotts, ich brauchte Modeberatung. Du kennst mich ja.«

»Allerdings«, entgegnete Lottie. »Die beste Bikinisammlung, aber ansonsten besteht deine Garderobe nur aus Hosen.«

»Ich habe auf einer tropischen Insel gelebt, Herrgott! Schwimmen gehörte zu meiner Arbeit.«

Lottie lachte dreckig. »Auf Richard warten noch Leckereien, die er gar nicht erwartet, darauf wette ich.«

»Man wird es mir wahrscheinlich nicht erlauben, sie zu tragen«, sagte Bella plötzlich niedergeschlagen. »Sie werden zu avantgardistisch für die britische Bevölkerung sein.«

»O Gott, erzähl mir nicht, dass es auch ein Palastprotokoll zu Bikinis gibt?«

Bella unterdrückte ein Lachen. »Das habe ich noch nicht gesehen, aber wie auch immer, das ist Zukunftsmusik. Ich brauche etwas für diese dämliche Fotosession nächste Woche. Was soll ich machen? Hast du eine Idee?«

»Ja, aber vor zwei Minuten hat ein Meeting begonnen. Ich werde auf dem Weg nach Hause ein paar Zeitschriften kaufen, und wir können später darüber sprechen.«

Ein perfekter Frauenabend stand ihnen bevor. Lottie hatte nicht nur eine Tüte voller Zeitschriften und Klatschblätter gekauft, sondern auch beiden eine brandneue Biogesichtsmaske und Rohmaterial für gegenseitige Maniküre mitgebracht. Und Schokolade.

»Das nenne ich Leben«, sagte Lottie und bemühte sich, ihre Lippen nicht zu bewegen. Sie lag flach im Bademantel auf dem Sofa, während eine nach Orangenblüten duftende Gesichtsmaske langsam einzog.

»Woher weiß man, wann man sie wieder abnehmen kann?«, fragte Bella, die in ihrem saphirblauen Kimono aus dem Badezimmer kam. Sie trug ihre Maske noch auf, die sich in einem Tiegel befand, wie Creme, bloß mit Himbeerkernchen darin.

»Sie wird pink. Knallpink. Nach ungefähr zwanzig Minuten.« Lottie hob ihr Handgelenk. »Ich habe noch acht.«

Bella stellte den Tiegel ab, wischte ihre duftenden Finger voller Himbeerkernchen an einem Feuchttuch ab und setzte sich in den Sessel, die Füße auf dem Ledersitzkissen. Sie lehnte ihren Kopf zurück und schaute zur Decke.

»Erinnerst du dich noch an unsere Teenagerzeit, Lotts? Wir

haben über unsere Hochzeiten gesprochen. Du wolltest von Carver Doone vom Altar entführt werden.«

»Ein sehr missverstandener Mann. Lorna Boone war so dumm, ihn nicht zu heiraten«, sagte Lottie bestimmt.

»Er war der Böse.«

»Er war sexy.«

»Eigentlich wolltest du gar nicht heiraten, du wolltest entführt werden, oder?«

Lottie dachte nach. »Nein. Nein, das glaube ich nicht. Ich glaube, ich wollte einfach nur einen Mann vor Lust wahnsinnig machen. Am liebsten vor all meinen Freunden und Verwandten, inklusive Jemima Crane von nebenan und Richard Gere in *Pretty Woman*. Natürlich hätten sie uns nachjagen und mich retten sollen. Aber hey, ich bin eine Dramaqueen. Was soll ich dir sagen? Ich glaube nicht, dass etwas Düsteres dahintersteckte.«

»Ich kann mich nicht daran erinnern, was ich mir damals wünschte.«

Lottie drehte sich auf dem Sofa um. »Du hast deine Meinung ständig geändert. Du wolltest auf einer Waldlichtung heiraten, im Geheimen, daran erinnere ich mich. Ach, und du hattest immer dieses Bild an der Wand, mit dieser Frau in einem Kleid mit langen, fließenden Ärmeln, die einen hübschen, jungen Mann im Kettenhemd zum Ritter schlägt.«

Bella wand sich. »Oooo ja, *Der Ritterschlag*, mir fällt der Name des Malers nicht mehr ein, aber die Frau trug ein fantastisches Kleid, mit diesen langen, fließenden, mittelalterlichen Ärmeln und all dieser Goldstickerei. Ach, so ein Kleid fände ich toll ...«

Lottie nickte begeistert. »Lange, mittelalterliche Ärmel sind eigentlich keine schlechte Idee für eine Prinzessin. Warum nicht so etwas in der Art?« Sie sah auf ihre Uhr und schwang die Füße auf den Boden. »Die Maske ist fertig. Bin sofort zurück.«

Als sie zurückkam, sagte Bella nachdenklich: »Keine von uns

wünschte sich, im weißen Kleid den Mittelgang der Kirche entlangzulaufen, um sich hinterher volllaufen zu lassen, oder?«

Lottie schaute sich im Wohnzimmerspiegel an. »Die Haut ist eindeutig weicher. Und unter meinen Augen sind keine Ringe mehr. Scheint richtig gut zu sein.«

Bella gähnte. »Gut. Ich schlafe hier nämlich ein.«

»Das kannst du nicht. Wir müssen uns um Brautmoden kümmern.« Lottie drehte sich um und stemmte ihre Hände in die Hüften. »Zeit, eine Flasche zu öffnen?«

Bella streckte sich. »Mmmm.«

»Komm schon. Du kannst jetzt nicht schlafen. Wir müssen arbeiten.«

»Ich habe Richard gestern Abend getroffen«, sagte Bella verträumt. »Bin *sehr* spät ins Bett gekommen.«

»Gut für dich.« Lottie hatte eine Flasche Wein geholt und setzte sehr geschickt und rasch einen Korkenzieher an. »Hey, das ist eine gute Idee. Konzentrier dich auf ihn. Was denkst du, was möchte er gern auf dem Mittelgang auf sich zukommen sehen?«

»Den Fluch des Hochzeitskleidmutanten.«

Bella erzählte Lottie von ihrem Einfall, während Lady Pansy über die Kleiderordnung schwadroniert hatte, und sie mussten beide lauthals lachen.

Lottie stimmte ihr zu: »Nein, du willst keines dieser riesigen, baiserartigen Ungetüme, die aussehen, als könnten sie auch von selbst gehen.«

»Gehen, jagen, töten«, ließ Bella mit donnernder Stimme vernehmen.

»Ja, genau. Wie viel hast du gestern Nacht getrunken?«

»Eine Flasche Champagner zusammen. Ehrlich, Lotts, ich bin nur müde. Ich habe drei Anträge, die es alle verdienen, gefördert zu werden, habe aber nur Geld für zwei. Ich brauche ein bisschen Zeit, um sie im Vergleich zu bewerten, und die verdammte Lady

Pansy ruft mich ständig an, um mich zu fragen, welche Farbe die Dankeskarten haben sollen.« Sie sah auf ihre Uhr und sprang auf. »Mist, die Maske muss runter.«

Sie lief durch den Flur ins Badezimmer, kurz darauf hörte man sie fluchen.

Lottie goss sich ein Glas Wein ein, verteilte die Zeitschriften auf dem Fußboden und ließ die Seiten aufgeschlagen, deren Fotos ihr gefielen.

Schließlich kam Bella mit tränenden Augen zurück. »Ich habe ein bisschen von dem Zeug in die Augen bekommen, als ich es abwaschen wollte«, erklärte sie. »Aber du hast Recht. Meine Haut fühlt sich wirklich weicher an.« Sie goss sich ebenfalls ein Glas Wein ein. »Ich werde es Lady Pansy sagen, dann kann sie noch einen Ordner anlegen. Gesichtsmasken für Bräute.«

Sie ließ sich auf den Teppich vor dem Kamin fallen. »Also dann, lass uns mal die Baisers anschauen.«

Aber Lottie hatte nur Fotos von Tageskleidern aufgeschlagen. Eng geschnittenen Kleidern, schwingenden Kleidern, umwerfenden Kleidern mit Gürtel in Cremeweiß. Röcke aller Längen. Taillierte Jacken, weite, lockere Jacken, Jacken, die fast wie ein Herrendinnerjacket aussahen. Und seidige Cocktailhosen mit piratenartigen Seidenschärpen und Hemden mit hohen Kragen. Sogar Kleidung mit mehreren Schichten, noble Grunge-Outfits, bei denen man nicht sagen konnte, was wohin gehörte.

»Wofür sind die?«

»Die Fotosession nächste Woche? Erinnerst du dich?«

»O Gott. Ja. Okay.« Bella schaute sich alle schnell an. »Das gefällt mir«, sagte sie seufzend und zeigte auf die cremeweiße Wollschönheit. »Aber ich würde Kaffee darauf verschütten oder sonst was.«

Lottie kicherte. »Ja, wahrscheinlich. Das ist sowieso ein bisschen zu elegant. Es hat was von einer Cougar, findest du nicht?«

Sie betrachteten beide den weltgewandten Gesichtsausdruck des spinnedürren Models.

Bella nickte langsam. »Ich weiß, was du meinst. Ich bin sowieso nicht dünn genug dafür. Jetzt, da ich nicht mehr hungern muss, bin ich wieder beim Normalgewicht.«

»Was auch gut so ist. Also vergiss das Cremeweiße. Das ist ausschließlich für Leute, die nicht essen, sich nicht bewegen und keine Kaffeetassen in der Hand halten. Hast du eine Idee, welcher Designer dir gefallen könnte?«

Bella brach eine Ecke der riesigen Tafel Haselnussschokolade ab, die Lottie mitgebracht hatte, und lutschte nachdenklich daran.

»Lady Pansy meint, er sollte britisch sein.«

Lottie schnaubte. »Lady Pansy hat keine Ahnung, wovon sie redet. Ja, gut, vielleicht für das Hochzeitskleid oder die – wie heißt das noch? – Aussteuer. Genau, so heißt es, Aussteuer. Das hört sich schwer nach dem letzten Jahrhundert an, oder? Aber bei den Fotos nächste Woche wird die Presse das Mädchen sehen wollen, in das Richard sich verliebt hat. Du, so wie du bist. Aschenputtel vor dem Ball. Vertrau mir.«

Bella knabberte vor Aufregung noch mehr Schokolade. »Bikinioberteil, Jeansshorts und Flipflops?«

»Komm schon, du kannst das besser. Du hast ein paar nette Sachen gekauft, seit du wieder hier bist. Hast du dir deinen Kleiderschrank mal angesehen?«

»Da ist nichts. Es passt entweder für die Arbeit, oder es sind Jeans. Oder Partykleider, und die gehen auch nicht. Lady Pansy sieht immer aus, als ginge sie mit einem Botschafter essen. Ich nehme an, sie findet, ich sollte ebenfalls so aussehen. Und ich glaube nicht, dass ich das kann.«

Lottie feuerte sie an. »Hey, du bist eine Blondine mit grünen Augen. Du kannst nach einer Million Dollar aussehen, wenn du willst. Jeder Botschafter wäre stolz. *Gefällt* dir irgendeines dieser Designs eigentlich?«

Bella hob die ganze Tafel Schokolade hoch und drückte sie wie eine Wärmflasche gegen sich, dabei wiegte sie sich sanft hin und her. Lottie nahm ihr die Tafel weg.

»Schokolade und Seide. Kein guter Look. Konzentrier dich, Bel.«

Schließlich hörte Bella auf, Panik zu schieben, und beschloss, dass ihr die Kombination eines Spitzentops mit tiefem Ausschnitt, einer Hose und Schuhen mit unglaublich hohen Absätzen gefiel sowie eine Auswahl sehr einfacher Kleider in wunderschönen Farben. »Die Farben müssen dunkel sein, um den Ring besser zur Geltung zu bringen«, sagte sie nachdenklich.

Lottie schrie begeistert auf. »Also darum ging es gestern Abend. Du hast den Stein bekommen!«

»Hm.«

»Komm schon, erzähl. Hat er dir ein Erbstück überreicht?«

»Viel besser«, sagte Bella träumerisch. »Er ist aus Platin mit einem gelben Diamanten, und er ist wunderschön. Extra für mich entworfen. Nur für mich.«

Lottie setzte sich auf, die Augen weit aufgerissen. »Mann, ich habe noch nie einen gelben Diamanten gesehen. Hervorragende Wahl, denn du hast gelbe Flecken in deinen grünen Augen. Das muss ihm aufgefallen sein. Blauweiße sind zu hart, und Smaragde wären zu grell. Und manche Leute glauben sowieso, dass sie Unglück bringen. Aber ein gelber Diamant ... Ja. Er hat Klasse, dein Richard.«

»Dann zeig mir mal ein Outfit, das das Kompliment erwidert«, sagte Bella, gar nicht mehr verträumt.

»Mit Vergnügen.« Lottie wies mit dem Finger auf drei Fotos. »Nicht das Spitzending. Zu raubtierhaft. Aber kauf es für irgendeine Party. Probier das marineblaue Tageskleid, es ist sehr elegant, ein bisschen wie bei *Mad Men*, oder? Oder dieses grüne Wickelkleid aus Chiffon mit dem coolen Rock. Es hat einen tollen Ausschnitt, und die Farbe würde super zu Miss Gelber Diamant passen.«

Bella stimmte ihr zu, dass beide einen näheren Blick lohnten, und pries Lottie als Genie.

»Und morgen gehe ich mit dir shoppen, bevor du die Lust wieder verlierst, okay?«, meinte das Genie schnell.

Danach cremten sie einander die Hände ein, weichten Nagelhäute auf und schnitten sie, feilten die Nägel und lackierten sie einander dann feierlich golden. Und tranken die Flasche leer.

Die Fotosession war ein Kinderspiel. Sie wusste nicht, was *Mad Men* war, und in ihren Ohren klang es eher tückisch, sodass sie das Efeugrüne auswählte. Bei ihrer Größe reichte der Rock nur bis zum Knie, aber von den zukünftigen Mächten wurde er als anständig genug akzeptiert. Und es brachte den Diamanten wunderbar zur Geltung. Bella liebte den Ring so sehr, dass sie ihn immer wieder anfasste und ihn sich vor unterschiedlichen Hintergründen ansah. Vor jedem sah er perfekter aus als vor dem letzten. Richard war ganz offensichtlich davon angetan. Der Goldschmied, der ihn entworfen hatte, war auch da, ein schüchterner, zurückhaltender Mann, der nur lebhaft wurde, wenn er über seine Arbeit sprach.

»Dieser Mann kommt doch zur Hochzeit, oder nicht?«, zischte Bella Richard zu, als Drinks serviert wurden und das Posieren und Fotoschießen vorüber war.

»Wenn du das möchtest, natürlich. Setz ihn auf deine Liste.«

»Ach.«

»Du hast doch mit der Liste angefangen?«

Sie zuckte zusammen. »Eigentlich nicht ...«

»Aber Pansy hat gesagt ...«

»Es ist nicht die Schuld von Lady Pansy. Sie hat mir einen Ordner gegeben und Notizen und alles. Es ist bloß so, dass ich bei der Arbeit im Moment gerade mit konkurrierenden Vorschlägen kämpfe.«

Richard bekam diesen versteinerten Gesichtsausdruck, der – wie sie wusste – seine Enttäuschung verbergen sollte.

»Es tut mir wirklich leid, Liebster. Ich werde es nächste Woche machen.«

Der versteinerte Gesichtsausdruck verschwand nicht.

»Diese Woche, meine ich. Ich werde es noch vor Freitag tun.«

»Das wäre sehr hilfreich.«

»Autsch. Bitte sei nicht so königlich zu mir.«

Erschrocken sah er sie an.

Sie legte ihren Kopf schief und zwinkerte frech. »Erinnerst du dich, was das letzte Mal passiert ist?«

Der versteinerte Gesichtsausdruck verschwand.

»Was mich daran erinnert, dass du mir noch einen Limerick schuldest.«

Er konnte nicht anders, er lachte laut auf.

Es wurde ein fantastisches Foto für die Zeitschriften, die beiden, die in einer Ecke zusammen lachten, weil sie dachten, dass niemand hinsah.

Tube Talk machte daraus das Titelbild mit der Überschrift: »So glücklich und so verliebt«. Und sogar der *Daily Despatch* gab grummelnd zu, dass die tollpatschige Miss Greenwood irgendetwas richtig machen musste.

Nur LoyalerUntertan101 sagte nichts Nettes über sie. Er oder sie fand, dass der Ring ein geschmackloses Ding sei und dass es ein Schlag ins Gesicht des britischen Volkes sei, zu dieser Zeit der öffentlichen Sparsamkeit einen unglaublich teuren, gelben Diamanten zu kaufen. Der ganze Artikel strotzte nur so vor Gehässigkeit, besonders gegen Bella.

Richard war wütend, aber Bella zuckte nur mit den Schultern. »Nicht alle können einen lieben. Oder auch nur mögen. Alles in allem finde ich, dass wir ziemlich gut weggekommen sind. Vergiss es. Wir machen das gut.«

Richard nickte. »Ich nehme an, du hast Recht. So weit so gut.«

Aber die Wahl des Hochzeitkleides stand noch an und das wurde zu einem Albtraum. Zum einen hatte Lady Pansy nicht verstanden, dass Bella sich Fotos anschauen wollte, um eine allgemeine Vorstellung vom Stil der unterschiedlichen Designer zu bekommen, da sie keinen kannte. Lady Pansy hatte acht angerufen und Originalzeichnungen geordert.

»Sie meinen, ich bezahle für acht exklusive Entwürfe?«, sagte Bella matt. Sie konnte nicht einmal vermuten, wie viel das kosten würde, aber sie war sich sicher, dass es ihren Kredit weit überstieg.

Lady Pansy winkte diese unfeine Überlegung weg. »Sie berechnen nichts. Es ist für sie eine große Ehre, gefragt zu werden. Natürlich werden sie ihren Kunden sagen, dass sie im Rennen sind.«

»Das scheint nicht gerade fair. Ich kann nur einen auswählen und sie werden sich all diese Arbeit für nichts gemacht haben.«

»Nur den Entwurf. Sie werden ja keinen Stoff kaufen oder irgendetwas produzieren.«

»Sie sind ganz offensichtlich nicht kreativ«, sagte Bella. »Sie werden daran gearbeitet haben, beim Essen und Schlafen und Träumen. Ihre Hoffnungen so anzufachen ist herzlos. Es ist nicht richtig.«

Lady Pansy versteifte sich. »So machen wir es immer.«

»Sagen Sie es nicht«, sagte Bella müde. »Tradition.«

Aber es war sogar noch schlimmer, als sie sich die Zeichnungen ansah. Jede einzelne zeigte riesige Röcke, voller Rüschen und

Falten, mit Verzierungen aus Perlen oder Spitzenbändern in jeder nur möglichen Ecke.

»Ich werde wie ein frischbezogenes Federbett aussehen«, gestand sie Lottie düster. »Irgendein vernünftiger Mensch wird sich aus der Menge auf mich stürzen und versuchen, den ganzen Kram von mir zu reißen.«

»So schlimm kann es doch nicht sein. Du bist mal wieder paranoid.«

Aber nachdem sie die Mappe, die Bella mit nach Hause gebracht hatte, durchgeblättert hatte, musste Lottie zugeben, dass es keine Paranoia war. Sie waren wirklich ...

»Entsetzlich«, sagte Bella.

»Nicht dein Stil«, fügte Lottie hinzu. Sie sah sich die Signatur auf einer Krinoline an, die so riesig war, dass sie auch als Double für einen Heißluftballon durchginge. »*Lawson*? Was, zum Teufel? Er ist der Typ, der Bräute normalerweise mit einem Hochzeitskleid in die Kirche schickt, das bis zum Hintern ausgeschnitten ist. Dafür ist er berühmt, es ist sein Markenzeichen. Dieses Ding hat ein Korsett wie aus dem neunzehnten Jahrhundert! Er muss verrückt geworden sein.«

Bella raufte sich die Haare. »Das war sicher Lady Pansy. Sie hat ihnen allen Anweisungen gegeben. Es muss traditionell sein, es muss Mittelengland gefallen, und es muss mich zum größten Wäschebeutel der Welt machen.«

Lottie sah sich die Zeichnungen noch mal an und gab mitfühlende Geräusche von sich.

»Sie ist die beste Freundin der Königin. Sie kennt Richard von Geburt an. Sie lieben sie alle, und sie sind sich sicher, dass sie es am besten weiß. Und ich kann nicht beweisen, dass sie es nicht weiß, weil ich es nicht in den Griff bekomme. O Gott, Lottie. *Was* soll ich nur tun?"

20

Brautjungfern und Wikinger

The Morning Times

Merkwürdigerweise war es Janet, die eine Lösung des Problems anbot. Sie war in die Stadt gekommen, um mit Bella zu Mittag zu essen, da das, wie sie sagte, die einzige Möglichkeit sei, ihre Tochter zu sehen. Bella bekam ein schlechtes Gewissen und reservierte einen Tisch in einer kleinen Weinbar um die Ecke des Büros der Wohltätigkeitsorganisation. Doch obwohl ihre Mutter in einer resoluten Stimmung war, kamen keine Vorwürfe, für die Bella sich bereits gerüstet hatte.

»Hör mal, Bella«, sagte sie, »Kevin und ich haben uns unterhalten. Ich weiß, dass dein Vater nichts mit der Hochzeit zu tun haben will. Hat er sich überhaupt bei dir gemeldet?«

Bella musste zugeben, dass er das nicht getan hatte. »Aber das ist früher auch schon passiert, Ma. Du weißt, wie er ist. Und ich war ziemlich ruppig zu ihm.«

»Gut gemacht«, sagte Janet überraschenderweise. »Es ist dein Leben. Na, jedenfalls wollte Kevin, dass ich dir sage, dass es ihm Vergnügen bereiten würde, wenn er dir irgendwie helfen könnte. Wir haben zum Beispiel beide kein gutes Gefühl dabei, dass der Palast anscheinend die Kontrolle übernommen hat.«

Bella war erstaunt. »Das klingt nicht nach dir, Ma.«

Janet presste die Lippen zusammen. »Ich bewundere die königliche Familie. Aber manchmal wirkt es so, als übergingen sie dich einfach. Wenn ich mit dir spreche, musst du mittendrin unterbrechen, um einen Anruf von Lady Pansy anzunehmen. Und es kommt mir so vor, als würdest du von Pontius zu Pilatus rennen, im Versuch, Schritt zu halten. Kevin meint also, dass du einen echten, ausgebildeten, persönlichen Assistenten brauchst. Er sagt, das würde dir etwas von der Last nehmen. Und er würde ihn gern bezahlen.«

Bella war so gerührt, dass sie einen Augenblick lang nichts erwidern konnte.

Janet wurde nervös. »Ist das in Ordnung? Wir wollen uns nicht einmischen. Ich ertrage es nur nicht, dich so überreizt zu sehen.«

»Ma, du bist wundervoll. Und Kevin ist zweifellos der beste Stiefvater der Welt. Sie haben gesagt, dass sie einen Assistenten für mich einstellen würden. Aber dann hat Lady Pansy nur ein paar Mädchen angestellt, ohne mich zu fragen, und die arbeiten für sie im Palastbüro. Es ist vor allem Lottie, die mir beim Nachdenken hilft und dabei, nicht den Kopf zu verlieren. Und dann ist da Carlos und alle anderen beim Friseur. Aber ...«

»Ich weiß«, sagte Janet. »Alle haben zu tun. Ist es also in Ordnung?«

Bella nickte. »Ich wäre so dankbar, das kann ich gar nicht sagen.«

Janet sah erfreut aus. »Ich werde es Kevin sagen. Er wird sich freuen. Äh, keine Chance, dass du mal vorbeikommst?«

Bella sah auf ihren Terminkalender. Inzwischen lud sie zuerst Richards Woche herunter und arrangierte ihre eigenen Aktivitäten um seine herum.

»Na ja, Richard ist an diesem Wochenende bei irgendeinem Schulsportding. Da könnte ich schon, wenn es euch recht ist, dass ich allein komme?«

Janet strahlte. »Das wäre wunderbar. Es ist im Moment so schön. Die Osterglocken blühen, und am Fluss stehen lauter Primeln.«

Einen Augenblick überfiel Bella eine solche Sehnsucht, dass sie sie fast körperlich spürte. Sie liebte London, aber im Grunde ihres Herzens war sie sehr naturverbunden, und es war schon lange her, dass sie den Duft feuchter Blätter und den scharfen, sauberen Geruch von Pflanzen, die durch die wärmer werdende Erde sprießen, gerochen hatte. Der Frühling war im New Forest immer schön.

»Ach ja, Ma. Das fände ich toll«, sagte sie von Herzen.

»Gut. Ich werde Neill und Val fragen, ob sie Zeit haben.«

»Neill sicher nicht. Er hat sein Wikingerding am Ostermontag. Er trainiert in jeder freien Minute.«

»Aber Val bestimmt. Sie wirkt im Moment viel glücklicher. Und Georgia vielleicht. Ach, es wird wie früher sein.«

Bella trug es in ihren Terminkalender ein und schickte eine Kopie an Richard und an sein Büro.

Er schickte sofort eine SMS zurück: *Gute Idee. Ich wünschte, ich könnte auch kommen. Grüß Janet von mir.*

Sie gab die Grüße weiter, sie aßen zu Ende, und ihre Mutter fuhr zurück nach Hampshire.

Kevin rief eine halbe Stunde nach Janets Abfahrt an. »Ich weiß nicht, ob du irgendjemanden als Assistenten im Kopf hast«, sagte er barsch. »Aber die Leiterin der Personalabteilung hier sagt, dass sie vielleicht weiterhelfen könne. Junge Frauen mit kleinen Kindern, die sehr gern von zuhause arbeiten wollen, so was in der Art. Wenn du willst, schicke ich ihr deine E-Mail-Adresse. Ich will mich aber nicht einmischen.«

Ich will mich nicht einmischen. Das hatte ihre Mutter auch gesagt. Wie anders als Richards Familie Kevin und Janet doch waren, dachte Bella. Und dann dachte sie, nein, es ist nicht seine Familie. Abgesehen von Queen Janes Ausbruch in Andorra hatte keiner von ihnen versucht, sich einzumischen, und bei dem Ausbruch ging es mehr um das Leben der Königin als um das von ihr und Richard.

Nein, das Einmischen, die Unmengen an kleinlichen Details,

die Kommentare, die Kritik an allem, was sie tun wollte, das kam alles aus den verdammten privaten Büros über Lady Pansy, und die setzte sich selbst bei jeder Möglichkeit ans Ruder. Machten sie alles komplizierter, um sich wichtig zu machen?

Bella verdrängte den Gedanken sofort, ganz vergessen konnte sie ihn jedoch nicht.

Also sagte sie Kevin, dass sie für jede Hilfe dankbar wäre.

Vor Ende der Woche hatte sie einen freundlichen, menschlichen Dynamo in Form von Trudy, einer Mutter von zwei Kindern und eine erstklassige Organisatorin, die zuhause Zeit hatte, wenn die Kinder im Kindergarten und im Spielkreis waren. Innerhalb von zwei Tagen hatte sie eine Liste erstellt mit den zu erledigenden Sachen samt Datum sowie die Namen der Leute, mit denen sie in Kontakt treten sollte.

Sie gab Bella auch einen cleveren Rat: »Lady Pansy stammt noch aus der Federkielzeit. Ist nicht ihre Schuld, aber sie muss geleitet werden.«

Bella lachte bitter. »Aber *wie*?«

»Sie müssen ihr zuvorkommen. Kommen Sie ihr zuvor. Berufen Sie Treffen mit ihr ein, schreiben Sie sie in den Terminkalender, halten Sie sie kurz. Geben Sie ihr das Gefühl, eine Schlüsselposition einzunehmen, aber hören Sie auf, jedes Mal ans Telefon zu gehen, wenn ihr noch etwas einfällt.«

Es funktionierte.

Natürlich gefiel es Lady Pansy nicht. Zunächst vergaß sie, ihre Nachrichten als Kopie an Trudy zu schicken. Aber als sie herausfand, dass Bella alle ihre SMS an ihre neue Assistentin umgeleitet hatte und ihr Telefon ständig auf Mailbox geschaltet ließ, gab sie nach. Es kam zu einem schwierigen Treffen, bei dem sie mit zuckersüßer Stimme ihre Vermutung äußerte, dass Bella ihre neue Rolle zu überwältigend fand.

»Vielleicht sollten Sie in den Palast ziehen? Ich kann es bei

Ihrer Majestät zur Sprache bringen. Wir werden heute Morgen gemeinsam Kaffee trinken.«

Die Vorstellung war haarsträubend. Bella wehrte sie sofort ab.

»Das ist sehr nett, Lady Pansy. Aber nicht notwendig, danke schön. Ich denke, ich schaffe es, meine *Arbeit* mit allem, was ich für die Hochzeit planen muss, in Einklang zu bringen. Ich werde die Situation in ein paar Wochen mit Richard durchgehen. Und so stelle ich es mir vor ...«

Sie präsentierte Lady Pansy den neuen Terminkalender. Bella käme danach immer noch in den Palast, um sie zu treffen, aber in einem regelmäßigen Rhythmus: Montags um zwei Uhr, um Dinge durchzugehen, die am Wochenende geschehen waren, und den Wochenplan eventuell entsprechend zu ändern. Ein rascher Abgleich mittwochs um halb sechs abends, das Haupttreffen zum Besprechen und Planen fand zwei Stunden lang am Freitagmorgen statt. Wenn sie ihre Kinderbetreuung entsprechend änderte, dann glaubte Trudy, dass sie es normalerweise schaffen müsste, beim Freitagstreffen dabei zu sein. Lady Pansy sollte alle Fragen an Trudy weiterleiten, die sie dann der Priorität nach ordnen und verwalten würde, während Bella ihrer Arbeit nachging.

Lady Pansy gefiel das nicht, aber sie wusste, wann sie ausmanövriert worden war. Ihre Anrufe wurden immer seltener.

Bella und Trudy sprachen jeden Tag zur Mittagszeit miteinander.

»Sie müssen einen Zeitplan erstellen«, riet Trudy. »Planen Sie, eine Sache zu erledigen, und bleiben Sie dran. Das Hochzeitskleid diese Woche. Die Brautjungfern nächste Woche.«

»O Gott, Brautjungfern! Ich habe überhaupt nicht an die Brautjungfern gedacht.«

»*Nächste* Woche«, sagte Trudy bestimmt.

Und doch war es Richard, der die Lösung des Hochzeitskleidproblems fand.

»Natürlich kannst du kein Kleid tragen, das du hasst«, sagte er vehement. »Du wirst dir die Fotos davon für den Rest deines Lebens ansehen.«

»Aber die Tradition ...«

Er nahm ihre linke Hand und sah sich den Ring an. »Wir können unsere eigenen Traditionen kreieren.«

Sie sah ihn an. »Bist du sicher?«

»Natürlich.«

»Deine Mutter trug ein üppiges Baiserkleid und deine Großmutter auch.«

Er schnaubte. »Und meine Ururgroßmutter trug ein Kleid voller Glitzer. Worauf willst du hinaus?«

Bella war erstaunt. »Glitzer? Woher weißt du das? Das glaube ich nicht.«

»Würde ich dich anlügen? Schau her, ich beweise es dir.«

Sie waren in seiner Wohnung, tappten durch das Chaos des frühen Morgens. Er ging an seinen Schreibtisch und schaltete den Laptop ein.

»Sieh hier.«

Bella schaute über seine Schulter. Er hatte eine Zeichnung vom Anfang des neunzehnten Jahrhunderts geöffnet, ein Mann mit Kniebundhosen und einer aufwändigen Jacke mit einem Mädchen an der Hand, das ein schmales, tief ausgeschnittenes Kleid mit hoher Taille und mit Spitzen besetzten Puffärmeln trug. Ihre Haare waren zu einem Knoten zusammengenommen, sie trug keinen Schleier. Bella sah genauer hin.

»Silberlamee auf einem Netz über einem dünnen Unterkleid«, las sie. »Unten mit Silberlameemuscheln und -blumen bestickt. Der Manteau – ah, ich verstehe, das war die Schleppe –, der Manteau bestand aus silbernem Stoff mit einem Futter aus weißem Satin und einer bestickten Borte, die zum Kleid passte, und wurde vorne mit einem großartigen Diamantornament geschlossen.« Sie sah auf. »Meine Güte, sie muss wie ein Christbaum ausgesehen haben.«

Richards Lippen zuckten. »Besonders, wenn man an all die Kerzen denkt, die sie brauchten.« Er bewegte seine Finger. »Glitzer, glitzer, glitzer. Wie wäre es denn, ganz zurückzugehen und die Tradition von 1816 wiederzubeleben?«

Bella trat ihn, nicht sehr erfolgreich, da sie barfuß war.

Er hielt sie auf Distanz und sah verletzt aus. »Ich versuche nur zu helfen.«

»Nein, das tust du nicht. Wenn du wirklich hilfreich wärst, dann würdest du mir sagen, von wem ich mir das Kleid machen lassen soll«, sagte Bella seufzend. Sie sah ihren Ring zärtlich an. »Du hast wirklich ein gutes Auge. Hast du nicht vielleicht auch in der Mode einen jungen Lieblingsdesigner?«

»Na ja, ich denke, ich könnte mal rumfragen«, sagte er zweifelnd. »Aber heißt es nicht, dass das Unglück bringt? Mir ist es egal, aber vielen Leuten nicht. Keine gute Idee, den Insekten noch etwas zu liefern, woran sie knabbern können.«

»Du hast wahrscheinlich Recht. Ich glaube, meine Mutter würde sich dann auch Sorgen machen. Sie ist ziemlich abergläubisch. Also fangen wir wieder von vorn an.« Bella sah noch mal auf den Bildschirm und sagte wehmütig: »Hast du gesehen, dass sie in Carlton House geheiratet haben? Die Familie und fünfzig Gäste, das war's. Das waren noch Zeiten.«

Sie hatten beschlossen, in der Kathedrale zu heiraten. Sie war natürlich wunderschön, hatte aber, wie Bella sagte, keine menschliche Größe. Außerdem gab es dort ein starkes Echo. Ihre Schritte auf dem Marmorboden klangen dadurch wie der Tod, der gravitätisch aus den Tiefen aufsteigt, um eine Seele zu holen – aber das sagte sie nicht.

Richard wusste, dass es ihr nicht gefiel. Er wusste allerdings auch – das wussten sie beide –, dass es keine echte Alternative gab.

Daher umarmte er sie kurz und fragte: »Hör mal, wie wäre es mit einer Arbeitsparty?«

»Was?«

»Okay, du scheinst nicht ohne Hilfe die Baisergruppe loszuwerden. Also hol dir welche.«

»Was meinst du? Wie?«

»Überleg mal, wen du gefragt hättest, wenn du nicht mich heiraten würdest.« Bei der Vorstellung zuckte er etwas zusammen. »Ich wette, deine Großmutter könnte einiges zu dem Thema Hochzeitskleider beisteuern.«

Er hatte auf die Aufforderung, Georgia zu treffen, viel besser reagiert, als sie zu hoffen gewagt hatte, besonders da ihre Großmutter ihn mit damenhafter Genauigkeit auseinandergenommen und es einige schwierige Momente gegeben hatte.

Das änderte sich jedoch in dem Moment, als Georgia kerzengerade und beißend süß gefragt hatte: »Wollen Sie etwa sagen, dass Sie in dem Moment, in dem Sie meine Enkelin zum ersten Mal gesehen haben, wussten, dass Sie sie bekämen? So wie man ein Gemälde kauft?«

Richard hatte sie angelächelt und sehr freundlich geantwortet: »Ich liebe sie, Mrs. Greenwood. Ich besitze sie nicht, und das werde ich auch nie.«

Georgia hatte die Augen zusammengekniffen und Bella den Atem angehalten.

Aber schließlich hatte ihre Großmutter widerwillig gesagt: »Ah. Sie verstehen es. Gut.«

Und im Auto auf dem Weg nach Hause hatte Richard gesagt: »Es ist kein Wort, das ich normalerweise benutzen würde, aber diese Frau ist wirklich spitze. Eine Südstaatenschönheit mit fabelhaften Manieren und einer Verhörtechnik, von der der MI5 noch was lernen könnte. *Und* sie sieht wie einer dieser alten Filmstars voller Klasse aus, Lauren Bacall oder so. *Und* sie rettet persönlich den Regenwald.« Er atmete tief und erstaunt ein. »Ich dachte, es wäre toll, deinen Vater zu treffen. Aber – wow. Einfach nur – *wow*! Ich glaube, ich habe mich verliebt.«

Daher sagte Bella jetzt neckend: »Du willst doch nur meine Großmutter noch mal treffen.«

Er nickte begeistert. »Wenn wir den Termin gut planen, dann könnte ich sie, ich meine euch alle, sogar zum Mittagessen einladen.«

»Machiavelli.«

Er lachte, leugnete es nicht und sagte schlicht: »Ruf sie an, Bella. Deine Mutter auch. Jedes Mädchen möchte mit seiner Mutter über ihr Hochzeitskleid reden, oder nicht? Niemand kann dich dafür kritisieren. Vielleicht auch Lottie? Versammle sie alle in einem Zimmer, plaudert ein bisschen, und gebt den Designern bessere Anweisungen. Nehmt Pansy dazu und wen auch immer sie mitbringen will. Stellt nur sicher, dass sie in der Unterzahl sind. Sie mag wie eine nette, alte Dame aussehen, aber sie kann ziemlich manipulierend sein, wenn sie es will.«

»Danke«, sagte Bella überrascht und dankbar. »Das klingt nach einem guten Plan. Äh – fällt dir auch etwas zu den Brautjungfern ein?«

»Das ist nicht meine Liga«, sagte er mitfühlend.

Aber Bella fand eine unerwartete Mitstreiterin bei der Brautjungfernfrage und musste nicht einmal nach ihr suchen.

Prinzessin Eleanor spazierte ins Mittwochstreffen mit Lady Pansy und fragte: »Hast du die Osterglocken am See gesehen, Bella? Hast du Lust auf einen Spaziergang? Es ist draußen so schön und frisch, jetzt, da es nicht mehr regnet.«

Bella sprang erleichtert auf, und während sie am Seeufer entlangspazierten, fragte ihre baldige Schwägerin: »Haben die Leute schon angefangen, dich zu drängen, Brautjungfer werden zu dürfen?«

Bella biss sich auf die Lippe. »Ja, das war, ehrlich gesagt, ein kleiner Schock.«

»Na ja, ich bin ein bisschen unverschämt, denn ich wäre auch gern Brautjungfer.«

»Eleanor ...«

»Nenn mich Nell, wie die Jungs es tun. Ich habe seit Schulzeiten über Brautjungfern nachgedacht. Alle meine Freundinnen stellten sich damals vor, meine zu werden.« Sie verzog das Gesicht. »Daher habe ich ein paar Theorien. Willst du sie hören?«

»Ich wäre sehr dankbar«, sagte Bella gerührt.

»Du brauchst deine beste Freundin. Plus eine Schwester oder eine Cousine oder wen auch immer. Und eine Schwester oder Cousine vom Bräutigam. Eine kleine Brautjungfer und eine, die sich um die Kleine kümmert. Aber das Wichtigste ist, dass es *deine* Brautjungfern sind. Nicht die deines Ehemanns. Nicht die deiner Mutter. Nicht die deiner Schwiegermutter. Deine. Diese Frauen müssen dich durch den Tag bringen, also musst du sie mögen. Lass dich nicht erpressen, jemanden zu bitten, den du nicht haben willst. Wenn es jemanden gibt, den du unbedingt fragen musst, aber am Tag selbst nicht ertragen kannst, dann kannst du sie immer noch zum Junggesellinnenabschied einladen.«

»Der Junggesellinnenabschied«, murmelte Bella müde. Noch etwas, das sie vergessen hatte.

Als Lady Pansy ihren großen Ordner mit der Aufschrift Brautjungfern präsentierte und die Töchter der Hocharistokratie des Landes durchging, zusammen mit den Verdiensten ihrer Familie gegenüber der Krone während der letzten zweihundert Jahre, teilte Bella ihr mit, dass sie bereits entschieden hatte, wen sie bitten wollte, ihre Brautjungfer zu werden, vielen Dank.

Lady Pansy erstarrte. Aber Bella hatte ihre Wahl mit Richard abgesprochen, der sie nicht nur akzeptiert hatte, sondern, nachdem er aufgehört hatte zu lachen, auch noch gesagt hatte: »Und du nennst mich Machiavelli!« Daher wusste sie, dass er sie in dieser Sache unterstützte.

»Prinzessin Eleanor. Sie hat bereits zugesagt. Meine Cousine Joanne. Sie hat ebenfalls zugesagt. Tilly Lenane, weil sie Richards Patenkind ist und ich sie süß finde. Chloe, weil ich weiß, wie wichtig sie im Leben der königlichen Familie ist, genau wie Sie selbst.«

Lady Pansy neigte würdevoll den Kopf. Sie schien erstaunt, aber zufrieden zu sein, eindeutig zufrieden.

Während sie sich noch im Lob sonnte, ließ Bella die Neuigkeit platzen, von der Lady Pansy wohl hundeelend würde, sobald sie darüber nachdachte. »Und meine beste Freundin Charlotte Hendred wird natürlich meine Hauptbrautjungfer sein. Wenn Sie also nur noch herausfinden könnten, ob Tilly Lenanes Eltern und Ihre Nichte hinter mir her durch die Kirche gehen wollen, dann wäre alles geklärt, denke ich, Lady Pansy.«

»Natürlich«, sagte Lady Pansy. Sie sah erschlagen aus.

Ja! Geradezu erledigt.

Von da an lief alles wie geschmiert. Nach einer Besprechung mit dem König organisierte das Pressebüro einige Interviews und Hintergrundartikel.

»Ich habe ihnen gesagt, sie sollen Sie in Ruhe lassen und weitermachen, meine Liebe«, sagte der König zu Bella, als sie und Richard mit dem Rest der königlichen Familie an einem kühlen Frühlingsabend zu Abend aßen. »Ich habe zu Julian Madoc gesagt: ›Mir gefällt ihr Stil. Sie ist clever und hat sehr gute

Manieren.‹ Im Gegensatz zu manch anderen«, fügte er mit einem düsteren Blick auf Nell hinzu, die so tat, als würde sie es nicht sehen.

»Wir werden natürlich einen Aufpasser mitschicken. Und Sie müssen fragen, wenn Sie irgendeinen Rat benötigen. Aber seien Sie im Grunde nur Sie selbst. Sehr charmant. Sehr charmant.«

Mit der offiziellen königlichen Zustimmung konnte Bella kaum etwas falsch machen. Sogar Lady Pansy hörte auf zu widersprechen. Obwohl die Diskussionen auf höchster Ebene über das Hochzeitskleid dies fast änderten.

Es war natürlich Lady Pansy, die das Treffen im Konferenzraum im Palast arrangiert hatte. Sie hatte also beschlossen, die Initiative zu ergreifen, und vier ihrer Lieblingsdesigner nachmittags einbestellt, um ihre Entwürfe zu präsentieren.

»Sie haben *was* getan?«, fragte Bella entsetzt, als sie kurz vor ihrer Hilfstruppe ankam.

Lady Pansy war brüskiert. »Die Zeit läuft uns davon. Sie müssen heute einen Vertrag schließen. Die Top Vier hier zu haben, spart Zeit. Nicht alle zusammen, natürlich. Sie können nacheinander mit ihnen sprechen«, sagte sie netterweise.

Bella entgegnete schmallippig: »Sie wussten sehr gut, dass das heute nur ein Treffen zur Planung sein sollte. Das ist *nicht* hilfreich. Werden Sie sie los.«

Aber ihre Großmutter gab, nachdem sie angekommen war, zu bedenken, dass es schlechter Stil wäre, sie so kurzfristig wieder auszuladen. Also gab Bella nach, obwohl sie innerlich immer noch kochte.

Die Diskussion selbst war jedoch sehr hilfreich. Jeder vertrat eine andere Perspektive. Bella wurde bewusst, dass sie allein nicht mal an die Hälfte gedacht hätte.

Janet meinte, dass das Wichtigste, woran Bella denken sollte, die Bequemlichkeit war. Sie würde lange stehen und sich recht viel bewegen müssen, rückwärts und um Ecken gehen, Stufen steigen, knien und wieder aufstehen.

»Du musst das Gefühl haben, dass du dich in dem Kleid bewegen kannst, ohne dich jedes Mal zusammenreißen zu müssen, Schatz«, sagte ihre Mutter ernst. »Bei einer Hochzeit ist so viel zu tun. Du solltest das Kleid anziehen und es dann vergessen können.«

Lottie war die selbst ernannte Expertin des heutigen Looks. Sie klappte ihren Laptop auf und gab eine PowerPoint-Präsentation zur aktuellen Mode. Sie hatte geschickt Bilder von Richard und Bella verkleinert, sodass sie Kleider auf Bella schieben konnte.

Jedes Mal, wenn jemand eine Pause machte, redete Lady Pansy dazwischen, erzählte, was die Königin bei ihrer Hochzeit getragen hatte, die Königinwitwe, Richards Tante ... Sie beschrieb die Kleider liebevoll en détail. Sie waren offensichtlich alle Baisers im großen Stil.

Bella sagte deutlich: »Danke schön, Lady Pansy. Wir haben die Vorgängermodelle nun sehr genau kennen gelernt.«

Sie kochte nicht mehr. Ihre Empörung war zu einer eisigen Entschlossenheit geworden, Lady Pansy aufzuhalten. Entschlossen stand sie auf.

»Lassen Sie uns eines direkt klarstellen. Ich werde die Kirche *nicht* in einer riesigen Krinoline, in der ich wie die Dame in einer Provinzpantomime aussehe, betreten und auf Richard zugehen. Das ist nicht mein Stil. Ich bitte alle, diese Möglichkeit *sofort* zu streichen.«

Sie setzte sich. Lottie applaudierte. Lady Pansy war kurzfristig so entsetzt, dass sie ihre blasierte Überheblichkeit vergaß und sie wütend anschaute. Bella ignorierte sie und wandte sich ihrer Großmutter auf der anderen Tischseite zu.

»Georgia? Du hast noch gar nichts dazu gesagt. Was denkst du?«

Georgia überlegte. »Ein Hochzeitskleid übermittelt eine Botschaft. Und du musst daran denken, was die Rückseite für eine Botschaft ausstrahlt. Die Fotos werden alle die Vorderseite zeigen, aber in der Kirche ...«

»Kathedrale«, warf Lady Pansy laut ein.

Das ignorierten alle.

»In der Kirche werden während der Messe alle auf deinen Rücken schauen. Dieser junge Mann, der so gern Hochzeitskleider mit Rückendekolletee entwirft, scheint mir die Gemeinde dazu aufzurufen, gemeinsam mit der Braut, nun ja, fast den Bräutigam zu betrügen. Sich sogar über ihn lustig zu machen. Es tut mir leid, Lottie, mir gefällt das nicht, denn das ist nicht nett.«

»Daran hatte ich gar nicht gedacht«, sagte Bella fröhlich, ihre gute Laune war wieder hergestellt. Man konnte sich immer darauf verlassen, dass ihre Großmutter für eine Überraschung gut war. »In Ordnung, Georgia. *Das Kleid* muss *nett* sein. Was noch?«

Lady Pansy schnaubte hörbar.

»Natürlich geht es vor allem darum, wie die Linie und die Farbe kombiniert werden. Etwas sehr Weißes und Strenges könnte zum Beispiel bedeuten: ›Rühr mich nicht an‹. Ich persönlich finde, dass einige dieser Korsagen, die ins Fleisch schneiden, aussehen, als wäre die Braut gefesselt. In einer Zwangsjacke, sozusagen. Nicht bequem und nicht ... frei.«

Lottie lachte laut auf. »Nun damit scheiden die Kollektionen von mindestens drei Designern, die ich kenne, aus, Georgia. Das engt die Wahl ein.«

»Wenn du meinen Rat willst, liebe Bella, ich denke, du musst an die Botschaft denken, die du den Gästen schicken willst. Und sogar noch wichtiger als das, an die Botschaft, die du deinem Ehemann schicken willst. Er ist dort schließlich die wichtigste Person für dich, nicht wahr?«

»Ja«, sagte Bella und merkte, dass ihre Ohren rot wurden. »Ja, das ist er. Guter Einwand, Batwoman.«

Aber selbst wenn die Diskussion ein Erfolg war, die Parade der Designer war es nicht. Nachdem sie einmal begriffen hatten, dass Baisers nicht infrage kamen, stürzten sie sich auf ihre aktuellsten Kollektionen. Bella saß mit einem erstarrten Lächeln auf den Lippen da und hatte das Gefühl, dass es immer hoffnungsloser wurde, bis schließlich ein Mann sagte: »Alles geschieht rund um die Braut. Eine Hochzeit ist ein Bild mit der Kirche und den Gästen als Rahmen und der Braut als weiße Leinwand, auf die ich das Bild des Tages male.«

Kurz entstand Aufregung, denn plötzlich stand Georgia auf, würdevoll und tödlich.

»Darf ich etwas klarstellen?«, meinte sie sehr höflich. »Haben Sie gerade gesagt, dass meine Enkelin eine weiße Leinwand ist?«

Er spürte die Gefahr, aber nicht deutlich genug, um ihr auszuweichen. »Nur für den Zweck des Tages ...«, begann er sorglos.

Er wurde abrupt aufgehalten.

»Sie sind ein sehr dummer Mann. Sie wissen nicht, wie Sie Ihren Job erledigen sollen. Bitte gehen Sie.«

Das war der Moment, ab dem sich alles änderte, dachte Bella hinterher. Bis dahin hatte die Presse sie entweder geliebt oder ihr einen Vertrauensvorschuss gegeben. Selbst die grantige *Daily Despatch* hatte sie nicht mehr angegriffen. Aber bald machte das Gerücht die Runde, dass Bella dem Lieblingsdesigner der Stars Jonas Krump gesagt habe, er sei ein dummer Mann, der nicht wisse, wie er seinen Job erledigen soll. Und der Gegenschlag begann.

Es war nicht alles schlecht. Die *Morning Times* brachte einen sehr netten Artikel über ihre Familie, darunter auch Neills bevorstehender Auftritt als Wikinger und Porträts ihrer Brautjungfern in der Wochenendbeilage. Eine Zeitschrift über Wohltätigkeitsorganisationen bewertete ihre ersten drei Monate beim Waldprojekt und schrieb, sie arbeite hart und sei kreativ, mit echter, praktischer Erfahrung von ihrer Zeit im Indischen Ozean. Die Frauenzeitschriften waren generell erfreut, dass sie eine junge, britische Designerin, Flora Hedderwick, ausgewählt hatte, um *Das Kleid* zu entwerfen.

Aber LoyalerUntertan101 schrieb, sie sei ein Kontrollfreak mit einem Egoproblem, dem die britische Wirtschaft egal sei, genau wie die königliche Familie und sogar der Prince of Wales. Und andere Blogger tauchten in der Twittersphäre auf und wiederholten dieselbe Geschichte.

»Verdammter Unfug«, sagte der König und stürmte ins Büro von Lady Pansy, während Bella am Mittwoch dort war. Er war ziemlich aufgebracht und warf einen kleinen Tisch voller Akten um, als er loswetterte.

Lady Pansy sprang auf und wusste nicht, ob sie knicksen oder die Akten retten sollte, daher wand sie sich wie ein wilder Lachs, bis der König sagte: »Ach, setzen Sie sich. Setzen Sie sich *hin*.«

Seine Grantigkeit war so untypisch für ihn, dass Bella erstaunt war. Er war auch ganz rot im Gesicht.

»Geht es Ihnen gut?«, fragte sie.

»Verdammte Schweine«, sagte er, ohne direkt zu antworten. »Alles, was sie wollen, ist Leute zu zerreißen. Egal, wer dabei verletzt wird. Machen Sie nur weiter, meine Liebe. Sagen Sie die Wahrheit, und wenn die ihnen nicht gefällt, ihr Problem.« Er wandte sich Lady Pansy zu. »Und wenn irgendeiner von denen Sie fragt, dann heißt es: Kein Kommentar. Verstanden?«

Und er stürmte wieder hinaus, zurück blieb eine knicksende Lady Pansy.

»Ich denke«, sagte sie in der sanften, gönnerhaften Stimme, die Bella verabscheute, »dass es viel leichter wäre, wenn Sie in den

Palast umzögen, wo Sie besser *angeleitet* werden könnten, liebe Bella.«

»Verdammte Schweine«, hörte man aus dem Flur.

Bellas Lippen zuckten. »Ich denke, ich mache das schon richtig, soweit es Seine Majestät betrifft«, sagte sie und verabschiedete sich rasch.

Hätte sie nur Bescheid gewusst.

Sie verbrachte Ostern mit der königlichen Familie im Schloss, und nach dem Mittagessen am Sonntag fuhren sie und Richard nach Devon, um Neill und seine Wikingerfreunde am nächsten Tag anzufeuern. Die Felder waren voller grüner Schösslinge, und die strahlende Frühlingssonne ließ die knospenden Bäume aussehen, als wären sie mit winzigen Smaragden gespickt.

Sie verbrachten einen perfekten Abend in einem kleinen Dorfpub, der nahe am Fluss lag, auf dem das Langboot morgen anlegen sollte. Sie saßen dort in der Dunkelheit voller Frühlingsdüfte, als Neill ankam und gestresst aussah.

»Wir haben ein Problem, Schwester«, sagte er Bella. »Unser Promi hat sich die Hand gebrochen, der unvorsichtige Depp, und jetzt fehlt uns ein Ruderer. Kannst du Lottie anrufen? Sie hat gesagt, sie würde versuchen, einen von den Richmond-Typen herzuzitieren. Wir sind an einem Punkt, wo wir auch ohne einen Promi weitermachen können. Wir brauchen nur jemanden, der rudert.«

Richard streckte sich faul. »Ich kann rudern«, bemerkte er.

Neill sagte: »Ich habe ihre Telefonnummer nicht. Ich habe überall gesucht. Ich ...« Dann begriff er endlich.

»Ich kann rudern. Ich war der Zweite im Achter am College. Natürlich war es nicht gerade im Wikingerstil.«

Neill sagte eifrig: »Aber du warst ziemlich gut, als wir an diesem Wochenende rumgespielt haben.« Und dann: »Nein, nein, das kannst du nicht. Wir haben kein Kostüm für dich.«

»Was ist denn mit dem Kostüm des Promis passiert?«

»Ich meine, wir haben kein Kostüm für *dich*.«

»Ich glaube nicht, dass plündernde Wikinger die Insignien vom Prince of Wales auf ihren Seemänteln trugen«, sagte Richard trocken. »Ich bin bereit, wenn du es bist.«

Und natürlich schlug er sich hervorragend. Seine üppigen Haare drückten den Wikingerhelm immer wieder hoch, sodass er ihn mit einem Gummiband befestigen musste, aber ansonsten passte er perfekt in die Rolle. Und als sie an Land kamen, stolzierte er wie die andern herum, mit nackter Brust und einem deutlichen Funkeln im Auge.

»Sexy Kerl«, sagte Bella, als sie, genau wie all die anderen Frauen und Freundinnen, zu ihm ging. »Gott, riechst du gut.«

Es wurde viel gelacht und Grimassen vor der Kamera gezogen, aber der Wind war stärker geworden, und schon bald beschlossen die kräftigen Ruderer, dass sie auch T-Shirts tragen könnten. Und auf dem T-Shirt befand sich das Logo des Sponsors, eines Herstellers handgemachter Kekse.

Schon am Abend war es im Internet zu sehen. *Werbeskandal des Prince of Wales*. Und da war Richard im grün-weißen T-Shirt mit einem Humpen Bier in der Hand und einem Arm um die lachende Bella und machte Werbung für Morgan's Ginger Thins.

Jemand meinte, er wäre dumm und betrunken. Andere sagten, er wäre dumm und berechnend. Wieder andere äußerten, er wäre dumm und täte, was ihm seine Braut befehle. Natürlich begann jede Version der Geschichte damit, dass der Bruder seiner Verlobten der Grund dafür war, dass Richard überhaupt zum Wikinger geworden war.

Bellas Telefon klingelte ohne Unterlass. Es fühlte sich an, als würde das Ding vor Wut zittern. Richard tendierte dazu, es gelassen hinzunehmen.

»Es ist Pech mit diesem Sponsor. Aber solange Morgan's nicht versuchen, daraus Profit zu schlagen, was sehr dumm von ihnen wäre, glaube ich nicht, dass es die Leute lange beschäftigen wird. Die Erlöse gehen schließlich an Segeln für Behinderte. Und ich hatte viel Spaß. Basta.«

Bloß kam das Ganze seinem Vater zu Ohren.

Um Mitternacht lag der König mit Verdacht auf Herzinfarkt im Krankenhaus.

Richard wurde plötzlich sehr still. Ein Hubschrauber sollte ihn nach London bringen.

»Ich komme mit«, sagte Bella.

Aber Richard schüttelte den Kopf. Er sah blass und erschöpft aus, aber er war wie immer ruhig, besonnen und gefasst. Bella hatte sich noch nie so weit von ihm entfernt gefühlt, nicht einmal wenn sie stritten.

»Lieber nicht«, sagte er so höflich, als wäre sie eine Fremde. »Jemand muss das Auto zurück nach London fahren.«

»Willst du, dass ich das tue?«

»Wenn es dir nichts ausmacht.«

»Ach, Liebster.« Sie wollte ihn umarmen, aber er wich ihrer Umarmung aus, ohne sie wirklich zu bemerken.

»Ich rufe dich an.«

Er will mich nicht dabeihaben, dachte Bella. Er gibt mir die Schuld. Und er hat Recht. Es ist meine Schuld. Neill hätte niemals zugestimmt, dass er mitmachte, wenn wir vor Weihnachten nicht dieses dumme Spiel – auf dem Teppich rudern – zuhause gespielt hätten.

Sie schluckte. »Ja, tu das. Bitte. Ruf mich so spät an, wie du willst. Ich werde so lange aufbleiben.«

»Ja. In Ordnung«, sagte er zerstreut. »Ich muss los.«

Ein Kuss, kaum ein echter Kuss, und weg war er.

21

Wenn eine Sache schiefläuft …

Tube Talk

Bella fuhr am nächsten Tag sehr vorsichtig zurück. Sie hatte nicht viel geschlafen.

Richard hatte sie angerufen, um zu sagen, dass sein Vater im King George IV. Memorial Hospital for Officers lag und sein Zustand anscheinend stabil war. Die Ärzte waren sich nicht ganz klar darüber, was los war. Sie hatten Bluttests gemacht, und die Ergebnisse deuteten auf einen schwachen Herzinfarkt hin.

»Laut seinem Diener ist er gestern Abend beim Fernsehen eingeschlafen, dann aufgewacht und hat plötzlich Unverständliches geredet. Das könnte daran gelegen haben, dass er noch nicht ganz wach war. Aber es könnte auch ein kleiner Schlaganfall gewesen sein, was ihnen Sorgen macht. Madoc sagte, dass er in letzter Zeit oft kurzatmig gewesen sei. Und diese Woche gab es ein paar merkwürdige Vorkommnisse, als mein Vater wegen irgendwas sehr besorgt zu sein schien. Aber Madoc bedrängte ihn deswegen nicht, und es schien auch wieder vorbeizugehen. Das sind anscheinend klassische Symptome bei einem leichten Herzinfarkt. Er wird im Moment rund um die Uhr beobachtet. Die Ärzte sagen jedenfalls, dass er nicht in Lebensgefahr schwebt, auch wenn er vorsichtig sein soll.«

»Wie geht es dir?«

»Mir?« Richard klang erschöpft, aber absolut höflich, wie immer. »Mir geht's gut. Der Notfall war eigentlich schon vorbei, als ich ankam. Meine Mutter ist jedoch erschüttert.«

Bella sehnte sich danach, bei ihm zu sein, ihn zu halten. Aus irgendeinem Grund brachte sie es jedoch nicht über die Lippen, stattdessen fragte sie: »Was kann ich tun?«

Er atmete tief aus, als versuche er, etwas zu finden, das sie tun könnte, damit sie sich besser fühlte. »Bring den Wagen zurück nach Camelford House. Ich stelle sicher, dass die Wachleute dich erwarten und keine dummen Tricks versuchen.«

Sie wusste, dass er das tun würde. Auch wenn er so müde war, dass er kaum noch aus den Augen schauen konnte, auch wenn er sich große Sorgen um seinen Vater machte, würde er sicherstellen, dass sie sich nicht mit einem Paragrafenreiter würde anlegen müssen, der ihr zeigen wollte, dass sie nicht dort hingehörte. Sie hatte das Gefühl, ihr Herz würde brechen.

»Ich sehe dich dann morgen.«

»Was? Oh, ja. Morgen. Danke.« Er wollte offensichtlich auflegen und fügte noch gewissenhaft hinzu: »Gute Nacht. Danke, dass du wach geblieben bist.«

Sie wusste nicht, wie lange sie dasaß und still die Tränen laufen ließ. Sie liebte ihn von ganzem Herzen, aber in seiner Not konnte sie ihn nicht erreichen. Es war, als würde sie gegen eine Wand laufen.

Bella kannte Richards großen Wagen nicht sehr gut. Sie hatte ihn erst ein paarmal gefahren, auf einem Parkplatz und Ähnlichem. Aber sie war eine gute Fahrerin, ruhig und unerschütterlich, und die Tränen waren gegen Morgen getrocknet. Sie lieferte ihn am Nachmittag sicher in Camelford House ab.

Es war Fred, einer der netteren Wachleute, der sie begrüßte.

»Guten Tag, Miss Greenwood. Wie geht's Seiner Majestät?«

»Er ist auf dem Weg der Besserung, hoffen wir, Fred. Ist Prinz Richard schon zurück?«

»Er war hier und ist schon wieder weg, Miss. Er ist im Palast im Büro. Sie werden wohl die Terminkalender entsprechend anpassen.«

»Ja.« Ja, natürlich. Sie hätte eigentlich keinen Wachmann gebraucht, um ihr das zu sagen. »Ich werde dann einfach gehen.«

»In Ordnung, Miss.«

Er nahm ihr die Schlüssel ab, und Bella spazierte blind durch die Straßen Londons. Sollte sie zu Richard gehen? Wollte er sie dahaben? Oder würde sie nur eine weitere Last für ihn sein, die er tragen und zu der er höflich sein musste, zusätzlich zu allem anderen?

Es gab nur einen Weg, das herauszufinden. Sie erwartete eigentlich, dass seine Mailbox anspringen würde, aber er antwortete, nachdem es nur dreimal geklingelt hatte.

»Bella. Wo bist du?«

»Wieder in London. Mir wurde gesagt, du seist im Palast. Soll ich vorbeikommen? Oder ...«

»Ja«, sagte er eindringlich. »Ja, komm sofort. Das wäre – ja.«

Ein Lakai führte sie in einen Raum, den sie bisher noch nicht kannte. Er war lang und schmal, mit mehreren Schreibtischen, auf denen leicht altmodische Computerbildschirme standen, und mit Wanduhren, die die Uhrzeit in Ottawa, New York, Kingston Jamaika, Paris, Rom, Delhi und Canberra anzeigten.

Richard stand an einem langen Klapptisch, der Bella an einen Tapeziertisch erinnerte, wie ihn die Anstreicher im Haus ihrer Mutter benutzt hatten. Er und drei andere Männer starrten auf eine riesige Papierrolle.

Er sah auf, als sie eintrat, ging zu ihr und hob sie fast vom Boden hoch, so fest umarmte er sie.

»Ich bin froh, dass du hier bist«, sagte er so leise, dass niemand sonst es hörte. »So froh. Ich wünschte, ich wäre gestern nicht so durcheinander gewesen, kaum dass ich in den Hubschrauber gestiegen war. Ich konnte nicht mehr klar denken.«

»Du hast dir Sorgen gemacht. Das haben wir beide. Was ist das?«

Er nahm ihre Hand und führte sie an den Tisch. »Der Terminkalender meines Vaters. Er benutzt dafür keinen Computer. Er will ihn vor sich liegen sehen.«

Er wirkte wie ein riesiger Schlachtplan und war sogar farblich gekennzeichnet. Einer der Farbblöcke begann in drei Tagen. Sie sah ihn fest an.

»Aber das ist ...«

»Australien«, sagte Richard gelassen. »Ja. Mein Vater und meine Mutter sollten am Donnerstag den ersten Teil einer asiatisch-pazifischen Reise antreten. Für sechs Wochen. Sie wären knapp einen Monat vor unserer Hochzeit zurückgekehrt. Das ist jetzt unmöglich. Der König muss für mindestens einen Monat medizinisch überwacht werden.«

»Wirst du absagen?«

Er hielt ihre Hand ganz fest an seiner Seite. »Nein. Das kann ich nicht tun. Ich werde ihre Termine übernehmen. Nell wird mich nach Australien begleiten und das Programm meiner Mutter übernehmen. Vielleicht kommt sie später nach, je nachdem wie schnell sich mein Vater erholt.«

»Du willst mich also nicht dabeihaben?«

»Oh, ich will dich schon dabeihaben«, sagte er so bitter und resigniert, dass sie ihm glauben musste. »Du darfst aber nicht mitkommen. Das macht man nicht. Es entspricht nicht dem Protokoll, Himmel. Du gehörst noch nicht zur königlichen Familie.«

»Sie würden ein minderwertiges Produkt bekommen?«

Er schnaubte lachend und sah sofort besser aus. »Ja, wahrscheinlich. Also übernehme ich die Termine meines Vaters. George sollte eigentlich studieren, aber da er dieses Jahr keine Prüfungen mehr hat, kann er meine übernehmen. Er hat es mit seinem Doktorvater abgesprochen. Vielleicht kannst du ihm helfen?«

»Ich? Obwohl ich nicht zur königlichen Familie gehöre?«

»Eine weibliche Präsenz hilft immer«, sagte eine Stimme neben Richard, und Bella wurde bewusst, dass ihr zukünftiger Schwager ebenfalls anwesend war.

Er trat auf sie zu und gab ihr einen herzhaften Kuss. »Wir werden das Kind schon schaukeln, während du weg bist, Master.«

Erst in diesem Moment wurde ihr so richtig klar, dass Richard wegflog und dass sie ganz allein zurückblieb. Und sie wusste, dass sie sich nicht beschweren durfte. Es würde für ihn alles nur noch schlimmer machen.

»Ja, sicher. Ich werde hierbleiben und mit den vorköniglichen Terminen weitermachen und mich auf die Hochzeit vorbereiten.«

»Und ich werde dich jeden Abend anrufen.«

»Darauf verlasse ich mich.«

Sie verbrachten Richards letzte zwei Abende in England zusammen. Er saß bis spät abends an seinem Schreibtisch und arbeitete. Manchmal tippte er am Computer. Manchmal starrte er ins Leere und dachte nach. Bella brachte ihm einen Drink oder Kaffee oder einmal Kakao, weil er sagte, er könne sich an den Geschmack nicht mehr erinnern. Also zog sie sich um und ging zum Late, Late Market und kam mit einer Dose Kakao und Zucker zurück, weil sie noch nie welchen in seiner Küche gesehen hatte und mit genug Milch, um ein Schlachtschiff zu versenken. Sie bereitete den Kakao sorgfältig zu und schäumte ihn dann sogar noch auf.

Er schrieb wieder, drehte sich jedoch um, als sie an seinen Schreibtisch trat. »Was?«

»Kakao.«

Er starrte auf den Becher in ihrer Hand. »Aber wir haben keinen Kakao. Ich habe noch nie welchen im Palast gesehen. Ich wusste nicht mal, dass der noch gemacht wird.«

»Aus dem Late, Late Market«, sagte sie spöttisch. »Und ich habe ihn selbst gemacht. Probier mal, ob er süß genug ist.«

Er sog erst den Duft ein. »O Himmel, ja. Ich muss ungefähr sechs Jahre alt gewesen sein, als ich das letzte Mal Kakao getrunken habe.« Er probierte ihn und sah danach ganz glückselig aus. Dann ließ er die Tasse sinken.

»Was ist?«, fragte Bella. »Zu heiß, zu kalt? Fehlt Sahne? Was?«

»Du«, sagte er mit einer merkwürdigen Stimme.

»Ich?«

»Du, du denkst an mich.«

»Und?«

»Du verstehst das nicht. Viele Leute kümmern sich um mich, bereiten meinen Weg, geben mir Dinge. Aber das ist deren Job, oder sie sind höflich zum Vertreter meines Vaters. Du, du denkst an mich, und dann tust du das, von dem du gemerkt hast, dass ich es möchte. Und zwar von dir aus.«

»Natürlich«, sagte sie leise.

Er beugte sich vor und lehnte seinen Kopf an sie. Bella streichelte seine Haare. Sie spürte, wie all die Sorgen und die Anspannung ihn verließen, und er blieb sehr lange so, einfach nur im Hier und Jetzt verhaftet. Schließlich rührte er sich doch.

»Du bist wunderbar«, stellte er ganz sachlich fest, als wäre es so offensichtlich, dass man es nur sagte, um sich selbst daran zu erinnern. Wie: Denk an den Haustürschlüssel. Oder: Schalt das Bügeleisen aus.

Bella hatte das Gefühl, ihr Herz flösse über, so voll war es. Sie wusste, dass das sie während der nächsten sechs einsamen Wochen tragen würde.

Das musste es.

22

Junggesellinnenabschied!

Daily Despatch

Richard sollte einen Flug am Donnerstagvormittag von Heathrow nehmen. Er und Prinzessin Eleanor reisten mit einer Linienmaschine, wenn auch natürlich in der ersten Klasse.

Weder Richard noch Bella hatten in der Nacht davor gut geschlafen. Sie waren beide früh wach, auch wenn Richards Butler schon am Abend vorher seine Koffer gepackt und in den Palast geschickt hatte, von dem die ganze Gesellschaft losfuhr.

»Machst du einen Spaziergang mit mir, bevor ich fahre?«, sagte Richard ruhig.

Ein feiner Nebel hing über St. James's Park, und der See lag so ruhig wie ein Spiegel. Büroangestellte gingen bereits über die Pfade auf dem Weg in ihre Büros in Whitehall oder Piccadilly oder Strand. Es schien, nur Bella und Richard hatten Zeit, auf der Brücke stehen zu bleiben und die Enten zu beobachten.

»Ich werde dich ein anderes Mal mit nach Sydney nehmen«, sagte er mit plötzlicher Leidenschaft.

»Wann immer du es sagst.«

Sie gingen weiter, unter den Zweigen einer jungen Trauerweide entlang, der zarte, warme Duft von Krokussen hing in der Luft.

»Du wirst schon zurechtkommen. George wird dir helfen. Er ist manchmal muffelig, hat aber das Herz auf dem rechten Fleck.«

»Natürlich werde ich zurechtkommen. Ich bin eine unabhängige Frau. Wenn ich Francis und die Fische überlebt habe, dann kann ich alles überleben.«

Seine Finger zerdrückten ihre fast.

Schließlich sagte Bella zögernd: »Wir müssen los. Du weißt, wie wichtig dem Büro Pünktlichkeit ist.«

»Mein armer Schatz. Du lernst es auf die harte Tour, nicht wahr?«

Sie wandten der fantastischen Skyline von Whitehall und dem Millennium-Riesenrad den Rücken zu und gingen auf den Palast zu.

Queen Jane hatte darauf bestanden, dass sie ihre Kinder am Flughafen verabschiedete. Sie war sehr sorgfältig gekleidet, sie trug einen schicken roten Mantel und einen schwarzen Pillbox-Hut. Man hätte annehmen können, dass es eine fröhliche Frau war, die sich keine Sorgen um die Gesundheit ihres Mannes machte. Doch wenn man genauer hinsah, konnte man erkennen, wie dick sie geschminkt und wie geschickt ihr Make-up aufgetragen war und wie angespannt ihre Augen waren.

»Sie sehen sehr gut aus«, sagte Bella unwillkürlich. »Meine Großmutter Georgia würde sagen, dass dieser Mantel eine optimistische Botschaft sendet.«

Lady Pansy zog scharf den Atem ein und ein paar andere in der versammelten Gruppe ebenfalls. Ach, was soll's, dachte Bella und erinnerte sich an Lady Pansys Ordner: Wie man Ihre Majestäten anspricht. Auf der ersten Seite stand unter anderem, dass man sie überhaupt nicht anspricht, sondern wartet, dass sie zuerst sprechen. Auf der zweiten Seite standen die Themen, die niemals gegenüber einer Majestät angesprochen werden durften. Ganz oben auf der Liste stand das Aussehen. Sie hatte also nach kaum fünf Minuten zwei Regeln gebrochen. Gut gemacht, Bella.

Aber auch wenn die Königin überrascht aussah, lächelten ihre müden Augen. »Danke schön, meine Liebe. Wie nett von Ihnen. Ich hoffe es doch.«

Bella war darauf vorbereitet, im zweiten Wagen mit Prinzessin

Eleanor zu fahren, und ging bereits darauf zu, als die Königin sie anhielt, indem sie eine behandschuhte Hand auf ihren Arm legte.

»Nein. Sie fahren mit Richard. Bleibt so lange zusammen, wie ihr könnt.«

Sie fuhren im Konvoi durch das Zentrum Londons. Abgesehen von den zwei königlichen Wagen gab es Begleitfahrzeuge vor und hinter ihnen und Motorradfahrer ganz vorn. Überall wurde der Verkehr angehalten, die Autos fuhren zur Seite, um sie durchzulassen. Vor sechs Monaten hätte Bella sich so eine Fahrt nicht vorstellen können. Jetzt schien es egal zu sein. Sie hielt Richards Hand den ganzen Weg über fest. Die Fahrt dauerte nicht lange. Sie sprachen kein Wort.

Am Flughafen wurden sie in einen kleinen VIP-Raum geleitet, wo dienstbare Beamte die Pass- und Flugformalitäten schmerzlos erledigten. Und dann fuhren die beiden Limousinen auf das Flugfeld und blieben neben dem wartenden Flugzeug stehen.

Alle stiegen aus. Bella spürte, wie sich ihr Hals vor Tränen zusammenzog. Es waren *sechs Wochen*, um Himmels willen. Und Richard musste sich über viel mehr Sorgen machen als sie, nicht bloß um die Reise und all die Briefings, die er auf dem Weg ertragen musste, sondern auch noch um die Gesundheit seines Vaters. Sie hatte gesehen, wie ehrlich er und sein Vater sich mochten, obwohl es natürlich keiner der beiden je aussprach.

Ich darf keine Szene und es ihm dadurch noch schwerer machen, dachte sie.

Strahlend sagte sie: »Ich will viele Fotos und jeden Tag einen Kuss.«

Er küsste sie formell. Aber seine Augen lächelten, was all die unterdrückten Schluchzer in ihrer Brust wert war. »Kriegst du.«

Er und Eleanor stiegen die Gangway hinauf. Oben angekommen, drehten sie sich um und winkten. Aber nicht mir, dachte Bella plötzlich trostlos. Das gilt den Kameras.

Als sie verschwunden waren und die Kabinentüren geschlossen wurden, wandte sich die Königin an Bella. »Fahren Sie mit mir zurück in die Stadt?«

Kaum fuhren sie los, drückte die Königin einen kleinen Knopf, und ein schalldichtes Trennglas fuhr zwischen ihnen und dem Chauffeur hoch.

»Meine Liebe, ich möchte Ihnen sagen, wie dankbar ich für die Unterstützung bin, die Sie uns allen, besonders Richard, in den letzten Tagen gegeben haben. Es war sicher nicht leicht.«

Bella glaubte, nichts sagen zu können, ohne wie wild draufloszuheulen, also machte sie nur eine vage Geste, die »gern geschehen« heißen sollte.

»Gut«, sagte die Königin verständnisvoll. »Sie haben sich dort wunderbar verhalten. Ich war sehr stolz auf Sie. Auf Sie beide. Ich weiß, dass das der schlechteste Moment für Sie ist, getrennt zu sein. Es tut mir so leid, dass die Umstände ...«

Bella konnte nicht mehr an sich halten. »Wie geht es Seiner Majestät?«, fragte sie schnell.

Die Königin lächelte. »Er hadert mit dem Schicksal. Er fühlt sich gut. Aber die Ärzte wollen ihn nicht gehen lassen, bevor sie herausgefunden haben, was geschehen ist. Er sagt, er sei ein Versuchskaninchen, und macht Schwierigkeiten bei den Bluttests. Die Ärzte haben mein Mitgefühl. Er ist in Kampfform.«

»Das sind gute Neuigkeiten.«

»Ja. Nun, ich wollte Sie fragen, ob Sie bald in den Palast ziehen wollen? Jetzt, da Richard fort ist und die Hochzeit näher rückt ...«

O Gott, dachte Bella. Ist das die Strafe dafür, dass sie ihn unterstützt hatte, Wikinger zu spielen und Werbung für Morgan's Ginger Thins zu machen?

»Ich bin sehr glücklich, mir eine Wohnung mit Charlotte Hendred zu teilen«, sagte sie leise.

Die Königin sah aus, als würde sie das überraschen. »Sind Sie sicher? Belästigen Sie die Paparazzi denn nicht?«

Bella grinste. »Sie haben fünf Tage lang vor dem Wohnblock gestanden und gesehen, wie Lottie und ich jeden Morgen zur Arbeit fuhren und jeden Abend von der Arbeit zurückkamen, außer am Samstag, wenn wir Essen einkauften und zu unseren Eltern fuhren. Sie bekamen Langeweile.«

Die Königin lächelte flüchtig. »Das könnte sich jetzt ändern.«

»Jetzt? Warum?«

»Während Richard fort ist. Sie werden erfahren wollen, mit wem Sie sich nun amüsieren.«

Einen Augenblick lang begriff Bella nicht. »Sie meinen, sie wollen mich beim Fremdgehen erwischen?«

»Nicht unbedingt. Sie werden größeres Interesse zeigen, je näher das Datum rückt. Und nach dieser unglücklichen Sache mit dem Werbe-T-Shirt ...«

»Ich wusste es! Das ist meine Strafe für die Ginger Thins.«

Queen Jane lächelte. »Keine Strafe. Das war allein Richards eigene Schuld, und das habe ich ihm auch gesagt. Aber wir dachten, dass Sie sich nach diesem Vorfall, besonders da er fort ist, ein wenig ... ungeschützt fühlen.«

Bella war sich sicher, dass »wir« auch Lady Pansy einschloss. Dieses sich ständig einmischende Pferdegesicht.

»Sie könnten Recht haben. Können wir abwarten, wie es sich entwickelt?«, fragte sie vorsichtig.

»Natürlich, meine Liebe. Ich möchte nur helfen. Erinnern Sie sich einfach daran, dass es immer Zimmer für Sie im Palast gibt, sollte der Druck zu groß werden. Wir können Sie beschützen, wissen Sie.«

Den einzigen Druck, dachte Bella, übten Lady Pansy und die Baisergruppe aus. Aber sie sagte es nicht. Stattdessen bedankte sie sich herzlich bei der Königin.

»Ich bin heute Morgen nur knapp der Einkerkerung entkommen«, erzählte sie an dem Abend Lottie. »Jetzt, da Richard weg ist, legt Lady Pansy los. Die Königin hat mich eingeladen, im Palast zu wohnen.«

»In Cardiganville?«, fragte Lottie, die Lady Pansy seit der Diskussion über das Hochzeitskleid nicht mehr leiden konnte.

»Oh, es ist noch schlimmer. Der Palast ist kalt, und es gibt kilometerlange Flure, die völlig leer sind, von ein paar Gemälden von uniformierten Männern, die Tiere töten, mal abgesehen. Die Cardigansphäre ist dagegen sogar recht gemütlich.«

»Cardigans können einen jedoch ersticken«, sagte Lottie düster. »Hör mal, ich muss mit dir über den Junggesellinnenabschied sprechen. Was willst du machen?«

Bellas Laune besserte sich. Seit sie im Sommer nach dem College alle zusammen nach Griechenland geflogen waren, hatte sie kein richtiges Treffen mehr mit ihren Freundinnen gehabt. Sie hatte ein paar von ihnen gesehen, seit sie von der Insel zurück war, aber sie hatte mit Richard und der Jobsuche so viel zu tun gehabt, dass da noch mindestens einige waren, mit denen sie sich noch nicht getroffen hatte.

»Noch mal nach Griechenland zu fliegen wäre nett«, sagte sie jetzt wehmütig. »Erinnerst du dich an diese Terrasse?«

»Ja. Klasse. Aber ich glaube, dass es nicht gerade praktisch ist für ein Wochenende. Und vergiss nicht, dass Nicki und Sarah nur ein Referendargehalt bekommen.«

Bella nickte. »Ich weiß, und es wäre nervig, durch alle Flughäfen und so zu müssen. Außerdem würde Lady Pansy wahrscheinlich die Presse hinter mir herschicken, wenn ich außerhalb von Großbritannien feiere. Wir müssen die britische Wirtschaft unterstützen.«

Lottie kicherte. »Also wir können dir eine sehr nette Cowboybar in Newcastle reservieren, inklusive Bullenreiten.«

Bella machte große Augen: »Das meinst du nicht ernst?«

»Doch. Eine Kollegin hat ihren Jungesellinnenabschied dort gefeiert. Wir sind alle auf dem Bullen geritten. Sind runtergefallen. Haben gekotzt.«

Bella, die schon bei vier Jungesellinnenabschieden gewesen war und dachte, sie wüsste, wie sie ablaufen, war beeindruckt. »Eine kotzt immer. Aber alle?«

»Jede Einzelne. Und dann haben sie saubergemacht, kamen zurück und haben es noch mal probiert. Und sie haben mit ein paar Cowboystrippern bis zum Morgengrauen getanzt. Im Norden sind sie hart im Nehmen.«

Beide wurden still und dachten an das beneidenswerte Durchhaltevermögen anderer Leute.

»Also, gefällt es dir? Bullenreiten?«

»Vielleicht nicht.«

»Das dachte ich mir. Ich werde mich diese Woche mal mit Joanne treffen, um alles zu regeln. Gibt's irgendeinen Ort, wo du auf jeden Fall hinwillst? Oder irgendeinen, bei dem ich für dich ein Veto einlegen sollte?«

Bella lächelte. »Ich vertraue dir.«

»Gut. Eine vernünftige Mischung aus Albernheit und Zusammengehörigkeit. Das schaffe ich.«

Und das tat sie oder versuchte es wenigstens.

Am Anfang lief alles gut. Joanne hatte ein kleines Wellnesshotel in den Dales gefunden. Es war neu eröffnet worden, in einem heruntergekommenen, nicht ganz hochherrschaftlichen Haus, es war günstig genug, sodass auch die Referendarinnen es sich leisten konnten. Und an einem Freitagabend tauchten fünfzehn von ihnen auf. Sie machten einen schönen Morgenspaziergang, der in einem örtlichen Pub endete, dann lagen sie herum, redeten und bekamen Massagen und Gesichtsmasken. Bella hatte die Suite bekommen, die ziemlich eindrucksvoll war, mit einem Himmelbett und einem Balkon, und sie versammelten sich alle dort. Drei von ihnen lagen auf dem Bett, die anderen verteilten sich im Zimmer, während sie Joanne berieten, wie sie ihr geliehenes Set zum Glätten der Haare benutzen sollte, und besprachen den kommenden Abend. Und dann wurde das Ganze von einer unwiderstehlichen Kraft in Form der Ehrenwerten Chloe und Prinzessin Eleanor übernommen.

Um der Form Genüge zu tun, hatten Lottie und Joanne die beiden Brautjungfern von Richards Seite auch einladen müssen. Um der Form willen hatten sie akzeptieren müssen. Aber Nell war gerade erst aus Neuseeland zurückgekehrt, wo Queen Jane den Platz an Richards Seite von ihr übernommen hatte, und Chloe war Freitagabend zu einer anderen Party eingeladen. Sie hatten gesagt, dass sie zusammen am Samstagnachmittag kämen, pünktlich, um im Ort zu Abend zu essen. Und als sie eintrafen, wurde schnell klar, dass diese beiden unbedingt Party bis zum Abwinken machen wollten und absolut entschlossen waren, alle anderen mitzureißen.

»Also Leute«, sagte Nell, für die drei Wochen erzwungener guter Manieren zu viel gewesen waren. »Legen wir direkt mal die Regeln fest. Die Fotos werden peinlich sein. Ihr werdet betrunken sein. Ihr werdet verschwitzt sein. Ihr werdet falsche Wimpern tragen.« Sie sagte zu Chloe: »Noch was?«

Chloe antwortete: »ZM?«

»ZM. Stimmt.« Nell tippte sich seitlich an die Nase. »Wie konnte ich den vergessen? Jede, die nicht mit einem Zufallsmann knutscht, fliegt raus.«

Sie brachen beide lachend zusammen.

»O Gott«, murmelte Bella und saß kerzengerade an die üppigen, roten Polster des Himmelbettes gelehnt. »Was haben die denn getrunken?«

»Hoffen wir, es war nur Alkohol«, sagte Lottie grimmig.

Was auch immer es war, die Wirkung ließ nicht nach. Anstatt eines italienischen Abendessens mit ein bisschen Karaoke hinterher wurde die Gruppe durch ein paar karge Tapas gejagt und dann auf einen Trip durch sämtliche Discos und Kneipen des Ortes. Es gab mehr, als Bella erwartet hatte, und ein paar waren ziemlich rau, die Art von Lokal, in die man ging, tanzte und die Nase sorgfältig vor dem Geruch der Gäste der vorherigen Nacht verschloss.

Schließlich landeten alle in einem Verlies von einem Nachtclub. Chloe, die zu diesem Zeitpunkt kaum mehr reden konnte, bestellte als Absacker Sambuca für alle. Bella hatte sich darauf gefreut, mit bunten Federn im Haar in Gesellschaft ihrer ähnlich angezogenen Freundinnen durch den Ort zu ziehen, aber jetzt war sie absolut nüchtern und fühlte sich immer unwohler. Sie schaffte es, ihren Drink hinter einer riesigen Cocktailkarte loszuwerden und machte Lottie ein Zeichen.

»Ich gebe dem Ganzen noch maximal dreißig Minuten, dann bin ich weg.«

»Nell wird vorher umkippen«, sagte Lottie vorausschauend.

Und sie wackelte tatsächlich gefährlich auf ihren Plateauabsätzen und griff nach jedem Mann, der an ihr vorbeiging, allerdings mehr, um das Gleichgewicht zu halten, als aus ZM-Gründen.

»Ich ertrage das nicht mehr«, murmelte Bella. »Es macht keinen Spaß. Und Joanne sieht aus, als würde sie gleich weinen.«

Aber Lottie war aus härterem Holz geschnitzt. »Sei kein Waschlappen, Bella. Eine weint immer bei einem Junggesellinnenabschied.«

Das stimmte. Und Joanne hatte einen oder zwei der drei klassischen Gründe: Sie hatte gerade mit ihrem Freund Schluss gemacht, und sie war bei Bellas Taufe dabei gewesen.

»Du warst ein hübsches Baby«, sagte sie und verschmierte

ihre Wimperntusche endgültig auf Bellas Taschentuch. »Ein hübsches, hübsches Baby. Ich hatte mir so sehr eine Schwester gewünscht. Du warst immer wie eine Schwester für mich. Ich liebe dich, Bella. Ich habe dich immer geliebt wie eine …«

»Wie eine Schwester. Ja, das hast du gesagt. Danke, Jo. Ich liebe dich auch.«

»Ein schönes Baby«, sagte Joanne, die sich in dem Stadium des Betrunkenseins befand, in dem der Leidende glaubt, dass, wenn er nur immer und immer wieder um dasselbe kreist, er irgendwann den Ausweg findet und rauskommt.

Am gegenüberliegenden Ende des Clubs gab es einen Junggesellenabschied, der nun beschloss, sich mit den Mädchen zusammenzuschließen. Die Ehrenwerte Chloe verkündete, dass sie mit ihnen allen knutschen würde, und tat es auch. Es dauerte einige Zeit. Die Typen nahmen die Herausforderung begeistert an. Ein großer Hockeyspieler kam rüber, riss Bella aus ihrer Ecke, tanzte mit ihr zu einer schnellen Latinonummer und warf sie am Ende über seinen Arm und versuchte, ihr das Gesicht auszusaugen. Bella machte sich los.

»Danke für den Tanz. Ich gehe jetzt.«

»Ach komm schon! Die Nacht ist noch jung …«

Aber Bella war Unruhe an der Theke aufgefallen. Nell, der die knutschbaren Männer vom Junggesellenabschied ausgegangen waren, hatte sich hinter die Theke geschmuggelt und versuchte, den jungen, heißen Barmann zu befingern. Er war nett, schaffte sie sich jedoch vom Hals, indem er sie auf die Theke setzte. Bloß dass sie sich dort auf die Füße aufrappelte und herumstolzierte. Sie schwankte, rutschte auf verschütteten Drinks aus und sauste die gesamte Theke auf ihrem Hintern entlang, ihr Rock und ihre hohen Plateauschuhe flogen hoch. Am Ende fiel sie herunter, landete in einem Durcheinander und blieb dort wie eine Irre lachend liegen.

»Gut. Das war's. Ab mit ihr ins Hotel«, beschloss Bella.

Lottie hatte eine ganze Flotte von Taxis bereitstehen. Sie rief eines, und sie und Bella brachten Nell ins Hotel.

Als sie dort ankamen, warf Nell sich flach aufs Bett und schlief ein. Sie war schrecklich blass, ihr Gesicht schweißbedeckt.

»Ich bleibe besser bei ihr«, sagte Bella besorgt. »Vielleicht sollte ich sogar einen Arzt rufen. Das sieht für mich nicht normal aus.«

Nell öffnete den Mund und begann zu schnarchen.

»Das ist normal«, sagte Lottie. »Aber bleib bei ihr, wenn du musst. Sie hat durcheinandergetrunken wie ein Matrose. Und sie muss immer noch unter dem Jetlag leiden. Was für eine Idiotin.«

Wirklich eine Idiotin, dachte Bella, während sie bei ihr saß, die Nacht kälter wurde und das Schnarchen nicht nachließ. Sie war so müde, hatte Kopfschmerzen, und außerdem war sie wütend. Sie hatte sich auf ihr Frauenwochenende gefreut. Es war nicht fair, dass diese zwei Idiotinnen alles vermasselt hatten.

Sie wurde noch wütender, als sie am Morgen nach unten ging und dort zwei unrasierte Fotografen an der niedrigen Parkplatzmauer herumlungern sah. Der Nachtclub war nicht dunkel genug gewesen. Der gesamte Junggesellenabschied hatte mit Handys die Ereignisse fotografiert. Die *Sunday Despatch* hatte ihre Titelseite geändert, um die Fotos abzudrucken.

Bella wusste nicht, welches ihr mehr Übelkeit verursachte: das von Eleanor, wie sie über die Theke schlitterte, oder das von ihr, wie sie über dem Arm eines muskulösen Kerls hing und anscheinend wild geküsst wurde.

Sie stürmte hoch in Eleanors Zimmer. Die Prinzessin saß auf dem Bettrand und sah aus, als würde sie sich nicht so bald bewegen.

»Zieh dich an. Wir fahren ab. Du bist eine Nervensäge!«

Eleanor stöhnte. »Mir ist schlecht.«

»Das ist das geringste deiner Probleme.«

Die Hoteleigentümer taten ihr Bestes, um die räuberische Bande von Fotografen und Journalisten zurückzuhalten. Einer der Eigentümer kam nach oben und sagte: »Es gibt einen unterirdischen Gang zum Wachhaus. Wir haben ihn für die Kinder frei geräumt, daher wissen wir, dass er sicher ist. Kann Sie jemand Vertrauenswürdiges hier abholen?«

»George wird dir helfen«, hatte Richard gesagt.

»Mal sehen«, sagte Bella.

Sie rief George an.

Er hatte die Zeitungen noch nicht gesehen, war kaum wach, aber er begriff sofort, was los war. »In Ordnung. Ich komme. Wegbeschreibung?«

Zum Glück befand er sich weniger als eine Stunde Fahrt entfernt bei Freunden.

Lottie war wie immer sehr pragmatisch. »Überlass mir das Packen. Bleib in Nells Zimmer. Ich werde allen sagen, dass du dir wegen ihrer Gesichtsfarbe gestern Abend Sorgen gemacht und sie weggebracht hast.«

»Wird Chloe nicht zu ihr wollen?«

»Die verdammte Chloe ist gestern Nacht nicht nach Hause gekommen. *Falls* sie auftauchen sollte, was ich bezweifle, werde ich sie wegschicken. Schnapp dir Nells Handy. Du weißt nicht, was sie abschicken könnte.«

»Gute Idee. Ich vertraue ihr nicht. Sie war gestern so außer Rand und Band.«

Bella fand Nells Handy in ihrer winzigen, rosa funkelnden Handtasche und beschlagnahmte es. Nell saß inzwischen auf einem Stuhl mit einem nassen Handtuch über ihrem Gesicht und merkte es nicht. Es war ein kleiner Kampf, sie nach unten in die Küche zu bringen, weil sie ständig wiederholte, dass sie nach

Hause wolle. Aber schließlich schaffte Bella es, Nell durch den unterirdischen Gang zu dirigieren.

George rief sie an, als er sich dem Wachhaus näherte. Er hatte kaum angehalten, schon schob Bella Eleanor auf den Rücksitz und stieg neben ihm ein.

»Fahr los«, sagte sie mit zusammengebissenen Zähnen, »bevor ich deine Schwester umbringe.«

Eleanor stöhnte auf dem Rücksitz.

Bellas Sinn für Humor kehrte kurzfristig zurück. »Oder bevor sie in deinen Wagen kotzt.«

Er fuhr wie der Wind.

23

Wird er Schluss machen?

Sunday Despatch

Bella saß noch im Wagen, als Richard anrief. Sie erwartete Zorn oder diese tödliche, königliche Kälte, aber es war noch schlimmer. Er klang einfach nur müde.

»Wie konntest du so gedankenlos sein?«, sagte er. »Wie konntest du nur? Nell ist ja fast noch ein Kind, meine Mutter und ich sind außer Landes, mein Vater hat Herzprobleme … Und du *denkst* einfach nicht nach.«

Bella sah über ihre Schulter zu Eleanor, die jetzt tief und fest schlief. Sie sah aus wie zwölf. »Es ist einfach aus dem Ruder gelaufen, das ist alles. Ich weiß, dass es ein Chaos ist, aber solche Dinge passieren eben…«

»Nun, du wirst es in Ordnung bringen müssen«, sagte er tonlos. »Julian Madoc spricht mit dem Pressebüro. Das Internet ist verrückt geworden, und es sind ein paar richtig fiese Sachen darunter. Er wird dich kontaktieren. Ich rate dir dringend zu tun, was er sagt.«

»Natürlich.«

»Wo bist du jetzt?«

»Auf dem Weg nach London. Mit Nell. George fährt uns.«

»Nun, das ist schon mal etwas, denke ich. Fahr nicht nach Camelford House. Bring sie direkt in den Palast. Ich werde Pansy anrufen.«

Bella zuckte zusammen.

»Und wenn du dort ankommst …«

»Ja?«

»Ich weiß, dass du das nicht willst, aber das ist nicht verhandelbar. Du wirst in den Palast ziehen und dort bleiben. Oder ich gebe eine Pressemitteilung heraus, dass die Hochzeit abgesagt wird. Ich meine es ernst, Bella.«

Sie erstarrte vor Schreck. »Das habe ich verstanden«, stieß sie zwischen betäubten Lippen hervor.

»Dann mach es.«

Er legte auf, ohne sich zu verabschieden.

Es war furchtbar. Julian Madoc war zu Bellas Überraschung ziemlich nett, aber Lady Pansy konnte ihren Triumph kaum verbergen. Sie versteckte ihn zwar hinter einem Ich-mache-mir-Sorgen-und-bin-nicht-wütend-Tonfall, aber es war eindeutig Triumph. Eleanor blieb in dem Zimmer, das für sie vorbereitet worden war, und eine Krankenschwester blieb bei ihr. Niemand sagte Bella, was der Prinzessin fehlte, falls ihr etwas fehlte. Überhaupt wurde Bella kaum etwas erzählt, bis George vor dem Abendessen kam, um zuerst seine Schwester zu besuchen und dann Bella.

Sie saß im Sessel am Fenster, versuchte, einen Krimi zu lesen, und schaffte es nicht, sich auf die blutbespritzte Leiche zu konzentrieren.

»Wie geht's?«, fragte George und schlich selbst wie ein Mörder durch die Tür.

Bella fragte sich, ob man ihn angewiesen hatte, sich von ihr wie von einer ansteckenden Kranken fernzuhalten. Sie fragte sich, ob Richard ihm das gesagt hatte.

»Mir geht's gut. Wie geht's Nell?«

»Sie hat gekotzt. Wahrscheinlich besser so, ich glaube, sonst hätte der alte Jones ihr den Magen ausgepumpt. Sie liegt im Bett mit der Zudecke über dem Kopf und schmollt. Was bedeutet, dass sie sich schämt.«

Er lief im Zimmer auf und ab, das aussah, als hätte Lady Pansy es eingerichtet. Es gab Bilder von Männern mit Gewehren, ein paar Porzellanschränke voller Spaniel und sich drehender Kolumbinen. Bella fühlte sich dadurch eingeengt, und ihr war ein bisschen übel. Aber George schien das nicht zu stören.

»Sie ist eine Nervensäge. Aber es ist nicht allein ihre Schuld. Wenn die Menschen einen in eine Rolle drängen, dann spielt man sie auch, weißt du?«, sagte er.

»Eine Rolle?«

»Wir drei. Guter Junge, böser Junge, wildes Kind. Sie wurde so genannt, seit sie dreizehn war. Die Leute *glauben* daran.«

»Aber sicherlich ...« Und dann erinnerte sich Bella an die Karikatur, die sie gesehen hatte, noch bevor sie Richard kennen gelernt hatte. Die königliche Familie als die sieben Zwerge, das war's. Wie hatten sie die Kinder genannt? *Dumm, Dämlich und Dröge*. Sie hatte es geglaubt, oder nicht? »Es tut mir leid«, sagte sie und schämte sich.

Er zuckte mit den Schultern. »Ich darf den Clown spielen. Kein Problem. Es ist schwerer für Richard, er muss die langweiligen Sachen machen und darf nie betrunken sein oder groß feiern oder auch nur sein eigenes Ding machen. Jedenfalls nicht, bis er dich getroffen hat.«

»Mich?«

»Du hast keine Ahnung, was für eine Chance auf Freiheit du bist. Für uns alle, inklusive Nell und mich. Du hast uns Hoffnung gegeben.«

»Aber warum? Richard tut doch sicher alles, was er tun will? Die Königin sagt, er habe einen sehr starken Willen.«

»Der Gute Junge?«, sagte George. »Er würde alles aufgeben, wenn er das für seine Pflicht hielte. Er war ein guter Ruderer, weißt du. Sehr talentiert. Er hätte auch für Olympia trainieren können, wenn sie ihn hätten weitermachen lassen. Aber Mutter meinte, es sei zu gefährlich. Also gab er es auf. Mein Vater hat es ihm nicht verboten. Er hat es *aufgegeben*. Es ist, als versuche er, alles an sich zu töten, das nicht ...«

»Öffentliches Eigentum ist«, sagte Bella leise.

»Ja, vielleicht. Dann begann er mit Parkour. Weißt du, was das ist?«

Sie schüttelte den Kopf.

»Eine Art Freerunning. Man versucht durch die Stadt zu kommen, ohne den Boden zu berühren. Sehr turnerisch. Viele Sprünge und Schwünge. Er war wirklich gut. Er schaut es sich noch manchmal auf YouTube an. Es macht mich so wütend. Er sollte es *tun*.«

»Er hat mir erzählt, dass er gerne Gebäude hochklettert«, sagte Bella, die es nun verstand.

George zog eine Augenbraue hoch. »Ehrlich? Als ob er es noch tut?«

»Als plane er, es noch zu tun, ja schon.«

»Das sind die besten Neuigkeiten, die ich seit Jahren gehört habe. Lass uns hoffen, dass er dabeibleibt.« Er strahlte bei diesem Gedanken. »Wenn du es schaffst, dass er sich einen gehörnten Helm aufsetzt und mit einer Gruppe Irrer rudert, dann gibt's vielleicht noch Hoffnung für ihn. Mach nur so weiter, Bella Greenwood. Mach ja so weiter.«

Aber es gab keinerlei Anzeichen dafür, dass Richard ausbrechen wollte. Auch als er und die Königin von ihrer Reise zurückkehrten, erlangten er und Bella nie ihre alte Vertrautheit wieder. Teilweise lag das natürlich daran, dass er darauf bestand, dass sie in dieser Palastkaserne leben musste. Es fühlte sich einfach nicht richtig an, in diesem hallenden Palast, in dem Dienstboten aus Türen traten, wenn man sie am wenigsten erwartete, und sich der König in einem Flügel und die Königin sich im anderen Flügel befanden, zusammen zu schlafen. Aber er hätte sie so küssen können, als meine er den Kuss ernst, oder ehrlich mit ihr reden. Vielleicht sogar mit ihr ausgehen.

Aber all das tat er nicht. Er war nur höflich und rücksichtsvoll und furchtbar beschäftigt. Immer wenn er sie sah, machte er deutlich, dass er gerade auf dem Weg irgendwohin war. Er hatte nicht einmal eine halbe Stunde Zeit, um mit ihr durch einen der Parks zu spazieren.

Die einzige Gefühlsregung zeigte sich, als Bella ruhig sagte: »Richard, ich weiß nicht, was schiefläuft. Es *kann* doch nicht nur um den Junggesellinnenabschied gehen. Möchtest du die Verlobung lösen?«

Er sah sie an, als hätte sie ihn mit einem Messer getroffen. Es war das einzige hoffnungsvolle Zeichen, das sie gesehen hatte.

Und plötzlich hatte er tonlos gesagt: »Wenn du das möchtest, natürlich.«

»Nein, das möchte ich nicht. Wie kannst du das glauben? Erinnerst du dich, wie wir früher waren?«

Sie ging zu ihm. Er hob seine Hände für einen kurzen Moment, dann ließ er sie hängen und trat zurück.

Es war wie eine Ohrfeige.

Sie stand ein paar Sekunden lang ganz still da, fasste sich. Dann sagte sie ruhig: »Was ist mit uns geschehen? Hat es etwas mit deinem Vater zu tun? Ihm geht's doch sicher besser? Er wirkt so fit.«

Der König schien als Einziger seiner Familie bester Laune zu sein. Er hatte sechs Kilo abgenommen, hatte begonnen, auf dem Palastgelände zu joggen, und sich mit großer Willensstärke auf seine offiziellen Termine gestürzt. Er sah eigentlich aus wie ein Mann, der in Urlaub gewesen war. Anders als sein ältester Sohn, der so dünnhäutig aussah, dass man den Schädel unter der Haut erkennen konnte.

Richard sagte förmlich: »Es geht ihm tatsächlich sehr gut. Die Ärzte sind sehr erfreut.« Er sah auf seine Uhr. »Es tut mir leid, ich werde in der Kathedrale erwartet. Der Prior spricht über eine Probe, aber ich finde, es ist zu früh.«

Und dann war er weg, bevor Bella ihn aufhalten konnte.

Erst hinterher dachte sie, *er* geht in die Kathedrale? Ohne mich? Was ist los?

Natürlich war es wahrscheinlich wegen der Paparazzi. Die verräterischen Fotos stammten zwar von Handys, aber die Zeitungen hatten sie dann selbst bearbeitet und vergrößert. Und die Paparazzi fanden sie nicht mehr langweilig. Immer wenn sie vor die Tür trat, flogen sie auf sie wie Wespen aufs Marmeladenglas.

»Glauben die etwa, ich würde mich jedem beliebigen Adonis in die Arme werfen?«, fragte sie Lottie verärgert, nachdem sie ein Spießrutenlaufen an ihren Kameras vorbei geschafft hatte, um sich von Carlos die Haare machen zu lassen und danach mit ihrer Freundin zu Mittag zu essen. »Was denken sie, was ich bin?«

»Verzweifelt«, sagte Lottie direkt.

»Was?«

»So siehst du aus. Angespannt und mitgenommen, als hättest du einen Monat lang nicht geschlafen. Und du hast auch schon wieder abgenommen. Hast du etwa nach diesem dummen Foto eine Diät gemacht?«

»Was? Nein. Wovon redest du?«

Lottie wurde rot und entschuldigte sich. »Ich dachte an dieses Foto, das ein Verrückter in seinen Blog gestellt hat. Loyaler Untertan oder wie immer er sich nennt. Du stehst auf der Klippe, wo die Jungs einen auf Wikinger machten. Es muss ein ziemlicher Wind gegangen sein, denn du lehnst dich zurück, aber das Vorderteil deines Regenmantels wird nach vorn geblasen, so als hättest du einen richtigen Bauch. Ein paar der gehässigeren Blogger nannten dich pummelig.«

Bella zuckte mit der Schulter. »Das habe ich nicht gesehen. Ich schaue nicht oft ins Internet. Die Presseleute senden alle Ausdrucke an Trudy, aber sie sagt, es sei bloß deprimierend zu sehen, wie schlecht alles geschrieben ist. Also schaue ich es mir erst gar nicht an.«

»Oh, na dann, gut. Du machst also keine Diät, um wie ein Skelett auszusehen? Es ist einfach so passiert?«

Bella wurde rot. »Ich weiß. Ich werde mich bessern. Aber es ist fast wie im Gefängnis, Lotts. Sie wollen sogar, dass ich vom Palast aus arbeite. Das kann ich schon machen. Projekte zu bewerten ist eine einsame Arbeit. Aber ich mochte meinen Schreibtisch und mein Büro und dass ich um die Ecke gehen und mit Ma im Pub zu Mittag essen konnte.«

Lottie gab ein mitfühlendes Geräusch von sich und sagte, sie könne sich kein Leben vorstellen, in dem man nicht in den Pub an der Ecke gehen kann.

Bella lächelte, aber ihr Lächeln erstarb schnell. »Überall, wo ich hingehe, kommt ein Pressemensch mit, für den Fall, dass ich mich betrinke und hinfalle, und ein Wachmann, für den Fall, dass das jemand anderes tut. Ich habe gesagt, dass ich neue Unterhosen kaufen wollte, und sie haben Marks and Spencer gebeten, nur für mich zu öffnen.«

»Ich bin beeindruckt.«

»Das brauchst du nicht zu sein. Ein so riesiger Laden und niemand außer mir und ein paar Palastwachen darin, es war gruselig.«

»Bel, glaubst du, dass sie versuchen, dich abzuschrecken? Dir Angst einzujagen, indem sie dir zeigen, wie es sein wird, Mrs. Richard zu sein?«

Bella nickte langsam. »Ich habe daran gedacht. Aber ich sehe darin keinen Sinn. Ich habe ihm gesagt, dass wir Schluss machen können und …« Sie atmete langsam ein. »Er wollte es nicht. Er sah entsetzt aus. Nein, das Einzige, dessen ich mir absolut sicher bin, ist, dass er mich immer noch heiraten will, Lotts.«

Doch im Herzen war sie sich gar nicht sicher.

24

Los geht's!

Tube Talk

Und dann rief aus heiterem Himmel ihr Vater an.

»Bella?«, brüllte er. Er brüllte immer, als befände er sich mitten in der sibirischen Wildnis, auch wenn es nur eine U-Bahn-Station war.

Bellas Herz machte einen Satz. Finn war ein Meteor, mit Höchstgeschwindigkeit und möglicherweise destruktiv unterwegs, aber immer voller Energie. »Hallo Finn. Wo bist du?«

»Ich bin bei deinem Bruder. Er macht sich Sorgen um dich. Wir kommen dich besuchen. Es ist an der Zeit, dass wir dich aus der Bastille befreien.«

Vielleicht war es Finns rebellischer Einfluss, aber ganz plötzlich hatte Bella genug davon, eine damenhafte Gefangene zu sein, genug von Lady Pansy, die ihr Veto gegen jeden ihrer Wünsche einlegte, und genug davon, dass ihre eigenen Freunde sich unerreichbar auf der anderen Seite der Palastwände befanden.

»Nein, ich werde euch treffen«, sagte sie bestimmt. »Im St. James's Park. Auf der Brücke. Heute um vier.«

Lady Pansy, ein Gewohnheitstier, trank dienstags und donnerstags um vier mit der Königin Tee.

Und während Lady Pansy Tee trank, spazierte Bella einfach hinaus. Niemand hielt sie auf. Der Polizist am Tor fragte sie nicht einmal, er legte nur den Finger an den Hut.

Warum hatte sie nicht schon früher daran gedacht, das zu tun?, überlegte sie. Ich muss da drinnen völlig verrückt geworden sein. Ich hätte jederzeit einfach gehen können.

Sie spazierte langsam durch den Park, roch den Honig- und Moschusduft der ersten Rosen, genoss die bunten Beete mit den Einjährigen und das saftige, grüne Gras. Es fühlte sich gut an, wieder warme Luft im Gesicht zu spüren. Endlich hatte Bella das Gefühl, atmen zu können.

Sie kam um Punkt vier an der Brücke an. Finn war nicht da. War nicht anders zu erwarten, dachte Bella nachsichtig und lehnte sich über das Geländer, um einer Entenfamilie zuzuschauen, deren Küken ihre Fähigkeit, in einer geraden Linie zu schwimmen, zeigten, außer dem letzten Kerl, der sich ablenken ließ und immer wieder von seinem Vater an die richtige Stelle gescheucht wurde. Sie lachte laut auf.

»Das klingt nicht so schlecht«, sagte eine Stimme.

Sie drehte sich um, und vor ihr stand Finn: Schäbige, löchrige Jeans, ein entsetzlich altes Holzfällerhemd, das bis zur Taille offen stand, ein Mehrtagesbart und ein Cowboyhut. Er hob die Hand, näher als das kam er einer Umarmung nicht.

»Live long and prosper.«

Er war ein Fan von kultigen Fernsehserien. Wie hatte sie das nur vergessen können? Bella war so froh, ihn zu sehen, dass sie bis über beide Ohren grinste.

Ihr Telefon klingelte. Sie schaltete es aus. Das hier war Bellazeit. Niemand sonst durfte sich hineindrängen.

»Finn, schön, dich zu sehen. Du siehst aus wie ein Penner.«

Er nahm es als Kompliment und schüttelte sich wie eine der Enten. »Bin vor zwei Tagen zurückgekommen und sofort zu Neill. Diese Wikingersache sah aus, als wäre sie ein Riesenspaß gewesen. Schade, dass ich das verpasst habe.«

»Na, dann bleib noch etwas. Vielleicht macht er es noch mal.«

»Das tue ich möglicherweise. Ich bleibe vielleicht auch noch, um dich heiraten zu sehen. Was sagst du dazu?«

Bella stellte sich vor, wie Finn in die Kathedrale schlurfte und

Lady Pansy gegenübertrat. Sie hätte vor Begeisterung tanzen können. »O ja, *bitte*, Dad.« Plötzlich füllten sich ihre Augen mit Tränen.

Er blinzelte. Sie nannte ihn nie Dad. »Hey. Kein Grund zu weinen. Wenn du mich dort haben willst, bin ich bereit. Ich führe dich sogar zum Altar, wenn du das möchtest.« Sein Tonfall machte deutlich, dass es für ihn ein großes Opfer wäre.

»So weit musst du nicht gehen. Kevin hat es angeboten, und ihm macht es wirklich nichts aus, einen Cut zu tragen.«

Finn atmete erleichtert auf. »Guter Kerl, dieser Kevin. Habe ich immer gesagt. Jetzt geh mit mir um diesen Teich, und erzähl mir, was schiefläuft.«

Zu ihrer eigenen Überraschung tat sie das. Finn, der zwischenmenschliche Beziehungen normalerweise sowohl schwierig als auch langweilig fand, hörte mit erstaunlicher Aufmerksamkeit zu. Am Schluss sagte er: »Weißt du, deinem Kerl ist irgendetwas passiert. Er hat keinen Schlag auf den Kopf bekommen, oder so?«

»Nein«, sagte Bella und kicherte unter Tränen.

»In diesem Fall solltest du ihn besser mal fragen, was los ist«, sagte Finn. »Denn es ist verdammt sicher was los.«

»Ich habe keine Ahnung, was es sein könnte ...«

Finn verdrehte die Augen. »Gott, deswegen kann ich nicht mit Frauen zusammenleben. Sie verschwinden in einer Ecke und überlegen, vielleicht ist es das, vielleicht ist es dies. Frag, Mädchen. *Frag*.«

Bella zögerte.

»Ruf ihn jetzt an, und ich kaufe uns beiden ein Eis.«

Sie lachte. »Na gut.«

Sie schaltete das Handy wieder ein, und sofort huschten Textnachrichten über das Display. Pech gehabt! Sie rief Richard an.

Er hob sehr schnell ab, wie eine Katze, die auf der Lauer gelegen hatte. »Bella. O mein Gott! Geht's dir gut? Wo bist du?«

»Ich bin im St. James's Park«, sagte sie, »beobachte die Enten. Vor dem Eiswagen. Hör mal, du und ich müssen ...«

»Bleib da. Bleib da«, sagte er eindringlich. »Beweg dich nicht. Ich sehe dich. Ich komme zu dir.«

Bella ließ mit offenem Mund das Handy sinken.

Ihr Vater rief ihr etwas zu.

Sie drehte sich kopfschüttelnd zu ihm um. »Was?«

»Ich sagte ...«

Und aus dem Gebüsch sprang Richard, Prince of Wales, und schlug ihn. Er fällte Finn durch die unwissenschaftliche, aber effektive Methode, ihn von hinten in die Knie zu treten, um dann auf ihn zu springen.

»Was zur Hölle?«, keuchte Bella.

»Alles in Ordnung«, sagte Richard mit einem Knie in Finns Rücken. »Ich habe das Schwein. Du bist in Sicherheit.«

In Sicherheit?

Bella schluckte schwer, aber es kamen keine Worte. Finn gab protestierende Geräusche von sich.

»Halt's Maul«, sagte Richard so wild, dass sogar Finn den Mund hielt.

Richard zog sein Handy hervor. »Es ist in Ordnung, ich habe sie. Sie ist anscheinend nicht verletzt.« Er sah Bella an, sein Gesicht sorgenvoll. »Das bist du doch nicht, oder?«

Sie schüttelte den Kopf.

»Sie ist in Ordnung. Kommen Sie jetzt, und verhaften Sie diesen Mistkerl, bevor ich ihm den Hals umdrehe!«

Bella fand ihre Sprache wieder. »Was machst du denn da, du Rowdy?«, schrie sie. »Geh von meinem Vater runter! Geh *sofort* von meinem Vater runter.«

Richard blickte sie verständnislos an. »Dein Vater?«

Bella beruhigte sich etwas. »Der Mann, auf dem du sitzt«, sagte sie sehr deutlich, »ist mein leiblicher Vater, Finn Greenwood.«

Richard ließ automatisch von seinem Opfer ab. »Aber er hat dich angeschrien. Beleidigungen ... ich habe ihn gehört.«

Bella wandte sich ihrem Vater zu, der aufstand, Gras ausspuckte und sich mit dem Handrücken über den Mund wischte. »Was hast du gerufen, Finn?«

Um seine Augen spielte ein Lächeln. Man konnte über seine Ungebundenheit und Unverantwortlichkeit sagen, was man wollte, Finn war gut darin, die Dinge zu nehmen, wie sie waren. »Ich habe gesagt: ›Schokolade, Vanille oder Kaffee?‹«, wiederholte er sanft. »Ich nehme an, dass Sie mein zukünftiger Schwiegersohn sind? Schön, Sie kennen zu lernen.«

Richard schüttelte wie ferngesteuert seine Hand.

Zwei Wachleute kamen den Weg entlang. Bella erkannte, dass einer von ihnen Ian war.

»Was ist los?«, fragte sie.

Ian kam keuchend auf sie zu. »Sind Sie wahnsinnig?«, brüllte er Richard an und vergaß völlig den Respekt, den er dem Prince of Wales schuldete. »Sie wussten doch gar nichts, er hätte bewaffnet sein können.«

»Aufregend«, sagte Finn, ein wenig interessiert. Das war die Art von zwischenmenschlicher Interaktion, mit der er umgehen konnte, dachte seine Tochter liebevoll, viel Action, kein weinerlicher Kram.

Richard wischte sich mit der Hand übers Gesicht. »Ich dachte, ich hätte dich verloren«, krächzte er.

Er riss Bella in seine Arme, ohne auf seinen zukünftigen Schwiegervater zu achten oder auf die Wachleute, den Eiscremeverkäufer und eine Reihe neugieriger Mütter mit Kindern, die völlig vergaßen, die Enten zu füttern.

Ihm wurde schließlich bewusst, dass alle sie anstarrten. »O Gott. Lass uns von hier verschwinden.«

»Ich habe immer noch Lotties Schlüssel«, sagte Bella. Sie war zwischen Verwirrung, Erleichterung und purer, reiner Wut hin- und hergerissen. Sie wollte im Moment ganz sicher an keinen königlichen Ort gehen und hätte es auch so gesagt. Niemand fragte jedoch.

Also liefen sie zur Wohnung in Pimlico, und Bella kochte Tee. Richard trat zu ihr in die Küche.

»Gott, ich habe dich vermisst«, sagte er.

Bella sah ihn an und glaubte es. Er hatte tiefe Linien um den Mund, seine Augen sahen gehetzt aus. Ein großer Teil ihrer Wut verflog. Sie berührte seinen verkrampften Mund, und er nahm ihre Hand, küsste die Innenfläche und hielt sie an seine Wange, als könne er nicht recht glauben, dass sie tatsächlich da war.

Bella verlor jedes Bedürfnis, ihn anzuschreien. Andererseits …

»Du hast mich im Dunkeln tappen lassen«, sagte sie tonlos. »Du musst damit aufhören, weißt du. Ich bin erwachsen.« Sie nahm ihre Hand weg.

»Ich weiß. Ich weiß. Aber du warst in Gefahr, nur meinetwegen. Hättest du mich nie getroffen, wäre ich nicht hinter dir her gewesen, wäre es nie passiert. Du hättest ein sicheres und glückliches Leben geführt. Also war es meine Schuld. Außerdem *musste* ich dich beschützen. Siehst du das nicht ein?«

Ja, sie sah es ein. Sie stellte Tassen auf ein Tablett. »Aber warum hast du es mir nicht einfach *erzählt*?«

»Ich wollte nicht, dass du Angst bekommst«, sagte er schlicht.

Sie schnaubte. »Na toll. Ganz toll. Also hast du mich stattdessen ins Gefängnis verfrachtet?«

Er zuckte zusammen. »Ich habe nicht nachgedacht.«

»Nein. Das hast du nicht. Und du scheinst zu glauben, ich könne auch nicht denken. Ehe bedeutet *Partnerschaft*, Richard.«

Sie brachte das Tablett ins Wohnzimmer, während er ihr die Tür aufhielt.

»Also«, sagte sie. »Ich will wissen, was los ist. Alles.«

Ian und der andere Wachmann sahen Richard Hilfe suchend an. Bella hätte schreien können. Aber er nickte kurz, und sie beschloss, es gut sein zu lassen.

»Da gibt es einen Blogger, den wir schon seit einer Weile beobachten. Er ist besonders feindlich Ihnen gegenüber, Bella«, sagte Ian. »Die Profiler sagen, dass er auf Richard fixiert ist. Die Drohungen werden jedes Mal schlimmer, wenn Sie beide zusammen in der Öffentlichkeit zu sehen sind.«

Deswegen hatte Richard sich von ihr ferngehalten. Idiot! Aber sie sagte es nicht laut. Noch nicht. Es konnte warten.

»Ich dachte, wenn du im Palast wohnst, bist du sicher. Und das warst du. Aber du siehst seitdem aus wie ein Gespenst. Und so traurig. Als du mich gefragt hast, ob ich dich immer noch heiraten wollte, hätte ich es fast geändert. Aber – nun ja, Loyaler Untertan101 war da draußen. Das ist er nach wie vor, da dieser Clochard nicht unser Mann ist«, erklärte Richard.

Er warf Finn einen komplizierten Blick zu, irgendwo zwischen Entschuldigung und Ärger. Na ja, wenigstens beendete das seine Heldenverehrung für ihren Vater, dachte Bella plötzlich amüsiert. Das war ein gutes Zeichen.

»Was für Dinge schreibt dieser Blogger?«, fragte sie.

Richard zuckte zurück. »Das willst du nicht wissen.«

Sie sah ihn einfach nur an.

»Oh, na gut. Manches ist gemein, und manches ist einfach nur dumm ... wie zum Beispiel, dass du dick aussiehst, weil der Wind deinen Regenmantel aufbläht, oder dass du wie eine Vogelscheuche aussiehst, weil du irgendein furchtbares, gestreiftes Kleid zum Silvesterball getragen hast, was du gar nicht getragen hast ...« Er kam ins Stocken. »Bella?«

Sie saß kerzengerade da. »Er hat geschrieben, dass ich ein gestreiftes Kleid anziehen würde?«

»Ja.«

Sie ging in ihr altes Schlafzimmer und brachte die Gestreifte Scheußlichkeit mit. »Dieses hier, nehme ich an?«

Alle starrten es an.

»Darin habe ich dich nie gesehen«, sagte Richard langsam.

»Niemand hat das, außer Lottie. Sie war hier, als es geliefert wurde. Irgendeine Schneiderin muss davon wissen, da sie das verdammte Teil genäht hat. Aber die Person, die es mir geschickt hat, war Lady Pansy.«

Einen Augenblick lang schwiegen alle, während sie die Schlüsse daraus zogen.

Dann sprang Richard auf. »Und diese ... dieser ... *Judas* trinkt jetzt gerade Tee mit meiner Mutter. Komm mit!«

Er griff nach dem Kleid, während sie gingen.

Als Bella und Richard in ihren Salon platzten, sah die Königin müde aus. Das überrascht mich nicht, dachte Bella, die sofort einen von Lady Pansys endlosen Monologen erkannte.

»Halten Sie den Mund«, fuhr Richard sie wütend an.

Lady Pansy tat wie geheißen.

»Richard, Lieber«, sagte die Königin alarmiert.

Er warf die Gestreifte Scheußlichkeit mitten auf den Teppich. »Von Ihrer eigenen Gehässigkeit überführt, Pansy. Hätten Sie nicht versucht, Bella das hässlichste Kleid der Welt anzudrehen, hätten Sie sich nicht verraten. Mutter, diese loyale Hofdame ist LoyalerUntertan101.«

Die Königin wurde blass. Es war offensichtlich, dass sie von dem verrückten Blogger wusste. Aber unerschrocken sagte sie: »Das muss Unfug sein. Pansy ...«

Lady Pansy sagte nichts. Das musste sie gar nicht. Die Schuld stand ihr ins Gesicht geschrieben, kaum dass sie das Kleid gesehen hatte.

Sie ignorierte die Königin und wandte sich Richard zu, das Pferdegesicht war plötzlich hässlich.

»Sie hatten kein Recht, *so etwas* zu heiraten«, sagte sie. »Sie hätten jemand Adeligen heiraten sollen, jemand, dessen Familie eine Geschichte im …«

»Dienste für die königliche Familie besitzt? Bla bla bla«, sagte Richard, plötzlich sehr viel weniger würdevoll, als Bella ihn je vor anderen Menschen erlebt hatte. »Halten Sie den Mund, Sie Schlange. Halten Sie den Mund!«

Lady Pansy schrie darauf hin auf und hörte nicht mehr damit auf. Es brauchte ein paar der Wachleute, die im Flur warteten, um sie zu bändigen, und dann einen Arzt, um sie zu sedieren.

Die Königin war zutiefst bestürzt. Richard ließ seinen Vater rufen. Als der König kam, stand die Königin vor dem Kamin und rang ihre Hände vor Aufregung.

»Wie konnte ich mich nur so irren? Wie konnte ich nur? Sie schien immer meine Freundin zu sein. Warum habe ich es nicht bemerkt? Deine arme Bella, Richard. Ich war so blind.«

Der König trat zu ihr, nahm ihre nervösen Hände in seine und sagte: »Es ist nicht deine Schuld, meine Liebe. Wenn es die Schuld von irgendwem ist, dann meine.« Er holte tief Luft. »Ich mag keine Unannehmlichkeiten, sonst wäre ich Pansy schon lange losgeworden.«

»*Was*?«, fragte Richard. »Du wusstest *Bescheid*?« Er sah plötzlich sehr böse aus.

Bella legte instinktiv eine Hand auf seinen Arm.

»Mein Vater hat Pansy nicht gut behandelt. Ich wusste es und habe es nie erzählt«, antwortete der König mit fester Stimme.

»Oh«, sagte Bella, jetzt wurde ihr einiges klar. »Also wenn

sie ständig über ihren Dienst an der königlichen Familie geredet hat, dann meinte sie eigentlich, dass sie den verstorbenen König geliebt hat?«

»Er konnte sie natürlich nicht heiraten. Nicht dass er es gewollt hätte. Mein Vater war kein *liebevoller* Mensch. Aber damals heirateten wir keine Bürgerlichen.«

»Bürgerliche?«, wiederholte Bella verwundert. Lady Pansy mit ihrem Pferdegesicht und ihren Vorfahren, die der königlichen Familie seit Jahrhunderten dienten, war eine Bürgerliche?

»Eine Umschreibung. Mein Vater meint damit: nicht von königlichem Blut. Adel auf dem Radel zählt, die Tochter eines Earls nicht. Pansy hätte niemals den König heiraten können, und das wusste sie.«

»Und dann kamst du mit mir an, mit einer Familie ohne irgendeinen Titel. Kein Wunder, dass sie mich hasst!«

»Arme Frau«, sagte die Königin. »Kein Ehemann und keine eigenen Kinder. Nur uns und diese exzentrische Nichte. Und keiner von uns hat sie wirklich *gesehen*. Sie hat mich wahnsinnig gemacht, und ich war so entschlossen, *nett* zu ihr zu sein ...« Sie verstummte.

Dann drehte sie sich zum König um. Zum ersten Mal, seit Bella sie kannte, sah sie, wie der König einen Arm um seine Frau legte. Er tat es linkisch, aber es sah aufrichtig aus.

»Gut«, sagte Bella. »Ich muss noch etwas sagen. Bitte hören Sie zu. Sie müssen aufhören, zu versuchen, das Leben von anderen Menschen zu leben. Ich weiß, dass es mit den besten Absichten geschieht. Ich weiß es wirklich zu schätzen. Richard war bereit, sich vor das Messer eines Mörders zu werfen, um mich zu schützen, und das nehme ich wirklich nicht auf die leichte Schulter. Und das allererste Mal, als wir uns getroffen haben, hat er sich um mich gekümmert. Es ist wirklich sehr lieb von dir, mein Schatz, aber es muss aufhören. Wenn ich nicht meine eigenen Fehler machen kann, bin ich kein Mensch. Wenn das irgendjemand wissen sollte, dann du.«

Dann wandte sie sich der Königin zu. »Und Sie müssen aufhören, ihn vor Risiken bewahren zu wollen. Er ist so liebevoll zu Ihnen und seinem Vater und bemüht sich immer, Ihnen Sorgen zu ersparen. Aber das sollte er nicht. Er ist ein erwachsener Mann. Er kennt seine Fähigkeiten. Er muss sich selbst ausprobieren können, ohne dabei ständig an Sie und das Land und alle anderen zu denken.«

Niemand sagte etwas. Aber die Königin lehnte ihren Kopf an die Brust des Königs.

»Und jetzt ...«, Bella ging zur Tür, »ziehe ich wieder bei Lottie ein. Richard und ich werden ausgehen, öffentlich und wann immer und wo immer wir wollen. Ich werde am Abend vor der Hochzeit in den Palast kommen und nicht früher. Ich hole mir mein Leben zurück.«

25

Das große Ereignis!

Morning Times

Es war der Morgen von Bellas Hochzeitstag. Im Hof des Palastes wartete eine goldene Kutsche auf die neue, königliche Braut. In einem Boudoir im Palast saß sie in einem goldbestickten, cremeweißen Kleid mit langen, mittelalterlichen Ärmeln. Strahlendes Sonnenlicht fiel durchs Fenster und brachte einen großen Spiegel zum Leuchten.

Janet Bray trat einen Schritt zurück und lächelte verträumt. »Du bist wunderschön, mein Schatz. Genau wie die Frau auf deinem Bild. Glücklich die Braut, auf die die Sonne scheint.«

Bella dachte, dass sie genauso glücklich gewesen wäre, wenn sie den Hügel in Gummistiefeln hinaufgestürmt wäre, um ihren Richard in strömendem Regen vor ihrem Turm zu heiraten. Aber sie sagte es nicht.

Sie sagte eigentlich gar nichts. Weil sie dachte, dass sie etwas hörte, das unmöglich sein konnte. Ein Kratzen am Mauerwerk, ein scharfer und wahrscheinlich profaner Ausruf, das heftige Geräusch einer Kletterpflanze, die von einer Mauer gerissen wird.

Nein, sagte sie sich, das war nur ihre Fantasie. Es konnte nicht wahr sein. Nicht an ihrem Hochzeitstag. Nicht, wo alles bis auf die Nanosekunde durchgeplant war. Der Prince of Wales machte sich in diesem Moment in leuchtend roter Paradeuniform und einem glänzenden Schwert bereit, um in die Kathedrale zu schreiten.

»Ich wünsche dir so sehr, dass du glücklich wirst, meine Liebe. Sogar Finn sagt, dass ihr beide füreinander geschaffen seid.«

»Ja, ich weiß, Ma. Er hat es mir auch gesagt. Aber er ist auch beeindruckt, dass Richard all seine Bücher gelesen hat. Finn sagt, das sei mehr, als er getan hat.«

Janet sah einen Augenblick lang schockiert aus. »Finn hat seine eigenen Bücher nicht gelesen? Nein!«

»Er spricht sie auf Band und vergisst sie danach anscheinend.«

Bella versuchte, ihre Position zu verändern, ohne zu offensichtlich um ihre Mutter herumzuspähen. War es möglich, dass gerade ein Gesicht am Fenster aufgetaucht war?

Nein, natürlich nicht. Das musste sie sich einbilden.

Janet drehte sich halb um, um ebenfalls aus dem Fenster zu sehen.

Bella sagte rasch: »Ich kann dir gar nicht sagen, wie dankbar ich Kevin bin, dass er mich zum Altar führt.«

Janet strahlte und drehte sich wieder zu ihr um. »Er war so gerührt, dass du ihn darum gebeten hast.«

Bella atmete erleichtert aus. »Er ist ein wunderbarer Mann. Ich ... o mein Gott!«, rief sie aus und sprang auf.

»Schatz, was ist los? Bist du nervös? Sag's mir!«

»Ja. Nein. Ich weiß nicht«, sagte Bella, die ganz sicher ein Gesicht am Fenster gesehen hatte und eine Hand, die winkte – als Gruß, in Verzweiflung? –, und dann war beides wieder verschwunden.

Es gab keinen lauten Schrei und keinen dumpfen Aufprall, er war also nicht gefallen, sondern noch dort.

»Das brauchst du nicht. Ich erinnere mich an meine eigene Hochzeit ...«

Bella ging schnell ihre Möglichkeiten durch. Sie könnte jetzt jemanden zu Hilfe rufen. Richard würde das nicht gefallen, es sei denn, er hinge nur noch an einem Fingernagel. Nein, wenn sie darüber nachdachte, dann würde es ihm ganz *besonders* dann nicht gefallen, wenn er nur noch an einem Fingernagel hing. Also war der Ruf nach Hilfe so oder so keine Option.

In dem Fall musste sie ihre Mutter loswerden.

»Und zwei wunderbare Kinder«, endete Janet mit feuchten Augen.

Bella umarmte sie und sagte, sie sei wunderbar, und führte sie rückwärts zur Tür.

»Äh, ja, Mutter. Denkst du, du könntest mich jetzt einen Augenblick lang allein lassen? Ich möchte nachdenken. Ja, das stimmt. Ich möchte eine Weile allein mit meinen Gedanken sein. Die Ehe ist so ein großer Schritt.«

»Natürlich, Liebes.«

Sobald sie die Tür hinter ihr geschlossen hatte, lief Bella ans Fenster und öffnete es.

»Bist du wahnsinnig?«, schimpfte sie und lehnte sich hinaus, um ihren Geliebten an der steinernen Fensterbank hängen zu sehen, wo er leicht im Wind schaukelte.

Er schaute grinsend zu ihr hoch. Sein Gesicht war dreckig, und er sah so glücklich wie ein Schuljunge aus. »Nein. Eigentlich sogar in ziemlich guter Stimmung.«

»Bleib genau da.«

»Lässt du mich nicht rein?«

»Nicht, bevor ich mich nicht geschützt habe«, sagte Bella düster.

Sie würde unter gar keinen Umständen das Wort Unglück in den Mund nehmen, solange er da draußen an der Mauer hing. Sie würde das Wort nicht einmal denken. Aber sie würde das Glück auch nicht herausfordern. Auch dieser Bräutigam würde auf keinen Fall ein Fitzelchen ihres Brautkleides vor der Trauung zu Gesicht bekommen, nur um sicherzugehen. Sie riss die hübsche Chintztagesdecke vom Bett und wickelte sie um sich.

»In Ordnung, Spiderman, komm rein.« Sie lehnte sich über die Fensterbank und half ihm, sich ins Zimmer zu ziehen.

Erst als er sicher im Zimmer stand, atmete sie wieder. Obwohl sie ihn nicht merken ließ, dass sie Angst hatte. Man kann nicht jemandem sagen, dass er sich frei fühlen solle, gefährliche Aktionen zu starten, um dann auszuflippen, wenn er es tat, dachte sie. Verdammt!

»Du hättest dich umbringen können«, entfuhr es ihr trotzdem.

»Nee«, sagte Prinz Richard, der langweilige, gewissenhafte, pflichtbewusste, nüchterne Prinz Richard. Er stampfte auf, etwas Mauerstaub und Farbe fielen auf den unbezahlbaren Aubusson-Teppich, und dann säuberte er seine Kletteraxt ordentlich. »Ich habe es dir doch erzählt. Ich habe mir diese Wand schon ewig angesehen, Schatz. Ich wusste, dass ich es tun konnte.«

»Aber warum heute?«, jammerte sie, während sie mit fest an die Brust gepresstem Chintz von ihm zurücktrat.

Er lehnte sich vor und küsste sie. »Weil ich dich heute heirate. Heute kann ich *alles* tun.«

»Ich fühle mich geschmeichelt.«

»Nein, das tust du nicht«, sagte er ernst. »Du kennst mich, und ich kenne dich, und wir wissen beide, dass wir zusammen stärker sein werden als jemals alleine. Und wir werden außerdem verdammt viel mehr Spaß dabei haben.«

»Daran werde ich dich erinnern«, sagte Bella, die furchtbar gerührt war und absolut entschlossen, nicht zu weinen und damit das Kunstwerk, das ihr Make-up darstellte, zu zerstören. »Aber wenn du mein Hochzeitskleid staubig machst, dann werde ich dich *umbringen*. Nach all der Mühe, die es mich gekostet hat. Und du schuldest mir immer noch einen Limerick, du Nichtsnutz.«

»Ah«, sagte er. »Gut, dass du das erwähnst. Hier ist er.« Und aus seinem Kletteranzug zog er ein glattes Stück Pergament mit fünf handgeschriebenen Zeilen, die Shakespeare zur Ehre gereicht hätten. »Viel Spaß damit. Ich sehe dich in der Kirche.«

»*Kathedrale*«, rief sie ihm hinterher.

Aber er hatte bereits die Tür hinter sich geschlossen.

Also setzte sie sich vor den Spiegel und sah sich an, in ihrem Märchenkleid, mit der Märchentiara. Der Strauß zarter Sommerblumen mit langen Efeuranken, auf denen Richard bestanden hatte, wartete auf dem Tisch neben der Tür. Und dann sah sie auf den Ring, den er für sie entworfen hatte. Und las sein Gedicht.

Und wurde rot.

Und lachte.

Und wurde rot und las es noch einmal.

Und tupfte ganz, ganz vorsichtig an ihren Augenwinkeln.

Dann raffte sie ihre wunderschönen Röcke und ging, um ihrer Liebe alles zu versprechen, was sie zu geben hatte.